ジイド、進化論、複雑系

津川廣行 著

駿河台出版社

目次

序文

複雑系という最尖端の科学が提起する問題を思考モデルとして、アンドレ・ジイドという一作家が抱えていた諸問題を検討しなおすということ、このことに意義はあるのか、そして何よりもまず、ジイドを複雑系的に考察することがテーマとして可能であるのか。その答えは、本書が、一つの総括的なテーゼとして成立するかどうかにかかっている。というのも、ジイドと複雑系というテーマは、本書以前には存在しなかったからである。

複雑系という学の面白さが、科学を専門としない一般読者の目にも触れうるようになってから、四半世紀以上たつ。この間、文学畑の側から、ジイドの思考パターンと複雑系の科学という思考法の間に類似を見たものは、誰一人としていなかった。「偶然性」の要素を加味したことによって人間的思考の方へと一歩あゆみ寄ったとはいえ、何であれ「科学」の名を冠したこの学問が、作家のなかでも最も人間臭い部類に属するアンドレ・ジイドの研究にさいしてヒントになりうるとは、誰一人として思いつくべくもなかった。私自身、もし、ミッチェル・ワールドロップ著『複雑系』（田中三彦・遠山峻征訳）を読まなかったとしたら、複雑系の問題とは今も無縁であったことだろう。

私は、この著名な本を買い求め、ただちにその虜になった――わけではなかった。多くの文系の読者と同様、私もまた「複雑系」という語への偏見にとらわれていた。これは後にフランス文学・フランス語学関係の人たちの前で何度か発表をするという貴重な体験のおかげで分ったことだが、彼らは多く、「複雑系」というものを、「複雑」な「系」という、その文字面に沿った解釈のうちに閉じ込めてしまう。「複雑」な「系」なら文学の世界にももっと複雑なやつがあるよ、という反発を引き起こしてしまったとしたら、これは大きな誤解である。「複雑系」という学は、結局のところ、《単純なもの》と《複雑なもの》との複雑な関係について考察する学、いわば《複雑さ》の性質について問うものであって、複雑さの程度について競うものではないからである。

おそらく、私自身「複雑系」という語を重苦しく疎ましく思っていたためであろうか、この本は、積ん読状態に追いやられてしまった。ところが、かなりたって、カミュの『ペスト』におけるようないわばネズミ算式に増殖していく不気味な機構と、それでも一語々々しか話すことができず一口々々しか食べることができない人間という、奇妙な対比のことが気になって仕方がなかったある日、そして、ロマン主義者達の誇大妄想癖も、バンジャマン・コンスタンの借金癖も、そしてフローベールについていわれるボヴァリスムといったものさえが、マルサスのいう幾何級数的増加と算術級数的増加とのギャップということで説明できるのではないか、などとふと思いついたある日、『複雑系』のなかにあった、「収穫逓増」(Law of Increasing Returns) という用語のことを思い出し、再びこの本を手にする気になった。

ワールドロップの『複雑系』を読み終えたとき、私には、この学がもう、ただただ面白くて仕方がなかった。複雑系という学問が、ジイド研究と何らかの関係があるなどとは、はなから思っていなかった。一介の文学研究者が、複雑系という最尖端の科学の普及書を読んで感激したところで、ただそれだけのことだと思っていた。ところが、少し経ってから、また気になって、この本を読み返したとき、私は次の箇所にはっとなった。

旧経済学
・収穫逓減

新経済学
・収穫逓増の多用

・十九世紀の物理学（均衡、安定、決定論的ダイナミックス）	・生物学に基本をおく（構造、パターン、自己組織化、生命サイクル）
・人間は同一	・個人に焦点。人間は分離し、異なる
・もし外的事情がなく、すべてが同じ能力を有してさえいれば、われわれはニルヴァーナに至る	・外的事情や差異が駆動力になる。ニルヴァーナは存在しない。システムはつねに開いている
・要素は量と価格	・要素はパターンと可能性
・すべてが均衡状態にあるのだから、真のダイナミックスは存在しない	・経済はつねに時とともにある。経済は前進し、構造はたえず合体し、崩壊し、変化している
・対象を構造的に単純なものとみなす	・対象を本質的に複雑なものとみなす
・ソフト物理学としての経済学	・高度に複雑な科学としての経済学

以上の対比は、複雑系経済学の草分けであり、「収穫逓増」の経済学の提唱者であるブライアン・アーサーが、一九七九年十一月五日に記したノートを、ワールドロップがその『複雑系』（四三～四四）で紹介しものである。

このアーサーの対照表をふたたび目にしたとき、「新経済学」とはジイドのことだ、反対に、「旧経済学」とはジイドが批判し続けてきたものだという考えが、直観のようにして浮んできた。すなわち、安定したシステムではなくニルヴァーナの存在しない開いた不安定なシステム、普遍的な人間ではなく一人一人違った特殊な人間、古典物理学ではなく生物学。下段の「経済」を「ジイド」に置き換えれば、われらが作家についての記述となろう。すなわち、「ジイドはつねに時とともにある。ジイドは前進し、その構造はたえず合体し、崩壊し、変化している」。「要素はパターンと可能性」のところも、「量」ではなく「質」を重視するジイドの、そして、現実そのもの以上に現在がもつ可能性を追求するジイドの特徴をあらわしているようにみえる。これにたいして、「旧経済学」の項目は、ジイドが批判してやまない、安定した因襲的な世界像に対応するといってよいだろう。

もし、この対照表の「新経済学」の項目のうちに一目でジイド的問題を読み取った者がいるとすれば、それは本書にとって理想的な読者である。それほどに慧眼であるならば、本書を読む必要さえないといってよいかもしれない。しかし、そのような読者は希であろう。私自身、最初、この表を見たときは、何も思わなかった。多くの読者は、つぎのように問うであろう。それにしても、なぜジイドと複雑系なのかね、と。第一、複雑系って時々、耳にすることはあるが、それはいったい何なのかね、と。

ジイドは、複雑系的な思想の持ち主であった、というのが本書の結論である。とはいえ、その複雑系的世界観とは何か。このことについても、本書で少しずつ述べていかなくてはならないだろう。少しずつ？　読者はそれでは承知しないだろう。手っ取り早く、複雑系とは何かを一言で述べてくれ、と。

一言でいうならば、複雑系とは、《単純なもの》と《複雑なもの》の関係が問題であるようなシステムである。だが、このような言い方では十分ではない。複雑系にあっては、ごくわずかな原因が大きな結果をもたらす効果――いわゆるバタフライ効果ないし初期値鋭敏依存性――が働いている……。こうなると、秩序と無秩序とが同じ一つのものであることがわかる……。

読者は、もっと短く言ってくれ、と要求してくることであろう。複雑系という概念がもし本物であるなら、それは、明瞭な一言で述べられるはずだ。短い言葉で表現できない概念など、偽物ではないかと。

複雑系とは、ある動的なシステムであり、その関係である。複雑系とは、知れば知るほど一言では述べられなくなる、そういった概念の一つである。複雑系とは何かを、いま一言で明瞭に分りやすく定義することができないとしても、それは私の責任ではない。その理由は、複雑系という学の新しさと広さと曖昧さというその性質そのものにあるといってよいだろう。たとえば、「複雑性」ということの定義そのものからして定まっていない。二〇〇四年に催されたサンタフェ研究所の複雑系サマースクールにおけるパネルディスカッションでのことである。

最初の質問は、「みなさんは複雑性をどのように定義しているのでしょうか?」というものだった。パネラーは一斉に笑い始めた。なぜなら、その問いはあまりにも直截的で、予想通りであると同時に、答えるのがあまりにも困難だったからだ。それから各パネラーは各自の定義を述べ始めた。それぞれの定義に対して、パネラーのあいだでいくつかの議論が起きたりもした。

質問をした当の学生は、少しばかり当惑の表情を浮かべていた。複雑系の研究に関して世界でもっとも有名なサンタフェ研究所のメンバーのあいだですら、複雑性という言葉が何を意味するかについての意見の一致をみていないのであれば、複雑系科学などというものがそもそもどうして存在しうるのだろうか?

それに対する答えは、現在はまだ、たった一つの複雑系科学が存在しているわけではなく、異なる複雑性の見方に基づいた、異なるいくつかの複雑性の科学が並存している時期にすぎない、というものになる。それらの概念には、かなりはっきりとした形を持つものもあれば、依然として曖昧模糊としたものもある。

（メラニー・ミッチェル『ガイドツアー　複雑系の世界』一六二）

本書で主張したいのは、ジイドは実はこんなことまで考えていたということ——すなわち、複雑系的観点からのジイドの再検討である。複雑系を引き出してくるのは、その一助としてである。したがって、本書では、複雑系の問題については、ジイド論の一環として紹介されることになるだろう。したがってまた、様々な顔をもつ複雑系的問題のうち、ジイド論に関係する側面のみが紹介される、あるいは強調されることになるだろう。

一作家の思想が一言で表現できるものでないことについては、読者は納得してくれるにちがいない。であるならば、複雑系とは何かということについても、同じ姿勢で臨んでほしい。ジイドのような正真正銘の文学者について、そしてその文学について論ずる際に、一言で表現できる図式など、何の役にたつだろうか。

ジイドは、『鎖を離れたプロメテウス』や『法王庁の抜け穴』のようなソチを書いたころ、このような見方——本書で複雑系的と呼んでいる見方——を、仮定された構図としてしか考えていなかったが、『贋金つかい』執筆の前後のあたりから、彼はその現実性を確信するようになる。この確信が、晩年のジイドの境地をなす。と同時に、ジイドは、この複雑系的世界を前にして、文学という表現形式の限界を痛感するようになる。これが、筆がとどこおりがちだった晩年のジイドの「沈黙」の理由でもある。そして、以上のことを述べるには、「複雑系」という思考モデルに頼らなければならないのである。

複雑系の考え方は、物理学、気象学、生物学、工学、数学、統計学、経済学、などに関連した学際的な様相を呈している。それにしても、ジイドが、複雑系的発想をするほどの科学的な資質の持ち主であったのだろうかと、読者の多くは、いぶかるであろう。これに対しては、ブライアン・アーサーの対照表の中に現れている学問分野でいえば、ジイドは生物学に造詣が深かったと答えたい。進化論という分野は、複雑系的思考が要請される最たるものである。実は、あまり知られていないことだが、本書で多くの頁を充てて述べるように、ジイドは、進化論から多大な影響を受けている。

進化論のジイドへの影響は、筆者の考えによれば、『地の糧』から最晩年にまで及ぶ。また、進化論は、いずれまた述べるように、複雑系的な要素をもつ。さらにまた、ジイドとダーウィンの関係には、ジイドが、その『種の起源』を夢中になって読むことによって直接に影響を受け、その学説やその人となりについてまで言及しているという点でも、分りやすいものがある。この意味では、本書の表題は、『アンドレ・ジイドにみる進化論の影響』でもよかったかもしれない。実際、まさしくこの表題で口頭発表を行ったこともあった。ただし、本書で扱うテーマのすべてについて、進化論の観点だけから論ずることはむずかしく、そこには、自ずから限界がある。

進化論がジイドの生前からの学説であるのにたいして、複雑系の科学はそうではない。気象学者エドワード・ローレンツが『カオスのエッセンス』（一九九五）を、経済学者ブライアン・アーサーが『収益逓増と経路依存——複雑系の経済学——』（一九九四）（なお収益逓増は収穫逓増と同じく、Law of Increasing Returns の訳語である）を、理論生物学者スチュアート・カウフマンが『自己組織化と進化の論理——宇宙を貫く複雑系の法則』（一九九五）と『カウフマン、生命と宇宙を語る——複雑系からみた進化の仕組み』（二〇〇〇）を、そしてジェイムズ・グリックが普及書『カオス——新しい科学をつくる』（一九八七）を、エドガール・モランが解説書『複雑性とはなにか』（一九九〇）を書いたとき、ジイドはこの世の人ではなかった。これらの著書に通底する複雑系という考え方の萌芽がすでにジイドにみられるということを検証するのは、もちろんジイド本人ではなく、今度は、筆者自身であり、その確認をするのは読者の方々である。そういったとき、進化論とジイドという直接的で比較的分りやすい関係が、複雑系とジイドという間接的で複雑な関係を理解する補助となりうると思われる。

それにしてもなぜ、複雑系というジイド自身聞いたこともないことが確かである概念を、こともあろうに、自意識の研ぎ澄まされたこの作家に適用しようとするのか、と疑問に思われる読者も多いであろう。ジイドにもし複雑系なる発想法があったのならば、必ずや彼はそれを彼自身の問題として咀嚼していたはずであり、何も科学の専門用語をもちださなくても、彼が自己点検の際に用いたであろう文学の語彙、日常の言葉遣いで十分行いえたはずではないのか、と。

なるほど、ジイドは、《私》という自家薬籠中のテーマでもって、これについて多くを、ほとんどすべてを述べた。ただし、『贋金つかい』までは、である。「ジイド文学」の輪郭を作りあげているのは、『贋金つかい』までの作品であるといっても過言ではないだろう。たしかに、『贋金』以降にも、母と父と娘の証言である三部作『女の学校』『ロベール』『ジュヌヴィエーヴ』があり、ギリシア神話に素材を求めた『テセウス』もある。しかし、エヴリーヌやジュヌヴィエーヴのフェミニズムが、このギリシアの英雄を口実としたジイド自身の人生の回顧が、それまでの「ジイド文学」にどれだけのものを付け加えたというのだろう。『モンテーニュ論』や『架空会見記』のようなまとまった評論はべつとしても、今となっては、ジイド研究者でもなければ、『十三本目の木』のような見え透いたフロイト的作品や『ロベールあるいは一般の利益』のような生硬なアンガージュマン作品を読むものはいないであろう。

要するに、『贋金』以降にかんしては、ジイドは、晩年の彼自身について説得的に語るような包括的な作品を残していない。とはいえ、晩年のジイドに大作がないのは書くべきものが何もなかったからである、としてしまってよいものであろうか。というのも、我々は、晩年のジイドの書けない苦しみを知っているからである。ジイドが、三部作の最終巻にあたる『ジュヌヴィエーヴ』を大作にしようと何年ものあいだ悪戦苦闘しながら（「『ジュヌヴィエーヴ』の失敗」の章を参照のこと）、ついにはこれを「未完の告白」の副題のもとに切り上げてしまったことは知られている。このころのジイドが、書けなくても書きたい、書きたくても書けない何かあるものをいだいていたことは明らかである。本書は、小説のエキスパートであるジイドにしてもなお表現するにいたらなかったその何かを、複雑系の語彙でもって検討しようというものである。

結局、寡作な晩年のジイドが低調にみえるのは、加齢や病気によってパワーを失った(幾分これは本当である)からだけではなく、また、政治問題への寄り道によって《創造の魔人》に見放されたからだけでもなく、文学の枠を越えてしまっているために容易には表現できない複雑系的とでもいった世界観が見えてしまったこと、いわば眼高手低の状態に陥ったことによってである、というのが本書の主要な主張の一つである。晩年のジイドは、文学を否定したところから文学を作り出そうとしたのだが、このことに失敗してしまう。

最初、本書は『ジイドの晩年――複雑系の観点から』のような仮題で計画された。青年期・壮年期のジイドに関しても、複雑系的思考はみられるものの、それについて論ずることが従来のジイド観に大きなインパクトを与えるものではないのにたいし、晩年のジイドを複雑系と結びつけることによって様々な面白い論点が生じてくるように思われたからである。

とはいえその後、ジイドにたいする進化論の影響が実に大きいものであることに思い至るようになった。青年期・壮年期における複雑系的問題を『ジイドと進化論』のテーマのうちに吸収させてしまうこともできるという考えも浮かんできた。とはいえ、これだと『ジイドの晩年』のテーマが孤立してしまう。結局、この二つのテーマを一つにしたのが本書である。

ここで、ジイドにおける複雑系的世界観といっても、青年期から壮年期にかけての場合と、壮年期から晩年にかけての場合とでは、性格の違いがあることを述べておかなくてはならない。最初は、それはジイドの関心の一部分しか占めなかったのにたいして、晩年においては、それは全的、意識的なもの、最終的なものとなる。前者においては、その複雑系的思想は、主としてソチと呼ばれるジャンルにおいて展開される。

ご存知のように、ジイドは自分の作品を自ら分類し、主人公でもある話者が身の上を語る現実味の勝ったコンパクトな作品群（『背徳者』、『狭き門』、『田園交響楽』など）をレシと呼び、突拍子もない出来事を盛り込んでいるという点でリアリティには欠けるが風刺の味に富んだ三つの作品、すなわち『パリュード』、『鎖を離れたプロメテウス』、『法王庁の抜け穴』をソチとし、唯一『贋金つかい』だけを本格的な作品という意味でロマンと呼んだ。いずれも『贋金』よりも前の作品であるソチにかんしていえば、若書きの『パリュード』は別として、『鎖を離れたプロメテウス』には色濃く、『法王庁の抜け穴』には背景として複雑系的発想がみられる。

これにたいして、「レシ」は、基本的には、進化論的・複雑系的世界を描出するには不向きな語りのジャンルである。出来事自らが、自らの進行を選び取っていくというような「ソチ」や「ロマン」とは違い、「レシ」での出来事は、物語風に仕立てあげるという観点から、語り手によって篩い分けられたものである。レシとは、自らの体験を、整理しながら自ら語るという、あるいはこれを既成の物語形式へと還元ないし整合化するという技法である。この手法をもってしては、たとえ、語り手（ひいては作者ジイド）が、進化論的・複雑系的思想を持ちあわせていたとしても、彼が普段は見ているはずのその不整合な複雑系的世界のがさついた全体像を、レシという形式においては描くことができない。

以上のことは、ジイドのレシ群が、まったく進化論的発想を含みえないということではない。もっとも、レシが進化論的テーマをはらみうるのは、ジャンルの決定にかかわるその骨格においてではなく、各々の作品がもつ固有のテーマ、そして作中人物達が述べる意見や風景描写といった細部においてである。この点で、『背徳者』は注目に値する。その主人公ミシェルの主張は、背徳者ないし社会のはみ出し者の立場からなされるものではあるが、われわれはここに、後の複雑系的発想の萌芽をみることができる。

ソチ的世界にも複雑系的発想がみられるものの、これを実験的、仮定的なものとして描くことで、ジイドはその有効性に一定の限界を設けてしまった。ところが、このソチ的メカニズムは、『贋金』あたりから、（少なくとも作中で描きだされた）現実の原理として作動することになる。大気がささいな障害によって大きくかき乱されてしまうように、晩年のジイドは、偶然的だったり些細だったりつまらなかったりするソチ的な事件や出来事の複雑系的な擾乱を、この世の世界に見るようになる。晩年のジイドにあっては、実験的であったほうのソチ的世界が現実化していく一方で、型にはまったレシ的現実のほうは非現実化していく。ジイドは、かつての古きよき時代のうえに花咲いた彼自身の文学を否定するまでに及ぶ。アンガージュマンへと誘う政治の季節にあって、彼のかつての作品はブルジョワ文学であったということになるが、そのような政治的観点は別として、ジイドがレシ群のようなかつての彼の文学に不満をもつようになるのは、それが、文学の言語でかかれた文学、文学から作られた文学、その完成度を文学の約束事の遵守に負っているところの文学であると見えてきたところにあるといえる。

晩年のジイドにおける文学批判が結局のところ言語批判に帰されるものであること、この点については、本書ではこれ以上、論じない。ジイドと言語というテーマは、複雑系を越えて総合的に述べなおさなくてはならない大きな問題である。このテーマについては、本書では、言語の不連続性という観点から、「自然は飛躍せず?」および「『贋金つかい』の「悪魔」」の章で若干ふれるだけである。

レシ的世界の手触りはつるつるしているが、複雑系的現実は、がさがさしたけば立ちを呈する。政治参加時代のジイドは、例えていえば労働者の手のように節くれだったがさがさした感触の小説を書きたいとおもったといえるが、戯曲『ロベールあるいは一般の利益』においても、また「未完の告白」に切り詰められる以前の壮大な構想としての『ジュヌヴィエーヴ』においても、これを完成することができなかった。当時誰もが、本人でさえもが、文学、とりわけジイドの文学と政治は相性が悪いのだと思った。ところが、晩年のジイドの創作力減退の理由を、政治参加という迷いに帰するとき、文学批判、言語批判にも通ずる、晩年のジイドの、ここでは複雑系的と呼ぶことになる、透徹した思考が切り捨てられてしまうことになる。本書の目的の一つは、政治参加で挫折したとみなされているジイドを、複雑系の観点から再評価しようというものである。

最初、私は、晩年のジイドについて論ずるだけで十分であると思っていた。しかし、偶然と遊びに満ちたソチの軽い複雑系的世界観が、それでも、鉄のように黒くて重い晩年の世界観の大きな要素をなしていることを示すためには、あるいは、同じことなのだが、「ジイド文学」の一角をなす堅牢でリアリスティックなレシ群が、あまりに文学的であるがゆえに非現実的と見えていく、この変化について論ずるためには、やはり、複雑系の観点に立ちながらジイドの問題を、最初から、すなわち青年期から論じなくてはならないだろう。

ロマン『贋金つかい』が、それ以前の作品群の総決算であると同時に、それとは違った新たな意味をもつことは、ジイド自身の語るところであり、また、ジイド評者達の認めるところである。複雑系の観点からしても、『贋金』執筆時あたりが、青年期・壮年期から老年期へと移行する節目となっている。つまり、『贋金』は、「ジイド文学」の集大成であると同時に、晩年の始まりをも意味するものである。

本書を始めるにあたって、最も悩んだのは、想定されている読者達——文学愛好家や研究者達——、こういった人達にどのような調子で語りかけるかということであった。本書の読者のなかには、複雑系についてはよく知っているという人もいるであろうし、聞いたことがあるだけ、あるいは、聞いたこともないという人もいるであろう。複雑系の概念を随所に含む本書の文章が、そのような様々な読者にどのように響くのか、あるいは響かないのかといった計測を、結局それは空しい推測にすぎないのだが、一文々々しなくてはならないということに、私は疲れ果ててしまった。

たとえば、これは本書においてしなかったことであるが、「複雑系入門」のような章を設けるにしても、そして、随所に複雑系についての説明と例示をはさみ込んだとしても——これは本書で実際に行ったことである——、同じ問題が残ることであろう。

そうこうするうちに、私は、複雑系についてはまったく何の知識ももっていない読者を対象とするという、極めて明快な解決法を見出した。つまり、実際の読者がどのようであれ、本書は、複雑系について「白紙」であると仮定された読者を対象にして書かれる。ジイドと複雑系というこの世で始めてのテーマについて論ずるわけであるから、本書は、複雑系について何も知らないと見なされた読者に向かって、一から書き起こす丁寧さと、多弁さと、雄弁さと執拗さをもって、ゆっくりと展開されていかなければならない。

さらに、知識のうえで「白紙」であるこの読者は、さらには、ジイドと複雑系の関係について懐疑的であるものとして想定されている。本書では、「読者はこう反論されるかもしれないが」とか「読者は〜と思うであろう」とか「読者は驚かれるであろう」という格好で、読者の仮定された質問や疑問や反論に答えるという形式を時として借りるが、これも論を展開するための方便であり、その失礼を、前もっておわびしておきたい。

以上、「白紙」の読者を想定することで、私は、今度は、複雑系のなんたるかをその読者に説明する義務を負う。とはいえ、本書は、複雑系論なのではなく、あくまで、複雑系的観点からなされる「ジイド論」である。

構成の面から言えば、本書は、それぞれ表題をともなった、数多くの短い章からなる。これは、小見出しをともなった断片でもって少しずつのべていくという方法でもとらなければ論者も読者も混乱してしまうだろう、各章をできるだけ短くまとまったものにしようという工夫の結果であるが、それでも、十頁程度の章もないわけではない。これをもって「章」とするには短すぎると思ったので、筆者は最初これを、「節」の名で呼ぶつもりであった。しかし、本書が、章の名を用いることなく、いきなり、その下位区分の節でばかり構成されるのも変であると思うようになった。それで、最初「節」と書いたものを、後になって「章」に書き換えた。本書が、割りに短い多くの章からなるのは、こういう理由による。

章をできるだけ短くするには、蛸足のようにひろがる考えの足の部分を切り捨てなければならいことが多かった。そのため、派生的な考えや、論証のための手続き、資料の提示などをその章ではおこなわないで、別の章にまわすということも、時としておこなわなければならなかった。各章が比較的短いことのために、参照箇所を指示するには、その章題を挙げることで十分であると考えた。また、無味乾燥な数字を示すよりも、それ自体意味をもっている章題を書くほうが分かりやすいと考えた。矢印で関連項目を示す以上の方式は、各章を短くする工夫からくるとともに、各章が短いからこそ取りうる方式である。以下、別の章を指示するのに、たとえば、〈『ジュヌヴィエーヴ』の失敗〉の章を参照のこと）だとか、もっと簡単に（↓〈『ジュヌヴィエーヴ』の失敗〉）のような表記をもちいる。

ジイドの作品からの引用の仕方についても、ここで述べておきたい。本書では、いまやジイド研究では出典を示すのに最も使われているプレイヤード版（旧版と新版があるがその新版のほう）の何頁といった指示の仕方を、あえて採用しないことにした。というのは、読者のどれだけのひとが、フランス語で書かれた高価なプレイヤード版を参照しうるかということを考えると、このような指示の方法は、かえって不親切ではないかと思われたからである。そのかわり、たとえば『贋金つかい』第一部第五章だとか、『地の糧』の第何の書、さらに小区分があるような場合には『地の糧』の第一の書の二のような書き方をすることにした。このようにしておけば、フランス語においても日本語においても、様々に出ている数多くの版に対応できると考えたわけである。もし気になる引用箇所がでてきた場合には、読者は、いかなる版であろうとも、『贋金つかい』第一部第五章とあれば、その十頁程度を全部読んでいただければ、その箇所を見つけることができるというわけである。

このような趣旨から、ジイドの『日記』からの引用も、その箇所の頁ではなく、何年何月何日の文であるかを指示するようにした。このようにしておけば、どの版で『日記』を持っていようとも、簡単に引用箇所を見つけることができるはずである。ただし、筆者が用いているのは、それまでになかった文が数多く追加されている、最新のプレイヤード版の『日記』である。そのため、古い版の『日記』では見い出すことができない文もあることをお断りしておきたい。

最後に一言しておきたいことがある。というのも、読者の多くは、複雑系については「白紙」であると想定されているものの、ジイドについて、何らかのイメージを抱いているに違いなく、本書がそういったイメージと齟齬をきたすかも知れない、ということを危惧するからである。ここには二つの問題点がある。第一は、様々なジイド教、あるいはジイド狂がいるという点である。『地の糧』を読んでこれをジイドだと思う読者のイメージと、『狭き門』を読んだときのジイドのイメージ、そして『背徳者』のイメージ、これはすべて、おそらく違うはずである。こういった人には、様々な傾向のジイド作品を読んでほしい。

第二に、ジイドの作品の主要なものをあらかた貪った読者も、本書について、不満に思うかもしれない。その不満は、結局、本書では、読者の多くが思っているところの《ジイド的》な、あるいは《ジイド文学的》な問題が過小評価されていると感ずるところから生ずるものではないか。すなわち、読者は、ジイドのモラル上の悩み、肉体的な悩み、不安、「清教徒的教育」への反発が描かれていないと不満に思うかもしれない。『アンドレ・ワルテルの手記』の熱狂や『地の糧』の抒情が、アリサの愛が、ミシェルの冒険が、『パリュード』の気の利いた風刺が、『贋金つかい』の作中作の議論が本書にはでてこないことを物足りなく思うかもしれない。ちなみに、そういったことすべては著者が、比較的若かったころ、『ジイドをめぐる「物語」論』（駿河台出版社、一九九四年）で書いたことである。

ところで、『贋金』を頂点とするこれらの《ジイド文学》は、彼の生涯の最初の三分の二の期間において書かれたものである。そして、最後の三分の一で、ジイドは、自ら築いた《ジイド文学》を乗り越えていく。本書で述べたいのは最終的に、そのような晩年のジイドである。したがって、本書が、《ジイド文学》からのみジイドを捉えてきた読者にたいして違和感をあたえたとしても、当然といえば当然である。

壮年期までのジイドは、いくつもの傑作によって、作家として説得的であったが、晩年のジイドはそうではない。本書で最終的にとりあげたいのは、晩年のジイド——私はこれが最高のジイドだと言いたい——である。本書で、『鎖を離れたプロメテウス』のような小品や、あるいはまた傑作とされる作品の、おそらく読者にとってあまり馴染みがないであろう細部にこだわるとしても、それは、以上の理由による。

ジイドは、《ジイド文学》にとどまらない。本書で示したいのは、ジイドという思想家のとてつもない大きさである。

ナチュラリストとしてのジイド

一九一〇年六月十九日の『日記』でジイドは、ファーブルの全集を前にして、「私は文学者である前に《ナチュラリスト》であった、そして、自然での出来事は、私に、小説での出来事よりもつねに多くのことを教えてくれた」と書く。なるほど、ジイド研究者達はこれまで、ジイドの作品が、生物、とりわけ植物のイマージュに満ち溢れていることの指摘を怠ってはこなかった。だがそのような関心は、植物をめぐるテマティックな文学研究の場合の多くがそうであるように、またダニエル・ムトートの詳細な研究書『アンドレ・ジイドの作品における植物のイマージュ』[1]という表題がすでにして語っているように、作品にあらわれたイマージュの研究の域を越えるものではなかった。

動植物の人間化されたイマージュにのみ寄りかかっているとき、われわれは、動物学や植物学そのものには無関心でいることができるし、動植物の愛好家をも、そのような目でみることができる。動植物愛好家が置かれたアマチュアとしての微妙な立場は、《ナチュラリスト》という語の両義的なニュアンスにも表れているだろう。ゾラを中心とする「自然主義者」（ナチュラリスト）という文学史的な意味は別としてだが、《ナチュラリスト》という語には、鉱物、植物、また動物のような地球上の自然物についてよく知っている人、すなわち「博物学者」の意味が、また転義として、「自然科学」に興味を持っている人、「自然科学者」の意味がある。つまり、《ナチュラリスト》とは、植物学者、昆虫学者、爬虫類学者、鉱物学者、動物学者すなわち自然科学者のことでもあるが、他方、珍奇な個体を追い求めるマニアックなコレクター、該博な知識をもった自然愛好家でもありうる。

ジイドが「私は文学者である前に《ナチュラリスト》であった」と宣言しても、多くの人は、ジイドが「自然科学者」の目で自然を観察したとは思わないであろうし、「博物学者」であったにしてもどうせ自然愛好家程度のものであろうと思うであろう。「自然科学者」という名称はジイドには華やかすぎるし、「博物学者」という呼び方はジイドには地味すぎる、「自然科学者」という呼称は科学の素人であるジイドにはもったいないし、反対にまた、「博物学者」という呼び名は、したたかな文学者であるジイドにはもったいない、こういった印象がもたれるとすれば、それは、「科学」のモデルとして読者の念頭に置かれているのが、生物学ではなく物理学や数学だからである。

ジイド自らは、《ナチュラリスト》であるファーブルについて次のように評している。ジイドは、自らをもって《ナチュラリスト》であるとした文に続けて、こう書く。

最初は嫌気を起こさせたこの本の文体までが好きになった。ファーブルが二十頁をかけて言っていることは、しばしば十行におさまってしまいそうなものなのであるが、こんなふうにして、我々は、彼の発見の緩慢さに立ち会うことができるのである。彼は、自分の探求に必要だった忍耐を少しばかり読者にも要求しているようにみえる。

昆虫学者ファーブルは、熱中しながら観察した個々の事例を要領よく数行にまとめてしまったりはしない。無類の観察眼をもつジイドもまた、ナチュラリストであるファーブルの緩慢な文体を結局は受け入れてしまう。

読者は、ここで、個々の事例から一般的な法則へと向かうような思考法をしない者は、真の科学者ではない、と主張するかもしれない。たとえば、リンゴが木から落ちるのを見て、あらゆる物質間に働く力——万有引力の法則を考えついたニュートンのように……。

たしかに、物理学は、森羅万象の現象をエレガントな方程式でもって代表させようと努めてきた。物理学というシンプルにして深遠な、かつまた有用なこの体系的理論は、その再現可能性と厳密性をとおして、一般の人達にたいし、法則性、確実性、さらには信頼性という科学なるもののイメージを植えつけてきた。たしかに、ジイドの時代、物理学とはそういう学問だったのであり、文学者である彼が、世界を時計のような正確に動く装置として説明しようとするこの学問に親しみを覚えることは、ついになかった。

あの人間臭いジイドが、科学者であるはずはないと、読者の多くは思うであろう。とはいえ、ジイドは、ナチュラリストであると自称している。少なくとも言えることは、物理学とは折り合いが悪かったにしても、ジイドと生物学とは相性がよかったということであり、物理学から見れば素人であったとしても、生物学からすれば、ジイドは、幾分なりとも科学者であったということである。

(1)　Daniel Moutote, *Les Images végétales dans l'œuvre d'André Gide*, Presses Universitaires de France, 1970.

物理学から生物学へ

ジイドが複雑系的思想家であることをいうために、複雑系の科学へ近づけようとして、彼が「科学者」としての素質をもっていたこと、「科学」に興味を抱いていたことを証拠立てようとするのは、必ずしもよい作戦ではないかも知れない。というのも、複雑系的科学も含めて、あらゆる学は学際的であり、理系と文系のあいだの垣根は随分と低くなっているからである。とはいえ、複雑系とは、ジイドとはまったく無縁な「科学」であると思っている読者のために、ここで、この小説家を無理矢理に、科学の領域に引きずり込んでみたい。そのためには、目を、物理学から生物学へと転じさえすればよい。

ジイドは科学者ではない、と思うとき、読者が思うその「科学」のイメージは、物理学からきている。しばらくの間、科学とは物理学のことであった。産業革命の原点にあったのは物理学であった。近代社会を支えてきたのは、物的性質を厳密に測定し、物と物との関係を、数式によって、過つことなく正確に計算する物理学であった。ジイドと科学の問題について論ずるにあたっては、我々は、まず、物理学があたえるあの硬いイメージの科学から、生物学ないし複雑系の問題があたえる柔らかいイメージの科学へと、目を転じなければならない。

本書では、今後、「古典物理学」という言い方をすることがときどきあるかもしれない。古典物理学の代表は、落下や重力や慣性についてなど運動の法則についての体系であるニュートン力学である。なお、厳密には、量子の概念をつかわない物理学、すなわち相対性理論や電磁気学、非量子的な熱力学を含めて「古典物理学」ということがある。なお、本書では、我らが小説家はこれを話題性のレベルでしか理解していないものとして、ジイドと量子力学というテーマについては、若干の例外はべつとして（↓〈ディヴィッド・スティール〉、↓〈自然は飛躍せず?〉）、扱っていない。

本書でいう「古典物理学」とは、まさに、読者が、ジイドは科学者ではないと思うときの、あの、数式を用いた厳密な科学、計算によって現象を予測したり、同じ現象を繰り返し起こさせたり、型にはめたような同じ製品の生産を可能にした例の、あの「科学」である、と思っていただければよい。

科学とはそういうものではないのかね、と読者はいぶかるであろう。いや、そうでない科学はあるのであり、手っ取りばやくいえば、それが複雑系の科学である。複雑系の科学は、「古典物理学」からあふれ出た問題に興味を持つ。

曖昧な領域の科学として、読者は「量子力学」あるいは「不確定性原理」という言葉を思い浮かべるかもしれない。しかし、「量子力学」の領域に踏み込まないでも、「古典物理学」が不得意とする領域がある。それが、複雑系の科学の領域である。（「不確定性原理」と「複雑系」の関係については↓〈カオス〉）

ここで、本書の序文でも紹介したものであるが、複雑系的経済学の草分けであるブライアン・アーサーが、その最初の発想について一九七九年十一月五日に、「旧経済学」と「新経済学」の対照表のかたちで記したノートの、第二番目の項目を思い出してもらいたい。

・十九世紀の物理学（均衡、安定、決定論的ダイナミックス）　　・生物学に基本をおく（構造、パターン、自己組織化、生命サイクル）

アーサーは、経済学が新しくあるためには十九世紀の物理学（古典物理学）ではなく、新しい（二十世紀の）

生物学をモデルとしなければならないと述べている。十九世紀の物理学ないしこれをモデルとする「旧経済学」は、現象を、「決定論的ダイナミックス」(「決定論的動力学」)に基づく「均衡」し「安定」したものととらえる、とされる。他方、生物学に基本をおく「新経済学」は、現象を、「不均衡」と「均衡」、「不安定」と「安定」のあいだの危うい関係としてとらえるといってよい。「自己組織化」によって「構造」と「パターン」をなす生物というものは、「不均衡」と「均衡」、「不安定」と「安定」のあいだのホメオスタティックな努力によってこそ「生命サイクル」をなすからである。〈自己組織化、生命サイクルについては ↓ 〈物質は人間にたいして従順か——「自律体」という生命サイクル〉〉

複雑系の観点からすれば、生物学および物理学は、経済学や工学や数学や気象学と同様に重要な分野である。ところが、ジイドの生きた時代、またその死体の温もりがまだ消え去っていない時代にあっては、一般の人達にとって、素人達にとって、本格的な科学とは、生物学ではなく物理学の方であった。

ジイドと科学の関係を理解するには、目を、物理学から生物学へと転じなければならない。本書では、とりわけ、ジイドと進化論とのかかわりについて強調することになる。

化学少年ジイド――「化学ハーモニカ」の実験

とはいえ、その前に、ジイドは化学少年であったのだということ、そして器具や薬品を買い揃えて「化学ハーモニカ」と呼ばれる実験を行ったのだということを、ここで述べておきたい。以下で紹介するように、その実験は失敗におわる。もしそれが、首尾よく成功していたとしたら……。ジイドは、気をよくして、化学者になっていたかもしれない。そして、我々がよく知っているあの小説家アンドレ・ジイドは、存在しなかったかもしれない。

なお、ジイドに、化学系の関心があったことをもって、彼の思考が複雑系的であると言おうというのではない。当時の化学は物質を細かな要素――原子や分子――に分解して、次にこの最小単位の組み合わせとして物質の特質を説明するという還元主義（これについては次章で述べる）の立場をとっており、複雑系的発想とは程遠いものである。

少年は、多くのことに関心をもつ。世界にたいする少年ジイドの旺盛な、そして未分化な好奇心が、化学に向かった一時期があった。ところが、ジイド研究者達はこれまで、化学とジイドというテーマについては、まったくの無視をしてきたように思われる。たとえば、ペインターが書いたジイドの伝記的評論にも[1]、泰斗クロード・マルタンの新旧二つの伝記にも[2]、ボワデッフルによる伝記的ジイド論にも[3]、またポワン二〇一三年伝記賞を獲得したレストランガンの評論にも[4]、ジイドが化学実験を行ったという記述は見当たらない。この作家みずからが、『一粒の麦もし死なずば』で、「化学ハーモニカ」と呼ばれる実験を行った思い出について書いているのに、である。上記の評者達は、ジイドの前半生についてはその多くをこの自伝に負っていながら、化学実験の箇所からの引用だけは、これを避けているようにみえる。彼らにとっては、ジイドと化学というテーマは、存在しない、あるいは存在してはならないものだったのであろう。ジイドのプレイヤード新版の編者もまた、後ほど指摘するように、このエピソードを軽視しており、軽視からくる過ちをおかしている。

さて、少年ジイドが行ったその化学実験とは、自伝『一粒の麦』を下敷きにしたジイド論のなかで、「化学ハーモニカ」の実験を引用しているのは、ジャン・ドレだけである。(5) それが、たとえ、コメントを伴わない、まったくの要約にすぎないとはいえ、であるが。

さて、少年ジイドが行ったその化学実験とは、「化学ハーモニカ」と呼ばれるものである。つまり、水素を発生させ、これを細いゴム管で導き、上下が空いている筒状の容器（通常はガラス管であるが、後でみるようにジイド自身はこれを「ガラスのホヤ」と呼んでいる）のなかで燃やすと、連続的な音が出るというものである。炎の位置を上下させることによって、あるいは、ガラス管の太さを変えることによって、音程が変化する。この実験を、ジイドは、トルーストの化学書を片手に行ったのだという。

私はお年玉にトルーストの分厚い化学の本をもらうことにしてもらった。それをくれたのはリュシル伯母さんだった。私が最初にそれを頼んだクレール伯母さんは、教科書をプレゼントするのはおかしいと思った。ところが、これほどに私を喜ばせる本はないと非常に大きな声でわめいたので、リュシル伯母さんが承知してくれた。〔…〕私はまだ十三歳でしかなかったが、どんな大学生だって私ほどの熱心さでもってこの本に没頭したものはいなかったと断言しよう。

（『一粒の麦もし死なずば』第一部第五章）

ところで、プレイヤード版の注では、ジイドが買ってもらった化学の本は、トルーストの *Précis de chimie*[(6)] である、とされている。ところが、ジイドは「分厚い化学の本」としているのに、厚さ18ミリでしかないこの本は、むしろ薄いといったほうがよいであろう。そして、奇妙なことに、この *Précis de chimie* には、「化学ハーモニカ」についての記述が見当たらないのである。

トルーストが書いたもののなかでは、厚さ40ミリの *Traité élémentaire de chimie*[(7)] が、この「分厚い化学の本」に該当するであろう。確かに、この本の七八頁から七九頁にかけてであるが、「化学ハーモニカ」についての記述がある。*Traité élémentaire de chimie* は、ずいぶん版を重ねてた本であるが、初版は一八六五年である。筆者が、手に入れることができたのは、一八八一年の第七版である。一八八一年といえば、ジイドが十一歳か十二歳の頃であり、十三歳の彼が手に入れたのは、おそらくこの版であろう。

ジイドのプレイヤード版の編者は、その化学実験にかかわる注で、参考とすべき文献の取り違えという基本的な誤りをおかした。この誤りは、編者が、「化学ハーモニカ」の出典に直接あたらなかったことを示している。このことは、この編者もまた、少年ジイドが行った化学実験を重要視していなかったことを意味するものである。

この「化学ハーモニカ」の実験がのっている第二章は「水素」と題されている。ここでは、水素発生の方法および水素の性質について十頁近くが費やされており、「化学ハーモニカ」は、その応用編としてあるといえる。

トルーストは、水素の発生のさせ方として、金属を硫酸に溶かす方法を示し、具体的には亜鉛と硫酸をもちいる仕方を挙げている（七四〜七五）。亜鉛のまわりに、発生した水素が気泡となってくっつくと、水素の出がわるくなるので、そのような場合には、ゆすらなくてはならない、といった注意事項も書かれている（七五）。少年ジイドが、何らかの金属、および、硫酸かひょっとして塩酸のような強い酸を用いたことは、『一粒の麦もし死なずば』の記述からも分る。すこし長めに引用しよう。

母が私を好きなようにさせておいたのもまた呆れた話である。壁と床と私自身が冒す危険をはっきりとは理解していなかったのか、あるいはおそらくそこから何らか有益なことを引き出せるのなら危険を冒すだけの価値があると思ったものか、母は毎週、私にかなりの額のお金を好きなように使わせてくれたのであって、私はすぐにそれで、ソルボンヌ広場やアンシエンヌ＝コメディー街へ、ガラス管、レトルト、試験管、塩《えん》、メタロイドと金属を——そして、酸を買いに行った。今になって驚くのだが、その酸のあるものなどは、よく私に売ってくれたものだと思う。おそらく応対してくれた店員は、私のことをただの走り使いだとでもおもったのだろう。当然のことながら、ある日、水素をこしらえた容器が私の鼻先で爆発する、ということが起こった。思い起こすに、それは、「化学ハーモニカ」と呼ばれる実験で、ガラスのホヤを使ってするものである……。水素の出具合いは申し分なかった。ガスが出てくるはずの先の細い管は固定してあり、私は、そのガスに火をつけようとした。片手にはマッチを、反対の手にはガラスのホヤを持っていた。その胴体の中で、炎は、歌い始めることになっていた。だが、マッチを近づけるやいなや、炎は、フラスコのなかに入り込み、ガラスも、管も、栓をも遠くへ吹っ飛ばした。爆発の音に、テンジクネズミ達はとてつもなく高く飛び上がり、私はガラスのホヤを取り落とした。身震いしながら、もうちょっとでもフラスコの栓がしっかりしめてあったら、それが私の顔へと爆発したであろうということがよくわかり、私はその後、ガスを扱うときにはもっと慎重になった。この日から、私は、別の目で、あの化学書を読むようになった。付き合って楽しい、穏やかな物体には青鉛筆で、怪しげで恐ろしい振る舞いをする物体にはすべて赤鉛筆で印をつけた。

（『一粒の麦もし死なずば』第一部第五章）

ジイドは、酸と金属、おそらくは硫酸と亜鉛を反応させるという、最も一般的な方法を用いたものと思われる。

ところが、発生した水素に火をつけたとたん、それが水素発生器の中にまで入りこんで、爆発を引き起こしてしまった。幸い、そのフラスコにしてあった栓がゆるかったので、ガラスが粉々に砕けて実験者の顔や目に突き刺さるという重大事故は避けられた。しかし、その可能性もあったことを思えば、これはずいぶん危険な実験であったといえる。

爆発した原因についてジイド自身は追究していないが、それは、「マッチを近づけるやいなや、炎は、容器の内部に入り込み」という彼自身による記録から、次のように推測することできる。トルースト自身も簡単ながら注意しているように（七二）、実験者は、フラスコの中で発生した水素が、中の空気あるいは酸素を完全に追い出すまで待たなくてはならなかったのである。ところが、少年ジイドは、化学ハーモニカの音を早く聞きたいと勇んだためであろうか、点火をいそぎすぎた。水素発生器に酸素が残っていたため、その中の水素に引火してしまったのである。

その後、ジイドは、トルーストの本を読む際、「穏やかな物体」と「怪しげで恐ろしい振る舞いをする物体」、要するに危険な物体と危険でない物体とを区別し、前者には赤鉛筆で、後者には青鉛筆でしるしをつけるようになる。この用心は、賢いものであることは言うまでもない。ただ、危険な物質と危険でない物質とを峻別し、前者には近づかないようにしたときから、ジイドは、科学者ないし化学者としての道を自ら閉ざし、むしろ、モラリストとしての道を歩みはじめる、といえるだろう。というのも、彼は、モラルの領域にあっては、「危険な観念」と「安全な観念」とを色鉛筆でもって峻別するどころか、その区別を一旦廃し、両者の関係を崩壊させ、再構築するようになるからである。

ジイド研究者は、この「化学ハーモニカ」のエピソードの分析を、まったくしてこなかった。ここには、化学実験は、その後の人間くさいジイドの文学や思想とは何の関係もないという、ジイド研究者たちの、確信にも似た思い込みがあるように思われる。ジイド自身、「私はまだ十三歳でしかなかったが、どんな大学生だって私ほどの熱心さでもってこの本に没頭したものはいなかったと断言しよう」とまで書いているのに、である。

なお、この「化学ハーモニカ」の実験が意味するものについては、またあとで〈『一粒の麦もし死なずば』の「神秘」〉の章で検証することになる。

（1）George Painter, *André Gide—A Critical Biography*, London, Weidenfeld and Nicolson, 1968.

（2）Claude Martin, *Gide*, coll. « Écrivain de toujours », Seuil, 1963; Claude Martin, *André Gide ou la vocation du bonheur*, t. 1, 1869-1911, Fayard, 1998.

（3）Pierre de Boisdeffre, *Vie d'André Gide 1869-1951 —— essai de biographie critique*, t. 1, Hachette, 1970.

（4）Frank Lestringant, *André Gide l'inquiéteur*, t. 1, Flammarion, 2011 ; Frank Lestringant, *André Gide l'inquiéteur*, t. 2, Flammarion, 2012.

（5）Jean Delay, *La Jeunesse d'André Gide*, t. 1, Gallimard, 1956, pp. 308-309.

（6）Louis Joseph Troost, *Précis de chimie*, G. Masson, 1894.

（7）Louis Joseph Troost, *Traité élémentaire de chimie*, G. Masson, 1881.

ジイドと物理学——還元主義批判

アンドレ・ジイド（1869-1951）の時代、科学の花形といえば、生物学でもなく、化学でもなく、それは物理学であった。蒸気の力が機関車を動かしてから、すでに久しい。一八七八年のパリ万博で人目を驚かした巨大ドロップハンマーの重い槌を持ち上げる動力は蒸気であった。一八八一年のパリ国際電気博覧会では、数多くのまばゆい電灯の光が人々を幻惑した。電車を動かしたのも物理学、電信・電話のような文明の利器を生み出したのもまた物理学である。

ところが、ジイドは、物理学にたいしては、生物学ほどには関心を示していない。それ見たことか、と言わないでほしい。ここで、ジイドと物理学の相性がよくない理由を考えてみよう。彼は、一九三〇年の『日記』で、次のように書く。

構成物にいたるためには単純なものから出発しなければならないという考え、そして、演繹によって構成することができるという考え。精神によって作り出された構成物は自然の複雑さに追いつくであろうという、具体的なものが抽象的なものから派生しうるという、誤った信念……。

（『日記』一九三〇年四月八日）

要するに、ジイドにとって気にくわないのは、対象をできるだけ細かく分け、次に、単純なものから複雑なものへの考察へと移っていくという、『方法序説』のあのデカルト主義である。対象を細分し、細分された諸要素の関係について考察する方法、これを還元主義という。ジイドは、ここで、還元主義批判を行っているといってもよい。科学の基本が還元主義――つまり対象を細かく分けること――にあることを思えば、ジイドが、ここで行っているのは科学批判であるといってよい。それ見たことか、と言わないでほしい。

科学の根底にあるこの還元主義を批判している科学がある。それが、複雑系の科学である。つまり、還元主義批判ということに関して、ジイドと複雑系的科学者達は、同じ側にたっているわけだ。ただし、科学者による還元主義批判は、やはり、科学の方法と手順によってなされる点で両者は違っている。

物理学にとって「わかる」とは、現象を単純な法則に、対象をできるだけ小さな粒子に「還元」することにあった。たしかに、そのようにして発見された法則の応用によって、物理学は、数多くの実用的な成果をおさめてきた。

ところが、複雑系の科学によれば、このような還元主義には限界がある。たとえば、物体と物体の衝突について考えてみよう。ニュートン力学によれば、宇宙のあらゆる衝突という現象は、一つの包括的な方程式で代表させることができる。逆に、この還元された一つの方程式をもってすれば、いかなる衝突についても、衝突前の状態がわかっているならば、衝突後にその二つの物体がどのような動きをするのかが正確に予言できる。これで、原理的には、すべてが解決されてしまったかのように見える。

ところが、実際には、強風のなかを漂う風船の動きを予想できるものは誰一人としていない。風とは、それを構成している数多くの分子の動きにほかならず、風船の動きはそれらの個々の粒子との衝突の合算であるにもかかわらず、である。物理学者の蔵本由紀は、小惑星の動きについてはずっと先まで予想できるのにとしながら、風船に関してはそうはいかないと、次のように書く。

ところが、今折からの強風にあおられて空を舞う糸の切れた風船は、一〇秒後にどの空間位置を占めるだろうか。風船のサイズの誤差以内でこれを予言することが今の科学にできるだろうか。今この瞬間の風の流れに関する可能なかぎり詳細なデータを集め、世界有数のコンピュータをもってしても、これはまず無理ではなかろうか。

（『新しい科学――非線形科学の可能性』三）

それみたことか、だから科学はだめだ、大切なのは、心である、宗教である、芸術である、といったふうに考えていただくためにこの文を引用しているのではない。ここで、科学の限界を指摘しているのは、蔵本由紀という物理学者自身である。科学者が自ら、科学の限界を見つめている。複雑系の科学とは、科学の限界を科学的に考察し、克服しようとする科学である、ということもできるだろう。

ジイドが、還元主義的な科学に好意的でない理由は明らかである。それは、科学が、特殊例を、一般的な例へと切り詰めてきたからである（ただし還元主義者ならば特殊例を一般的な例へと広げてきたと言うかもしれない）。これは、ジイドの、次のような文学批判にも通ずるものである。先ほど引用した一九三〇年四月八日の『日記』の最初のところで、彼は次のようにも書いている。「フランス文学は、特殊な人間達よりも、人間一般を知り描き出すことに汲々としてきた」。ジイドにとって大切なものは、人間一人々々の特殊な姿である。一般性、包括性をめざし、得られた法則から、世界を演繹的に説明しようとする古典物理学の精神は、ジイドの姿勢の対極にある。ジイドにとって大切な認識方法は、個々の例の観察にあるからである。観察することをやめた科学にジイドは興味を示さない。要するに、ジイドは、観察を事とするモラリストの系譜に属する作家なのであって、古典物理学が、いかに有用なものであろうとも、運動方程式一つを提出すれば、もはや運動の観察は不要であると主張するものであるとすれば、そのような学には惹かれるはずがない。

だがもし、世界の多様性に挑む物理学――複雑系的物理学――があったとしたら？　ジイドは、そのような物理学を喜んで迎えいれたかもしれない。『地の糧』の第六の書で、ジイドは枝が揺れ動く様をこう表現している。

不揃いに揺り動かされる枝……。それは、小枝の多様な弾性が、風にたいする枝の抵抗の力を多様にし、風がそれらにあたえる衝撃をもまた多様にするからだ。

ここで、「弾性」（élasticité）、「抵抗」（résistance）また「衝撃」（impulsion）（分かりやすさのため「衝撃」と訳したが物理用語としては「力積」）のような力学の用語を使いながらも、ジイドは、物理計算をしようとはしない。『地の糧』のジイドは、ただただ、大自然の多様性に思いをはせるだけである。『地の糧』の抒情詩人にとっては、世界は多様であると夢見るだけで十分であった。要するに、大自然の多様性について語るに際して、ジイドは、物理学（古典物理学）のような科学はまったく当てにしていなかった。だが、物理法則も、露に濡れるとき、ジイドはこれを受け入れる。『地の糧』の第三の書の終わり近くから引用しよう。

すべてを包み込む物理法則。列車が闇を突進する。朝にはそれは露にぬれている。

カオス

物理的法則が物理的現実をなぞっているにせよその逆であるにせよ、その法則は厳密なはずである。しかし、それに基づく厳密な計算が役に立たない場合があるとは、どういうことであろうか。多くの読者は、ここで「不確定性原理」という言葉を思い浮かべるであろう。いや、話は、量子力学のレベルまで掘り下げなくてもよい。[1]たとえば、前章で例として挙げた、蔵本由紀のいう強風の中を漂う風船の動きが計算できないのは、量子力学的現象が起こっているからではない。それは、単に、風船に当たる、空気という粒子の集合――これが風である――の構成要素の数が莫大で、しかもそれぞれが不規則な動きをしているからにほかならない。これは、ジイドのいう「不揃いに揺り動かされる枝」の場合も同様である。物理学は、あまりに不規則にみえる現象を対象とはしてこなかった。物理学とは、物質の動きや性質の規則性や普遍性について考察する学問だからである。

ところが、今や事情は違う。複雑系の科学は、これまで科学があまりに不規則なものとして切り捨ててきた対象、すなわち「カオス」に注目する。たとえば、寄せては砕け散るあの波の動きがカオスである。波のしぶきや雲の形、そして木の枝の跳ね返りなどを面白いと思うのは人間の心の動きにとって自然なものであろう。素朴な心の持ち主は、「カオス」を眺めることに、物理学では語ることの出来ない人間的な感動――なんなら詩情と呼んでもいい――を覚えてきた。だから、物理学なんかどうでもいい、と。読者の多くは、微妙なことは人間にしかわからない、だから科学はどうでもよい、と思っているであろう。だが、いまや、カオスを視野にいれた複雑系の科学は、科学のほうから、普通人の関心に一歩、ほんの一歩だけだが、近づいてきてくれている、といえるだろう。

カオスの専門家は何といっているであろうか。複雑系の科学の草分けであり気象学者のエドワード・ローレンツは、次のように書いている。

> 時計の振り子の揺れ、山肌を転げ落ちる岩、海岸に打ち寄せる波などの非常に多くのプロセスで、時の経過に伴って何らかの変動が起こる。これらのプロセスのうちのいくつかは、その変動がランダムではなく、ランダムに見えるだけなのである。振り子は違うが、転がり落ちる岩や砕ける波はひょっとしたらそうかもしれない。私はこの種のプロセスをまとめてカオスと呼ぶことにする。言いかえると、実際は厳格な法則に従ったふるまいをしていても、偶然に左右されて進行しているように見えるプロセスである。この用法が専門的な研究で今日、最もよく使われているものと思うが、この意味でのカオスについて書いている科学者は、そのことに改めてふれる必要をもはや感じていない。
>
> （『カオスのエッセンス』二）

要するに、「山肌を転げ落ちる岩」そして「海岸に打ち寄せる波」のプロセスはカオスであるが、「時計の振り子の揺れ」の場合は、あの規則正しいリズムを指すのだとしたら、それは、カオスではない。さらにまた、これは十分にありうることだが、その動きに、人が室内を歩く振動や、室内での空気の動きや、屋外でのトラックの通過によって生ずる微妙な振動が影響していたとしたら……。時計の振り子のこのような不規則な「揺れ」は、「ランダム」（同三）[2]なもの（規則性のないもの）として、「カオス」から区別される。

これにたいして、カオスとは、「実際は厳格な法則に従ったふるまいをしていても、偶然に左右されて進行しているように見えるプロセス」である。逆に、「偶然に左右されて進行しているように見え」ても「実際は厳格な法則に従ったふるまいをして」いるプロセス、といってもいいだろう。たとえば「山肌を転げ落ちる岩」は、厳密に、落下の法則にしたがっている。だが、我々はその岩の動きを計算することはできないであろう。カオスにあっては、法則的ではあるが偶然的にみえるという但し書きを忘れてしまえば、少なくとも物理学者ではない素朴な目には、偶然と必然が同じひとつのものと見えてくる。物理学者なら、山肌を転がる岩も、「厳格な法則に従ったふるまいをして」いると主張するだろうが、彼とても、その必然性を計算によって示すことはできない。

だが、複雑系の科学達がカオスに注目するからといって、思い違いをしないでほしい。風船の例を挙げた蔵本由紀は、カオスという現象があるから科学のルールは役立たない、と言いたかったのではない。複雑系の科学が、従来の科学の限界を云々したとしても、それは科学のルールを、科学のルールにのっとって批判しているまでのことである。これにたいして、『地の糧』の流浪詩人が小枝の弾性や抵抗の力について、そして気まぐれにさえみえるその効果について云々するとしても、それは、人間が作ったルール（モラルというルールであれ物理法則というルールであれ）を忘れるようにと読者をいざなうために他ならない。ここで、性急に、それみたことか、と言わないでほしい。『地の糧』のジイドは、「カオス」を無視していたのではなく、いずれにしてもそれなりの仕方でこれを見ていたのであるから。

なお、「カオス」と「複雑系」の関係について、疑問に思ったかもしれない読者のために、「カオス」は「複雑系」の一つの場合であることを述べておきたい（疑問に思わなかった読者は、本章の以下の部分を読み飛ばしてもらってよい）。この点については、専門家に頼ろう。上田睆亮・西村和雄・稲垣耕作『複雑系を超えて――カオス発見』で、西村和雄は、その担当分において、次のように書く。「複雑系」の定義（確立された定義はないとしているが）としても参考になるだろう。

複雑系の確立された定義というものは未だなく、一般的には、カオス、自己組織化、創発、秩序と無秩序、自己組織化臨界などを示すシステムを複雑系と呼んでいます。複雑系の科学とは幾つかの異なる科学的方法の集合体です。強いて定義するなら、京大工学部の稲垣耕作助教授による、複雑力学系、複雑適応系、複雑計算系という分類が便利でしょう。複雑力学系とは、カオス、フラクタルなどの非線形動学です。そして、ネットワークによる個の関連を、複雑適応系と呼びます。その特徴は、第一に、個を結ぶネットワークが存在すること、第二に、個を規定する単位とネットワークが例えば細胞、組織、期間《ママ》、個体、集団と複数の層に分けられること、第三に、システムが変化をもたらし、その変化が、個の分析（すなわち還元的手法）では説明できないことなどです。複雑計算系は、人工知能などの基礎理論です。〔…〕複雑系が解明するもの、それもこれまでの還元主義的な方法で説明できなかったことは、創発、進化、自己組織化などのキーワードで表される現象です。それらは、生命の誕生、進化、生態系の発生、経済でいえば、企業の発生、変革、地域経済の発生などのことですが、そのそれぞれが切り離して論じることの出来ない概念でもあります。

（『複雑系を超えて――カオス発見』一〇六～一〇七）

つまり、カオスは、複雑系の一つの場合、ということになる。エドワード・ローレンツが挙げた「カオス」の例が、西村和雄によって列挙された「複雑系」のすべての場合をカバーするものではないことは明らかである。

（1）　カオスと量子力学は一応、区別して考えてもよいのではないかという点について、ローレンツは次のようにのべる。「もちろん私は、ランダムな現象からなる巨大な一群を無視してきている。それは、素粒子の規模で起こり、量子力学の法則に支配されるランダムな現象群のことである。そのような現象では、できごとはランダムな間隔をおいて不連続に起こるというのが基本前提である。すべての物質が最終的には素粒子に分割できるのだから、するとすべての物質はランダムにふるまい、決定論は抽象概念にすぎないことになるのだろうか。／ひょっとするとそうなのかもしれないが、それでもカオスを再びゆるやかに解釈すれば、カオスは残っているにちがいない。たとえ量子レベルの事象がランダムにではなく、予想どおりの規則正しい時刻、あるいはカオス的に決まった時刻に起こるとしても、揺れている振り子や転がる岩、砕ける波など、肉眼で見える現象の大半が備えているふるまい全般が、目に見えて変わるということはあるまい」(『カオスのエッセンス』一五八)。要するに、量子力学的不確定性が起こる素粒子での話と、カオス的現象が起こる分子以上での話では、レベルがちがう、ということになるだろう。

また、複雑系的理論あるいはカオス理論の先駆者であるカール・ポパーが、自らの理論と量子理論のあいだに一線を画したことについては、カール・ポパー『開かれた宇宙——非決定論の擁護』(小河原誠・蔭山泰之訳)の、「訳者あとがき」を参照してもよいだろう。

(2) ただし、「ランダム」という語の使い方には揺れがあるようである。ジョージェスク-レーゲンは、『エントロピー法則と経済過程』で、「ランダム」のことを、「どうしようもないでたらめ、いいかえれば秩序の完全な欠如を意味するもの」(七〇)ではないとし、「因果関係だけによって支配される系から生じうる」(七一)としている。このとき、ジョージェスク-レーゲンのいう「ランダム」は、ローレンツのいう「カオス」であり、「どうしようもないでたらめ、いいかえれば秩序の完全な欠如を意味するもの」に相当するものが、ローレンツのいう「ランダム」である。

モラルと物理学

ジイドは、モラルの問題から出発した。モラルへの反抗というジイドのスタンスはよく知られているので、ここでは強調しない。モラルからの一時的な解放の書、これが『地の糧』である。モラル体験をした者だけが、次に、モラルの問題を乗りこえようとする。還元主義的な科学を知っているものだけが、それを越えようとする。演繹的思考のできるものだけが、その批判をおこなう。一九三〇年四月八日のジイドの『日記』を、もう一度、引用しよう。

構成物にいたるためには単純なものから出発しなければならないという考え、そして、演繹によって構成することができるという考え。精神によって作り出された構成物は自然の複雑さに追いつくであろうという、具体的なものが抽象的なものから派生しうるという、誤った信念……。

ジイドのこのデカルト批判は、科学批判のための科学批判なのではなく、抽象的な「観念」やパターン化された「モラル」でもってしては「自然の複雑さに追いつく」ことができないという観念批判であり、そして様々な既成の観念への批判という意味でのモラル批判でもあるだろう。つまり、この一文は、観念やモラルから出発したジイドの自己批判でもある。同じジイドの批判の対象であるという点で、モラルと、古典物理学のような還元主義的な科学は、相通じている。

どちらも「計算」をおこなうという点で、モラルと古典物理学は、相通ずるものをもっている。どちらも、演繹的な思考を行う。モラルとは、人間の性情にかんする一般的法則であり、この法則にもとづいて、モラル的人間は、ああすればこうなるだとか、こうなったのはああだったからだ、というような「計算」を行う。もちろん、モラリスト達――「道徳家」という意味ではなく人間観察にもとづいて人間とは何かや人間は何をなすべきかなどを考えるモンテーニュに始まる一連の人達――は「観察」をすることを怠らない。モラリストの多くは、人間の性質にかんする一般的法則であるモラルというものの限界を知っており、これを「観察」によって補完しようとする。パスカルにいわせれば、「真のモラルはモラルを軽蔑する」（『パンセ』ブランシュヴィック版、四）。モラリストとは、ジイドもモンテーニュもパスカルもそうだが、一般的人間法則であるモラルが、実地に当てはめてみた場合、時としてうまくいかない場合もあることをわきまえている人であるといえるだろう。ちょうど、風の中の風船については物理計算がうまく行かないことを知っている物理学者のように。

モラリストが置かれているこの、知らないということを知っているという二重の状況は、複雑系科学者が置かれている立場に通じている。エドワード・ローレンツのいう「山肌を転げ落ちる岩」を見て、それが「カオス」だと思うことができるためには、古典的で一般的な落下の法則を知っていて、かつ、その限界を知っていなければならない。複雑系の科学者がカオスの問題に注目し、これを面白いと思うのは、第一にまず、古典的な科学を身につけていたからである。古典的な落下の法則を知っているからこそ、はじめて、転がり落ちる岩の問題が、一筋縄ではいかないことが見えてくる。

古典力学がなければ、複雑系的力学もありえなかった。同様に、まず、モラル体験がなければ、ジイドが、それを越えて〈セレニテ〉の境地へと進むこともなかった。『地の糧』のジイドがモラルというルールをすべて忘れてしまうようにと歌ったのだとすれば、それは行きすぎだったかもしれない。

物語の生長

前々章で引用した文で、エドワード・ローレンツはカオスの例として山肌を転げ落ちる「岩」を挙げていた。この「岩」が、ジイドでいえば、「物語」に相当するものとして「生長」するといったら、読者は驚かれるであろうか。

ローレンツのいう岩は、ジイド的に考えれば、物語と同様に生長していく。突き落とされた岩は、窪みにつっこんだり、出っ張りに当たってこすれたり、木の根っこにぶつかったりしながら、あるいは海に落ち、あるいはすんでのところで落ちなかったり、という物語をつくっていくであろう。岩は《落下》というテーマにそって様々な体験をし、いわば物語をつくりあげていくであろう。この意味で、岩は物語として生長する。

読者は、たんに、岩は落ちるだけであって、これを「生長」だの「物語」だのと大袈裟に言う必要はないと思うであろう。だが、たとえば《落下》のようなある一つのテーマは、ジイドの小説作法においては、最初は純粋な「観念」であったのにやがて「物語」として展開されていくという、「観念」と「物語」の二重の意味を帯びうる、ということを述べるためには、そうすることが必要である。

ジイドの思考においては、最初に思いついた「観念」（フランス語の「イデ」には「観念」と同時に「着想」の意味もある）は次第に「生長」していく。観念の生長という点については、詳しくは拙著『ジイドをめぐる「物語」論』の「物語の種子」と題した第二章を参照してほしいのだが、本書では〈ナメクジの増殖〉の章でも取りあげる。

簡単に説明しよう。たとえば、今の「岩」の場合にあわせて、《落下》というテーマについて色々と思いをめぐらせるとしよう。そうすると、《落下》という観念は、ふくらんでいくであろう。作家であるならば、この「観念」（イデ）を「着想」（イデ）として「物語」を書くことができるであろう。あるいは、岩を意志のある主人公のようにして描いたとすれば、落ちてやるぞと思い定めたその岩にとっては、《落下》は、規定の「行動方針」であるという意味で、一種の「モラル」である、ということになる。最初は、小さかった「観念」は、それを抱いた人間あるいは主人公の体験をつうじて、雪だるま式にふくらんでいく。簡単にいえば、これが「観念」の生長である。生長するものは、「観念」であるといっても、「行動方針」「モラル」「物語」あるいはそれを抱く人物であるといってもよい。

もし、《落下》するということが、岩にとっての「モラル」であるならば、岩は毎回、同じ落ち方をしなければならないはずだし、またその「モラル」が「行動方針」として的確なものであるならば、実際、そのような落ち方をするであろう。ただし、そのような岩の振る舞いは常識に反する。どんなに同じように落としても、岩は、毎回、違った落ち方をするはずである。読者は、当たり前ではないか、岩はごつごつしているし、どの角が地面のどの箇所にぶつかるのかわかったものでないし、それに、一回目と二回目では山肌も削れて形がちがっているはずだ、馬鹿な話はやめろ、と思うかもしれない。しかし、こう考えるとき、読者は、すでに、複雑系的な考え方をしてしまっているのである。

古典物理学によれば、同じ条件による落下は、毎回、同じ結果を生む。同じ条件にしたはずなのに、その都度、結果が違ったとしたら、読者はどう思うであろうか。今、ようやく複雑系的な考え方をしかかった読者も、今度は一転して古典物理学者の態度をとるであろう。同じ条件による落下が、そのつど別な結果を生むということが許されていいものかね、と。

たしかに、滑らかな板の上を滑る物体は、落下の法則にしたがって、毎回、同じ落ち方をするはずである。だが、複雑系の科学の草分けであるエドワード・ローレンツは、次のような思考実験を行った。スキースロープで、凸凹ができることがある。ローレンツは、この凸凹が、上下方向にも左右方向にも規則正しく並んでいるようなスロープを想定した。この上を滑るのは、簡単のため、「質点」（すなわち質量［重さ］はあるが大きさのない理想化された物体）である。その点は上下方向に、うねりながら落下する。ただそれだけではなく、左右方向にも傾斜はあるわけだから、それにしたがって、右にいったり左にいったりしてしまう。左右方向にかんして少しずれただけでも、上下方向のうねり方がちがってくるため、質点は、毎回、別のコースをたどることになる。読者は言うかもしれない、正確に毎回、同じ場所からスタートさせたら、いつでも同じコースをたどるのではないかね、と。ところが、正確に同じ場所に質点を置くという、この単純なことが、できないのである。わずか、一億分の一ミリずれただけで、その僅かな違いが、スロープを何回も下るうちに拡大され、しまいにコースは、大きくそれていく。その原因は、どこにあるのか、これを考えてみてほしい。

同様の疑問がモラリスト・ジイドにものしかかる。同じはずの《落下》が、毎回違った結果をうみだすとすれば、その原因は、どこにあるのか、《落下》という「モラル」が悪いのか、スロープがわるいのか、滑る自分が未熟なのか、と。

初期値鋭敏依存性

それにしても、と読者は思うであろう、「一億分の一ミリ」とかいう話は、ジイドと関係ありそうもないね、と。いやいや、どうして、生活上の、我々自身では制御できない、ごくささいな出来事が我々の人生をがらりと変えてしまうことがある。こうなると、自分自身を律することによって行動しようとする、「モラル」に頼った生き方の限界がみえてくる。ジイドが『贋金つかい』で描き出したのは、モラルでもって生きようとする人間達と、それとは別個の動き方をする事物の世界との絡み合いであったといえる。

とはいえ、と読者は反発するであろう、こうしようああしようと意図したところで思い通りにならないのは当たり前ではないかね、と。いやいや、『贋金』のジイドが考えているのは、理想と現実といった、単純な二元論ではない。問題なのは、モラリストが現実によって裏切られるという事実そのもの――これはおっしゃるとおり当たり前である――ではなく、モラリストがどのようにして裏切られるかという、そのメカニズムなのである。曲者は、目に見えるか見えないかといったほどのごく小さな現象である。最初はごくごく小さいのだが（だからこそ我々はそれに留意しない）、やがてその種はわれわれをがんじがらめにしてしまう。もし、あなたが『星の王子様』の愛読者であるならば、バオバブの木の喩えを思い出してほしい。

最初はごく小さかった数値が――たとえば「一億分の一ミリ」といった数値が、時の経過とともに大きくなっていく、といった現象に複雑系の科学は注目する。この不安定な性質は、「初期値鋭敏依存性」（sensitive dependence on initial conditions）と呼ばれる。読者は言うかもしれない、「鋭敏依存性」というのはわかるような気はするが、「初期値」というのは聞いたことがない、と。「初期値」とは、最初にこうであれば最後にはああなるといった物理計算問題で、最初の状態を示す数値のことである。エドワード・ローレンツが想定した前章でのスキースロープでいえば、スタートラインでの立ち位置が「初期値」あるいは「初期条件」に相当する。この位置が、一億分の一ミリずれただけでも、コースはしまいには、大きくずれてしまうのであった[1]。

この「初期値鋭敏依存性」は、最初、「バタフライ効果」と呼ばれていたものである。いや、そのなじみ深さによって、今なお「バタフライ効果」と呼ばれることのほうが多いかもしれない。このバタフライ効果または初期値鋭敏依存性について、複雑系科学者達は、ベンジャミン・フランクリン作とされる諺を好んで引きあいにだす。ただし、この話をもって、フランクリン自身は、教訓の材料とすることを好んだようである[2]。

理論生物学者スチュアート・カウフマンはといえば、《「釘がなかったおかげで、馬を失った。馬がいなかったおかげで、騎手を失った……」というのはベンジャミン・フランクリン作とされる童謡である》としながら独自の説を展開する。その論については〈物質は人間にたいして従順か――「自律体」という生命サイクル〉で取りあげなおそう。

ローレンツが注目した現象――やがて初期値鋭敏依存性といういかめしい名をもつことになる現象――を、「バタフライ効果」の名で広めることに貢献したのは、科学ジャーナリスト、ジェイムズ・グリックである。そのグリックは、次のように書く。

　そのバタフライ効果は、「初期値に対する鋭敏な依存性」という専門的な名前をもらうことになったが、この性質はまったくの新しい概念ではなく、その証拠に次のような古い民謡などの中に顔を出している。

「釘が抜ければ蹄鉄が落ちる

蹄鉄なしでは馬には乗れず
馬がなければ騎兵は征かず
騎馬隊なしでは戦にゃ負ける
負けりゃお国も何もない」

(『カオス——新しい科学をつくる』四五〜四六)

なお、「童謡」も「古い民謡」も同じく《フォークロア》の訳である。本家本元のローレンツ自身は、次のように語っている。カオスや初期値鋭敏依存性という現象を歴史的に位置づけている注目すべき文なので、長目に引用しておこう。

このドラマ[注、カオスについてのドラマ]は海王星発見のとき、つまりカオスについては実質上何の認識もなかった頃に始まり、一世紀半近くたった後、カオスがほとんどどこにでも潜んでいることが明らかになった頃に至る。もちろん、日常生活や世界のできごとにおいて、ちっぽけなものが大きな結果を招き得るという考えが、ごく新しいものだというつもりはない。「釘が一本足りないために、蹄鉄ひとつなくなった」で始まり、蹄鉄がないために馬が使えず、その影響がさらに騎手からいくさへと及び、ついには王国が倒れるというおなじみの詩の一節がつくられたのは今世紀ではない。ただ、十九世紀半ば、人々の想像がまだ及んでいなかったらしいのは、比較的単純な法則に支配される現象が、必ずしも予測どおりにふるまうとはいえないことである。そうした法則は、たいてい決定論的な方程式に表すことができるので、ふるまいが予測できるように思われるのだ。

（『カオスのエッセンス』一一一～一一二）

ローレンツもグリックも指摘しているとおり、呼び名はいかめしいものの、「初期値鋭敏依存性」の概念は新しいものではない。対象を観察する目をもった人ならば、多くが、この世には「初期値鋭敏依存性」の効果が見られることに容易に気づいているはずであり、そうでない人もそう思って観察してみれば、この事実にいとも簡単に気づくはずである。こう考えれば、ジイドが「初期値鋭敏依存性」を知っていたからといって、驚くには当たらない。

（1）生物学の分野での実験では、これとまた別の意味で初期条件をそろえることがむずかしい。金子邦彦は『生命とは何か――複雑系生命論序説』で次のように書く。「たとえば大腸菌をとってきて、実験をおこなう際に、その初期条件を完全にそろえられるかどうかを考えてみればよい。同じ時に分裂したとか、大きさが同じくらい、とか条件を加えていっても完全にはそろえられないであろう。そこにはわれわれ、ないし他の細胞が観測できない内部状態があって、それがそろっていないのである」（三〇）

（2）複雑系科学者達は、初期値鋭敏依存性の例として、ベンジャミン・フランクリン作とされる諺を引きあいにだす。ただし、フランクリン自身は、この諺を、「勤勉であれ」とか「細かいことにも注意を怠るな」という教訓話として、取りあげていたようである。

それから、［注、プア・リチャードは］どんな小さなことでも、注意深く、用心していなさいと勧めています。というのは、時に、

『わずかな怠惰から大きな災いを招くことになる』

からです。

さらに付け加えて、

『くぎが一本抜けることで蹄鉄がはずれ、蹄鉄がはずれて馬が倒れ、馬が倒れて騎手が命を落とした』

とも述べているのです。

これは、一本の蹄鉄のくぎに対する注意を怠ったことから、敵に追いつかれてしまい殺されたという話なのです。

皆さん、勤勉でなくてはならないことや自分の仕事に注意を怠らないことについての話は、これくらいにしておきましょう。


（『若き商人への手紙』第二部「富への道――プア・リチャードの教え――」三三）

また、別の著書では、ベンジャミン・フランクリンは、出来事の順序を、複雑系科学者達が注目したのとは逆に並べている。こうなると、初期値鋭敏依存性のニュアンスはまったくなくなり、教訓としての性格だけが残る。

Once upon a time a great war was lost because a pivotal battle was lost. The battle was lost because a great warrior was killed. The great warrior was killed because his horse fell on him. The horse fell on him because a horseshoe came off. The horse's shoe came off because it was missing a nail. The war was lost — all because of a little shoe nail.

(Benjamin Franklin, *The Way to Wealth* — *special edition* —, new modern edition updated and revised by Jack Vincent, The Helpful Info Publishing Co., Inc., 2010, pp. 41-42.)

進化論と複雑系

序文でも述べたとおり、本書の題は、進化論とジイドの関係について述べるという点では、『アンドレ・ジイドにみる進化論の影響』でもよかったかもしれない。この表題でも、言いたいことの半分以上を述べることができたであろう。しかし、読者は、なぜそこに複雑系を付けくわえるのかね、進化論と複雑系の関係は一体どうなっているのかね、といぶかることであろう。

実は、進化論にも、「初期値鋭敏依存性」に相当するものがある。ダーウィンがその学説のヒントをマルサスの『人口論』からえたことはよく知られている。マルサスは、抑制されなければ、人口は、幾何級数的（われわれにとってはむしろ「指数関数的」といったほうがわかりやすいであろう）に増加するが、食糧の方は算術級数的にしか（要するに一定量ずつしか）増加しないと予測した。ダーウィンはこれに影響をうけて、『種の起源』の第三章の冒頭近く、「指数関数的な増加」という小見出しのすぐ後に、こう書いている。「生存闘争が生じるのは、あらゆる生物の増加率がきわめて高いことによる必然的な結果である」（『種の起源（上）』一一二）。要するに、理想的な環境におかれると、生物はある一定の割合で、分りやすく言うと倍々ゲームで、ネズミ算式に増えていく。ふつう、バランスのとれた生物システムでは、指数関数的増加は淘汰によって相殺されるため目にみえにくいのであるが、ダーウィンは、目にあきらかな例として、家畜が野生化した場合と帰化生物の場合を挙げている。

繁殖の遅いウシやウマが南アメリカ、あるいは最近になってオーストラリアで野生化した例では、十分な証拠を示さなければとても信じられないほど高い増加率を示しているのだ。同じことは植物でもいえる。(同一二五)

よその土地から持ち込まれて定着した帰化生物が新天地で異常なほど急激に増加して広範囲に広がることができるのは、いつも驚かされる指数関数的増加率のなせるわざだと考えればすっきりと説明できるのだ。(同一二六)

それが爆発的な繁殖力をもっているからこそ、生物は、限られた食糧を求めて「生存闘争」をしなければならなくなる。

前章では、初期値鋭敏依存性に関して、筆者はこう書いた。「曲者は、目に見えるか見えないかといったほどのごく小さな現象である。最初はごくごく小さいのだが(だからこそ我々はそれに留意しない)、やがてその種はわれわれをがんじがらめにしてしまう」と書いた。この「種《たね》」を「種《しゅ》」と読み替えてもいいであろう。どの種が繁栄し、どの種が衰退することになるのか、我々は前もってしることができない。ダーウィンは書く。「未来を予測するなら、現時点で大いに繁栄しており、ほとんど打ち負かされていないか、まだほとんど絶滅させられていないグループは、この先も長期にわたって増加を続けることだろう。しかし、どのグループが最終的に繁栄するかは誰にも予測できない」(同一二二)

最も強い種、最も環境に適した種が勝つのではないかね、と読者はいうかもしれない。だが、我々は、どの種が最も強いか、どの種が最も環境に適しているかを前もっていうことができない。すべての環境に強い種はなく、環境が違えば、強さの基準も違ってくる。我々が言うことができるのは、生き残った種が強い種だということだけである。

一言でいうならば、この倍々ゲームの性質によって、進化論と複雑系の考え方は相通じている。本書で、「進化論的複雑系的」と、両者を並べることがあるのは、以上のような根拠によってである。

ジイド、『種の起源』を読む

さて、そろそろ、少しずつ証拠を出していこう。アンドレ・ジイドがチャールズ・ダーウィンの『種の起源』を感激しながら読んだということは、さほど知られていない。だが、これは、検証可能な明白な事実である。作品、日記、書簡をつうじて、ジイドがはじめて『種の起源』に言及するのは処女作『アンドレ・ワルテルの手記』においてである。主人公アンドレ・ワルテルの遺稿であるという体裁のこの作品の中で彼は次のように書いている。

ショーペンハウアーを読んでしまったら、『種の起源』にとりかかろう。ベルリオーズの『回想録』とミシュレの『フランス史』第二巻を読み終えた。

（『アンドレ・ワルテルの手記』「黒い手帳」七月十八日）

こう述べているのはアンドレ・ワルテルという作中人物であるにすぎないのだが、もしこの作中人物の読書体験が作者の体験と同じものであるとするならば、というのもジイド自身、「アンドレ・ワルテル」をもってペンネームとしたこともあり、また彼自身の日記をそのまま『アンドレ・ワルテルの手記』の中に挿入したりしているからなのだが、もしそうだとすれば、「ショーペンハウアーを読んでしまったら」という仮定をジイドが実現させたのは、一八九〇年七月のことであると推論される。というのも、当時ジイドは自ら『シュブジェクティフ』と冠した読書日記（一八八九年十月～一八九三年九月）をつけていたのだが、これによると、ショーペンハウアー『意志と表象としての世界』の項は、「六月～七月」とされているからである。このころ、ジイドは、『アンドレ・ワルテルの手記』執筆のため、静けさを求めてアヌシー湖の東の湖畔に位置するマントン＝サン＝ベルナールの山荘に籠もっていた。つまり、もし作中人物アンドレ・ワルテルの読書計画とその作者の計画が同一のものであるとするならば、ジイドはまさしく『手記』の執筆中に『種の起源』を読もうと考えたことになる。とはいえ、ショーペンハウアー読了後、少なくとも一年半のあいだはダーウィンに手をつけなかったことがわかる。というのも、一八九二年、年頭に際して『日記』に掲げた読書計画で、ジイドは再び『種の起源』をあげているからである。

もしアイスランドへ行くとしたら持っていく本
ダーウィン――『種の起源』
エドガー・ポー――『ユリーカ』
シェークスピア
コンディヤック――またはライプニッツ
オシアンまたはシェリー
勉強のために天文学を一冊

（『日記』一八九二年一月二日）

以上は、プレイヤード新版で増補された部分であり、プレイヤード旧版にはない。したがって邦訳の『日記』

にはないことを断っておきたい。

アイスランド旅行は実際にはなされなかったとしても、その準備計画は、極地を目指して進む一行の物語、すなわち『ユリアンの旅』（一八九三年）を生むことになった。読書日記『シュブジェクティフ』によれば、ジイドがダーウィンをただちに読んだ形跡はない。ポーの『ユリーカ』については同じ一月の十八日から二十五日にかけて、シェークスピアについてはそれ以前もそれ以後もしばしば手にしているし、ライプニッツの『単子論』は同年六月、となっている。この読書日記には、マクファーソンがオシアン作として出版した詩や、シェリー、そしてコンディヤックについての言及はない。また「天文学」の本を読んだ形跡もないが、科学本ということでいえば、読書計画を立てたまさにその月のうちに、ドイツの自然科学者カール・ヴォークト（1817-1895）の『比較解剖学第一六分冊』を読んでいる。

ジイドが実際にダーウィンを手にしたことが分っているのが、一八九三年十二月と一八九四年一月である。ジイドは、一八九三年十二月四日付けの母への手紙で「私はまたダーウィンを嬉々として読んでいる」[1]とし、同年十二月としか分らないヴァレリー宛ての手紙で「私はダーウィンとたわむれている」[2]と書く。年が明けた一月五日の母への手紙では、「ダーウィンを読むことに熱中している」とする。また、一八九四年二月の従妹ジャンヌ・ロンドーへの手紙（未刊）[3]には、「ドイツ語とイストワール・ナチュレル（博物学、自然史）だけを読んだ」と書く。

ところで、ジイドが、一八九三年暮れから一八九四年初めにかけての二、三ヶ月間で、『種の起源』を読み切ったという証しはない。むしろ、読了しなかった、と思われる節がある。というのも、その後に書かれたソチ『パリュード』に、「ダーウィンを終わりたいと思うこと」（『パリュード』「水曜日」の終わりの部分）とあるからである。その構想については一八九三年三月にまで遡ることができるものの、『パリュード』が本格的に書き始められたのは一八九四年の秋からであり、完成したのは同年十二月五日である。「ダーウィンを終わりたいと思うこと」とする『パリュード』の主人公の備忘録が、もし、ジイド自身のものでもあったとすれば、おそらくはこのソチを完成させるためにスイスの寒村ラ・ブレヴィーヌに籠った一八九四年秋から暮れにかけての時期において、少なくともその構想執筆の時点で、『種の起源』は読みさしの状態にあったと考えられる。

さて、ジイドは『種の起源』をいつ読み終えたのであろうか。あるいはまた、彼は、この大部な著をはたして最期まで読みとおしたのであろうか。残念ながら、われわれは、何月何日に読了したというような記述をみつけることはできない。

なお、『種の起源』以外のダーウィンの著書でジイドが読むことになるものに、極めて専門的な論文『蔓脚亜綱論』がある。また、ダーウィンの大著『人間の進化と性淘汰』(4)および、有名な『ビーグル号航海記』をジイドが読んだことについては、後でふれることになるので、ここでは述べないでおく。

(1) André Gide, *Correspondance avec sa mère 1880-1895*, Gallimard, 1988, p. 265.
(2) Paul Valéry, André Gide, *Correspondance 1890-1942*, Gallimard, 1955, p. 194.
(3) Jean Delay, *La Jeunesse d'André Gide*, t. 1, Gallimard, 1956, p. 307.
(4) ジイドが、『蔓脚亜綱論』および『人間の進化と性淘汰』を読んだことは、これが『コリドン』において言及されていることからわかる。なお、『人間の進化と性淘汰』(長谷川眞理子訳、文一総合出版、一九九九年、二〇〇〇年)の原題は、*The Descent of Man, and Selection in Relation to Sex* であり、これは、『人間の由来』と訳されることもある。

進化論と神

チャールズ・ダーウィンの学説は、神の問題を提起しないではおかなかった。その自然選択の考え方は、ダーウィンの用心にもかかわらず、当然のことながら、神の領域を侵犯するものと考えられた。他方、敬虔なプロテスタントとして出発し、ついに、神は人間の産物であるとするに至ったアンドレ・ジイドもまた、一言でいえば、神の問題を人間の問題でもって置き換えるのに一生をかけた作家であった。ジイドと進化論というテーマを扱うとき、神の問題を避けてとおることはできない。

進化論とジイドのかかわりについて考えるとき、その関係の深さの証拠となると同時に、その関係の特徴を示すような文を、われわれは、ジイドの『日記』のなかに見つけることができる。彼は『日記』で、正確に言うと、一九二一年の『日記』本文の後におかれた「断章」で、次のように書く。この一文は、ずばり「進化」の小見出しをともなっている。

進化

《なんだって！》と彼は言った。《人間が形成される以前に幾世紀もが流れえたことを支持し証明しながら、最高存在については、さらにもっと多くの時間が必要であることを認めないというのかね。神は、全創造の到達点であって、出発点ではないことを理解しないのかね。それでもやはり、全創造が神の業であることに変わりはないであろう。だが、それはわれわれの後でなければ完成されないのだ。全進化は、神に至らねば

ならぬ》

ちなみに、「《なんだって！》と彼は言った」というときの「彼」は、プレイヤード版の注によれば、ジイド自身のことである。

この、「神は、全創造の到達点であって、出発点ではない」という考え、これを、次章で詳述することになるが、ジイドは他の箇所でも述べている。筆者はこれを、次章の題でもあるが、《来るべき神》の思想と呼んでいる。ジイドのこの考え方によれば、天地創造に際して、神は、世界と人間を創ったにしても、その時、すべてを見通していたわけではなかった。この思想にあっては、ジイドの神は、全知ではない。「神は、全創造の到達点であって、出発点ではない」のであるから、また「それはわれわれの後でなければ完成されない」のであるから、出発点において、「全創造の到達点」のことを知っているものはいない。つまり、世界は人間と神とが互いに影響を及ぼしながら作るものであり、人間と神との合作として進展する。

今の一文には、「進化」という小見出しがつけられている。もし、この小見出しによって、ジイドはここで「進化論」のことを意識している、と述べたとすれば、聡明なる読者は、進化と進化論は違うのではないか、と反論してくるであろう。とはいえ、ここで、確かに、「進化」の語でもって「進化論」のことが考えられていると いうことの証拠として、次の二点を挙げることができる。第一に、創造されていく世界としてここでジイドが考えているものが、生物世界におけるような「システム」をなしている点である。第二には、あえて生物学的用語を使うならば、人間と神は「共進化」する、という点をあげることができる。この第二の点については次章で述べる。

さて、ジイドを「矛盾」の作家として知っている読者は、「システム」という語に驚かれたことであろう。ジイドは、不安な存在なのであって、その精神はシステマティックであるはずはない、と。こういった先入見を極端にまで推し進めたばあい、ジイド像を見誤ることになるということについては、予告しておきたい。ただ、ここでは、ジイドの思考がシステマティックであるかどうかではなく、「それでもやはり、全創造が神の業であることに変わりはないであろう」というその神によって創造された世界が、生物世界と同様、ジイドにとって「システム」をなしているように見えたかどうか、ここに話を局限しておこう。（↓〈システムのなかのソチ的要素〉）

今の「進化」の小見出しではじまる文の直前に、ジイドは次の文を置いている。ここで、ジイドは、人間世界というものは、その構成要素を個々にではなく全体として見なければならない、という考え方を示しているといえるだろう。

ルネサンスの不節制、ギリシアのウラニズム、古代ローマの奴隷制を残念に思うこと、これは残りのものを軽んじるのでなければうまくいかないであろう。だが、ここではすべてが緊密な相関関係にあるのであって、ルネサンスの生の過剰は同時にまた風俗へとあふれ出るのでなければ文学へとあふれ出ることはできなかったのだし、ウラニズムがなければギリシアはその彫刻に相応しくなかったことであろうし、私の前にすでに言われていることだが、ローマの奴隷制が自由人を可能にしたのであると納得することのほうがよっぽど賢くないだろうか――また、ジャムの理解力欠如が彼の詩に有利に働いている、と。

ここで、ギリシアの彫刻は見事だがそのウラニズム（男の同性愛）の方はけしからぬ、とするわけにはいかないというジイドの論法は、「すべてが緊密な相関関係にある」という考えにもとづいている。言い換えればここで、ジイドは、一社会の、風俗習慣、文化、芸術、制度を、互いに関連するシステムとしてみている、といえるであろう。

今の引用文のさらにもう一つ前には、次の文が置かれている。

事実や人々を、それがあるとおりに取ることが出来ないということ、これほど愚かな癖はない。アングルにもっと暖かい色調を、ドラクロワにもっと正確なデッサンを望むということ、これこそは、二つの世代の人々によって余りにもなされすぎたがゆえに、もはや敢えてなしてはならないことである。

つまり、芸術作品もまた、それを生み出した諸々の事柄との相互作用のうえにある以上、アングルはいいが、あの冷たい色使いはどうもねとか、ドラクロワはもっと正確に描いてくれたらさらにいいのだが、というわけにはいかない、だから、アングルの冷たさもドラクロワの粗さも、一つの全体としてそのまま受け入れなくてはならない、ということになる。

以上、一九二一年の『日記』の後に置かれた「断章」の三つの文を比較し、重ね合わせてみると、ジイドがここで問題にしているのは、「すべてが緊密な相関関係にある」ような「システム」である。「進化」の小見出しで始まる文を、「全進化は、神に至らねばならぬ」で締めくくるとき、ジイドは、この世界に、システムをなしながらそのシステム全体を変化させてゆくメカニズム——進化論的メカニズムを見て取っていたのだといえる。

《来るべき神》の思想

前章でざっと触れた《来るべき神》の思想を、本章ではメインテーマとして取りあげ、詳しく述べることにしよう。《来るべき神》の思想について、ジイドがはっきりと表明した文は三つある。すなわち、一九一六年のヴァージョン、前章での一九二一年のヴァージョン、そして一九四二年のヴァージョンである。

筆者の知る限り、まず、ジイドがこの思想を初めて述べたのは、『日記』の次の文においてである。

もし信条を表明しなくてはならないとしたら、私はこう言おう。神は我々の後方におわすのではない、と。神とは来るべきものである。神を探し求めなくてはならないのは、人間の進化の初めにではなく、終わりにである。神は到着点であって、出発点ではない。それは、全自然が時間のなかを向かってゆく、究極にして最終の点である。そして、時間は神にとっては存在しないので、神が栄冠をかぶせるその進化が、後に続いているのか先行しているのか、これを呼び寄せて、あるいは後押しして決定するのか、神にとってはどうでもよいことである。

人間によってこそ神は自らに形をあたえてゆく、これこそは私が、《我らに象りて人を造らん》〔注、創世記一、二六〕という言葉のうちに感じ、信じ、そして理解しているところのものである。進化の一切の学説も、こういった考えにたいして、何ができようか。

これこそは、私が聖なる場所に入る門であり、私を神に、福音書などに連れ戻す一続きの思考である。

私はこのことを、いつの日か、明確に説明できるようになるだろうか。すでにずっと前から、私はこのことを、そうとは知らずに信じている――それが、私のなかで、一連の啓示によって少しずつ明らかになってくる。理屈はそのあとに来る。

（『日記』一九一六年一月三十日）

この文を書いた一九一六年というのは、まさに、ジイドが精神的危機に見舞われ、再び福音書を精読しはじめた時のことである。「これこそは、私が聖なる場所に入る門であり、私を神に、福音書などに連れ戻す一続きの思考である」の部分にも、その影響はみられよう。

目ざとい読者は、「進化の一切の学説も、こういった考えにたいして、何ができようか」の部分に気づいたに違いない。それみたことか、ジイドは、アンチ進化論者だったのだ、と。とはいえ、私は、何も、ジイドがいかなる点においても進化論の主張はすべてこれを支持していると主張しているのではない。結論を言ってしまえば、ジイドは、進化論を半ば肯定し、半ば疑いながら、結局はその影響を受けている。

実は、ジイドが「進化の一切の学説」に対抗させて主張している自説こそは、実は、進化論的であることに読者は気づいたであろうか。すなわち、「人間によってこそ神は自らに形をあたえてゆく、これこそは私が、《我らに象りて人を造らん》という言葉のうちに感じ、信じ、そして理解しているところのものである」の部分であるが、この考えそのもののうちに、「共進化」と呼ばれる進化論的メカニズムを見ることができる。たとえば、昆虫と花は助けあいながら「共進化」してきた。昆虫は、花粉を媒介するご褒美に甘い蜜をもらう。リチャード・ドーキンスの言葉を借りよう。

花と受粉媒介者との親密な関係は、共進化と呼ばれるもののすてきな実例である。共進化はお互いに何か得るものがある生物のあいだで起こることが多く、そこにおける協力関係は、どちらの側も相手側のためになんらかの貢献をし、協力から双方に得るところがある。

（『進化の存在証明』一四九）

このような「共進化」とでも呼ぶべきものが、神と人間とのあいだに見られると、ジイドは、「人間によってこそ神は自らに形をあたえてゆく」の部分で言っているのである。反対に「神によってこそ人間は自らに形をあたえてゆく」と言ってよいであろう。

この点を明確化するために、一九四二年のヴァージョンを援用しよう。アンガージュマン時代のジイドは、宗教・思想における形而上学的欺瞞をきっぱりと否定するにいたるが、その後も神の問題がその念頭から去ることはなかった。ジイドは、『日記』の一九四二年六月二日の分に続く、「シディ・ブ・サイド」と場所のみを記した箇所で、こう書いている。

神はいまだなく、生成するものだと、われわれ各々に依存してこそ神は生成するのだということを理解したその瞬間から、私のなかで、モラルが再び打ちたてられた。こういった考えのうちには、いかなる不敬虔もいかなる自惚れもない。というのも、私は、神が、人間によってそして人間をとおしてのみ達成されるものであるということ、とはいえ、同時にまた、もし人間が神に到達するとしても、創造は、人間へと至るべく神から発したものであるということを確信していたからである。したがって、神の存在は両端に、到着点と同様、出発点にもみられるのであって、出発点は、そこから神にいたるためにのみあったわけである。この二枚構造の考えが私を安心させた。そして、私はもはや一方を他方から切り離すことは承知しなかった。すなわち、人間によって創られるために人間を創る神。人間の目的である神。神によって人間にまで引き上げられるカオス、そして次に、人間は神にまで自らを引き上げる。

相互的に、「われわれ各々に依存してこそ神は生成する」のである一方で、「もし人間が神に到達するとしても、創造は、人間へと至るべく神から発したものである」。一言で言えば、神は人間の産物であるのだが、自らの産物であるその神をつうじて、「人間は神にまで自らを引き上げる」。要するに、人間と神は「共進化」する、といってよい。ここには、「人間によって創られるために人間を創る神」というような循環がみられる。

出発点、中間段階、到着点という三つの段階について、以上の三つのヴァージョンを一つにまとめると、次のようになる。

一、神は、世界を創ったとき、それがどうなっていくのか見通してはいなかった。（なお、出発点にかんしてみられる三つのヴァージョンの微妙な違いについては今のところ気にとめないことにしよう）

二、中間段階では、神と共に歩むことで、人間こそが、自らと神と世界を創りだしていく。

三、人類は、神自身にさえわからない目標を《神》と定めてゴールへと突き進んでいく。

一の出発点と三の到着点において、ジイドの《来るべき神》思想は、進化論的発想を越える彼独自の考えを含んでいる。今のところ、本章でのべたこの思想は、二の中間段階において進化論と対応する、ということだけに注目しておこう。

ディヴィッド・H・ウォーカー

読者は言うであろう、もし、ジイドが進化論から深い影響を受けたのなら、必ずやこれまで研究者達がそのことを指摘しているはずだ、と。たしかに、そのとおりである。ただ、そのことについて、然るべき論文を書いているのは、ディヴィッド・H・ウォーカーただ一人である。また、ジイドと物理学というテーマで書いた論者としては、次章で取りあげるディヴィッド・スティールを挙げることができる。

ジイドと進化論というテーマは、研究者のあいだでも、知られていないわけではないが、いまだ、考究されているという段階にはない。注のレベル、言及しただけのレベルのものを除くと、これについて特に扱ったものとしては、おそらく、ウォーカーの「ジイド、ダーウィン、そして進化理論」(1)の一本だけである。ウォーカー自身、このテーマがネグレクトされてきたことを嘆きつつ、その論文の冒頭で次のように書く。

ジイドの思想および著作へのチャールズ・ダーウィンの影響はいささか軽んじられてきた。なるほど、ダニエル・ムトートは、『コリドン』の制作にあたってダーウィンが寄与した部分について検討した。だが、たとえば、ジイドの親友の一人であるゲオンが、どうして一八九七年の論文で、この作家が範としている思想家の一人にダーウィンを数えたのかを、われわれは、これまで説明できていない。

ウォーカーがこの文を書いたのは、一九九一年だが、その後、この点が説明されたとは思われない。

比較的最近では、ナタリー・フォルタンの論文「アンドレ・ジイドにみる生物の称賛」(2)がある。この論文は、『アンドレ・ワルテルの手記』から『地の糧』への変貌に際して生物および生物学への関心が果たした役割の大きさについて論じたもので、ジイドが接した多くの生物学者達を引き合いに出している点で、資料としての価値をもつ。『手記』の形而上学的神秘への関心から出発したジイドが、生物や生物学への関心をつうじて《物質主義的転換》(この表現そのものはフォルタン自身がのべているようにモーリス・ナドーから借りたものである)(3)を果たしたというその主張の骨子は、若いジイドが、アフリカ体験による自己解放をとおして『地の糧』に至る、という通説に沿い、これを裏打ちするものとなっている。ただ、論の展開に際して、《ヴィ》(命、生命、生活)や《ナチュール》(自然、性質、大自然)というキーワードが、生物学的現象にとどまらず、『地の糧』でなされる生への賛歌や大自然の賛美までを含めて、渾然一体と多義的なままに用いられている点が惜しまれる。

さて、参考にすべきウォーカーのこの「ジイド、ダーウィン、そして進化理論」によれば、ジイドがダーウィンに学んだものは、「偶然」が果たしている役割の大きさである。ウォーカーは書く。

ダーウィンは自然における目的論的意図を否定し、事物の真中に偶然性を据える。ベルクソンは、ダーウィンにならって、《〔…〕進化において偶然性が占める部分は大きい》と書くことになろう。そして、《ある一つの生物は〔…〕世界に導入されたある量の偶然性を、つまり、ある量の可能的行動を表象している》と断言することになろう。「偶発事論」の副題をもつ本(『パリュード』)の著者であるジイドにとって、これ以上にふさわしい世界観はなかった。存在する世界がしかじかであるのは、ただ偶然のみによってである。世界は、違っていたかもしれない。世界は絶えず新しい可能性を示している。(4)(六四)

世界が、このように、もし偶然によって決定される余地のあるものであるならば、たしかに、それは、今ある姿とは違っていたかもしれない。

ウォーカーの第二の論点としては、ジイドの小説技法――世界の新たな可能性への期待を抱きつつ現にある世界が可能な世界の一つでしかないことを示すというとりわけソチやロマンにみられる小説技法――がもつ、進化理論との親近性についての指摘を挙げることができる。ウォーカーのこの二つの論点が、どれだけ筆者を励ましてくれたかは、筆舌に尽くしがたい。また、本書の主張の何分の一かは、この二つの論点を複雑系の観点から敷衍したものである。さらに、細部にいたるまで、筆者は、この論文に多くを負っている。

ただ、ウォーカーのこの論文にも限界があるのではないか。ジイドにおいて、「偶然」と「可能性」の果たす役割が大きいことは、進化論抜きでこれまでも論じられてきた。たとえば、フィロドーは、進化論に触れることもましてや頼ることもなく『アンドレ・ジイドにおける遊びの世界』を書くことができた。(5) 読者は言うかもしれない、それでいいのではないか、何も進化論を出してこなくたってジイドはジイドであり、ジイドは成立する、と。なるほど、ジイドは、『種の起源』を読んだかも知れないが、ここに何かを学んだというより、自らの考えを確認したにすぎないのではないか、と。

ウォーカーの指摘は、本書の結論と一致するものではある。その限界は、ジイドの思想と進化理論の《親近性》、あるいは類似性を示したにすぎないと受け取られかねない部分があるということである。単なる類似でないことを証明するためには、進化理論が、ジイドにおいてダイナミックに働いていることを示す必要があろう。また、ウォーカーは、進化論が晩年のジイドの思想を読み解く鍵であることを示さなかった。この点、本書は、ウォーカーの論文を乗り越えることを目指すものである。

（1） David H. Walker, « Gide, Darwin et les théories évolutionnistes », *Bulletin des Amis d'André Gide*, n° 89, janvier 1991, pp. 63-75.

（2） Nathalie Fortin, « L'éloge du vivant chez André Gide », *Bulletin des Amis d'André Gide*, n° 167, juillet 2010, pp. 333-354.

（3） Maurice Nadeau, « Introduction » à : André Gide, *Romans, récits et Soties, œuvres lyriques*, Bibl. de la Pléiade, t. 3, Gallimard, 1975, p. XXI. ただし、モーリス・ナドーのいう「物質主義的転換」(conversion matérialiste) とは、ジイドが、本書でいうところの〈物質固有の論理〉を知るようになったということではなく、書斎から出て大自然の空気にふれるようになったぐらいの意味でしかない。

（4） 引用文中の Bergson の文については、*L'Évolution créatrice*, Quadrige / PUF, 1941(2009), p. 255; p. 262.

（5） Bertrand Fillaudeau, *L'Univers ludique d'André Gide — les Soties*, José Corti, 1985.

ディヴィッド・スティール

二〇一四年のアンドレ・ジイド学会誌七月・十月合併号に、ディヴィッド・スティールの「重力、相対性、量子理論とビッグバン――『法王庁の抜け穴』の場合」(1) なる論文が発表された。このとき、本書は、骨格のレベルにおいてだが、ほぼ完成しており、その直接的な影響を受けることはできなかった。この論文は、表題にもあるように、物理学上の話題と重ね合わせながら『法王庁の抜け穴』について論じたもので、二〇一四年がこのソチの百周年にあたる年であることを意識して書かれたものである。

なお、本章は、こういう事情から、本論がほぼ出来上がってしまってから書かれたものであり、そのため、スティールの論文のテーマと本書を構成する内容についての比較をする際、先回りして言及するなど、理解しづらい点があるかもしれない。もしそのように感じられたとしたら、本章を飛ばしてもらっても、本書の理解には影響しない。

この論文は、ダーウィン（一二七、一三二）、エントロピー（一三〇）（→〈熱力学第二法則、あるいはエントロピー増大の法則〉）、創造説（一三二～一三三）（→〈ダーウィニズムと創造説――そのドッキングは可能か〉）、ライプニッツの「自然は飛躍せず」（一三七）（→〈自然は飛躍せず?〉）、偶然（随所に）など、本書と重なるテーマについて言及している。ジイドが、物理数学にたいして興味と関心をもっていたことを強調する点で、本書と軌を一にするものである。筆者は、『地の糧』の「すべてを包み込む物理法則。列車が闇を突進する。朝にはそれは露にぬれている」（→〈ジイドと物理学――還元主義批判〉）の一句――これまで大切におもってきた一句が、一人のジイド評者によって、はじめて言及されているのをみて(一一六)、言いしれぬ喜びを感じた次第である。

とはいえ、細かな資料としての価値は別として、ディヴィッド・スティールの論文は、その骨格のレベルにおいては、参考にすることはできなかった。その論は、相対性理論や量子理論が、何らかの『法王庁の抜け穴』に影響をあたえたというものではなく、類似しているということを主張しているにすぎない。たとえば、陽子(プロトン)が発見され命名されたのは一九一九年だが、これを一九一四年の『抜け穴』に登場する人物プロトスの名前と比較するだとか(一二五)、一九二七年にハイゼンベルクによって提唱された不確定性原理をこのソチに適用するだとか(一二七)、ジイドがアインシュタインの重力理論を知ったのが一九一九年冬であるとしながらこれを『抜け穴』の分析に用いている(随所に)だとかの例をみても、スティールによるこの作品と物理理論との比較は、表面的なものであるにすぎないことは明らかである。

こういった批判の論理は、本書にも適用可能であることは重々承知している。すなわち、ジイドは、複雑系の理論を知らなかったのに、複雑系云々とは何事かと。とはいえ、本書で行っているのは、ジイドという思想のメカニズムと、複雑系の構造との比較である。

ラフカディオがフルリッソワールを突き落とすことになる列車での場面を、スティールは相対性理論になぞらえる。夕方になって車室にともされる電灯、フルリッソワールを犠牲にするかどうかを決定することになる野原の火、これらが、相対性理論を説明するときに好んでもちいられるモデル、すなわち、進行している列車とその中にともされる電灯の光に模されている(一二八〜一二九)。ただし、スティールの比較で、一致しているのは、列車と電灯、光という舞台装置だけであるにすぎない。

スティールは、ニュートン力学と、相対論という現代物理学(厳密に言えば相対性理論は量子の考え方を使っていないという点では古典物理学の範疇に属するものだが彼はこの点を理解していない）の比較をつうじて、結局は、よく行われてきたように（↓〈システムとノン・システム〉）、『法王庁の抜け穴』の世界に新手の二分法を持ち込んだにすぎない。すなわち、一方の項は、《ニュートン力学、引力、重力、謹厳さの精神、変化への不服従、甲殻類》の語によって代表され、旧弊な精神をあらわす。他方の項は、《アインシュタインの相対性理論、無重力、軽さ、利口者、偶発性》そして果ては《空中浮揚》の語によって代表され、進取の気性に富んだ新しい精神をあらわす（括弧内の語は、同論文、一二四～一二五）。ニュートン力学と相対性理論は、こういった分類を行うための連想を発生させる装置でしかなかった。

スティールは、カオスの問題と、不確定性原理の問題を混同している。彼は、イアン・スチュワートの著書から、「決定論的システムの内部での確率的な振る舞い」の句を引用しながら（一二七）、これを量子力学的なサイコロの話としかとらえていない。「決定論的システムの内部での確率的な振る舞い」とは、複雑系的現象そのもののことであるが（↓〈初期値鋭敏依存性〉におけるローレンツからの引用、↓〈偶然と必然のあいだに〉）、彼は、これを引用するに際して、複雑系の問題に言及することはなかった。このことは、スティールが、必然と偶然とを対立的にしか考えることができなかったことを意味する。カオスでの確率性と、不確定性原理でいう確率性は、違うレベルでの現象である（↓〈カオス〉の注1）。

とはいえ、スティールの論文は、ジイドとハードサイエンスとの関係を強調している点で大きな意義をもつ。ただし、ジイドが、そのハードサイエンスの数式を、そして概念を、どのように理解したのか、しなかったのか、量子力学や相対性理論がジイドの思想にどのような影響をあたえたのか、あたえなかったのか、あたえたとすれば影響はいつごろからはじまったのか、今後、検証していく必要があるだろう。

(一) David Steel, « gravitation, relativité, théorie des quanta et le bigbang — le cas des *Caves du Vatican* », *Bulletin des Amis d'André Gide*, n° 183-184, juillet-octobre 2014, pp. 115-139.

『地の糧』にみる創世

ディヴィッド・H・ウォーカーによれば、《ダーウィンを読んだことの最初の影響のもとに書かれた作品》は『鎖を離れたプロメテウス』（一八九九年）である。[1] とはいえ、筆者の考えでは、早くも『地の糧』（一八九七年）には、その影響の痕跡を見ることが出来る。『地の糧』にはいくつかの「ロンド」が挿入されており、その第二の書に「神の存在のよき証明のロンド」というのがある。これを見てみよう。

第一動者による証明がある
だが、それよりもさらに前にいた者がある
ナタナエル、我々がその場に居合わせなかったのは残念だ
男と女が創られるのを見たことだろうに
彼等自身ちいさな子供で生れなかったのに驚いているのを
エルブルーズ[2]のヒマラヤスギがすでにもう雨水に穿たれた
山の上ですでにもう樹齢幾百年もで生れてへたっているのを

ここに登場する、自分が大人の格好で誕生したことに驚いている人間、また、雨水に穿たれた山で、すでにもう苔むした姿で生れたヒマラヤスギとはいったい何であるのか。そして「第一動者」のさらに前にいた者とは誰

なのか。この一節は私にとって長いあいだ謎のままであった。これを説明してくれる論文とてなかった。この文が『創世記』のパロディーであることは論を俟たないにしても、その含むところは何なのか。

このロンドでは、「2たす2は4による証明がある、だが、ナタナエル、だれもが上手に計算できるわけではない」だとか、「究極因による証明がある。だが、目的が手段を正当化することを誰もが認めるわけではない」だとかいったふうに、様々な証明法が列挙されては、反例によってあっさりと否定されてく。「ロンド」全体がこのような諧謔的な調子で貫かれている。それで、「第一動者による証明」の奇妙なイメージも同様の効果を狙ったものであろうと推察することはできたが、この諧謔性という解釈だけでは私自身、得心が行かなかった。進化論の観点から、ジイド作品の読み直しの作業を始めたとき、頭にまず最初に浮かんできたのがこの「ロンド」である。ジイドが創世の物語を進化論の観点から焼きなおしたと考えれば、謎は解ける。

とはいえ、ここで作者は、高度な進化論的あるいは生物学的知見を披露しているのではない。ジイドは、創世のパロディーをおこなうにあたって、生物にとっては基本的な原理、すなわち成体としての個体が現出するためには時間がかかるという常識的な事実を持ち出してきているにすぎない。いきなり、成人の男女があらわれうるはずはない、何百年もの樹齢でヒマラヤスギが生れるはずはない、山が、最初から雨水に穿たれた姿をしているはずもない。つまり、神が創世をした以前に、すでに世界があり、時が流れていたはずである、ということになる。『地の糧』の作者のこのような推論は、《来るべき神》の思想の一九二一年ヴァージョン、すなわち、

進化

《なんだって!》と彼は言った。《人間が形成される以前に幾世紀もが流れえたことを支持し証明しながら、最高存在については、さらにもっと多くの時間が必要であることを認めないというのかね。

という発想へとつながってゆく。つまり、「神の存在のよき証明のロンド」における「第一動者による証明」は、《来るべき神》の思想の、さらにもっと初期のヴァージョンであると、見ることもできそうである。ただし、ここでは、出発点についてしかのべられていない。

なお、このロンドの一頁ほど後に、ラマルクの用不用説を思わせる、次のような一節があることを指摘しておこう。

ナタナエルよ、どんなものも、丁度よいときにやってくるものだ。物はおのおの、その必要から、しかも、言ってみれば外化された必要からのみ、生れるものだ。

私は肺が必要になったと、木が私に言った。私の樹液は、葉となり、息ができるようになった。それから、呼吸しおえたとき、葉は落ちたが、そのために死にはしなかった。私の果実には、命というものについての私の思いのことごとくが含まれている。

（1） David H. Walker, *op. cit.*, p. 64.

（2） **Elbrouz** は、コーカサスの最も高い山。プレイヤード版の注によれば、ジイドはこれをイランの **Elbourz** と取り違えている可能性があるという。たしかにヒマラヤスギが自生するのは、地中海からヒマラヤ山脈西部にかけてであるので、その可能性は十分にあるだろう。

コスモゴニー

先行する五つの章のうち、〈ディヴィッド・スティール〉は飛ばした、四つの章〈進化論と神〉〈《来るべき神》の思想〉〈ディヴィッド・H・ウォーカー〉〈『地の糧』にみる創世〉を補強するものとして、ここでは、ジイドの〈コスモゴニー〉（宇宙開闢説）への興味について述べる。

ジイドは、たとえば前章での『地の糧』での創世のように、この世界がどのようにして始まったかについて強い関心をいだいていた。神話上の創世は別として、実際にそれを見たものはいない。それで、彼は、宇宙の開始の様を自ら描き出す。その最初の例が、『ナルシス論』（一八九一年）である。エデンの園で、眺めることだけを強要されたアダムは、そのことに飽きて、一つのちょっとした身振りをするにいたる。それは、アイスランドの神話『エッダ』で語られている宇宙樹イグドラシルの一本の小枝を折るという、ごくささいな行為にすぎなかった。だが、その衝撃は、世界全体へと広がっていく。

まず初めに、ごく小さな割れ目、一つのきしむ音、だがそれは、芽ぐみ、伸び広がり、激しくなって、鋭い音をたて、やがて嵐となってうめく。萎れたイグドラシルの木は、よろけ、裂ける。そよ風が遊んでいた葉っぱは、そよぎ、捩れて、舞い上がった突風に動転し、遠くへ運ばれていく。夜の空の見知らぬほうへ、危険な海域のほうへと。

（『ナルシス論』、一）

ここで語られているのは、物理的にいえば「初期値鋭敏依存性」である（→〈初期値鋭敏依存性〉）。実をいえば、ジイドを複雑系の問題と結びつけようと思い立ったとき、最初に、思い浮かんだのが、この一文であった。こうして、調和がとれた完全な世界での無聊をなぐさめるための、小枝を折るというこの何気ない動作が、世界の「歪み」の根源、あるいは「原罪」となっていく。ディヴィッド・H・ウォーカーも、『ナルシス論』のこの部分をとりあげ、「楽園の平衡を破壊し、被造物全体を取り返しのつかない絶え間ない現象の流れへと投じる」と評している。(1)

たとえばまた、ソチ『パリュード』（一八九五年）の一頁目（版によっては二頁目）で、主人公が友人ユベールに語ってきかせる作中作の方の『パリュード』の、「第一日目は〔…〕、第二日目は〔…〕、第三日目は〔…〕」という言い方からして、それが創世記の冒頭部分の模倣であることはいうまでもない。コスモゴニーへの関心は、「始めにティティルありき」で始まる、『鎖を離れたプロメテウス』の挿話「ティティルの話」にもみられる（これについては次章でとりあげる）。

ジイドのこのようなコスモゴニー観のうちには、ウォーカーにいわせればダーウィニズムが、(2)筆者にいわせれば、「初期値鋭敏依存性」に関連した複雑系的思想が、そして両者の絡み合いがみられるといってよい。

孤立した島においてはちょっとした独自の事情から大陸とはかなり違った生物が棲息するようになる。ちょうどそのように、孤立した環境では、独自の風俗習慣が生れてくるに違いない。この世界がどのようにして創られたかを知ることによって、現在おこなわれている風俗習慣の起源が説明されるかもしれない。ジイドのこのような関心は、今の『ナルシス論』の場合のように、コスモゴニーあるいはコスモロジー的性格を帯びることもある。ただし、本格的なコスモロジーを展開するには、それなりの知識も必要とされたことであろう。『地の糧』や『パリュード』においては、それが創世のパロディーにおわってしまっている。

ただ一度、ジイドは、一つの集団や一つの国家がどのようにして誕生し、形成されていったかという、広い意味での文化（制度、モラル、風習、法規、政体等）の発生と継承の様を本気で計画したことがある。一八九三年、初めて北アフリカへ旅行した際、ジイドは、書くべき作品の計画について、友人のポール＝アルベール・ローランスに、語っている。

〔…〕ポールは、私が、後に『田園交響楽』となるものの主題を語ったことを覚えている。私は、彼に、いっそう野心的な計画についても語った。私はそれを首尾よく成し遂げるはずであったが、その計画は、ためらいによって潰えてしまった。主題の難しさというものは、仕事をするにつれてはじめて分ってくる、ということの方がよい。困難さが一度に全部みえたら、心が萎えてしまうことだろう。私は、それで、ある一国民の、ある一国家の架空の歴史を、戦争や革命や政体の変化や典型的事件でもって書くことを計画した。各々の国の歴史というものは、他の各国の歴史とは違っているものだが、私の自慢は、そういった歴史の全部に共通するような線を引くということだった。私は、英雄達、君主達、政治家達、芸術家達を、――そして、ある芸術、ある偽の文学を、作り上げたことであろう。私はその傾向を説明し、批評し、こうして作りあげた諸々のジャンルについては、その進化について語り、諸々の傑作については、その断片を示したことであろう……。で、こういったことすべては、何を証明しようとしてのものか。人類の歴史は違ったふうであったかもしれないということ、我々の慣例、風俗、慣習、趣味、法規、美の基準も違っていたかもしれないということ、そしてそれでもやはり人間的なままであったということをだ。

（『一粒の麦もし死なずば』第二部第一章）

このころ、ジイドが、ある一国民の、ある一国家の架空の歴史を書こうとし、ある一人物の歴史をでっちあげようとしたのも、現にある歴史なり、風俗習慣なり、モラルなりが、それとは別な、何かある違ったものでもありえたことを証明するためであったといってよいだろう。「で、こういったことすべては、何を証明しようとしてのものか。人類の歴史は違ったふうであったかもしれないということ、我々の慣例、風俗、慣習、趣味、法規、美の基準も違っていたかもしれないということ、そしてそれでもやはり人間的なままであったということをだ」。

歴史、風俗習慣、モラルの相対性を証明しようとするとき、ジイドの関心は依然として、これら人間的なものへと向けられたままであるといえるだろう。だが、彼の関心は、さらに、それらを相対化していく、必ずしも人間的であるはいえない、「増殖」のようなメカニズムに向かっていく。

（1） David H. Walker, *André Gide*, St. Martin's Press, New York, 1990, p. 5.

（2） David H. Walker, « Gide, Darwin et les théories évolutionnistes », *Bulletin des Amis d'André Gide*, n° 89, janvier 1991, pp. 63-75.

ナメクジの増殖

ジイドのソチ『鎖を離れたプロメテウス』には、「ティティルの話」と題されたエピソードが挿入されている。そのなかに、ジイド評者達によってこれまで一度も注目されたことのない、奇妙な一文がある。

　ティティルはあらゆるものを保護し、種の繁殖のために精を出したので、ナメクジが大量に彼の庭の並木道を歩き回るようになり、そのため、一匹でも踏み潰すことを恐れて、どこに足を置いたらいいかもわからず、ついにはあきらめてさほど外へ出ないようになりました。

（『鎖を離れたプロメテウス』「ティティルの話」、一二）

本書の読者ならば、この一文は、ダーウィン的コンテクストにおいて読まれなければならないものであることに、もうすでに気がついていることであろう。どんな生物も、外敵がないときには、ある一定の率で、いわばネズミ算式に増殖していく潜在的能力をもっている。そして、この外敵がない状態は、『プロメテウス』の場合、ティティルが「あらゆるものを保護し、種の繁殖のために精を出した」ことから生じている。『種の起源』の「生存闘争」の章によれば、「知られている動物のなかで繁殖がもっとも遅いのはゾウである」が、「それでも五世紀後には、一組の親から生まれた子孫が一五〇〇万頭にもなる」という（『種の起源（上）』一二四）。生物が「生存闘争」をしなければならないのは、それが爆発的な繁殖力をもっているからである。この発想を、ダーウィンが、マルサスの『人口論』から得たことは、よく知られている。彼自身、「これは、本来は人間社会を対象としたマルサスの原理を何倍にも拡張して全動植物界に適用したものである」（同一二三）と断っている。

ジイド評者達が、ナメクジの増殖というこの奇妙な、気色の悪い光景に注意を払うことがなかったことには、理由がないわけではなかったのかもしれない。というのも、『鎖を離れたプロメテウス』は、増加ないし増大のテーマに満ち満ちているからである。ジイド評者達は、おそらく、ナメクジの繁栄を、その小さな、ありふれた一例としか思ってこなかったのかもしれない。

本書では、すでに、初期値鋭敏依存性について述べている（→〈初期値鋭敏依存性〉）。このことを思い出していただければ、読者は、増加あるいは増大の語に、さほど、抵抗を覚えないであろう。ただ、ナメクジなどの動物のことは考慮にいれないで、植物のことだけを考えるならば、「生長」（→〈物語の生長〉）の語のほうが、用語の意味としては極限されるものの、自然であるだろう。実際、ジイドにおいては、生長する木のイメージは、頭脳を占拠していく観念のたとえとして用いられる。

たとえば、「ティティルの話」は、次のように始まっている。

始めにティティルありき。

独り居のティティルは、ぐるりと沼地に取り囲まれていて、退屈していた。――ところが、そこへ、メナルクが通りかかり、ティティルの頭には一つの観念を、彼の眼前の沼地には一粒の種子を植えつけた。その観念は種子で、その種子は《観念》であった。それから、神の御加護のもと、種子は芽を出し、小さな若木となった。ティティルは、朝な夕な、その前にひざまずき、神に、それを授けて下さったことへのお礼を申し述べた。この木は大きくなり、丈夫な根をもっていたので、やがてまわりの土を、すっかり干しあげてしまった。こうしてティティルは、足を置き、頭を休め、力いっぱい手仕事をするだけの土地を得た。

読者の目は、冒頭の「始めにティティルありき」に引きつけられたことであろう。これは、言うまでもなく、「ヨハネによる福音書」の冒頭の句「始めに言葉ありき」のパロディーとなっている。「ティティルの話」もまた、小振りながら、一種、創世の物語となっている。

拙著『ジイドをめぐる「物語」論』の「物語の種子」と題した章で論じたように、この文のテーマは「生長」であるといってよい。この一文に、種子あるいは観念が「生長」していく様を見たとしても何の問題もない。ただし、この「生長」という語が、そこに含まれている、増加、増大、繁殖といった複雑系的な問題とのつながりを覆い隠してしまわないとすれば、であるが。

ティティルの所有する沼地に、ある一つの種子が飛んできて、その種子はやがて大木となる。その木の世話は彼一人の手にあまるようになり、ティティルは結局、「草を刈る人」「土を鋤く人」「木を刈りこむ人」「幹のつやだしをする人」「毛虫を駆除する人」、そして彼等に支払いをする「会計係」、さらには、彼等のあいだの争いを調停するための「仲裁人」や「弁護士」を雇わざるをえなくなる。こうして村が、あるいは町ができていく。ティティルはといえば、ちょうどジイド自身ノルマンディーの小村ラ・ロックの村長を務めたように、その長となる。最後に、ティティルは、村長の仕事に倦み疲れ、自分の所有物でありながら、木という根のはえたものに縛りつけられていることに嫌気がさして、パリへ出る。

今の引用文で、「その観念は種子で、その種子は《観念》であった」の部分がわかりにくかったかもしれない。ある一つの観念は、可愛がられると、一粒の種が大樹となるように、大きな考えへと生長し、人の思考をすっかり支配していまう、といった考え方がジイドにはある。つまり、種子とは観念の譬えであり、観念もまた種子のように生長する。

このソチでは、主人公プロメテウスは、自分の肝をついばみにやってくる「鷲」を可愛がっている。プロメテウスの鷲は、彼の肝を与えられて丸々と太っていく。この「鷲」もまた、種子と同様、「観念」の譬えであるといってよいだろう。

本章では、ソチ『鎖を離れたプロメテウス』の挿話「ティティルの話」についてしかふれなかった。本体の『プロメテウス』にも「増加」のテーマがみられる。このことについては、〈ハンカチと平手打ち〉の章で取り上げよう。

秩序と無秩序、そして増加

秩序と無秩序は背中合わせである、あるいは、秩序を打ち壊す作用はまた秩序を打ち立てる作用でもある。複雑系的思想家エドガール・モランの膨大な『方法』の基本的な考え方を一言でのべれば、こうなる。(1) 秩序と無秩序が同じ一つのものである、ということについてのシステムという観点からの——多少とも複雑系的な観点からの——説明は〈「風が吹けば桶屋が儲かる」は本当か〉の章に回すとしよう。ここでは、まず、秩序と無秩序、そして増加の問題が、ジイドの問題でもあることについて述べる。

実は、前章でとりあげた「ティティルの話」が、その好個の例となっていた。このエピソードは、一方では、この大木を世話する人達の組織や制度の形成という、秩序へ向かっての物語となっている。同じことは、木が枝ぶりを構成していくという植物学的生長の観点からもいえるであろう。

他方、木は、大きくなることによって、それが芥子粒のように小さかったときにもっていた偶然性、無根拠性、恣意性をも大きくしてしまった。木の生長によって大きくなったものは、秩序であると同時に無秩序である。このような言い方ではわかりにくいかもしれない。説明の仕方を変えよう。

これを、ジイド文学の従来の解釈方法でモラル的観点からのべると、次のようになる。つまり、ティティルの所有地に植えられた種子は、たまたまメナルクが通りかかって植えたものであり、別の種子でもありえたはずである。第一、ティティルは、芥子粒ほどの大きさの段階では、それが、いかなる植物の種であるのかも知りえなかった。したがって、その種子を大木に育てあげたことによってティティルが期せずして築いた村という秩序は

――社会に深く根をおろしている諸制度や諸習慣と同様、また、脳をいっぱいに占めることがありうる諸々の観念やモラルと同様――その起源という点からすれば、偶然的で恣意的な、根拠のないものである。〈沼地は、のっぺりとした板のように一様であることから、無秩序ではなく秩序をこそ象徴しているのではないかと思われる読者が、もし、いるとしたら、水と泥のこの混交状態こそが無秩序であることを理解してもらうために、〈熱力学第二法則、あるいはエントロピー増大の法則〉の注2を参照していただきたい〉

これを複雑系的な考え方によって解釈しなおせば、次のようになるだろう。ティティルの所有する沼地は、無秩序の象徴である。ティティルの目に入るのは、水と泥が均一に混じりあっている、単調な沼地の光景である。ティティルは退屈しており、何一つ、企てるわけでもない。ティティルの精神もまた、その沼地のように停滞している。ティティルは、一様でむらのない、そして、平穏ではあるがこれ以上変りようのない退屈な最低の状態――物理学的にいえば平衡状態――にある。そこへ、この平衡状態を乱すべく、一粒の種子がやってくる。その種子は、初めは、沼地の環境を、そしてティティルの生活環境や気分を、ごく少し乱しただけである。だが、種子の騒擾効果は、やがて、無秩序全体を食い尽くしてしまい、村をつくりだし、村全体を秩序化してしまう。

最初の状態も退屈であるが、最終的な秩序状態もまた、これ以上変りようのない窮屈な様相を呈する。ティティルが生き生きとするのは中間段階だけであり、最初と最後の状態は退屈である。若木の生長を願い、「朝な夕な、その前にひざまずき、神に、それを授けて下さったことへのお礼を申し述べ」た段階ほどティティルが張り切っていたときはない。もし、この「ティティルの話」を、ゼロから出発して秩序をつくりあげるコンピューターゲームだとすれば、秩序が出来上がってしまった時点で、ゲームは終了である。ティティルが、その村と大木を投げ出し、他所へいってしまったのは、新たな面白いゲームを求めてである、と言うこともできるだろう。

以上のことを、秩序と無秩序という観点から、もう一度、見てみよう。ティティルは、無秩序から出発して、秩序へと至った。注目してほしいのは、その中間状態である。中間状態では、無秩序と秩序とが混じりあっている。それは、単純に、ある割合で並存しているだけであろうか。そうではない。メナルクがもたらした種子は、沼地というティティルの、無秩序で停滞していた世界を乱す働きをすると同時に、また、新しい秩序を作りだすための核となっている。つまり、ここでは、たしかに、無秩序と秩序は背中合わせになっている。モランの言うように、秩序を作りだす働きと無秩序を作りだす働きは、同じ一つの作用の両面となっている。秩序は、いわば、無秩序の乱れによって生じたのである。

読者は思ってくれるかもしれない。無秩序とは乱れた状態だと思っていたのに、その無秩序が乱れて秩序ができるだなどとは、面白い見方もあるものだね、と。とはいえ、秩序はすなわち無秩序であり、無秩序はすなわち秩序であるといっても、ここにあるのは、単なる逆説的な面白さなのではない。無秩序即秩序という、一見したところ逆説的なレトリックにしか見えない言い方が、現実的な重みをもちはじめるのは、目に見えない芥子粒ほどの乱れが、時とともに大きくなっていくことによってである。

この「増加」の現象については、本書では、すでに「初期値鋭敏依存性」の用語でもって述べている。初期値鋭敏依存性は、「バタフライ効果」とも呼ばれる。ブラジルで（その場所はどこでもよく北京などいくつかヴァリエーションがある）一匹の蝶がはばたくとテキサス（この場所についてもヴァリエーションがある）でたつまきが起こる、という話を、読者は、どこかで耳にしたことがあるかも知れない。蝶がはばたいて空気を乱すと、それが、たつまきという秩序になってあらわれる。つまり、ティティルの種子が無秩序を乱しつつ大木になるのと、蝶のはばたきが、入り乱れる空気の分子をかき回しながらたつまきを構成していくことのあいだには、共通するものがあるはずである。

初期値鋭敏依存性についてはすでにふれたが、以下、同じことを「バタフライ効果」の名のもとに述べなおしてみよう。というのも、「蝶のはばたき」といったほうが、分りやすく、親しみやすいと思われるからである。

（1） たとえば、Edgar Morin, *La méthode 1. La Nature de la Nature*, Seuil, 1977, p. 57.

バタフライ効果

複雑系が問題になっているとき、ローレンツの名前を出したとすれば、それは電磁気学のヘンジリック・ローレンツでもなく、動物行動学のコンラート・ローレンツでもなく、気象学者エドワード・ローレンツのことである。彼は、一九七二年、ワシントンで行われたアメリカ科学振興協会の第139回大会の分科会で、「予測可能性――ブラジルで一匹の蝶がはばたくとテキサスで大たつまきが起こるか」という研究発表を行なった。その原稿を、われわれは、ローレンツの名著『カオスのエッセンス』の付録として読むことができる。

ところで、よく知られているように、「バタフライ効果」とは、ある場所で一匹の蝶がはばたくと、空気を掻き乱したその効果が、何十日か後には、遠くはなれた場所での気象の変化として現れる、というものである。科学ジャーナリストのジェイムズ・グリックは、その『カオス――新しい科学をつくる』で、「バタフライ効果」について、「これは北京で今日蝶が羽を動かして空気をそよがせたとすると、来月ニューヨークでの嵐の生じ方に変化がおこる……というような考え方からきたものである」（二二）と書く。グリックは、この現象について述べた第一章に、「バタフライ効果」という章題をあたえた。発想はローレンツのものであるとしても、「バタフライ効果」という印象深い呼び名が世界中に広まったのは、グリックのこの普及書のおかげであるといってよい。

ローレンツ自身はといえば、これについての考えを、「ブラジルで一匹の蝶がはばたくとテキサスで大たつまきが起こるか」という問いへの答えのかたちで述べる（『カオスのエッセンス』一七九）。不真面目と思われないようにと、一匹の蝶だけでなく、空気を攪乱する生物はほかにもたくさんあるということ、また、もし一つの羽ばたきがたつまきを起こす手段でありうるならばそれはまたたつまきを阻止する手段ともなりうることをことわったうえで、彼は、「何年にもわたる観測のなかで、ちっぽけな攪乱が、大たつまきのような気象上のさまざまなできごとの発生頻度を、増やしたり減らしたりすることはない、できるとしたら、せいぜいこれらのできごとの発生順序を一部変えることぐらいだろう」（同一七九）と答える。保留にも見えかねない答えだが、このQ&Aは議論の枕であり、大気というシステムは、その攪乱にたいして不安定であること、あとでまたふれるが、「カオス的」であるということ、これが彼の主張したかったことである。「蝶」とは、もちろん、譬えにすぎず、「ワシントン学会の前は、私は時々、敏感な依存性のシンボルとしてカモメを使っていた」（同一三）のだという。

蝶の羽ばたきに類した何兆何京という生物の活動が（さらに一匹の蝶にしたところでその生涯のうちには何千回何万回と羽ばたくだろう）、結局、すべて、大気を大きく乱す可能性を秘めている。つまり、気象現象は、どんなわずかな攪乱にも大きく依存する、不安定なシステムをなしている。俗に「バタフライ効果」、専門用語では「初期値鋭敏依存性」と呼ばれるようになるこのような現象が、大気というシステムを不安定にしている、そして、気象現象にともなうこの本質的な不安定さこそがその長期予報を困難にしている、と、ローレンツが確信するにいたるのは、次のような偶然からである。

彼がコンピューター上で築いた気象モデルについての話である。最初に、いくつかの数値を入力すると、コンピューターは、六時間ごとの気象状態を示すものとして、ワンセットになったいくつかの数値をはじきだしてくる。これを何か月分かにわたって計算し続けると、それぞれの数値についてグラフを書くことができるようになる。グラフは、上がったり下がったり、山あり谷ありだったが、その動きは、規則的ではなく、非周期的だった。そこで、特徴的な部分をもっと詳しくみてみるために、彼は、途中から、その途中経過での数値群を入力することにより再実験をおこなった。

計算には時間がかかるというので、ローレンツは、コーヒーを飲みに出た。一日分の計算でほぼ一分の割合だから、一時間ほどの留守のあいだに、コンピューターは約二ヶ月分の処理を済ませているはずである。ところが、戻ってきたこの気象学者は、その約二ヶ月後の数値が、第一回目に計算した、これに対応する日の数値とまったく違っていることに驚いた。彼は、最初、コンピューターが壊れたのだろうと思った。修理を依頼するにしても、まずどのように壊れているのか自ら知っておいたほうがよいと、彼は、古いほうのデータと新しいデータとを較べてみた。時間の流れに沿って見てみたとき、彼はあることに気づく。第一日目には、両者の数値は、まったく同じだった。ところが、まもなく、それぞれの一番下の桁（すなわち小数第3位）に、わずか、差にして1のぶんだけの違いがあらわれた。このわずかな差は、その後、およそ四日ごとに倍増するペースで大きくなり、やがて、小数第2位を侵し、そして小数第1位をも変え、そしてついには二つの数字をまったく違うものにしてしまった。つまり、二ヶ月後の気象の大変化は、最初のころのごく小さな差異に依存していたのである。

ところで、その最初の微小な誤差がどこからきたのであろうか。これが分らなければ、ローレンツが、この実験から気づいたことの意味を理解したことにはならない。それは、四捨五入からきたものである。一回分のワンセットになった数値を、プリントアウトするとき、一行におさまるようにと、彼は、各々の数字の小数第3位未満を四捨五入するようにプログラミングしていたのだった。途中からの再実験を行ったときに打ち込んだのも、プリントアウトされたその四捨五入された数字だった。そのため、小数第4位以下のわずかな誤差が、増大し、小数第3位、小数第2位へと、時とともに繰り上がってきたというわけである。

これが、「バタフライ効果」の原理である。とはいえこの原理にのっとってローレンツが主張せんとするところは、一つのはばたきが一つの、百万のはばたきが百万のたつまきを発生させるということではない。蝶のはばたきに類した生物の活動は何兆何京とあり、それらは、一つ一つバタフライ効果を発揮するとはいえ、あるときは強めあうがあるときはまた弱めあう。長期観測をすれば、たつまきの発生頻度はほぼ一定している。ローレンツの言によれば、「〔…〕できるとしたら、せいぜいこれらのできごとの発生順序を一部変えることぐらいである」（同一七九）というわけである。

だからといって、気象という現象が初期値鋭敏依存性を示すものであるということには変わりがない。天地開闢以来の全天候を記録した者はいないであろうが、その結果もしこの地上にまったく同じ気象状態が二度とあらわれたことがないとすれば、その原理は初期値鋭敏依存性にこそある。

複雑系では、気象現象のように非周期的で、初期値鋭敏依存性を呈するシステムを「カオス」と言う。ただし、と『カオスのエッセンス』のローレンツは注意を喚起するのだが、非周期的なシステムの全部がカオスであるというわけではない。「実際、これまでにも時々、周期性がないということが、敏感な依存性のかわりにカオスの定義として使われてきた。しかし注意しなければならないのは、〔…〕周期性がないから敏感な依存性があるという保証はないことである」（一九）。その例として考えられるのは、彼が別のところで挙げている振り子時計である。「鳩時計の振り子の規則正しく見える振動ですら、現実には空気の流れや壁の振動が原因でほんの少し乱されることがあるかもしれない。これらの原因は、人が部屋の中を動きまわったり、近くを車が行き交ったりすれば、かわるがわる起こるようなものである」（三三）。非周期性を生み出すにしても、このような擾乱には、初期値鋭敏依存性がない。

われわれは、この蝶のはばたきを通じて、秩序・無秩序の問題を考えなおすことができるであろう。はばたくことで、蝶は大気を掻き乱す（無秩序化する）。このミクロなレベルでの空気の擾乱が、何十日か後には、マクロなレベルでの天気の秩序にかかわる効果（たつまきの発生時刻・位置を変える）としてあらわれる。

ジイドは、ソチ『鎖を離れたプロメテウス』で、またその挿話「ティティルの話」で、初期値鋭敏依存性を描き出した。しかしなぜ、ことさら「初期値鋭敏依存性」という複雑系的物理用語をもちだしてこなければならないのか、その初期値鋭敏依存性とやらは、江戸時代から言われてきた「風が吹けば桶屋が儲かる」という諺にもすでにあらわれているではないか、と読者は反発することであろう。たしかに、バタフライ効果的発想は、複雑系的気象学者の専売特許なのではない。だからこそ、はばたく蝶のイメージが、数式を気にしない人たちの感性に無理なく入り込むことができた。また、〈初期値鋭敏依存性〉の章で述べたように、釘と蹄鉄と馬と騎士の話をもって教訓の材料としたとはいえ、ベンジャミン・フランクリンもまた、あるいはすでに、この初期値鋭敏依存性に気づいていたのかもしれない。

読者は、「エネルギー保存の法則」だの「ボイルの法則」だの、高校で習ったかび臭い物理はもうどうでもよいと思っているであろう。それはおそらく、シンプルではあるがゆえに重要なこれらの法則が、その単純さのために複雑な現実を反映していないようにみえるからであろう。とすれば、反対に、シンプルであると同時にシンプルでない「初期値鋭敏依存性」ないし「バタフライ効果」こそは、文学批評の用語として、これらの古典的法則以上に重要であるということになる。

ハンカチと平手打ち

では、「ティティルの話」を挟み込んでいるほうの本体の作品『鎖を離れたプロメテウス』は、どうなのであろうか。このソチの骨格もまた、「初期値鋭敏依存性」あるいは「バタフライ効果」を思わせる筋立てからなっている。

舞台は、ジイドがこれを書いたのとおそらく同じころ、十九世紀末のパリ。ここにいきなりゼウスが登場する。神ゼウスは、パリの路上にわざとハンカチを落とす。そこへある男が通りかかって、ハンカチを拾い、落とし主に返す。こうして、犠牲者が選び出されたわけである。ゼウスは、黙礼したあと、ペンと封筒をその男に差し出し、もし友人知人がいたらその住所氏名を書いてほしい、と言う。コクレスという名のその男は、ふと自分でも何だか分らない名前を思いつき、それを封筒に記す。お礼を言うどころか、封筒を受け取ると、ゼウスは、強烈なびんたを一発コクレスに食らわせ、辻馬車を呼びとめて立ち去っていく。ところで、コクレスがふと思いついて書いたその住所氏名は実在していたのである。その封筒は、やがて、ダモクレスという名の男のもとに届く。封筒のなかには、五百フランという大金が入っている。それをもらう理由は何一つなかったので、なにかの間違いだと思い、ダモクレスはそれを、送り主へ、あるいは然るべき受取り人へ返そうとする。ところが、送り返そうにも、差出し人の住所氏名がわからない。封筒には、五百フラン紙幣が裸で入っているばかりで、手紙一つない。いわれのないその贈り物は重荷となり、ダモクレスは今や憔悴しきっている。

実は、『鎖を離れたプロメテウス』で展開されるこのハンカチと平手打ち話には、「藪の中」方式の、五つのヴァージョンがある。語り手、ボーイ、コクレス、ダモクレス、ゼウス自身が、それぞれの立場から語る。以上の話は、この五つのヴァージョンを、分りやすいように、一つにまとめたものである。

自分が受けた平手打ちとダモクレスが受け取った五百フランとのあいだに何らかの関係があることを知ったコクレスは、自分がびんたを食らいさえすれば、不如意なだれかのもとに五百フランが届くと信じこむようになり、痛いのも忘れ、びんたを求めてパリの街じゅうを走り回る。こうして彼は慈善事業の方面へ手を広げ、慈善協会の会長におさまる。ダモクレスのほうは、五百フランという負い目をますます気に病むようになっていく。そして、「プロメテウスの演説の終わり」で、この主人公が、「君、ダモクレスよ、五百フランをとっておくのだ、恥じることなく五百フランを借り続けるのだ、もっともっと借りるのだ、喜びをもって借りるのだ」というのを聞いて、ダモクレスは病気になる。今や、負い目に苦しむという生き方が、ダモクレスの生きがいに、いわば「鷲」になっていく。こうして、ダモクレスは、自らの苦しみを突き詰めるという病によって、殉教者として亡くなる。

ハンカチを拾ってくれた人にびんたを食らわすことから様々な事件が発生してゆくこのコクレスとダモクレスの話は、メナルクがもたらした一粒の種子から大木と村ができていく「ティティルの話」と同様の構造をもっている。いや、「ティティルの話」こそは、『鎖を離れたプロメテウス』の縮小版として、いわゆる「中心紋」として、この元の作品のなかに挿入されている、と言うべきであろう。

以上を、モラルの観点から考察してみたい。というのも、従来のジイド観から何が言えるのかを確認したうえで、進化論的・複雑系的ジイド観でなければ言えないことは何かを確認していきたいからである。

さて、以上を、モラルの観点から考察してみると、このようになるだろう。つまり、「何ということのない人間」(ケルコンク)だったダモクレスもコクレスも、結局、「何かしらの人間」(ケルカン)になっていく。彼等は最初、ありふれた、いてもいなくてもいいような無性格なパリの一市民であった。ところが、今や彼らは、性格をもったれっきとした人間となる。ダモクレス自身、こうのべる。「以前は、私は平凡でしたが、自由でした。今や私は紙幣の所属物です。この出来事が私を決定しました。私は、何ということのない人間（ケルコンク）でしたが、今や何かしらの人間（ケルカン）なのです」（「私的モラリテについてのうわさ」三）。コクレスは今や社会的にもひとかどの人間となっているが、「何かしらの人間」とは、必ずしもそういう社会的重要人物という意味ではなく、彼等がそれぞれ、自らの性格を徹底的に推し進めた典型としての人物の厚みを得るに至ったことを指す、ととっておきたい。コクレスは慈善家としての、ダモクレスは、いわれのない借金を気に病むという良心への殉教者としての道をすすんでゆく、これが「何かしらの人間」となったという意味である。

とはいえ、コクレスは今あるコクレスになるようにと、ダモクレスとても然るべくして最終的なダモクレスとなるようにと最初から運命づけられていたのではなかった。というのも、ゼウスが、パリの街頭に降り立ち、ハンカチを落としたとき、それを拾ったのがコクレスでなく別の人物であったなら、また、ハンカチを拾った人コクレスが封筒に書いた名前がダモクレスでなかったならば、ダモクレスはダモクレスに、コクレスはコクレスにならなかったかもしれないからである。もし、それが反対であったとしたら、コクレスはダモクレスに、ダモクレスはコクレスになったかもしれない。ここから、モラルの相対性と、人間の可能性という、ジイド的結論を引きだすことができる。ティティルが村を捨て、旅に出たのは、自らの新たな可能性を求めてなのだ、と。

以上のことから、『鎖を離れたプロメテウス』には、硬化したモラルにたいする批判が見られるといえるだろう。だが、このソチでのジイドの関心は、むしろ、モラルとは、どのようにして発生し、定着していくものなのかというそのメカニズムの問題そのものの方に向けられていると思われる。この点については、次々章〈ロックイン〉でのべよう。

しかし、その前に触れておきたいことがある。

ジイドは非論理的な作家か

ジイドは、自己矛盾することを恐れない、そして、論理を軽視する作家であると思われがちであり、時として、彼自身、そのようなことを言う。しかしまた、ジイドは、その「論理」を逆用することぐらい朝飯前の、極めて知的な、あえていうならば「論理的」な作家であるということを、ここで強調しておくことは無駄ではないだろう。彼が非論理的に見えるときでも、単に論理を逆手にとっている、論理を逆用しているに過ぎない場合がある。これこそは、『鎖を離れたプロメテウス』の場合である。

ジイド評者アラン・グーレは、『鎖を離れたプロメテウス』について論じながら、「ふざけた冷やかしの形で、ジイドは、のっけから、社会秩序の三本柱である利益と論理とモラルを攻撃する」とする。(1) ジイドがおこなっているというこの「論理」への攻撃とは、グーレの論文の同じ頁から引用すると、「原因と結果の連鎖に基づいた我々の思考様式」の問題視のことであるといってよい。

ここには、ジイドは非論理的な作家であるという、グーレの思い込みがある。グーレのことだけを言っているのではない。ジイドは、多くの顔をもった、不安な、そして自分自身に矛盾する、結局のところ非論理的な作家であるという見方がある。筆者は、ジイドが論理への攻撃をおこなっていないと言うのではない。ただ、ジイドは、論理への攻撃を、ちょうど、科学の限界について科学者が述べるときには論理的な手続きを踏むように、論理を逆手にとりながら、論理的におこなっている、すなわち論理を捨てることはない、ということを言っておきたいのである。

ここで、ジイドは論理的か非論理的かと問うことはさほど生産的ではないだろう。本書で主張したいのは、第一に、複雑系的観点からすれば、論理と非論理のあいだには、論理にもみえ非論理にもみえるような、あるいは、論理でもなく非論理でもないような中間領域があるということである。第二に、ジイドはこのことを、説得的な明示的な形ではのべなかったけれども、見抜いていたということである。

グーレ自身、このソチでジイドは「論理」への攻撃を行ったと断言しながら、同じ頁で、「あの奇妙な連鎖」のことを「見かけ以上に論理的」（同四七）であるとしている。これをみれば、彼自身、この断言のうちに、ある落ち着きの悪さを感じていたといえるだろう。とはいえグーレは、その「原因と結果の連鎖」が、論理的にも非論理的にもみえることの面白さを、これ以上追究することはなかった。

グーレのいう「あの奇妙な連鎖」とは、言うまでもなく、ゼウスの平手打ちにはじまるあの話のことである。ハンカチを拾ったがために平手打ちを食らうだなどとは、まったく馬鹿げた話である。ましてや、痛い思いをしたコクレスが、その痛さも忘れて、さらなるびんたを求めるようになり、結局、慈善家になるなどとは。また、ダモクレスにしても、何かの幸運でもらった五百フランのせいで死んでしまうだなどとは。信じがたい話、ありえない話からなる構成、これが『鎖を離れたプロメテウス』の特徴である。だからこそ、これは「ソチ」（茶番劇）なのである。フィロドーがここに見たのは、『アンドレ・ジイドにおける遊びの世界』であった(2)。

ジイドに、遊びの精神があるということを否定するものではない。だが、遊びの精神によって作者がここに、信じがたい話、ありえない話をこしらえあげたとのみ見るならば、『鎖を離れたプロメテウス』のコスモゴニー的性格を見誤ることになる。ジイドは、ここで、複雑系的思考実験を行ったのだった。もし、ゼウスという神が地上に降り立って、ちょっとだけちょっかいを出したなら、人間世界はどう変化するであろうか、と。本当の天地開闢とは違って、このとき、パリという都市とそのインフラはもう出来上がってしまっているのだが、そこへ余分な一突きをしてみたら、その影響は、どのように広がっていくであろうか、と。ハンカチ落しと平手打ち——これは「バタフライ効果」の蝶の一はばたきに相当する——に始まる話がどれほど突拍子もないところへと向かおうとも、これは、作者が、行った思考実験の一環としてある。『一粒の麦もし死なずば』にあるように、ジイドは、「ある一国民の、ある一国家の架空の歴史を、戦争や革命や政体の変化や典型的事件でもって書く」（→〈コスモゴニー〉）という計画を立て、挫折したが、ある意味では、ソチ『鎖を離れたプロメテウス』は、その簡易版であるといえる。「で、こういったことすべては、何を証明しようとしてのものか。人類の歴史は違ったふうであったかもしれないということ、我々の慣例、風俗、慣習、趣味、法規、美の基準も違っていたかもしれないということ、そしてそれでもやはり人間的なままであったということを、だ」。だとすれば、突拍子もなく見えるこのソチの出来事は、信じがたい話、ありえない話なのではなく、ありうる話として描かれていることになる。もちろん、ソチ的世界においてではあるが。

ジェルメーヌ・ブレは、『鎖を離れたプロメテウス』について語りながら、「ジイドのヴィジョンは、統一的な秩序、システムを含むものではない」(3)とのべている。はたしてそうであろうか。ジイドは、『プロメテウス』を、「ある一国民の、ある一国家の架空の歴史を、戦争や革命や政体の変化や典型的事件でもって書く」ということの、小ぶりながら、一ヴァージョンとして書いた。ジイドには、一つの時代、一つの地域の文化をシステムとして捉える視点があることは、すでに述べた。一言でいえば、ダモクレスもコクレスも、そのようなシステムの中にいる。彼らの行動が、グーレのような評者にとって、見方によっては非論理的に、また別の見方によっては論理的に感じられたのは、複雑系的なシステムのなかにいたからこそなのである。

次章では、そして次々章でも、このことについてさらに述べよう。

(1) Alain Goulet, « *Le Prométhée mal enchaîné* : une étape vers le roman », *Bulletin des Amis d'André Gide*, n° 49, Janvier 1981, p. 47.

(2) Bertrand Fillaudeau, *L'Univers ludique d'André Gide — les Soties*, José Corti, 1985.

(3) Germaine Brée, *André Gide—l'insaisissable Protée*, Les Belles Lettres, 1970, p. 119.

ロックイン

ソチ『鎖を離れたプロメテウス』の主要なテーマは、コクレスとダモクレスの思考パターン、生活習慣、要するにモラルが、どのようにして出来上がっていったかを描き出すことにある。それは、ゼウスのびんたから発している。ゼウスのちょっとした悪ふざけから彼らのモラルが決定したなどとは、あまりにも馬鹿げている。グーレの見方によれば、であるから、『プロメテウス』は、モラル批判の書であるということになる。この書でモラル批判がなされていることを否定するものではない。だが、それだけであろうか。

ここで、「ロックイン」という概念を援用しよう。本書の序文で、筆者は、経済学者ブライアン・アーサーが一九七九年十一月五日に記したノートに触発されて、ジイドと複雑系というテーマを思いついたことを述べた。「ロックイン」という概念を提唱したのは、複雑系的経済学の草分けであるこのブライアン・アーサーである。「ロックイン」とは、アーサーが、「収益逓増」（「持つ」ものはますます多く「持つ」ようになるという原理）との関連で論じた概念で、動詞だと「固定化する」、名詞だと「固定化すること」ぐらいの意味である。

市場では、最良のものが最も売れるとは限らない。競合する製品のうち、あるものが売れ出すと、それはますます売れるようになり、規格がその商品に固定化されてしまう、これがロックインである。たとえば、ＶＨＳとベータとの関係がそうで、市場の動向によって、結局は、ＶＨＳにロックインされてしまう。かつては左回りの時計もあったそうだが、現在、時計の針は、右回りにロックインされてしまっている。タイプライターの、ひいてはパソコンのキーボードがQWERTY配列であるのも、ロックインの一例である。(1)

ブライアン・アーサーは、ロックインなる現象を説明するために、次のようなモデルをあげている。

分析のために用いるアイディアと戦略を示すのに、簡単な例題を考察する。ある島があって車がほぼ同時期に一斉に導入されたとする。運転者は道路の右側・左側のどちらを選んでもよい。どちらの側も収益逓増の性質を有する。運転者の比率で一サイドが高い比率で選ばれるようになれば、そのサイドを選ぶ利得は急速に上昇する。ざっと考えるだけで、初期にどのサイドで運転するかの比率はかなりランダムネスの度合いが高いことがわかるであろう、しかし、一サイドが偶然に十分なリードを得れば、他の運転者はそのサイドに「落ち込む」ことになるであろう。したがって、結局のところ、すべての車が道路の同じ側を運転することになるであろう（同じ側に配分されることになるであろう）。もちろん、「勝利を収める」側、つまり、「市場を支配する」ことになる側は前もって演繹できない。結果は不決定である。

（『収益逓増と経路依存——複雑系の経済学——』一八）

たとえば、島を循環する道路で、最初、右回りを選んだ車が50台、左回りを選んだ車が50台あったとしよう。正面から絶えず対向車がやってくるために、これでは運転しにくいであろう。何かのきっかけで、右側運転か左側運転になってしまえば、その流れに逆らうことは非効率となり、運転は、右側通行か左側通行に「ロックイン」されてしまうであろう。だが、島では、車が１００台導入されたばかりで、通行にたいする法規もなければ、ドライバー達にたいする指示もないとしよう。このとき、何が、回り方をロックインする要因となるのか、なりうるのか。

アーサー自身は、この仮説的例題を、「ポテンシャル不効率性」「予測不可能性」「非伸縮性」「非エルゴード性」

の観点から論じている。そのうち「ポテンシャル不効率性」は、二つの技術、今の場合は、右側運転か左側運転か、を支持するエージェントの変化率にかかわるもの、「伸縮性」ないし「非伸縮性」とは、一旦、たとえば左側通行に傾きかけたとき、右側通行をするものに何らかの補助金を出したとしたら、それが転覆するか、しないか、ということにかかわるもので、ここではとりあげない。

残りの二つ、「予測不可能性」と「非エルゴード性」は、歴史的時間にかかわるものであり、「歴史の小事象」が、技術をロックインする要因となるということに由来する。ちなみに、「非エルゴード性」とは、分かりやすい日本語でいうと、経路依存性のことである。

例をあげよう。たまたま、道路にゼウスがハンカチを落としたとしよう。ハンカチは車から見えにくいというのなら、ゼウス自らが、島の道路のどこかに降り立ったとしよう。狸が飛びでてきた、蝮が這い出してきたということでもよい。ドライバーが、あわてて左側にハンドルを切ったところ、たまたま向こうから車がやってきて、その車もこちら側にあわせて、左側通行をした。このようにして、局所的に発生した左側通行も、それが5台、6台と車を連ねるようになると、他の車もこれに追随するしかなくなり、ロックインされることになるであろう。では、通行方向をロックインする要因はなんであるのか。案外、犬の飛び出しだとか、水溜りの位置だとか、ドライバーのクシャミによるハンドル操作ミスだとか、といったことが、右側通行か左側通行かを、決することになる。ここに「予測不可能性」の要因があり、ここに「非エルゴード性」を見ることが出来る。

ソチ『鎖を離れたプロメテウス』もまた、コクレスとダモクレスの思考パターン、生活習慣、要するにモラルが、どのようにして出来上がっていったかを描き出した話である。ゼウスのびんたが、コクレスを、「コクレスふうの生き方をする人間」という規則にしたがう存在へと、ダモクレスを、「ダモクレス」という存在へとロックインしてしまった。

読者は思うかもしれない。ちょっとしたことが、世界を大きくかえうるということには異存はないが、だが、それにしても、「ロックイン」だの「複雑系」だのと騒ぎ立てる必要はないではないか、ちなみに、ごく小さなことが人生を変えてしまったということは、よく聞く話ではないか、と。たしかにそうではある。だが、そういう読者は、秩序を作り出したその予測不可能なハプニングが、秩序ができてしまえば、その秩序を乱してしまうものとして排除すべき出来事となってしまうことの面白さに気づいたであろうか。

つまり、こういうことである。たまたま狸が飛び出してきたことがきっかけになって、島のドライバーは、左側通行をするようになった。しかし、一旦、それが定着してしまうと、狸の飛び出しのようなハプニングは、交通秩序を乱す厄介な出来事にみえてくる。狸の飛び出しは、無秩序と同時に秩序の因子である。

ゼウスのびんたが、ダモクレスとコクレスのモラルという制度を作り出した。とはいえ、すでに制度化されている十九世紀末のパリに降り立ったゼウスのびんたは、読者の目には無作法で（というのもゼウスはお礼のかわりに平手打ちを食らわせたのであった）、既成の制度を壊乱するもの、犯罪とさえ映ったことであろう。複雑系的観点は、突拍子もない出来事――ソチ的要素――がもつ、創造性と破壊性という二重の性格を含みこんでいる。作者ジイドは、その両面を交互にちらつかせながら読者をからかっている。

ジェルメーヌ・ブレには、秩序を乱す要素が、秩序を作り出す要素でもあるという複雑系的視点がない。次章でもう一度のべるように、「ジイドのヴィジョンは、統一的な秩序、システムを含むものではない」とするとき、ブレは、『鎖を離れたプロメテウス』の面白さを見損なったといえる。

（1）　ロックインについては、ここでは、ブライアン・アーサー自らの説明に耳を傾けるが、ミッチェル・ワールドロップも、その『複雑系』の第一章を飾る出来事として、その発見、発表、受容の経緯などをドラマティックに描きだしている（四五～五六）。

トートロジーというパラドックス

ソチ『鎖を離れたプロメテウス』の主人公は、公衆の前で演説をする。その中で、彼に寄生し、彼自身可愛がっている「鷲」について、プロメテウスは、二つの要点を述べている。一つ目の要点は、「われわれは鷲を持たなければならない」である。もう一つは、「もっとも、我々はみんな鷲を一羽もっている」というものである（「プロメテウスの拘留」四）。鷲を持たなければならないと言いながら、みんなはすでにそれを持っているというのは、どういう意味であろうか。分りやすくいうと、我々はみな、そうと意識する以前から「鷲の卵」、目に見えるか見えないほどの小さな思想の卵を持っているという意味であり、この意味でわれわれは鷲を一羽もっている。そして、プロメテウスが「われわれは鷲を持たなければならない」というのは、人間が人間になるためには、自らの「鷲の卵」を孵化させ、可愛がり、育てあげなければならないという意味である。では、「鷲の卵」とは何か。それは、「観念」の種子――もし分りやすくいってほしいというのなら「希望」の芽――である。我々が大きくなるためには、何でもよい、何かある核となる観念を育てあげなければならない。ただし、我々は、実のところ、気に入った観念しか育てない。我々は自分に気に入った観念を育てることによって、強力な思想に支えられた押しも押されぬ人間となるのだが、最初は、我々も、観念の種子も小さかった。我々と「鷲の卵」はトートロジックに共進化してきた。では、その観念の種子は、最初はどこにあったのか。もともと、各人の内部にあったのか、どこからか飛んできたのか。いや、種子は、最初どこにあったのかわからないほどに小さかった。外から飛んできたにせよ自分のなかにすでにあったにせよ、我々は、自分の木の正体に気づいた段階で、自分の種子をすでに選んでしまっていたのである。

プロメテウスは、同じ演説のなかで、「すべて循環論法とは、気質の肯定である」(「プロメテウスの拘留」五)と述べている。すなわち、我々が選んだ観念は、我々の気質に合った観念である。観念が大きく育っていくにしたがって、我々の気質もまた定まっていく。このように、観念と気質は、車の両輪のようにして大きくなっていく。プロメテウスが「循環論法」といっているのは、このことである。

思考のこのようなトートロジックな循環の根拠は、「循環論法」の語がいみじくもかたっているように、いかがわしいものである。両者の関係の正当性をいうには、その起源へと遡らなければならないであろう。起源へと近づくにつれてトートロジックな円環は小さくなり、しまいには、芥子粒ほどの大きさになってしまう。このようにして、トートロジーの大仰な論理は、その胡散臭さとともに小さくなり、しまいに消え去ってしまうもののようにみえる。しかし、その核は最初にどこにあったのか、観念が先なのか気質が先なのか、それはどこから発生したのかという問題が残るであろう。この鶏が先か卵が先かという難問がプロメテウスを悩ませる。

ここで、プロメテウス自身、「鶩の卵」についてどう思っているのか、その演説の一部を見てみよう。

彼ら[=人間達]が抱いた最初の意識、それは自分達の美しさという意識でした。このことが、種の繁殖を可能にしたのです。人は、代々、引き継がれていきました。最初の人達の美しさは、語り継がれ、どうでもよい、どうでも構わない、何ということもないものとなっていきました。これは、そのままずっと長く続いていったはずです。それで、心配になって、というのも、そうとは知らず、自分のなかにもうすでに私の鶩の卵を抱いていたのですが、私は、もっと多くを、もっとよいものを望んだのです。この繁殖、この枝分かれした生き延びは、私には彼等のうちに期待があることを指し示すものと思われました。実のところは、私の鷲だけが期待を抱いていたのです。私には、よく分かっていなかったのです。私は、その期待、それは人間のうちにあると思っていましたが、その期待、それは私が人間のなかに置いたものなのです。それに、人間を私の姿にかたどって作ったのですから、各々の人間のなかに何か孵化していないものが期待を抱いていたのだと、今になって理解されるのです。彼等のおのおののうちに鷲の卵があったのだと。それから先のことは、私にはわかりません。私はそれを説明することができません。

（「プロメテウスの拘留」七）

ここで語られているのも、「人間を私の姿にかたどって作った」の箇所から窺うことができるように、創世の話であり、人類という種のその後の繁栄もしくは繁殖の、仮定されたところの歴史である。で、人類を人類として繁栄させた、その期待としての観念の卵はどこから来たのであろうか。この話になるとプロメテウスは混乱してしまう。まず第一に、プロメテウス自身はどうであるのか。彼は、「そうとは知らず、自分のなかにもうすでに私の鷲の卵を抱いていた」のだという。人間達もまた、鷲の卵という期待を抱いていたのではないかと思ってみるのだが、プロメテウスは、「実のところは、私の鷲だけが期待を抱いていた」ことに気づく。たしかに、「人間を私の姿にかたどって作った」のだとすれば、人間達の期待を作りあげたのは彼自身だということになる。しかし、プロメテウスが、人間達をまったき複製として作ったのだとすれば、人間達もまた、プロメテウスと同様に「そうとは知らず、自分のなかにもうすでに〔…〕鷲の卵を抱いていた」はずである。

プロメテウスこそが人類に鷲の卵をあたえたのか、すでにして、卵は、彼自身の場合と同じく、人間のうちにあったのか。人類の自発性に期待しながらも、プロメテウスは、それを一旦、撤回する。「実のところは、私の鷲だけが期待を抱いていたのです。私には、よく分かっていなかったのです。私は、その期待、それは人間のうちにあると思っていましたが、その期待、それは私が人間のなかに置いたものなのです」と言う。もっとも、「置いた」とは言っても、人間を自分の姿にかたどって作ったということから、プロメテウスは、結果的に、それを置いたことになると、後になって推論しなおしただけである。「人間を私の姿にかたどって作ったのですから、各々の人間のなかに何か孵化していないものが期待を抱いていたのだと、今になって理解されるのです。彼等のおのおののうちに鷲の卵があったのだと。それから先のことは、私にはわかりません。私はそれを説明することができません」。

プロメテウスは、第一に、彼自身の鷲の卵がどこから来たのか、それが自然発生的に出来てきたのか、外から移植されたものなのかを言うことができない。というのも、彼は、「そうとは知らず、自分のなかにもうすでに私の鷲の卵を抱いていた」のであるから。ましてや、プロメテウスは、自分の似姿である人間に生じた鷲の卵が、自然発生的に現われたものなのか、彼自身が人間にあたえたものであるのかを説明することができない。

我々は、我々という存在を、わずかなきっかけからトートロジックに〈ロックイン〉させてしまう。(1) しかし、発生時点でのそのわずかなきっかけにかんしては、いわば卵が先か鶏が先かといった類のパラドックスが付き纏う。

このトートロジーと発生のパラドックスの矛盾を解決するために、少なくとも緩和するために、ジイドは、そのソチで、ダモクレスやコクレスのような単純な人物を登場させたのだ、というのが筆者の考えである。初期値鋭敏依存性とならんで複雑系的テーマのもう一つの柱をなす自己組織化の観点からすれば、発生時の「自律体」にかんしては、環境とその自律体とのあいだのトートロジーな関係は、特別な意味を帯びる。この点については、はるかに飛ぶが、本書の最後のあたり、〈物質は人間にたいして従順か――「自律体」という生命サイクル〉の章で再びとりあげたい。

（1）「ロックイン」の意味をこのように拡張するのは、この語の間違った使い方であろうか。たとえば、経済学者である塩沢由典も、その『複雑系経済学入門』で「ロック・イン」（この語には中黒を用いる表記と用いない表記の両方がある）について解説したあと、余談のようにして次のように書く。「ロック・インは、ひとりの人間の内部でも、起こります。ワードプロセッサーの入力には、ローマ字入力と仮名入力の二方式があります。〔…〕いったん一方式に慣れてしまうと、別の方式に転換する努力がなされないことは多いようです」（三七二）。本書において、ジイドにかんして「ロックイン」の概念をもちいるのは、まさにこの意味においてである。

システムのなかのソチ的要素

ジイドは、『パリュード』『鎖を離れたプロメテウス』『法王庁の抜け穴』の三作を、「レシ」（物語）と区別して、「ソチ」（茶番劇）と名付けている。これらソチでは、日常では滅多に現われないような、突飛だったり、滑稽だったり、非常識的あるいはグロテスクだったりする事件が描き出されている。ソチ的要素は、一回限りといってよいほどに稀な出来事を構成する。ゼウスのびんたは、おそらく、二度とはなされないであろう。大金が入った、宛名のない封筒が頻繁に届くとは考えにくい。これらのソチ的要素が、登場人物達のこれまでの生活を乱す。だから、グーレは「ふざけた冷やかしの形で、ジイドは、のっけから、社会秩序の三本柱である利益と論理とモラルを攻撃する」と書いた。しかし、その突飛な要素が、既成の論理、常識、生き方を破壊することしかしなかったとまで言ってしまえば、過つことになるだろう。コクレスは、理由なくしてと彼には思われた平手打ちというソチ的要素を、再び利益となし、論理となし、モラルとなすために、彼自身のすべてを動員する。いわれのない贈与というソチ的要素にたいして、ダモクレスもまた、彼の良心と生活と時間のすべて——要するに生命のすべてをもって、対処しようとする。

グーレをはじめとするジイド評者たちはこれまで、ソチ的要素は、システムを否定するもの、システムを破壊するものであるとしてきた。つまり、「システム」とは、論理的・整合的なものであり、その論理性・整合性が崩れるとき、システムそのものが破綻すると考えた。たとえば、ジェルメーヌ・ブレの場合がそうであった。『鎖を離れたプロメテウス』について語りながら、この論者は、「ジイドのヴィジョンは、統一的な秩序、システムを含むものではない[1]」とした。

だが、複雑系的観点から『鎖を離れたプロメテウス』を読みなおせばそうはならない。ゼウスのぴんたは、システムを乱しはしたが、システムを破壊はしなかった。ゼウスの平手打ちによって論理と秩序が否定されるというのでは、蝶がはばたくことによって、大気システムそのものが破滅される、というに等しい。蝶がはばたいても、大気の循環は絶えることがない。蝶がはばたけば、大気は乱され、その乱れは時間とともに広がっていくが、これによって、大気循環システムそのものが破壊されるわけではない。

これにたいして、善意の読者達は、ブレのいう「システム」とここでいう「システム」は、意味が違うのだと、ブレを弁護するかもしれない。ジイドの愛読者の多くは、伝統的に、ジイドというのは、不安に満ちた、自己矛盾を平気で行う、秩序が嫌いな、システマティックな思考をしない（あるいはできない）作家であると思っている。ブレがいうのは、そういう意味なのだ、と。とすれば、読者もまたブレとともに、誤りをおかしていることになる。たしかに、ジイド自らが、自分は矛盾の存在であると述べている。だが、そのことは、ジイドが、コスモゴニーのようなシステムを措定できない、脆弱な頭脳の持ち主であることを意味しない。『鎖を離れたプロメテウス』で描かれているのは、乱れまでを許容するようなシステムである。ジイドは、不安や、自己矛盾のようないわば乱れを切り捨て秩序のみを受け入れる人達に比べれば、はるかに面白い頭脳をもっている。

ブレのいう「システム」と、本書でいう「システム」とが違うとすれば、ブレにとっては、システムとは、整合的で統一的なものでなければならなかったという点においてである。ブレは、「ジイドのヴィジョンは、統一的な秩序、システムを含むものではない」と書いた。ブレにとって、「システム」とは、同格的に並べられていることからわかるように、「統一的な秩序」のことである。読者は驚くかもしれない。いったい、統一的でない、整合的でないシステムがあるのかね、と。

統一的でない、整合的でない、論理的でないシステムなどあるものか、と読者が思うとすれば、それは、非整合性非論理性によってシステムが破壊されると考えるからであろう。ここでは、前提として、統一的でないものは非統一的、整合的でないものは非整合的、論理的でないものは非論理的であるとする二分法が要請されている。ところが、統一的であり非統一的であるような、整合的であり非整合的であるような、論理的であり非論理的であるような現象があったとしたら、どうであろうか。

たとえば、大気システムに例をとろう。蝶の一はばたきは、最初は大気を少し乱すだけなのだが、その効果は少しずつ大きくなってゆき、しまいには、全世界の気象を変えてしまう。その広がり方は、物理的論理にしたがってなされるはずなのだが（そのような言い方が本質主義的であるというのなら物理的論理から逸脱することなくなされると言い換えてもよい）、蝶の一はばたきによって、一ヵ月後、一年後、十年後に、気象がどのように変化していくかを計算できる者は誰一人としていない。しかも、蝶は何百万匹もおり、その一つ一つの蝶が何千回何万回となくはばたく。また、これに類した人間や動物の活動は何兆、何京とあるわけだから、大気の変化の様を長期的に見通すことは絶望的である。

初期値鋭敏依存性、いわゆる「バタフライ効果」が働いているシステムにおいては、すべてが整然とした物理法則にそいながら進行するのだとしても、その変化の様を見通すことは不可能である。このようなシステムの振る舞いでも、これをやはり統一的と呼んだらいいのであろうか、あるいは非統一的と考えたらいいのであろうか。蝶などのはばたきの効果の計算はできるはずなのだができないほどにこみいっているだけだと考えるべきなのか、世界は単純計算の積み重ねではとらえられないほどにこみいっていると考えるべきなのか、いずれにしても統一的であるとか、非統一的であるとか割り切ってしまうことができない現象があるということを読者は理解してくれるであろう。統一的でないものは非統一的、整合的でないものは非整合的、論理的でないものは非論理的という二分法でもってしてはとらえられない複雑系的現実というものがある。ジイドは、そのような複雑系的現実があるということを発見していく。

もう一つ、生物界に例をとろう。個々の生物は、自分の近傍の環境に対応するばかりで、全体を見渡すことがない。それでも、たとえばアリの集団は、一つのシステムをなしているかのようにみえる。そのシステムは、一匹々々のアリ同士のコミュニケーションから築かれる、いわば下から築きあげられるものであって、「統一的な秩序」が最初から前提としてあたえられているわけではない。このような複雑適応系(2)を、われわれは、初めから統一的とか整合的とか論理的という概念でもって規定してしまうことはできない。生物界が、それでも結果的にある程度の統一性、整合性、論理性を示しているようにみえるとしてもである。そこでは、個々の生物は、システムの統一的、整合的、論理的な安定を目指して生きるのでもなく、「種のため」に行動するのですらないのだが、それでも、生物界は、ある程度の調和にいたっているようにも見える。生物学者スティーヴン・ジェイ・グールドは書く。

> 自然淘汰は、生物が自己自身の利益のために行動することを命じている。生物は「種のため」などという抽象的な概念については何も知らない。生物たちは彼等の仲間を犠牲にして自分の遺伝子の代表を増加させようとして、絶えず「闘争する」。そしてそれが、あらゆるものをはぎとったとき、そこにあるすべてである。われわれは自然の中にこれより高い原理を発見していない。ダーウィンの論ずるところでは、個体の利益が自然における成功の唯一の規準である。生物界の調和はこれ以上深くは進まない。
>
> (『ダーウィン以来――進化論への招待――』三〇五)

生物システムにあっては、全体を見渡しながら働く、そしてその統一性、整合性、論理性を保証してくれるような「高い原理」はない。このようなシステムにたいしては、それが、統一的であるか、整合的であるか、論理的であるかと問うことは、ほとんど無意味であろう。たとえ、安定期にある自然界が、美しい調和に貫かれているように見えようとも、である。

（1） **Germaine Brée, *op. cit.*, p. 119.**

（2） メラニー・ミッチェルの解説によれば、複雑系は、複雑適応系と非適応的な系に分けることができる。なにはともあれ、ミッチェルの言葉に耳を傾けよう。

さてこれまで述べてきたことから、複雑なシステム（複雑系）という用語を、「数多くのコンポーネントから構成されながらも、単純な運用規則を持つのみで中央制御機構を持たない大規模なネットワークから、集合体としての複雑な振る舞い、複雑な情報処理や、学習、進化による適応が生じるシステム」と定義できる。なお、適応が大きな役割を果たす複雑適応系と、ハリケーンや河川の奔流などの非適応的な複雑系を区別する場合がある。いずれにしても本書で取り上げるシステムのほとんどは複雑適応系であり、特に両者の区別はしない。

（『ガイドツアー　複雑系の世界』三五）

すなわち、アリ同士のコミュニケーションの場合は「複雑適応系」ということになる。ミッチェルの関心は、近傍のことをしか知らない「コンポーネント」が、どのようにして全体を見渡しているかのように振る舞うことができるのかというスリリングな問題——複雑適応系の問題に向けられている。本書で、初期値鋭敏依存性云々というときの「複雑系」は、「非適応的」な場合である。

「風が吹けば桶屋が儲かる」は本当か

そもそも、一目にはこじつけのように見えても、ゼウスのびんたに始まる『鎖を離れたプロメテウス』的連鎖が、作品世界の中へと広がっていくことができたのは、それが互いに関連しあっている世界――システム――をなしていたからである。その連鎖が、突拍子もないからといって、そのいい加減なソチ性によって、『プロメテウス』がシステムをなさない、ということはできない。反対に、システム世界が、ソチ的連鎖を提供することがある。次のようなストーリーを、読者は、その思いがけなさによって、嘘八百だとするであろうか。

「野原に柵を設けると、ウシが入り込まなくなる。ウシが入り込まないと、今までウシによって食べられていた木の芽が生長しはじめる。その若木が大木になると、付近の環境がかわる。環境がかわると、昆虫の種類がかわる。昆虫の種類がかわると、それを食べに集まってくる鳥の種類がかわる」

まさにこれは、「風が吹けば桶屋が儲かる」式の論理展開である。だが、実は、これは、ダーウィンが提供してくれた例を、それらしく要約したものである。ダーウィンの原文は以下のとおりである。

そこ［＝スタッフォードシャー］には人間の手が入ったことのない広大な荒れ野《ヒース》がある。一方、それと同じ状態だった何へクタールものヒースが二五年前に囲われてヨーロッパアカマツが植林された。植林された区域のヒースでは、そこに自生する植物の構成に、土壌の質が変わった場合に見られる変化よりも顕著な変化が見られた。もともとヒースに生える植物の数の比率ががらりと変わっただけでなく、ふつうならばヒースでは見つからない植物が一二種類も〔…〕植林地で繁茂していたのだ。そこにすむ昆虫が被った影響はさらに大きかったにちがいない。それというのも、ヒースでは見かけない食虫性の六種類の鳥を植林地ではたくさん見かけたからだ。それに対してヒースでよく見かけたのは、二種か三種の別種の食虫性の鳥だった。ウシが入り込めないように囲いがされた以外には何もしていないのに、ただ一つの樹種を導入しただけでこれほどの影響が出たとは驚きである。

（『種の起源（上）』、一三六～一三七）

この「人間の手が入ったことのない広大な荒れ野」すなわち「ヒース」だった土地は、ヨーロッパアカマツを植え、囲いをしただけで、植生を、そしてこれに応じて昆虫の種類を、そしてその昆虫を狙って、集まってくる鳥の種類を変えてしまった。

しかし、面白いのはそれだけではない。別の場所では、わざわざ植林しなくても、土地に柵をめぐらしただけで、その囲い地に、ヨーロッパアカマツがはえてきたと、ダーウィンはいう。

よく見ると、ヒースのいたるところに、ヨーロッパアカマツの実生ないし低木がはえている。ただ、ウシが、その柔らかい芽が好きで、食べてしまうので、ウシがいる環境ではそれは大きくなろうとしてもなれない。だから、わざわざヨーロッパアカマツを植林しなくても、柵を設けて、ウシが入り込めないようにするだけで、その内部の様子は一変してしまうことになる。（同一三七～一三八）

ダーウィンは、「ヨーロッパアカマツの生殺与奪の権はウシが握っている」とまとめた後、同様の例として、マルハナバチの場合も挙げている。町の付近では、ネコが多い。ネコが多いと、ネズミが少なくなる。ネズミが少なくなると、マルハナバチの巣が、さほど荒らされなくなる。こうして、マルハナバチの数が多くなる。町の周辺から離れると、逆のことが起きる。

あの「風が吹くと桶屋が儲かる」にも、ネコとネズミが登場する。風が吹くとほこりが舞う、ほこりが舞うとそれが目に入り目の不自由な人が増える、目の不自由な人が増えると三味線の需要が増える、三味線の需要が増えると多くのネコが殺される、ネコの数が減るとネズミが増える、ネズミが増えると齧られる桶の数がふえる。

ネコとネズミとマルハナバチの間の関係と同様、風と桶屋の継起関係も、一見ありそうもない話でありながら実は本当であるのだろうか。あるいは、反対に、もっともらしい繋がりをみせながらも、これは、実際にはありえない話であるのだろうか。

この話が本当かどうかを、我々は、実際にそのような話があったかどうかで判断しようとする。だが、それ以外の解釈はないのであろうか。仮に、江戸の町というシステムでは、風が吹いたくらいでは桶屋は儲けなかったことが検証されたとしよう。とはいえ、「風が吹くと桶屋が儲かる」の論理が成立つような架空の国がありうるかもしれない。少なくとも、「ある一国民の、ある一国家の架空の歴史を、戦争や革命や政体の変化や典型的事件でもって書く」という計画を立てたとき、ジイドが考えたのは、今あるのとは違う制度、モラル、生活様式がまことしやかに実践されているもう一つ別の国であったのであるから。

こう考えれば、「風が吹くと桶屋が儲かる」式の、ゼウスのびんたに始まる『鎖を離れたプロメテウス』的連鎖が、どれほど突拍子もないものであろうと、その連鎖の突拍子なさによって、システムの存在そのものを否定することはできない。むしろ、それは、何かあるシステムの存在の可能性を指し示しているものである、ということになるだろう。

読者の中には、だからといって、ジイドの作品解釈に、システムまで持ち出してくる必要はないではないか、と思う人がいるかもしれない。文学作品には「後になって」わかるという手法があるからである。どんなに突拍子もない事件でも、シャーロック・ホームズならば「後になって」からこれを明快に説明しおえることであろう。コクレスも、最初は分らなかった平手打ちの意味を、後になって、解釈できるようになっただけだ、と。あとになって分った合理的な説明に「システム」の名を冠するのは行き過ぎではないか、と。

一面では正しいとしても、このような反論でもってしては、複雑系的システムがもつ次のような、面白い特徴を、見逃していることになる。すなわち、複雑系にあっては、すでに述べたように、秩序と無秩序は背中合わせである、ということを。あるいは、秩序を打ち壊す作用はまた秩序を打ち立てる作用でもある、ということを。

ヒースのただ中に設けられた柵は、この大自然にとって晴天の霹靂のようなものである。これは、コクレスが受けた平手打ちに相当するといってもいいだろう。ヒースの営みは、突然、柵がもたらされたことによって大きく乱される。しかし、この柵は、新しい営みを作り出しもした。それは、植生を変える。新たに定着した植物は新たな昆虫の宿となり、結果として、これまでになかった食虫性の鳥を呼び寄せることとなった。ゼウスのびんたは、たしかに、コクレスとダモクレスの平穏な生活を乱した。だが、その平手打ちは、それまで無性格だった彼らを目覚めさせ、性格と信念と生き方をもつ「人間」に仕立て上げたのであった。

最後に、ジイド自身、十中八九、『種の起源』の第三章のなかで直接、このヨーロッパアカマツやマルハナバチの話を読んだはずである、ということを確認しておこう。ソチの作者がこれらの話から直接に影響を受けたかどうかは、また別の話ではあるが。〈ジイド、『種の起源』を読む〉の章では、ジイドはこの進化論の書を、一八九三年十二月から一八九四年一月にかけて読んだ、とした。ただ、おそらく、この時点では、読了するには至らなかったことも述べた。では、『鎖を離れたプロメテウス』執筆の時点で、ジイドは、全部で十四章からなるこの大著を、どこまで読んでいたのだろうか。これについては、何の言及もない。ただ、一八九四年正月を中心とした二ヶ月間で、すでに、この二つの話の箇所までは、読んでいたものと推測される。「ダーウィンを読むことに熱中している」「私はダーウィンとたわむれている」だとか、二月にはいってからの「ドイツ語とイストワール・ナチュレルだけを読んだ」という証言を参考にすれば、この期間の長さからして、ジイドは、少なくとも進化理論の骨子をなす「生存闘争」と「自然淘汰」の章、すなわち第三章と第四章は読んだのであり、これらの章を越えて、さらに読み進んだものと思われる。さもなければ、『種の起源』を読んだとは言えないであろう。

ダーウィニズムと創造説——そのドッキングは可能か

ジイドは、一九〇〇年十月二十四日の、義弟マルセル・ドルーアン宛ての未刊の手紙に、「笑ってくれるな」と前置きしながら、「頭が明晰なときなど」に、「ダーウィニズムと創造説を両立させる」ように努めている、と書く。ダーウィニズムと創造説とをドッキングさせるなどとは、途轍もない思いつきである。

生物学でいう「創造説」（créationisme）とは、全生物は、創世について記している聖書のとおり、一挙に創られ、その後は変わらないとするものである。生物不変の立場から、創造説は、進化論とは鋭く対立するものである。古生物学上の調査により、各年代の地層に、現生してはいない多くの絶滅種が見つかり、かつまたそれまで生存していなかった種がある時代の地層から突然現れ始めるという事実が確認されるようになると、すべての生物種が、聖書のいう天地創造に際して作られ今日に至るまで変化していないとする説は、維持しがたくなる。

古生物学者ジョルジュ・キュヴィエは、こういった事実をまえにして、種は複数回にわたって創造されたという天変地異説を展開した。キュヴィエのこの学説は、古生物学的新事実をまえにしながらも、創造説の精神を貫かんとしたものであったといえる。彼は、こうして、ラマルクの進化論を激しく攻撃した。

種は進化するという学説と、種は一挙につくられ以後は変化しなかったとする創造説が、まったく相容れない二つの学説であることについては、これ以上、説明を要さないであろう。『種の起源』からダーウィン自身の言葉を引いておこう。

創造説では、生物は自然の中の適切な居場所にそれぞれ適合するように個別に創造されたと考える。ところが、多くの独立した生物の部位や器官のすべては、段階的な移行をなすように一列に並べることができる。これはなぜなのだろうか。自然はなぜ、構造から構造へと飛躍していないのだろう。自然淘汰の理論に基づけば、その理由を明快に理解できる。自然淘汰は、連続するわずかな変異を利用することでしか作用できないからだ。自然淘汰は飛躍せず、少しずつゆっくりと前進することしかできないのだ。

（『種の起源（上）』三三七〜三三八）

ダーウィンは、自然淘汰によってなされる「連続するわずかな変異」を支持する立場から、創造説に異を唱える。ダーウィンのこの《自然は飛躍せず》（→〈自然は飛躍せず？〉）の立場は、後述のように、今度はド・フリースによって批判されていく。（→〈ド・フリースの突然変異説〉）

ジイドはといえば、この「ダーウィニズムと創造説を両立させる」ことを考えている。「笑ってくれるな」と前置きしていることからも分るように、ジイド自身、この企てが傍目にはとんでもないものと映るはずだということをよく弁えてはいた。

ジイドがマルセル・ドルーアンに宛てたこの手紙は未刊ではあるが、われわれはこれを、クロード・マルタンが、その研究書で引用してくれたことによって知ることができる。この手紙を引用するにあたって、クロード・マルタンは、この試みが具体的な結果に至りついたとは思われないというコメントを加えている。(1)

これにたいして、ディヴィッド・H・ウォーカーは、貴重な手紙の存在を知らせてくれたことで感謝しながらも（ウォーカーも筆者もマルタンによる手紙の紹介がなければこのような議論をすることさえできなかった）、マルタンが下したこの結論にたいする反例として、『法王庁の抜け穴』のラフカディオが発した一句「《ありうるところのものは有れ》。俺が天地創造を理解するのは、こんなふうになんだ」を挙げている(『法王庁の抜け穴』第五章第一節)。ラフカディオの考えを、ウォーカーは、次のように解説する。

この言葉は、まさしく、世界は時代の発端に決定的に創られたとする創造説論者達と、自然は、進化のメカニズムをとおして、たえず、それが潜在的状態で含んでいる可能性を探っているとするダーウィン主義者達との間の対立の解決を可能にするものである。(2)

つまり、ラフカディオの主張は、世界を創造したのは神であることを前提としている点で、天地創造に際して諸々の種が一挙につくられたとする創造説を、一旦、認めるものである。他方、ラフカディオが神に言わせたかった《ありうるところのものは有れ》の句にしたがえば、世界は、その最初の状態から出発して、「ありうるところのもの」のすべてを出現させるべく、姿を様々に変えていったはずである。このような世界では、何らかの進化が期待されている。つまり、ラフカディオは、創造説と進化論とをドッキングさせた、ということになるだろう。

同様のことを、ウォーカーは、同じ論文の最後の頁でも述べている。『鎖を離れたプロメテウス』の神ゼウスの振る舞いかたを取りあげながら、彼は、「この神は〔…〕、世界を創り出したが、その後介入することを差し控え、被造物が偶然という推進力にしたがって進展するがままにさせておく。要するに、ここでは、創造説の立場とダーウィン主義の立場が和合しているようにみえる」とする。(3)

ところで、ジイドは、なぜ、そのような奇妙な企てをあえてしようとするのであろうか。ウォーカーの考えでは、《ありうるところのものは有れ》のように、自然が「潜在的状態で含んでいる可能性」、これが余すところなく実現されていくようにと、ジイドは世界の進化を望んだのだということになるだろう。「可能性」の希求というウォーカーの考えに、筆者はもろてを挙げて賛成する。しかし、読者は、反発するかもしれない。この世に、様々な隠された可能性があるということは当たり前ではないかね。ジイドが、自己矛盾をする、不安な性格の持ち主であるのは、彼という一人の人間のなかにある様々な可能性のどれ一つとして否定しようとしなかったからではないかね。彼が作家になったのは、それらの可能性のことごとくを書くということで実現させるために、ではなかったのかね。いったい、ここに、進化論だの創造説だのまでを、もちだしてくる必要はあるのかね、と。

ここで、こういった疑問にこたえるために、ジイドにとって、ダーウィニズムと創造説が意味するものを整理してみよう。ジイドにとって、進化論は、変化していくことの自由を保証してくれるものである。「停滞」することへのジイドの嫌悪感は、ソチ『パリュード』で、余すところなく語られている。(本書では、このなさけない状態へのジイドの嫌悪感については頁を割くことはしないが、たとえば、〈ナメクジの増殖〉での独り居のティティルを取り囲む「沼地」が「停滞」を象徴するものとなっている)。他方、ジイドには、「起源」への強い関心がある。人類の、そして人類がつくりだした制度や文化の起源へのジイドのコスモゴニックな関心は、彼自身のモラルや意識の起源への関心と重なっている。『鎖を離れたプロメテウス』の場合がそうであった。人間としてのダモクレスとコクレスを描くにさいして、作者はその起源から始めようとする。

一言でいえば、創造説は起源としての出発点を、進化論はその後の変化の自由を保証する。こうして、ジイドは、進化論をも、創造説をも必要とする。これは、二つの説のいいとこ取りであるといってよい。裏返せば、ジイドは、創造説にたいしても進化論についても不満をもっている。創造説は、創造後の変化の自由を禁じるものである。進化論は、起源については語ってくれない。

進化論では起源のことが語られていないだって?　ダーウィンは『種の起源』を書いたではないか、と読者は驚くかもしれない。いやいや、ダーウィンは生命の起源については語らなかった。このことを次章で点検しよう。

（1） Claude Martin, *La Maturité d'André Gide — De Paludes à L'Immoraliste (1895-1902)*, Klincksieck, 1972, p. 479.
（2） David H. Walker, *op. cit.*, p. 72.
（3） *Ibid.*, p. 73.

中間からのスタート

ここで、既にのべた《来るべき神》の思想のことを思い出そう（↓〈《来るべき神》の思想〉）。これは、神によってつくられた人類が、こんどはその神とともに共進化しつつ、その神でさえ知らない到着点へと向かっていくというものであった。俊敏な読者は、この構図のうちに、ダーウィニズムと創造説のドッキングを見出しているに違いない。もっとも、一九〇〇年のジイドは、この《来るべき神》の思想をまださほど明瞭に思い描いていなかったはずであるが。

少なくとも、この《来るべき神》の思想は、ジイドが、世界の「始まり」と「中間」、そして「終わり」に興味をもっていたことを示している。

始まりについていえば、たとえば、ソチ『鎖を離れたプロメテウス』は、創世記についてのパロディーであった。『地の糧』の「神の存在のよき証明のロンド」もまた、創世記のパロディーであった。（↓〈『地の糧』にみる創世〉）

人間が人間として登場するのは、中間段階においてであり、ジイドにとってこの段階が最も重要であることは、いうまでもない。出発点では、人間は神によって創られる。到着点では、人間は《来るべき神》に合流し、共進化を完成する。人間が人間として自立するのは、この中間段階においてのみである。

ところで、『種の起源』のダーウィンは、世界の始まり、あるいは生物の誕生については語っていない。科学者であるダーウィンは、生命の始まりについては、現在もなおそうであるが、科学は語る段階にはないことを知っていたのである。これは、ダニエル・C・デネットがいう、「中間からのスタート」と呼んでいるところのものに対応する。『ダーウィンの危険な思想——生命の意味と進化』の第一部を「中間からのスタート」と題しながら、デネットは次のように書く。

ダーウィンは自分が〈最初の〉種の起源や生命そのものの起源の説明をしているのだなどとは思ってもいない。かれは、多くの異なる種が多くの異なる能力をもってすでに存在していることを前提に、中間からスタートしているのであって、そうした中間地点から出発すれば、かれの記述したプロセスが、必然的に、すでに存在している種の能力を磨き上げ、多様化することになるのだと言っているのである。〔…〕遺伝学者のスティーヴ・ジョーンズが指摘したように、ダーウィンが自分の傑作を今日そのままのタイトルで出版したら、「誇大標示禁止法に抵触しただろう。なぜなら『種の起源』が扱っていないものが一つあるとすれば、それは種の起源だからだ」（五八〜六〇）

たとえば、『種の起源』第四章のあの有名な「枝分かれ図」を見てほしい（本書の読者ならば『種の起源』を読んでいる、少なくとも持っているであろうという推察から、その図を掲載することはしない）。この概念図で、ダーウィンは、スタートラインに、AからLまでの種を並べている。だが、その下にある点線が示しているように、それらの種は、この図には書かれていない何かある既に存在していた別の種から生じたものである。つまり、スタートラインに立っているとはいっても、AからLまでの種には、さらにまたその祖先があったはずである。これはまさしく「中間からのスタート」である。AからLまでの種のうち、次の段階で（ダーウィンは仮に一千世代をもって一段階としている）、後継者として幾つかの種をもっているのは、AとLだけである。図でいえば、

AとLは、箒の先のように末広がりになっている。Bをはじめとする他の種は、第一段階では、絶滅することもなく、新たな種へと展開されることもなくそのまま存続しているが、何段階か先では、その多くは絶滅してしまう。他方、末広がりになったAとLの箒の先のうち、若干のものだけがまた、箒のように末広がりになっていく。こうして、第十段階に達したとき、すなわち一万世代の後、七つの種だけが存在している（そのうち五つが新しい種であり、EとFがそのまま存続しつづけたものが残りの二つとされている）。ところで、この七つの種をもって、再びスタートラインに立たせることもできるわけである。

デネットのいうように、ダーウィンは、たしかに「中間からのスタート」をしている。だが、それだけではなく、ダーウィンは、中間段階についてしか語らなかったといえるだろう。最適者が生き残るというのは原理にすぎないのであって、何が最適であるのか、何が生き残るのか、結局のところ、生物界はどこへ向かってゆくのかについて、ダーウィンは語らなかった。現時点で繁栄している種はしばらく増加を続ける可能性はあるだろうとしながらも、彼は、「しかし、どのグループが最終的に繁栄するかは誰にも予測できない。なぜなら、かつては大成功を収めていたグループで今は絶滅してしまっているものも多いからである」（同一二二）と書く。

ダーウィンは、中間段階以外については、敢えて語らなかった。究極目的を持ち出すことなく、中間段階における生物種の進展について説明しうるということ、これがダーウィンの自慢だった。彼は、変異と自然選択による進化という学説によって、生物の進化にはあらかじめ定まった方向がないことを示した。一言でいえば、ダーウィニズムは目的論的世界観を否定するものである。そしてまた、ダーウィンが出発点について語らなかったのは、良心ある科学者としてである。生命の誕生については、彼は、これが手をつけられない難問であることを承知していた。

この「中間からのスタート」をしているばかりで種の起源については語っていないダーウィニズムにたいし、

ジイドは不満だったといえる。人類の起源については、ジイドは、受け入れるにせよ否定するにせよ、神話的解釈に興味をもち、彼自身の作品によって、あるいは《来るべき神》の思想によってそれを作り出そうとさえする。ジイドにとっては、この点について、黙しているダーウィニズムよりも、たとえ神話的にあろうとも、語っている創造説のほうがこのましく思われたのである。だが中間段階では、ジイドは、前章でのべたように、変化と自由を保証してくれるダーウィニズムのほうに軍配をあげる。両者をドッキングさせようということ、これは、どちらにも賛同できるところと不満なところがあるということである。

ジイドの《来るべき神》の思想は、神自身にさえわからない目標を《神》と定めて人類はゴールへと突き進んでいくとするものであり、たとえ形式的にであれゴールを想定するものであり、この点でもダーウィニズムとは齟齬をきたす。「終わり」についてのジイドの思想については、アンガージュマン時代に、一時信じようとした、人類の進歩という観点から論じなおすことになるだろう。（↓〈「進化」と「進歩」の混同〉）

『背徳者』にみる進化論的発想

本章では、『背徳者』の主人公ミシェルの文化観をつうじて、それが半ば進化論的であり、半ば進化論的でないことについて論ずる。『背徳者』（一九〇二年）は、『鎖を離れたプロメテウス』の三年後に刊行されている。執筆時期が近いせいでもあろう、この二つの作品は、どのようにして無秩序から秩序が生じうるのかという複雑系的なテーマをもまた共に含んでいる。読者は、「背徳者」であるミシェルが秩序を破壊するというのならわかるが、秩序を生じさせるとはどういうことかねと、驚かれるかも知れない。たしかに、ミシェルは、「背徳者」として、何よりもまず既成の制度、慣習、モラルに警鐘を鳴らす者ではある。ただ、ミシェルには、彼自身の力を減衰させる秩序はなぎ倒すが、彼を豊かにしその力を増大させるような秩序なり生活習慣なりならば進んでこれを受け入れる、という二つの面がある。彼は、一方では、少年達とノルマンディーの自分の領地を駆けずり回ることに解放感を覚え、彼自身、昼には野生児の真似事をしようとするようになる。だが、他方、彼は、夜の書斎での生活には、規則正しいリズムと規律を求めることを忘れない。第一、彼は、社会的には新進気鋭の考古学者であり、学者として講義をしなければならない立場にあった。

とはいえ私は、暮れ方や晩の時間をできるだけ講義の準備のために取っておいた。仕事は、はかどり、私は満足だった。そして、あとになって講義を本にまとめてみるのも不可能ではないと考えた。一種の自然な反動によって、私の生活が秩序立てられ、規則正しくなり、身のまわりのあらゆるものを規則化し秩序化することに喜びを覚える一方で、私は、ゴート族の粗野な倫理に次第々々に熱中するようになった。そして、講義の間中、人々が後になってしこたま非難することになったほどの大胆さでもって、無教養を称揚し、その擁護につとめたのだが、他方では、私の身のまわり、また心の中でその無教養を思い起こさせるものすべてを抹消とはいわないにしても抑えつけようと一生懸命に工夫を凝らしていたのであった。

（『背徳者』第二部第一章）

ここに見なくてはならないのは、秩序と無秩序、規則化と無規則化、教養と無教養との間で引き裂かれたミシェルのアンビヴァレンスであろうか。いや、ミシェルは、一方では無節制を、他方では節制を称揚しているのではなく、また、その両方に引き裂かれているのでもない。単なる教養もミシェルをぞっとさせるが、実は、単なる無教養も彼に嫌悪を呼び起こす。今の文をもう一度よんでみよう。「講義の間中、人々が後になってしこたま非難することになったほどの大胆さでもって、無教養を称揚し、その擁護につとめたのだが、他方では、私の身のまわり、また心の中でその無教養を思い起こさせるものすべてを抹消とはいわないにしても抑えつけようと一生懸命に工夫を凝らしていたのであった」。ミシェルは、彼の生命エネルギーを増大させるような無秩序ならば、これを進んで受け入れるのだが、その無秩序が無教養として彼の生活を乱すとき、彼はこれを押さえつけようとする。反対にまた、彼は、そのエネルギーを増強させるような秩序ならば、これを受け入れる、あるいは作り出そうとさえする。

今や生きることに夢中になっているミシェルにとっては、秩序を破壊するエネルギーと秩序を打ち立てるエネルギーは同じ一つの力である。ここに見られるのは、二項のスタティックな対立関係ではなく、互いが互いを浸食し変形させ、果ては生じさせるとまで言っていいようなダイナミックな関係である。秩序は、制度は、教養は、このダイナミックスがなければ硬化してしまうとミシェルは考えている、といってよい。
野生児であることに夢中になっているミシェルの本業はといえば、実は、考古学である。考古学者ミシェルが見出したというその歴史の法則とは、まず最初に無秩序状態から秩序が生じてくるが、やがてその秩序は硬化するというメカニズムである。その歴史観について、ミシェルは次のように語る。

私の講義は、そのあとすぐに始まった。主題に駆られて、私は、第一回目の講義を、真新しい情熱でもって膨らませた。末期ラテン文明に関して、私は、まず、人民と同じ高さまでのぼりつめたその芸術文化を描き出した。それは、分泌液のようなものである。分泌液は、最初は血の気の過多、健康の過剰さを指し示すが、そのあとすぐに凝固し、固くなり、精神による自然とのどんな完全な接触とも対立するようになり、生の持続的外観のもとに生の減少を隠し、殻をつくるようになる。殻のなかでは、窮屈になった精神は憔悴し、やがて萎れ、そして死んでしまう。最後に、私は、自分の考えを極端にまでおしすすめ、文化とは命から生まれて、命を殺すものである、と言った。

(『背徳者』第二部第二章)

ここで末期ラテン文明とされているものは、ギボンの『ローマ帝国衰亡史』における分類によれば、ローマ帝国衰亡の三つの時期のうち、その第一期、すなわち西ローマ帝国が滅亡し、さらには、「ローマをついにゴート人征服者の権力下に隷属させてしまう」という変革が完了したところのほぼ六世紀の初頭あたりまでである。(1) このことは、もう一つ前の引用文の、「私は、ゴート族の粗野な倫理に次第々々に熱中するようになった」の部分とも呼応している。この「ゴート族」と対立するのが、文化を硬化させていったローマ人なのであるから。

硬化してしまった文化、もはや変化しえなくなった文化は滅ぶべき運命にあると考える点で、ミシェルの歴史観は半ば進化論的である。ただし、ミシェルの考えでは、文化が滅ぶ一番の理由は、それが、そのもともとの精神に、あるいは起源にはあった命に悖るようになったからである。「文化とは命から生れて、命を殺すものである」というわけである。この起源の設定とその起源への背反という考え方は、進化論的ではない。ただし、そのような硬化した文化は取り囲むまわりの環境に適応できなくなっているかもしれないのであってそのことによってこそ命を失った文化は滅びるのだと考えているのだとすれば、ミシェルの環境観は、いくぶん、進化論的であるといえるかもしれない。とはいえ、ミシェルの真の願いは、新たな環境に適した新たな文化を作り出すことではなく、新たな環境に適さない文化を捨てて、いっきに遡り、その文化が若かったころの潑剌さ、起源の生命を取り戻すことにある。

最初は生き生きとしていた一時代の精神が、爛熟期を過ぎると硬化し、その精神を生み出した「命」そのものを絞め殺し、その文化自体もいわば空洞化して、滅んでしまう。このようなミシェルの壮大な歴史観の意味は、生命の謳歌という彼の個人的な生き方の問題と重なるだけに、見過ごされがちだった。フランス語の「ヴィ」(命)という語の多義性——「ヴィ」とは生物学的な「生命」であり時間的な「人生」であり概念的な「生」でもある——が、事態を混乱させている。文化というものが幾世代にもわたるいくつもの「人生」の累積としてある一方、累積されたその文化が窮屈な殻にたとえられるとき、「ヴィ」という語は、その殻のなかで瞬間にして燃え上がる、そしてやがては静まるであろう、一存在の、『地の糧』的情熱として読まれてしまう。「ヴィ」とは瞬間に息づくあの生であるという読み方は必ずしも間違いではなく、正統的でさえあり、その意味で正当であるのだが、この観点にとどまるとき、ミシェルの歴史観のなかに萌芽としてみられる、文化の進化論的な見方が半ば見過ごされることになる。

ミシェルが思い描いているのは、いわば、裏返された進化論であると言える。前章で紹介した、『種の起源』の「枝分かれ図」を、ミシェルは、いわば逆さまに読んでいるといえる。ダーウィンの「枝分かれ図」は、「中間からのスタート」をするものではあっても、ある定まった種から、予期できなかった新しい種を誕生させている。この意味で、進化論は、絶えず未来指向である。ところが、ミシェルは、反対に、起源に向かって遡ろうとする。つまり、ミシェルの思想のうちに、進化論的発想があるとしても、それは逆向きの進化論である。ミシェルが、遡ろうとするのは、起源にはいまだ硬化していない命があるからであり、そこでは、文化と命が調和しているからである。その起源の調和と秩序と幸福を、ミシェルは、現在、さらには未来へと反映させようとする。彼は、ノルマンディーの農場を眺めながら次のように思う。

あらゆるものが果実のために、有益な収穫のために準備されているこの土地の例は、私にきわめて好い影響をあたえるにちがいないと私は考えた。豊饒な牧草地のなかのあの頑健な去勢牛達やあの孕んだ牝牛達はなんという安らかな未来を約束しているのだろうと感心したものだ。丘の好都合な斜面にきちんと植えられたリンゴの木は、今年の夏のすばらしい収穫を告げていた。果物のなんという豊かな重みのもとにやがてその枝がたわむのかを私は夢見た。この秩序だった豊かさ、この喜ばしい隷属状態、この微笑みに満ちた耕作地から、もはや偶然ではなくて教え込まれた調和が生じていた。それは、一つのリズムであった。それは、人間的であると同時に自然のままの美であった。そこでは、もう自分が何に感心しているのか分らなくなるのであった。それほど、自由な自然の豊かな開花とそれを統制しようとする人間の巧みな努力とが、きわめて完全な和合のうちに一体化していた。この努力は、もしそれが押さえつけている力強い野性がなかったらいったい何であろうか、と私は考えた。このあふれんばかりの樹液の野生的なほとばしりも、それを堰き止め、ほほえみながらそれを豊かさへと導く知的な努力がなかったら、いったい何であろうか、と。そして私は、あらゆる力が非常によく調節されており、あらゆる消費が非常によく補われていて、あらゆるやり取りが非常に厳密になされているので、ごくわずかなロスも感じられるような土地を思わず夢見ていた。次に、この夢を人生へと適用して、私は、賢い拘束によって自分を完全に用いることの知恵となる一つの倫理を自分のために構築した。

（『背徳者』第二部第一章）

ここでは、まさに、知性と野生とが、秩序と無秩序とが、規則化と無規則化とが、そして、自然と人間、自然と人工、自由と拘束とが、宿命的な敵対者としてではなく、互いに互いを必要とする協力者として調和している。「文化とは命から生れて、命を殺すものである」とミシェルは言うのだが、彼が見た、というより夢見た農園は、文化が命を殺すにいたる以前の状態、要するに「命」と「文化」とが調和していた《起源》の状態である、ということができる。

この起源へと遡りたいという願望は、懐古趣味なのではない。ミシェルは、起源状態を、彼自身の現在の生活のなかに導き入れようとする。「賢い拘束によって自分を完全に用いることの知恵となる一つの倫理を自分のために構築した」というが、彼は、この「賢い拘束」によってこそ、昼の野性的な生活と、夜の知性的な生活とを調和させようとする。

この仮構としての起源へ戻るということが、背徳者ミシェルの反抗の原動力となった。したがって、ダーウィンの学説について、それが中間からのスタートをするものであり起源を示さないものであることにジイドが不満をもったとしても、当然のことである。

ちなみに、一九〇〇年十月二十四日、義弟マルセル・ドルーアン宛ての未刊の手紙に、「笑ってくれるな」と前置きしながら、「頭が明晰なときなど」に、「ダーウィニズムと創造説を両立させる」ように努めていると書き送ったとき（→〈ダーウィニズムと創造説――そのドッキングは可能か〉）、ジイドは、『背徳者』を執筆していた。いや、もっと正確にいうならば、十月二十四日という日は、執筆期間における中だるみの段階に相当する。ちなみに、ピエール・マッソンの推定によれば、ジイドがいよいよ『背徳者』に着手したのは、一九〇〇年八月十日である。そして、八月十三日には、ミシェルが血を吐く場面を書く（十四日の手紙）。九月四日には、モクティルが鋏を盗む場面で、筆がとまってしまう。そして、マルセル・ドルーアンに、ダーウィニズムと創造説とのドッキングの計画について書くのが十月二十四日である。ジイドは、十一月、筆がすすまないままに、アルジェリアへとまた旅立っていく。結局、「中間からのスタート」をするダーウィニズムを逆向きにたどるだけでなく、創造説的な起源にまで達したとき、ジイドの筆は再び動き出したといってよいだろう。(2)

（1）ローマ帝国における三つの衰退期については、エドワード・ギボン『ローマ帝国衰亡史 I』中野好夫訳、ちくま学芸文庫、一九九五年、pp. 9-10.

（2）*L'Immoraliste* の構想過程については、Henri Maillet, *L'Immoraliste d'André Gide*, coll. « Lire aujourd'hui », Hachette, 1972, p. 16 を参照のこと。ただし、Gide が『背徳者』を実際に書き始めた日の推定については Pierre Masson, « Notices et Notes » de : André Gide, *Romans et récits — Œuvres lyriques et dramatiques I*, Bibl. de la Pléiade, Gallimard, 2009, p. 1376. また、書き始めた日、ミシェルが血を吐いた場面を書いた日の根拠は、Henri Ghéon et André Gide, *Correspondance t.1 1897-1903*, Gallimard, 1976, p. 279 ; p. 283.

タヒチ

ジイドにとって、北アフリカの少年達は、性的対象であるばかりではなく、プリミティヴな存在として、彼を、前章でのような「起源」へと導いてくれた。『背徳者』のミシェルは、野生児シャルル――ミシェルがノルマンディーに持つ領地の小作人の息子――や密猟をする少年と野原を駆けずり回るとき言い知れぬ幸福を感じる。ミシェルはまた、そのシャルルが都会へ出て山高帽を被った紳士となって帰ってきたとき、がっかりしたものだった。

ダーウィンが『ビーグル号航海記』で示した、当時のタヒチの人々もまたそうである。ビーグル号によるダーウィンの航海は、一八三一年に始まり、一八三六年に終わっている。彼がタヒチに上陸したのは、一八三五年十一月十五日のことである。

ジイドが、ダーウィンの『ビーグル号航海記』でタヒチに関するくだりをいつ読んだのかは詳らかではない。少なくとも、一九〇六年の『日記』には、「タヒチ通信」に触発されて、これを再び紐解いたとある。ただし、最初に読んだのがいつかは、不明である。

『ジュルナル・デ・ミッション』に載っている非常に面白いタヒチ通信を読んだことから、ダーウィンの『日記』を再び紐解き、オセアニアの島々での素晴らしい滞在の話を、エマニュエルにまた読んで聞かす。

一人きりで、読み続ける。

（『日記』一九〇六年二月三日の『日記』）

ジイドがここで、ダーウィンの『日記』と呼んでいるものが『ビーグル号航海記』であることは、この航海記が日記形式をとっており、またそれが「オセアニアの島々での素晴らしい滞在の話」を含んでいるものであることからも明らかである。ちなみに、『ビーグル号航海記』は、一八三九年の時点では、***Journal and Remarks*** の書名で刊行されている。

ジイドはまた、同じく一九〇六年の五月の「日曜日」（五月十三日に相当）の『日記』に、「エマニュエルに、『一自然科学者の航海記』の冒頭部を読んで聞かせた」とある。この『一自然科学者の航海記』（***Voyage d'un naturaliste***）とは、『ビーグル号航海記』の、一八六〇年に刊行された際の書名（***A Naturalist's Voyage***）である。***Voyage d'un naturaliste*** と、フランス語表記となっていることから、ジイドは、これをフランス語の翻訳で読んだものと思われる。

エマニュエルとは、ジイドの妻マドレーヌのことである。ジイドは、彼の『日記』や自伝『一粒の麦もし死なずば』を刊行する際、妻の名前をエマニュエルと変えたことは、ここで改めて言うまでもないかもしれない。さて、ジイドがその妻マドレーヌに読んで聞かせた「オセアニアの島々での素晴らしい滞在の話」とは、どの箇所であろうか。「タヒチ通信」に触発されてとあるからには、オセアニアの島々のなかでも、やはり、タヒチに関することであると推測するのが自然であろう。このことについては、『コリドン』（この作品の執筆と出版の経緯については➡〈進化論の進化〉）のなかに、ヒントがある。ジイドは、「四つのソクラテス的対話」の副題をもつこのウラニズム擁護の書で、その主人公コリドンにこう言わせている。対話の真ん中で、合いの手を入れているのは、その友人として設定されている「私」である。

――〔…〕結局のところ、たとえば、ダーウィンが一八三五年に上陸したときのタヒチのような、《トリフェーム》［注、ピエール・ルイスが夢見たユートピア］が実現されている、未開原住民がしかも極めて美しい原住民がある（少なくともおよそ五十年前、宣教師達の仕事がなされる前には）。彼は、原住民の素晴しさについての記述を、感動に満ちた数頁にわたって行っている。次に、《正直なところ、女達にはいささか失望した》と、彼は付け加えている。《彼女達の美しさは、男達の美しさにまったく及ばない》と。それから、女達における、さほど美しくないところを装身具で補う必要を確認したあと、こう述べている。《結局のところ、女達は、男達よりもはるかにずっと、なにかある衣服を身につけることで大いに得をするように私には思われた》と。

――ダーウィンがウラニストだとは知らなかった。

――誰がそう言ったかね。

（『コリドン』第三の対話、二）

なお、この対話の真ん中の部分で「ダーウィンがウラニストだとは知らなかった」と「私」は茶々を入れているが、その思いつきの発言は、コリドンによって即座に否定されている。

一九〇六年二月三日、マドレーヌに読んで聞かせたという「オセアニアの島々での素晴らしい滞在の話」は、おそらく、この『コリドン』で指摘されている「感動に満ちた数頁」のうちの一部であろう。マドレーヌに聞かせたあと、「一人きりで、読み続け」たわけだから、二人で読んだのは「感動に満ちた数頁」の前半であると推測される。すなわち、ダーウィンがタヒチに上陸した十一月十五日の場面のあたりが、これに相当する。この十五日も含めて、十八日あるいは十九日あたりの頁は、ジイドのウラニズムを掻き立てたにちがいないが、妻マドレーヌのほうは、これを聞いても、どのみち、夫がウラニストだとは気づかないでいたことであろう。『コリドン』でも触れられている一八三五年十一月十五日の記述について、『ビーグル号航海記』から少し長めに引用しておく。

普通人は労働の際、上体は裸のままである。そうしたばあい、タヒティ人は優秀に見える。丈は極めて高く、肩は広く、筋肉質で、均整がよくとれている。〔…〕大がいの男は文身《ほりもの》をしている。その装飾は体の曲線によく適合して、すこぶる優美で、極めて典雅な趣を具えている。それぞれ細部では異っていても、共通の模様はやしの樹冠のようなものであって、背の正中線にはじまって、優美に両側にうず巻いている。私はこうした装飾を施された人体を見ると、堂々とした樹の幹が、繊細な蔓でからまれているのを思いだす。〔…〕女も男と同じように文身していて、指にしているのが極めて普通である。不恰好な流行が一つ、今ほとんど全般に行われている。それは頭の上部を円形に剃って、外側の輪郭だけを残すものである。宣教師たちは住民にこの習慣を変えるように勧告したのだが、つまりそれは流行なのである。それはタヒティに於ても、パリに於けると同じように、十分な答である。女の外観には私はひどく失望した。彼らはあらゆる点で、男にはるかに劣っている。後頭、あるいは両耳にあけた小さな孔に、白や紅の花をつける風習は可憐である。ココアナットの葉で編んだ冠を、眼の日除けにつけている。女は男よりも、なにかよくにあう服装を求めているように思われる。

（『ビーグル号航海記（下）』五四〜五五）

ジイドは、「未開原住民」「しかも極めて美しい原住民」たちが織りなしている、いや、織りなしていたはずの裸のユートピア、友人ピエール・ルイスの言葉を借りるならば《トリフェーム》に感嘆する。この《トリフェーム》は、前章の表現でいうならば《起源》といってもいいであろう。文明化するという「宣教師達の仕事」は、すでに始まっていたが、この「極めて美しい原住民」からは彼らの真の命といってよい生き生きとした文化が透けてみえる。ミシェルは「文化とは命から生れて、命を殺すものである」と述べたが、ジイドは、「命を殺す」以前の文化がここにあると見たといってよい。

ダーウィンという思想家

ジイドは、最初、熱中しながら『種の起源』を読んだにしても、ダーウィニズムを鵜呑みにしたのではなかった。このことは、彼が、ダーウィニズムと創造説をドッキングしようとしたことからも窺うことができよう。ジイドは、〈中間からのスタート〉をしかしていない点で、ダーウィニズムには満足することができなかった。とはいえ、ダーウィンの思想を全面否定したわけでもない。ダーウィンの学説にたいするジイドの姿勢がアンビヴァレントであることはすでにのべたとおりである。（→〈『背徳者』にみる進化論的発想〉）

とはいえ、ジイドは、思想家ダーウィンの人となりには最大の敬意を払っていた。一九一〇年の『日記』のなかで、ジイドは、次のように書く。これは、ジイドが、進化論という科学を前にして、自分の立ち位置を表明している貴重な一文である。

ダーウィニズムに対するファーブルの冷やかしには、拍手喝采を送るわけにはいかない。自分を断固たる生物変移論者であると感じているからでは決してない（ド・フリースを読んだことで、私は、説得されるどころか、ますます疑念を深めている）。だが、敢えてダーウィンの学説は怠惰の奨励であるとまで述べること、これは、まさしく奇怪としか言いようがない。《幾世紀もの秘密と生物の未知とを手玉に取る曖昧な美辞麗句の助けを借りて、我々の怠惰が楽しみを見いだすような学説を打ち立てるのは容易なことである。怠惰というものは、実際、その最終結果が断言というよりはむしろ疑念でしかないような骨の折れる研究には嫌気を起こすものである》と、ファーブルは書いている。この最後の言葉には、同意する。ただ、進化論の学説の上にあぐらをかくのは科学にとって危険であるにしても、ダーウィンがその学説を表明したのは、それでも、怠惰によってでは決してなかったであろう。悪いのは、この学説ではないのであり（あるいは少なくとも、彼の時代にあっては、そうでなかった、と言おう）、今日その上で安閑としていることなのである。

（『日記』一九一〇年六月十九日）

すでに〈ナチュラリストとしてのジイド〉で述べたように、ジイドは、昆虫学者ファーブルを敬愛していた。そのファーブルが、同じく尊敬すべきもう一人の思想家ダーウィンを攻撃目標にしていること、このことは、ジイドとって快いものではなかったことであろう。この板ばさみ状態にあって、ジイドは、しかし、ダーウィンの方を弁護する。とはいえ、ジイドがその肩を持つのは、ダーウィニズムを支持するという積極的理由からではなく、ファーブルの「怠惰」という言葉による非難が不当であると考えるからである。

ダーウィンが怠惰な学者ではないということをジイドが主張しえたのは、もちろん、彼がその著書を愛読していたためである。この一九一〇年の『日記』を書いた時点で、ジイドが確実に読んだことが分っているダーウィンの著書は、『種の起源』と『ビーグル号航海記』である。さらに、一九一一年の『コリドン』に引用されていることから、ジイドが、『人間の進化と性淘汰』と『蔓脚亜綱論』にも目をとおしていることがわかる。（→〈ジイド、『種の起源』を読む〉）

ジイドは、理論の上にあぐらをかいているような思想家を認めない。ダーウィンはそのような怠惰な科学者なのではないことを、ジイドがその読書体験から知りえたということ、このことは、逆に、ジイドが、『種の起源』のいかなる点に感動したのかを物語ってくれる。『種の起源』は、骨格としては理論の書であるが、それを証明すべきダーウィン自身による観察例を、また彼が学者として知っている様々な事例を満載している。自身も、アマチュアながら自然観察者であるジイドがひきつけられたのは、理論をのべ推論していくダーウィンのお手並みもさることながら、モラルについて語るためのエピソードとしても読めるような、その数多くの観察事例であっただろうということは容易に推測できる。

つまり、ジイドは、少なくとも、観察者としてのダーウィンに敬意を払っているということになる。他方、『昆虫記』のファーブルもまた、まごうことなき観察の大家である。ファーブルの全集を前にしてジイドはこう書いた。「私は文学者である前に《ナチュラリスト》であった、そして、自然での出来事は、私に、小説での出来事よりもつねに多くのことを教えてくれた」(一九一〇年六月十九日の『日記』)。この一文は、小説家もまたそのような観察者でなければならないという彼の信条、自分こそは人間観察を自然観察者のようにしておこなう者であることの自負を物語るものである。

しかし、ジイドは、チャールズ・ダーウィンを観察者としてのみ捉えていたのであろうか。引用したばかりの一九一〇年六月十九日の『日記』で、われらが作家は続けて、チャールズの息子フランシス・ダーウィンの言葉に耳を傾ける。

フランシス・ダーウィンは、父について語った伝記で、こう述べている。「チャールズ・ダーウィンは、非常に特徴的であるとしてエラズマス[注、チャールズの祖父]のうちに認めていたあの並外れた想像力の敏捷さを自ら持っていた。それは、彼に、《理論と一般化を打ち立てずにはおかないあの抑えがたい傾向》をあたえた」。おそらくその危険を察知した息子は、「この傾向は、チャールズ・ダーウィンの場合、自分の理論を可能な限りの全部のテストにかけるという毅然たる態度によって注意深く抑制されている」と付け加えている。結局のところ、チャールズ・ダーウィンは、彼自身についてこう書いている。「結局、これは私にとってしばしば高くついたことなのだが、人というものは、いつだって、不足している知識をほとんど根拠のない仮定でもって置き換える気になるものなのだ」。そしてこれはまさしくファーブルが彼にたいして非難したことである。だが、これは、ファーブルが彼を等し並みにとがめたあの怠惰な自惚れとは、どれほど違っていることか。

要するに、ジイドは、慎重で自己批判の能力がある科学者であるという条件で、理論家としてのダーウィンをも認めていた。ジイドのみるところでは、ダーウィンは、観察者であると同時に思想家であった。ダーウィンには、ファーブルは持ちえなかった《理論と一般化を打ち立てずにはおかないあの抑えがたい傾向》があったことに、ジイドは気がついていた(1)。ファーブルは、自分にはないこの傾向にしたがって打ち立てられた一般化された理論を、《幾世紀もの秘密と生物の未知とを手玉に取る曖昧な美辞麗句の助けを借りて、我々の怠惰が楽しみを見いだすような学説》であるとしてしまった。根っからの観察者であるファーブルには、観察した現象を、一般化し理論化せずにはおかないという、科学者の火のような情熱も、また、その情熱によって打ち立てられた理論の価値もわからなかった。一般化を事とする理論というものは、「怠惰な自惚れ」に赴きがちではあるが、ダーウィンの場合は別であることをジイドは見抜いていた。

ダーウィンが、自己検証を怠らなかったこのような慎重な学者であったことを、われわれは、『種の起源』の第六章「学説の難題」から知ることができる。彼は、自分の学説がいかなる点から非難されるかを前もって知っていたし、またその学説の弱点がどの辺にあるのかを自覚していたといえる〈ダーウィンの学説の弱点とそれについての彼自身の自覚については➡〈ド・フリースの突然変異説〉〉。もし、ジイドが、『種の起源』に熱中したというのならば、ダーウィンのそのような面まで読み取っていたことであろう。

（1）『ダーウィンの衝撃』のジリアン・ビアは、子供のころのダーウィンの、「嘘をつく力、考え出す力、語る力、語らない力」を、「発見」する力と結びつけている。ダーウィンには、子供のころから、観察したものを、見たこともないものさえも（!）、一つの物語にまとめる能力があったようである。（ジリアン・ビア『ダーウィンの衝撃』四九）

進化論の進化

ところで、前章で引用した、一九一〇年六月十九日の『日記』は、ジイドが、進化論という科学を前にして、自分の立ち位置を表明している貴重な一文である。その部分をもう一度、引用してみよう。

ダーウィニズムに対するファーブルの冷やかしには、拍手喝采を送るわけにはいかない。自分を断固たる生物変移論者であると感じているからでは決してない（ド・フリースを読んだことで、私は、説得されるどころか、ますます疑念を深めている）。〔…〕ただ、進化論の学説の上にあぐらをかくのは科学にとって危険であるにしても、ダーウィンがその学説を表明したのは、それでも、怠惰によってでは決してなかったであろう。悪いのは、この学説ではないのであり（あるいは少なくとも、彼の時代にあっては、そうでなかった、と言おう）、今日その上で安閑としていることなのである。

ここで、ジイドは、「自分を断固たる生物変移論者であると感じている」ことを否認している。しかしこの否定は「断固たる」にかかるものであると考えれば、この一文は、必ずしも、彼が何らかの強度での「生物変移論者」であることを妨げるものではない。

ジイドの時代には、生物の種は、一度創られたあとは変化しないという「生物不変説」（fixisme）が依然として力をもっていた。これと対立する進化論の立場が、「生物変移説」（transformisme）である。生物不変説と生物変移説という名称の対立そのものが、種は変化するものなのか不変でありつづけるものなのかという、当時の生物学上の争点を端的に示すものとなっている。ジイドは、基本的には、生物変移論者でありつづけた。少なくとも生物不変論者でありえないことは、ジイドが、劇作家エドモン・ロスタンを父とする、生物学者ジャン・ロスタンの普及書『生物変移説の現在』（一九三一年）を、刊行されたその年のうちに激賞していることからも分る。（『日記』一九三一年十二月二十四日）

もう一つ、注目すべきは、「悪いのは、この学説ではないのであり（あるいは少なくとも、彼の時代にあっては、そうでなかった、と言おう）、今日その上で安閑としていることなのである」の部分である。ジイドは、ダーウィンの時代を過ぎ去ってしまったものとして、「彼の時代」と呼び、今の時代（二十世紀の初め）と対照させている。ダーウィニズムは当時は生き生きとしていたが、ただ、今日にいたってもなおこの学説のうえにあぐらをかいていることは怠惰であるとジイドは言っている、といってもよいだろう。

ここで、『コリドン』の一節を援用しよう。なお、ウラニズム擁護の書である『コリドン』からの引用に際しては注意が必要である。ジイドは、一九一〇年の夏をその執筆にあてている。こうして一九一一年に印刷されることになった『コリドン』は、私家版としてであり、公表されなかった。彼は、これに加筆したものを、一九二四年、『コリドン』として出版した。執筆時期は大きく二つに分かれるのだが、一九一〇年夏ごろに執筆したのは、その最初の二つの対話、および第三番目の対話の最初の三分の一の部分である。本書での『コリドン』からの引用はすべて、以下とくにことわらないが、この一九一〇年を中心に執筆した部分からである。以下は、『コリドン』の第三の対話の冒頭部からの引用である。

今日、ダーウィンの全理論は、その土台そのものからして、ぐらついているようにみえる。だからといって我々は、ダーウィニズムが、科学をもってして、それがダーウィニズムを知らなかった以前よりも邁進させたことを否定できるだろうか。ド・フリースが、ダーウィンを打ちのめしたといえるだろうか。ちょうど、ダーウィンが、またラマルク自身が、誰それを打ちのめしたとはいえないように。

ジイドは、ダーウィンの学説を、「その土台そのものからして、ぐらついているようにみえる」としながら、結局のところ、全面否定も全面肯定もしていない。「だからといって我々は、ダーウィニズムが、科学をもってして、それがダーウィニズムを知らなかった以前よりも邁進させたことを否定できるだろうか」としているからである。このような論理は、ド・フリースにも、ラマルクにも適用されている。

進化論は、ジイドがこれに関心をもった時代にあっては、論争のさなかにあった。なにしろ、今日でいう「遺伝子」の仕組みと働きが分っていない時代のことである（ダーウィン自身は遺伝情報を伝える何らかの物質がなければならないと考え「パンゲン説」をとなえた）。物理学者シュレーディンガーが、『生命とは何か』で、遺伝物質の性質と大きさそして放射線による突然変異の仕組みを予言したのが一九四四年、ワトソンとクリックがＤＮＡの二重螺旋構造を発見したのが一九五三年。これは、ジイドの死後のことである。

ダーウィニズムは、不完全ではあるが、科学を推進させたとジイドはみている。また、「ド・フリースが、ダーウィンを打ちのめしたといえるだろうか」とあるように、ド・フリースがダーウィンの学説をさらに一歩すめたとする。この二人に、「ダーウィンが、またラマルク自身が、誰それを打ちのめしたとはいえない」というときのラマルクを付け加えなければならない。そうすると、ジイドの頭のなかでは、この三人の立役者について、「ラマルクからダーウィンへ」そして「ダーウィンからド・フリースへ」という進化論の進化の図があったといえる。

もっとも、そのド・フリースについても、ジイドは、「ド・フリースを読んだことで、私は、説得されるどころか、ますます疑念を深めている」としている。では、ジイドは、そのド・フリースを、どのように読んだのであろうか。

ド・フリースの突然変異説

三度目の引用になるが、ジイドは、一九一〇年六月十九日の『日記』に「ダーウィニズムに対するファーブルの冷やかしには、拍手喝采を送るわけにはいかない。自分を断固たる生物変移論者であると感じているからでは決してない(ド・フリースを読んだことで、私は、説得されるどころか、ますます疑念を深めている)」と書いた。なぜ、ジイドは、ド・フリースを読んだことで、生物変移論、すなわち進化論への疑念を深めたのであろうか。

まず、ダーウィンやファーブルほどには知られていないと思われるド・フリースについて一言しておきたい。「メンデルの法則」については、多くの人が知っているだろう。ド・フリースは、わかりやすくいえば、その「メンデルの法則」を再発見した遺伝学者である。彼は、メンデルが一八六五年に発表した遺伝についての法則、いわゆる「メンデルの法則」を、一九〇〇年、コレンスおよびチェルマックとともに、ほとんど同時に、そして互いに独立に再発見した。ド・フリースが翌一九〇一年に提唱した突然変異説は、ダーウィンが十分な説明をあたえることができなかった中間種の不在という問題に、答えを——今日的にみて疑う余地のない答えをあたえるものとなっている。

ダーウィンの論の最大の弱点は、突然変異を考慮に入れていないことにある。ダーウィニズムの弱点について今ことさらに指摘するのは、一九一〇年の時点で、おそらく、ジイドはこれに気がついていた、ということを言いたいからである。

ダーウィンの考えはといえば、種は、ごく小さな変化の積み重なりによって、少しずつ進化していく、というものであった。つまり、ある種Aは、その変種をつくり、変種のうち環境に適したものだけが生き残り、という過程を幾度も経た結果として、新しい種Bを生みだす。とすれば、種Aと種Bのあいだに、いくつもの中間段階があってしかるべきである。ところが、実際には、地層のなかに、移行種の化石はほとんど見つからない。『種の起源』第六章のダーウィンは、この欠如を説明するために苦慮している。そして、苦肉の策として、「地質学の記録の不完全さ」(二九六)をはじめとし、いくつかの理由をもちだす。すなわち、近縁種が「過去と現在をつなぐ移行段階の変種のすべてに取って代わり、根絶させている」(二九七)だとか、現在連続しているようにみえる土地も過去には不連続だった可能性があるだとか(二九八)、代替種が分布する範囲は局所的であるはずだとか(二九九)、中間種は数が少ないはずだとか(三〇一)、(種は少しずつ連続的に変化していくとしながら)中間的な変種の「存続期間は一般的に短かった」(三〇四)などである。これらは、いずれも、化石がみつからないことの決定的な理由とはなっていないだろう。だが、このような理由でもってしては、ダーウィン自身、満足できなかったのではないだろうか。彼自身、「ではなぜ、生活条件が移行している中間地帯において、そのあいだを密につなぐような移行段階の変種が見つからないのだろう。私はこの難題に長らく悩まされてきた。しかし今はほぼ説明がついたと思っている」(二九八)と書いているにもかかわらず、というよりむしろ、書いているがゆえに、である。

さて、「ド・フリースを読んだことで、私は、説得されるどころか、ますます疑念を深めている」と書いたジイドが、このオランダの遺伝学者の著書のなかで当時読みえたものはといえば、『種と変種、突然変異によるその起源』(一九〇五年刊、以下『突然変異説』と略する)[1]のみであろう。というのも、プレイヤード版新版の注によれば、オランダ語で書かれたド・フリースの論文・著書のなかで、一九一〇年までにフランス語に訳されていたのは、『突然変異説』だけだからである。

この『突然変異説』におけるド・フリース自身の解説によれば、進化論をめぐる当時の論争の争点は、以下のとおりである。なお、邦訳(2)は大正十四年のものであるが、古色蒼然たるその文体は、いまなお生命を失っていない。ただし、旧字体の漢字は新字体に書き換えた。

現今では突然変異が実際に発生する事は認められて居るが、果してそれが進化の主たる方法と見做さる可きか、或は、徐々の漸進的変化も亦重大なる役割を演じて居るのではなからうかといふ問題に関して論戦が行はれて居る。

(『突然変異説』一〇)

ド・フリースは、「徐々の漸進的変化も亦重大なる役割を演じて居る」かもしれないという可能性をつぶすために、「彷徨変異」についての実験研究をおこない、前者の「突然変異」こそは「進化の主たる方法と見做さる可き」という結論に至る。これが、ド・フリースのいわゆる「突然変異説」である。

この「彷徨変異」について、ド・フリースは、「言葉が示して居る如く、此の変異性は彼方此方に彷徨し、一つの平均型の周りを動揺して居るのである」(一八)と説明している。「彷徨変異」が、如何なるものか、そしてまたなぜ生物進化の推進力になりえないかについては、むしろ、『生命とは何か』におけるシュレーディンガーの説明のほうがコンパクトで分りやすい。量子力学の大家シュレーディンガーは、今度は生物の分野で、次のように書く。

純系の大麦を一束とって、一穂一穂の芒《のぎ》の長さを測って統計をとり、その結果をグラフに描きますと、

〔…〕鐘型の曲線が得られます。(3)〔…〕そこで、芒の長さが平均よりかなり長い穂〔…〕を一束とり出します。ただしその数は十分多くてそれだけを畑にまいても新たに収穫できる程度とします。これに対して前と同様な統計をとると、ダーウィンの考えに従うならば、今度の曲線は右の方に移動しているはずです。(4)いいかえれば、このような選択をすることによって穂の平均の長さが増したものが得られることが予想されます。ところが、本当に純系の大麦を用いたのなら、実際にはそうなりません。選び出した大麦から得られた新しい統計曲線は最初の曲線とまったく同じです。前と反対に特に芒の短い穂を選んでまいた場合もまったく同様です。選択（淘汰）によっては何らの影響も現われません――小さい連続的な変異は遺伝しないからです。明らかにそのような変異は遺伝物質の構造に基づいて起こるものではありません。偶然的なものなのです。

（『生命とは何か』七〇～七一）

これ以上の説明は不要であろう。「彷徨変異」によって、大麦の芒の長さは、鐘型の分布曲線になるようにと散らばるのだが、長い芒の一束を選んで再生産させても、子孫の芒は長くならない。つまり、「彷徨変異」は遺伝しないということになる。こうなると、小さな変異の積み重なりによって大きな変異が生ずるという、ダーウィンの理論は、一旦、否定されることになる。そのかわりに、ド・フリースは、「突然変異説」を提唱する。だが、現今でいう「遺伝子」の正体がわからなかった当時にあって、そのド・フリースとても、突然変異のメカニズムを示すことはできなかった。シュレーディンガーが『生命とは何か』で、物理学者の立場から、遺伝物質の安定性という性質をもって、それが分子であることを予言し、そして放射線による突然変異のメカニズムをも描いてみせたのは、ようやく一九四四年のことである。

ジイドがダーウィン理論への疑いを強めたところには、このド・フリースの「突然変異説」が与っているといえる。とはいえ、この新しい説も、ジイドの目に、進化のメカニズムの全貌を解き明かす決定版とは見えなかったはずである。「ド・フリースを読んだことで、〔…〕説得されるどころか、ますます疑念を深めている」としたからである。この遺伝学者の「突然変異説」は、植物の交配実験とその観察結果の分析というレベルにおいては当を得たものであるにしても、突然変異の真のメカニズム——今日でいう「遺伝子」のレベルでのメカニズム——を示すものではなかった。ベルクソンとともに、ジイドも、このことを見抜いていたのであろう。これについては、次章で詳述する。

とはいえ、ジイドが当時の生物学者達のあいだの論争を垣間見たのは、このド・フリースの視点を通じてであるといってもよいだろう。最終的に、ジイドは、ダーウィンと敵対して、「突然変異」の立場をとる。（↓〈自然は飛躍せず？〉）

（1）Hugo De Vries, *Species and Varieties, Their Origin by Mutation*, Tredition Classics.

（2）フーゴー・ド・フリース『生物突變説』横田千元訳、白揚社、一九二五年（大正十四年）。以下、本書ではこれを『突然変異説』と呼ぶことにする。

（3）「鐘型の曲線」とは、芒の長さが平均的であるものの数が最も多く、その長さが平均からプラスあるいはマイナスのほうへずれるにしたがって数が減少することを示すようなグラフ。

（4）「右の方向」とは、芒の長さの増大を示す方向。

ベルクソンの立場

前章で紹介したド・フリースの遺伝学者としての自負には、並々ならぬものがある。彼が、その『突然変異説』の冒頭で、エピグラフとして、次の三つの文を挙げていることからも、その意気込みがつたわってくる。

種の起原

種の起原は自然現象なり。

——ラマルク——

種の起原は研究の対象なり。

——ダーウィン——

種の起原は実験的探求の対象なり。

——ド・フリース——

ド・フリースが自ら示そうとした、ラマルク、ダーウィンそしてド・フリースというこの系譜を、ジイド自身、再引用になるが、次の文で受け継いでいる。

今日、ダーウィンの全理論は、その土台そのものからして、ぐらついているようにみえる。だからといって我々は、ダーウィニズムが、科学をもってして、それがダーウィニズムを知らなかった以前よりも邁進させたことを否定できるだろうか。ド・フリースがダーウィンを打ちのめしたといえるだろうか。ちょうど、ダーウィンが、またラマルク自身が、誰それを打ちのめしたとはいえないように。

（『コリドン』第三の対話、冒頭）

ここには、進化論そのものがこれまで進展してきたのだし、これからも進展していくであろうというジイドの見通しが、端的に示されている。ところで、ド・フリースの「突然変異説」をつうじて、変異の連続性を主張するダーウィニズムに疑いをもつようになったジイドではあるが、そのジイドが、「ド・フリースがダーウィンを打ちのめしたといえるだろうか」と書いたのは、どういうことであろうか。

この文を書いた『コリドン』の時点で、進化論にたいするジイドの立場は、以下でのべるように、一九〇七年に刊行された『創造的進化』におけるベルクソンの立場を継承するもの、あるいはこれとごく近いものではないかと思われる。

ここで、ラマルク、ダーウィン、ド・フリースという流れについて概観してみよう。ラマルクといえば、残念ながら、獲得形質は遺伝するという誤ったとされる主張をしたことで有名である。だが、進化論の立場からは、ラマルクは、「獲得形質の遺伝」というコンセプトのもとに、種は変化していくものであることをとにもかくにも認めた、進化論史上の初期の英雄である。ダーウィンがしたのは、ラマルクの進化論の全面否定ではなく、「自然淘汰」と（ド・フリースがいうところの）「彷徨変異」との組み合わせによる、その置き換えである。

ド・フリースの方は、自然淘汰によってではなく突然変異によってこそ種は進化すると主張するとき、ダーウィンと対立する。しかし、突然変異を起こした個体群にも自然淘汰の原理が働くのだと考えれば、ダーウィニズムの骨格そのものは覆らないことになる。突然変異を基盤においたド・フリースの進化論は、遺伝学の先鞭をつけるものであった。新たな遺伝学に基づいた進化論と、自然淘汰に基礎をおく従来のダーウィニズムは矛盾するものではなく、統合可能であるという考え方、これは、ネオダーウィニズムとなってゆく。

一九〇七年に刊行した『創造的進化』で、ベルクソンは、このネオダーウィニズムへと通ずるような考えを述べている。つまり、ベルクソンは、「不連続な過程」の発見によってもダーウィンの学説は傷つかないとする。ベルクソンは書く。

〔…〕H・ド・フリースの興味深い実験は、たとえば、重要な変異が突然起こって規則正しく遺伝しうることを示すことによって、この学説［＝進化論］が惹き起こしている最も大きな困難のいくつかを突き崩すものである。これらの実験は、生物学の進化に必要だと思われた時間を、大幅に短くしてくれる。〔…〕たとえば、進化論は誤っていることが立証されたとしてみよう。推論あるいは実験によって、種は、今日われわれはそれがどのようなものであるのか見当もつかないのであるが、ある不連続な過程から生じたことを明らかにするにいたったと仮定してみよう。だからといって、この学説は、その最も興味深いところ、そして我々にとって最も重要なところにおいて打撃を受けたといえるだろうか。(1)

なお、ジイドがその読者であったことは、一九〇七年の『創造的進化』がはやくも一九一一年の『コリドン』で引用されていることからも確認できる。

ド・フリースの実験についてのベルクソンの立場は、以下の二つの点でジイドの考えと共通する。というより、ジイドこそは、ベルクソンの立場に通じている、というべきであろう。すなわち、一つめは、「ド・フリースがダーウィンを打ちのめした」のではないというネオダーウィニズム的見方においてである。ド・フリースの議論は、ダーウィンの学説をつきくずすものではなく、これを補正するものである、といってもよいだろう。

もう一つは、進化論は、未完成であり、進展の途上にあるという点においてである。突然変異説にしたところで、オオマツヨイグサの栽培にかんするド・フリースの「推論あるいは実験によって」なされたものであり、その「不連続な過程」については、「今日われわれはそれがどのようなものであるのか見当もつかない」というのが、当時の状況であった。

ダーウィンの学説の否定によってド・フリースは、たしかに新局面を開いた。では、突然変異はいかなるメカニズムで起こるのか、という新たな疑問を、ジイドに生じさせたはずである。こう考えると、「ド・フリースを読んだことで、私は、説得されるどころか、ますます疑念を深めている」の文における「疑念」とは、ダーウィニズムを否定する新手の生物変移論者であるド・フリース自身にも向けられているといわなければならない。この二重の否定による混乱状態、これをジイドは、「今日、ダーウィンの全理論は、その土台そのものからして、ぐらついているようにみえる」と表現したのではないだろうか。

いずれにしても、ダーウィニズムへのジイドの不満の理由の一つは、この学説が突然変異を認めないものであるという点にあると結論することができる。とはいえ、全面否定したのではなく、進化論にたいするジイドの立場は、ネオダーウィニズムへと通じていくようなベルクソンの見方に近い、ということを付け加えておかなくてはならない。

(1) Henri Bergson, *op. cit.*, pp. 24-25.

『狭き門』にみる「《来るべき神》の思想」

これまで、われわれは、『鎖を離れたプロメテウス』には複雑系的な構図とでもいうべきものが、また『背徳者』のミシェルの歴史観には、作者独特の進化論的発想――ダーウィニズムと創造説をドッキングさせたような思想がみられることを示した。いよいよ一九〇九年の『狭き門』の番であるが、ジイド自身と、その妻となったマドレーヌとの昔からの生活を素材としているものであると同時に、アリサという女主人公の、ジャンセニスム的とでもいうべき、あまりにも自分自身に対して厳しすぎる独特の性格に依存しているこの作品のなかに、当時の作者の最新の思想的状況を求めることは難しいであろう。言い換えれば、『狭き門』をもって、当時のジイドが進化論的思想をもっていたことを証明するということはばかげているし、『狭き門』が進化論的でないことをもって、本書の主張の反証とすることもまた不適切である。

本章では、逆に、『狭き門』執筆当時のジイドが、本書で主張するような思想をもっていたのだとしたら、この美しい宗教的青春物語を、ジイド自身の思想である《来るべき神》の観点からすれば、どのような角度から読むことができるのか、この点について再検討してみたい。というのも、筆者自身、長いあいだ次のような疑問を抱き続けていたからである。

この『狭き門』がイロニックな作品であることは、ジイド自身も述べているし、ジイド評者達の認めるところでもあるが、これはまた熱い作品でもある。すなわち、アリサの、ヒロイックとでもいうべき宗教心は行き過ぎており、作者はこれを批判している。『狭き門』は、最初は美しくもはかない青春物語のようにみえても、二人の主人公達にたいする作者の皮肉が隠されている油断のならない作品である。だが、ジイドは、生涯、アリサを、実在の人物のようにして愛し続けた。アリサは、ジイドが、その血と肉をもって作りあげた人物でもあった。とすれば、そのイロニーはどこからはじまりどこで終わるのだろうか。

ジイドは、数年後の一九一六年に、筆者が「《来るべき神》の思想」と呼んでいる信条を表明することになる。このことについては、既にのべているが、参考のために、もう一度、これを挙げておこう。

もし信条を表明しなくてはならないとしたら、私はこう言おう。神は我々の後方におわすのではない、と。神とは来るべきものである。神を探し求めなくてはならないのは、人間の進化の初めにではなく、終わりにである。神は到着点であって、出発点ではない。それは、全自然が時間のなかを向かってゆく、究極にして最終の点である。そして、時間は神にとっては存在しないので、神が栄冠をかぶせるその進化が、後に続いているのか先行しているのか、これを呼び寄せて、あるいは後押しして決定するのか、神にとってはどうでもよいことである。

人間によってこそ神は自らに形をあたえてゆく、これこそは私が、《我らに象りて人を造らん》〔注、創世記一、二六〕という言葉のうちに感じ、信じ、そして理解しているところのものである。進化の一切の学説も、こういった考えにたいして、何ができようか。

これこそは、私が聖なる場所に入る門であり、私を神に、福音書などに連れ戻す一続きの思考である。

私はこのことを、いつの日か、明確に説明できるようになるだろうか。

すでにずっと前から、私はこのことを、そうとは知らずに信じている——それが、私のなかで、一連の啓示によって少しずつ明らかになってくる。理屈はそのあとに来る。

ここで、ジイドは、「すでにずっと前から、私はこのことを、そうとは知らずに信じている」としている。そこで、『狭き門』のころもジイドはこのような信条をもっていたと仮定して、この《来るべき神》の思想を、『狭き門』に逆照射してみたいのである。

この作品では、『狭き門』という表題からして言えることだが、「歩み」がテーマとなっている。ジェロームとアリサが神とともに歩みはじめるのは、ヴォーティエ牧師の説教で福音書の一節「力を尽して狭き門より入れ」（ルカ伝一三、二四）、またこれと対応しているマタイ伝の章句「狭き門より入れ、滅びにいたる門は大きく、その道は広く、之より入る者おおし。生命にいたる門は狭く、その道は細く、之を見出すもの少なし」（マタイ伝七、一三〜一四）を聞いたときからである。このときから、二人の恋人と神との三者の間での、いわば《共進化》とでも言うべきものが始まる。

友人のアベルにいわせれば「ゆっくり屋」（第三章）であるジェロームは、アリサの保留や拒絶にあいながら、その遅々とした恋の歩みを急がせようとはしない。そのゴールは、アリサであるともいえるし、アリサとともに信じる神であるともいえる。その歩みを急がせないという点では、アリサもまた同様である。結婚したジュリエットについて、その姉は、「アリサの日記」と題されることになる、七月十六日の分の日記に、こう書く。

ジュリエットは幸せである。そう言っているし、そう見えもする。私にはそれを疑う権利もないし、その理由もない。今、彼女のそばにいて感じるこの不満、不快の感情、これはいったいどこから来るというのか。——おそらくは、あの、非常に現実的で、ごく簡単に手にはいる、まったく《おあつらえ向きの》喜びが感じられるからだ。で、それは、魂を包み込み、封じ込めてしまう……。

私が願うもの、それは、幸福、それともむしろ、幸福への歩みなのかしらといま思っている。ああ主よ、たちまちにして到達できるような幸福から私を守り給え。幸福を、あなたにまで、延期させ、後退させせんことを私に教え給え。

アリサがここで思いえがいているもの、これは《来るべき神》の個人ヴァージョンであるといえる。個人ヴァージョンというのは、ジイドの《来るべき神》は、人類の誕生とその中間段階と到着地点について語るものであるのにたいして、アリサは、彼女自身の一生、誕生から死ぬまでのことを考えているにすぎないからである。

アリサは、我が身とジュリエットとを引き比べて、「主よ、すぐさま到達できるような幸福から我を守りたまえ。我が幸福を、あなたにまで、延期させ、後退させせんことを我に教えたまえ」と祈る。到達目標は、「あなたにまで」とあるように《神》であり、「幸福から我を守りたまえ」とあるように《幸福》である。しかし、アリサは、幸福の在り処としての神への到達を先へ先へと延ばそうとする。このようにして、《神》という到着地点が、いわば空白化されていく。「私が願うもの、それは、幸福、それともむしろ、幸福への歩みなのかしら」という自問にもあらわれているように、アリサにとっては、途中経過の歩みの方が大事だとおもわれる瞬間がある。これにたいして、目標到達の意義は、相対的にだが、空洞化されていく。

ところが、アリサは、いつのころからか、もたつくジェロームを後に残して、一挙に、聖域というゴールへと至りつこうとするようになる。共に幸福になろうというジェロームの呼びかけにたいして、アリサは、「わたしたちは幸福のために生れてきたのではない」(第七章)と言う。驚いたジェロームが、幸福以上のものがあるかと、問いただすと、彼女は小声で「聖性」とつぶやく。アリサは、いわば聖女となって、自らを、ジェロームの手の届かないところに置く。これをきっかけとして、ジェロームは、アリサを諦める気になっていく。

あの《来るべき神》の思想の逆照射という観点からすれば、アリサにたいして作者がイロニックな視線を向け始めるのは、ここからである。ジイドにとって神とは、語りかけるべき最良の、最も優れた友ではあっても、一足飛びに到達すべき偶像ではないからである。

ジイドが愛するアリサは、一歩々々と踏みしめていくような確実な歩みをする努力家のアリサである。アリサは、たいへん真面目で勤勉な女の子である。もし彼女が新修外国語クラスの学生であったとしたら「優」をとること間違いなしである。

私はピアノの勉強が好きだった。なぜなら、毎日少しずつ上達することができるように思えたからである。これはまたおそらく、私が外国語で本を読むのに喜びを覚える、本当の理由である。母国語よりもどこかの言語のほうを好むということではない。我が国の、敬服してやまない作家達が、外国の作家達に少々なりともひけをとっているように思えるということでもない。そうではなく、意味と感動を追っていくちょっとした難しさ、おそらくそれを克服する、少しずつ克服していくことへの自分でも気づかないうちの誇りが、精神の楽しみに、無しで済ませられないような、何だか自分でもよくわからない魂の満足を付け加えてくれる。

どれほど幸福であろうとも、私は、進歩のない状態を願うことはできない。私は天上の喜びを、神との融合としてではなく、無限の、絶えざる接近として思い描く……　もし、言葉を弄することをおそれないなら、こうとでも言おうか。私は《進歩的》でない喜びは軽蔑する、と。

（『狭き門』「アリサの日記」、七月十六日のあとの引き裂かれた頁の後の部分）

この勤勉な、プロテスタント的なアリサの声にこそ、われわれは、ジイド自身の声を聞くことができる。後年、『新しき糧』のジイドは、アリサの進歩観に改めて賛同を示している。

そう、進歩することができるという考えなくしては、人生は、私にとって、もはやいかなる価値もない。私が『狭き門』のアリサに言わせた次の言葉、これは私の気持ちをあらわしている言葉だ。

《どれほど幸福であろうとも、私は、進歩のない状態を願うことはできない。……私は「進歩的」でない喜びは軽蔑する》

（『新しき糧』第三の書の三）

一気に聖域に達しようというアリサの性急なクローデル的歩みにたいしては、ジイドは同調することができなかったはずである。このことは、『法王庁の抜け穴』での、聖母マリアが夢枕に出てきたことでもっておわる、一連の一日足らずの出来事（『法王庁の抜け穴』第一章の五、六）によって突然、改宗したアンティームにたいする、作者の皮肉な描き方からもわかるであろう。

ジイドがもしジェローム自身であったとしたら、その願うところは、やはり、アリサと神との三者のあいだで共進化しながら、一歩ずつ進み、最終段階として、二人で聖なる門をくぐることであったと思われる。そのことは、間接的ながら、一九一六年版の思想で、「門」の語が使われていることからもいえるであろう。その部分をもう一度、引用しておこう。

人間によってこそ神は自らに形をあたえてゆく、これこそは私が、《我らに象りて人を造らん》という言葉のうちに感じ、信じ、そして理解しているところのものである。進化の一切の学説も、こういった考えにたいして、何ができようか。

これこそは、私が聖なる場所に入る門であり、私を神に、福音書などに連れ戻す一続きの思考である。

なお、「進化」と「進歩」は違うものである、その混同をしてはならない、というご指摘があるはずである。いや、もしここに混乱があったとしても、これはジイド自身の混同に沿ってのことである。ジイドの政治参加は、人類の進歩への期待と、人類の進化というメカニズムの混同によってこそ可能になった。だが、今はまだ、このことについて述べるときではない。（↓〈「進化」と「進歩」の混同〉）

キュヴェルヴィルでの人為淘汰の実験

ジイドは、キュヴェルヴィルの庭で、人為淘汰の実験を行った。

キュヴェルヴィルという、ジイド研究にとっては重要な地名をもしご存知ない読者がいたとしたら、これは、ほぼ、『狭き門』のフォングズマールのことであると考えてもらってもよい。作者ジイドは、『狭き門』の背景として、フォングズマールという架空の地名のもとに、キュヴェルヴィルの配置をそのまま用いた。

キュヴェルヴィルは、ノルマンディー地方、クールべやモネの断崖絶壁の絵でも有名なエトルタから少し内陸に入ったところにある。その家屋敷はジイドの母方の祖父エドゥワール・ロンドーが手に入れたもので、彼の従姉にして妻のマドレーヌ（旧姓マドレーヌ・ロンドー）は、これをもって定住の地とすることになる。キュヴェルヴィルは、ジイドにとって、子供時代からの思い出の場所であると同時に、結婚後は、妻が守る家庭生活の単調さに倦んだときには、変化をもとめて冒険にでかける起点であり、また旅に疲れたときには戻ってくる港のような所となる。

通りから、正門を入ると、前庭にロンポワンがあり、それを半周すると建物の正面にいたる。左右に細長い建物の裏手には、比較的高い塀によって左右両側と奥とを囲まれた芝生の内庭が続いている。その内庭の奥の左手に、裏門が、――ジェロームがアリサに最後の再会を果したあの門がある。

その建物の横手に、内庭とは別の庭がある。ジイドは、その庭で植物を育てることを楽しみにしていた。同じ年の一九一〇年の『日記』に、彼は、次のように書く。

ミユスは、花をいくつか上手に交雑させることができるようになった。得られた種の苗床のなかで、最も丈夫でない変種がしばしば極めて美しい花を咲かせることを、とうとう、彼に納得させることができた。育てるのがなかなか難しく世話が必要な変種を助けるために、彼に、手入れの必要のない有り触れた、たくましい変種を取り除くことを、やっとのことで承知してもらう。

ギリシアの芸術家のなかに、ただ一人のラケダイモン人もいないというのは、スパルタが、虚弱な子供を穴にほうり込んだからではないか。

淘汰を確実に行うためには、ひ弱で希な変種をただ可愛がっているだけでは駄目で、周りのもっと有り触れた変種を除去することによって、これにたいするその困難をともなう勝利をさらにもっと確実にしてやらなければならない、ということをミユスに認めさせることは無理だ。

お愛想で、彼は、庭からそれを取りのけるふりをする。だが、少し経ってから、私は、それが、庭の隅っこに植えかえられているのを見つける。それは、稀有な変種がひよわであるのとおなじくらい頑健であり、はるかに繁殖力が強い。二年もしないうちに、それは、場所を取り戻してしまった。優れた種類は、平凡なものに生育を妨げられて、なくなってしまった。というのも、花にとってもまた、「妙なるものは、稀であると同じほどにまた気難しい[1]」からである。この上なくつつましやかな野の花がどれほど美しいものであろうと、最も生き延びるチャンスがないのが、つねに、最も美しい花であるということを考えると、泣きたい気持ちになる。それは、最も闘争の才のないものであると同時に、最も、人の目、欲望、嫉妬にさらされるものでもある。

（『日記』一九一〇年六月十七日）

ここで「二年もしないうちに」という経過が書かれてあることから、この実験は、こう書かれた一九一〇年よりも前からなされていたものと思われる。

ジイドは人間にしか関心のない根っからの文学者であり、ヒューマニストである、と思い込んでいた読者がいるとすれば、ジイドが交雑の実験を行っていたという事実に驚いたかもしれない。人工的な淘汰による品種の改良は、『種の起源』によると、たとえば「ハト」や「イチゴ」ですでに成果を挙げていた（『種の起源』第一章参照）。ジイドは、幸いなる栽培者達のそのようなやり方をまねたのであろう。

ダーウィン自身、『種の起源』では、まずはじめに、第一章で、「飼育栽培下における変異」について書くことからはじめている。次に第二章を「自然条件下での変異」とし、第三章では「生存闘争」との関連で自然淘汰についてほのめかしたあと、ダーウィンは、「自然淘汰」と題した第四章にいたってはじめてその本格的な考察に入る。

さて、キュヴェルヴィルの庭でおこなった淘汰についての実験をとおして、ジイドが気づいたことは、雑草は生命力が強く、たとえば高品質の花を得ようとしても、その飼育栽培品種は、保護してやらなければ滅んでしまう、ということである。以上の引用文からもわかるように、ジイドはこのことを非常に残念に思っている。

ちなみに、高品質の花——形や色や香りのよい花を選抜するというところには自然淘汰ではなく人間の美的な価値観が関与しているのであって、つまるところ、よい花——人間の価値観に照らしてよい花——を保護するという作業はまさしく人為淘汰であるということができる。それでは、自然淘汰のどこがジイドには不満だったのであろうか。

最初、熱狂しながら『種の起源』を読んだにしても、ジイドが、結局その理論を、手放しでそのまま受け入れたのではないことについてはすでに述べたとおりである。「中間からのスタート」をしているばかりの『種の起源』では、肝心の起源について語られていないことが、ジイドには不満なのであった。

ジイドには、ダーウィニズムにたいして不満な点がもう一つあった。彼の目には、ダーウィニズムは、卑俗な種――雑草――の蔓延を証明する理論、あるいは容認する理論であるとうつった。ジイドには、これが不満であった。マラルメ的美学とは決別したとはいえ、彼には、依然として、作家は「呪われた詩人」たちのように高潔でなければならないという自負、悪く言えば選良意識が続いていた、とみることができる。このことは、引用文での、高貴で育ちにくい花と、低俗ではびこる雑草という対比のうちに端的にあらわれている。「〔…〕最も生き延びるチャンスがないのが、つねに、最も美しい花であるということを考えると、泣きたい気持ちになる。それは、最も闘争の才のないものであると同時に、最も、人の目、欲望、嫉妬にさらされるものでもある」。一旦は、ダーウィン的「闘争」のメカニズムを自然界における事実として認めながらも、ジイドは、最も美しい花――最も闘争の才のないものが滅んでいくことを嘆く。

ジイドがよしとするのは、少数派――ジイドの考えでは少数派の立場・意見は貴重であって抹殺してはならない価値をもっている――が尊重されるという、あるいは、少なくとも、数において圧倒する多数派と少数派とが共存するという構図である。これにたいし、ダーウィンの進化論は、多くの子孫を残す種が勝利をおさめるという、数の論理となっている。フランスでは極めて少数のプロテスタントであることからも、また同性愛者であることからも少数派と自認しているジイドにとっては、進化論が前提としている数の論理が気に入らなかった。

ジイドは、最も闘争の才のない弱い花だからといって美しい花をかばうのではなく、最も優れた花こそは最も強い花であって欲しいと、最も生命力あふれる種こそは最も貴重な存在であって欲しいと願う。ダーウィニズムにたいしての、ジイドのこのような立ち位置は、ニーチェのジイドに対する影響――あるいはジイドとニーチェの親近性――『背徳者』のジイドにみられるあの強者への共感のうちにもみることができる。庭師ミユスにたいしての不満をもらした二日前、ジイドはこう書いている。

毎年、庭に戻ってくるたびに、同じ失望を味わう。つまり、稀有な種と変種の消失である。有り触れた凡庸なやつの勝利だ。《類まれなケースの排除……平凡な類型の、そしてそれよりも劣った類型さえの避けられぬ支配》と、《反ダーウィン》のニーチェは言ったものだ。

（『日記』一九一〇年六月十五日）

ただし、以上のことは、ジイドが楚々とした野の花を愛でることを妨げるものではなかった。ジイドは、花の、実用的ではない徒な美しさをよしとするものであるが、その見方は、いわば豪奢な華を好むブルジョワ趣味ともまた違っている。野の花と同時にまた、栽培された人工的な花をも好むこの感性は、ウラニズム擁護の書『コリドン』で主張されるような当時の彼の芸術観と関連しているといえるだろう。ジイドがミユスと人為淘汰の実験をおこなった一九一〇年夏はまた、ジイドが『コリドン』執筆にあてた夏でもある。この挑戦状を、ジイドはウラニズム――男性の同性愛――擁護のために書いた。委細は省くが、ジイドは、ここで、徒花のようなウラニストの立場と、実用に供されない芸術とを重ねあわせている。一言でいえば、ジイドは、人工的に改良された花のうちに芸術の巧みを見たといってよい。

話は先回りすることになるが、ジイドは、一九二五年の『贋金つかい』のなかでも、その作中人物ヴァンサンに同様の主張をさせている。すなわち、多くの栽培者達は、得られたなかで強い個体を選ぶという操作を重ねることによってよい品種をえることに成功しているが、弱い個体を選び続けることによって面白い品種がえられるのではないかと。

それからヴァンサンは淘汰の話をした。彼は、最もよい苗をえるための育苗家の普通のやり方について説明した。かれらは最も頑強な見本を選ぶ。だが、ある大胆な育苗家が試しにふとしたことを思いつく。彼は、決まったやり方への嫌悪から、まるでほとんど挑戦からといったように、反対に最もひ弱な個体を選ぶことを思いついた。そして類まれな花が咲いた。

（『贋金つかい』第一部第十七章）

逆淘汰とでもいうべきこの酔狂な実験を思いついた大胆な育苗家とは、ジイド自身であるということができるであろう。ただし、「類まれな花」が咲いたかどうかは保証の限りではない。

（1）　プレイヤード版『日記』の編者は、これをもってニーチェかダーウィンからの引用であると目し、探してみたが、見つからなかったという。

システムとノン・システム

一九一四年の『法王庁の抜け穴』は、『パリュード』そして『鎖を離れたプロメテウス』に続いて三番目のソチに分類される作品であるが、ソチ的滑稽味に加えて、ロマン『贋金つかい』の前段階とでもいうべき壮大さを備えている。『抜け穴』は、小説世界を歴史としてのべるバルザックのパロディーであると見ることもできる。この観点から、『抜け穴』は、特に『ゴリオ爺さん』と比較されることがある。このとき、『抜け穴』の主人公ラフカディオは、バルザックのラスティニャックに、そして、ラフカディオのかつての旧友であり詐欺団「百足組」の領袖プロトスはヴォートランに比べられる。ラスティニャックと同じ安下宿にすむ謎めいた男——実は脱獄囚——であるヴォートランは、この野心に満ちた青年を悪の道に引きずりこもうとするが、その前に逮捕されてしまう。他方、われわれの有能な青年ラフカディオもまた、見込まれて、プロトスによって裏社会で生きるべく誘われるが、その寸前、この詐欺師は警察につかまってしまう。以上のことを念頭においてもらえれば、以下の話がわかりやすくなるかもしれない。

壮年のころまでのジイドについて、とりわけ青年ジイドについて論じるのに、夢と現実だとか、自由と拘束だとか、真実と偽りとかといった二項対立的視点に立つことは、有効である。処女作『アンドレ・ワルテルの手記』は、そのような二項対立的発想に満ち溢れている。しかし、すでに論じた『鎖を離れたプロメテウス』では、そのような二項対立の間に、たとえば秩序と無秩序だとか論理と非論理だとかの間に、かすかな割れ目が生じてくる。

たとえばカンカロンのようなジイド評者も、そのようなことに気がついていた。彼女は、『法王庁の抜け穴』の世界を、「システム」と「ノン・システム」とに分けるが、それでは不十分と考え、その中間項を設けなければならないと考える。カンカロンのいう「システム」と「ノン・システム」という二項対立は、「首尾一貫性と支離滅裂」「動機と無動機」「服従と不服従」「永続性と変化」「絶対と相対」（以上の対立で上の項がシステムの、下の項がノン・システムの特徴を示しているとされる）といった新たな二項対立によって特徴づけられ、説明される。(1)

この評者が挙げる、「首尾一貫性」だの「動機」だの「服従」だの「永続性」だの「絶対」だのという特徴は、正規の社会の特性であるといってよい。ラフカディオは、この正規の社会の堅苦しさ、不自由さに反発する、ひねくれた、とはいえ元気いっぱいの青年である。この意味で、ラフカディオは、冒頭でのべた裏社会に惹かれるものでもある。だが、殺人を犯したあと、ラフカディオは、自首しないで逃げ回ること、すなわち裏社会で生き続けることも、望む生き方ではないことを感じはじめている。

カンカロンは、『抜け穴』世界を、基本的には「システム」と「ノン・システム」とに分けながらも、その間でためらうラフカディオのような存在もあることから、両極端をあらわすこのような二項でもってしては不十分と考え、グレマスの『構造的意味論』に倣い、その中間項を設けた。カンカロンは、その意味論的中間項としてグレマス自身が挙げている例をひいて説明している。フランス語の、主語となりうる三人称単数の代名詞として、グレマスは、**il, on, cela** をとりあげる。すなわち、

on　vs　il　vs　cela

positif　complexe　négatif

(personnel)　(personnel et impersonnel)　(non personnel)(2)

一方の端の**on**は、「人」の意味素を、他方の端の**cela**は「物」の意味素をもつ。ところが、中間項の**il**は、「人」の意味素と「物」の意味素をあわせもつ。というのも、フランス語の**il**は、英語でいう**he**と**it**の両方の意味を持ちうるからである。なお、グレマスは、この中間項に**complexe**の名をあたえているが、この呼び名は、複雑系とは関係がない。

カンカロンは、この図式を、アンティーム、ジュリユス、フルリッソワール、そしてラフカディオの四人の、ときにはこれにプロトスを加えた五人の主要人物にあてはめる。それによれば、改宗者アンティームならびに従順でお人よしのフルリッソワールは、一貫してシステム側に属しているとされる。そのアンティームであるが、フリーメーソンからカトリックに改宗し再びフリーメーソンに帰っていく彼は、システムを乗りかえただけだとされる。主人公ラフカディオと作家ジュリユスは、システムとノン・システムの間を揺れている。そしてまた、裏社会に属しながら表社会で生きているような顔をしいる詐欺師プロトスは、中間項に位置する。

さきほど挙げた、「首尾一貫性と支離滅裂」「動機と無動機」「服従と不服従」といった二項対立のほかに、「組織」「階級」「計算」「法」「論理」などをシステムの特徴とし、「偶然」「偶発事」をノン・システムの特徴としながら、カンカロンは、彼等を、その性格や行動、主義主張にそって綿密に分析している。

しかし、本書の観点からすれば、このようなスタティックな分類では、不十分である。ここでスタティックというのは、カンカロンの分類は、作中人物の性格の二重性によってなされるだけのものだからである。たとえば、プロトスは、正規の社会（このジイド評者のいうシステム）に属しているという顔をしながら、その実、裏社会（同評者のいうノン・システム）で暗躍している。この二重性によってこそ、プロトスは、詐欺師であり、中間項に該当するとされる。いやいや、われわれにとって、このような分析では、不十分である。人は、思いがけない、ごくささいな出来事によって、ノン・システム側に引き込まれたり、システム側につれもどされたりするものだからである。

例を挙げよう。ラフカディオは、無動機の犯罪をしようとする、いわゆる《無償の行為》である。彼は、憎しみもなく、お金をとるでもなく、フルリッソワールを、ただ突き落とすがために、列車から突き落とす。動機がないわけであるから、警察の捜査も攪乱されるはずである。ところが、フルリッソワールは、苦し紛れに爪あとをラフカディオの首に残し、支えをもとめて、ラフカディオの帽子をつかみとりながら闇へと落ちていく。その帽子には商標がかかれてあり、無動機の犯罪をしたつもりが、捜査への大きな手がかりを残してしまったことになる。ところが、話はさらにこみいっている。犯罪を察知したプロトスは、悪人としての仲間意識から、その帽子を探し出し、証拠となりうる商標を切り取ってしまう。

複雑系的観点からすれば、秩序を乱す力と、無秩序を生み出す力は同じものであり、秩序と無秩序の関係はダイナミックである。同じく、カンカロンのいうシステムとノン・システムの関係もダイナミックなはずである。ラフカディオは、社会から独立して存在し、人の目から自由になりたいという気持ちを、そして気概をもっている。彼が、《無償の行為》として無動機の犯罪をするのは、悪に惹かれたからではなく、自分が独立し自由であることを自らに示したいからである。もし、完全犯罪が成立したとすれば、「システム」からの彼の離脱――「ノン・システム」への移行――が証明されたことになる。ところが、秩序からの解放を証明してくれるはずのその同じ行為が、犯罪の証拠、すなわち、彼をまた秩序へと従属させるきっかけとなる痕跡をもたらす行為ともなった。だが、プロトスがその再修正をする。「システム」と「ノン・システム」の関係は、『抜け穴』では、その間で揺れるといったカンカロン的な選択肢であるにとどまらないこのようなダイナミックなものとして描かれている。予期を越えた、ふとしたことから、われわれは、「システム」から「ノン・システム」へ、あるいはその逆方向へと引きずり込まれてしまう。

プロトスが、商標を切り取ることによって、ラフカディオを警察の手から逃そうとしたのは、彼を有望な悪の仲間となりうるものと見込んだからである。だが、皮肉なことに、そのプロトスのほうがつかまってしまう。この意味で、『法王庁の抜け穴』は、ラフカディオをラスティニャックに、プロトスをヴォートランに対応させながら、バルザックの『ゴリオ爺さん』に比較することができる。

このように、「システム」と「ノン・システム」の区別は危ういものである。カンカロンも、だからこそ、中間項を設けた。ただ、せっかくシステムとノン・システムの区別を立てておきながら、「ノン・システムさえが、そのシステムを持っている、というのもまったき無秩序というものは社会の中では不可能だからである(3)」と、これを撤回するようなことを書くにいたったのは残念である。実は、カンカロンもまた、「システム」と「ノン・システム」の関係はダイナミックであることを垣間見ていたということができるであろう。とはいえ、やはり、『法王庁の抜け穴』を、「システム」と「ノン・システム」とその中間項というグレマス的な「構造」に当てはめようとしたことの最大の誤りは、この評者が、世界は『鎖を離れたプロメテウス』でのように生長していくものであり、生成という過程においては、「システム」と「ノン・システム」の関係は、二項対立的であるにとどまらない、というメカニズムを——複雑系的なメカニズムを——見逃したことにある。

そして、カンカロンの問題点を端的に言えば、彼女がシステムと呼んだものが、実際には、システム論的な意味でのシステム――その要素をなす最小単位が他の単位と密接な相互関係にあるといった構成――なのではなく、作中人物達にとっての選択肢あるいは状態にすぎなかった点にある。ホルトハイムやグーレにとっても、「システム」は、作中人物達が閉じ込められる罠としてあった。(4) システムとノン・システムが、単純な選択肢の問題でないことは、『法王庁の抜け穴』にどういう結末をあたえたらよいのか、戯曲版『法王庁の抜け穴』をもふくめて、ジイド自身、苦慮したことからも窺えよう。ラフカディオを自首させてしまえば、ノン・システムである裏社会を否認してしまうことになるであろう。だからといって、ラフカディオを逃亡させたらよいのであろうか。いや、秩序から逃亡し続けたとしても、今度はラフカディオは、カンカロンにいわせれば、ノン・システムである裏社会のシステムにとらえられることになるであろう。つまり、システムかノン・システムというのは単純な選択肢ではなく、それ全体が絡まりあったいわば一つのシステムをなしている。ラフカディオがなすべき二択を前にして作者の筆が戸惑ってしまったということは、作者自身、事態はそんなに単純ではないということに気がついていたということである。

（1） Elaine D. Cancalon, « La structure du système dans *Les Caves du Vatican* —— approches sémique, fonctionnelle et formelle », *Andre Gide 7*, Lettres Modernes Minard, 1984, pp. 117-144.
（2） Algirdas Julien Greimas, *Sémantique structurale —— recherche de méthode*, Larousse, 1966, p. 24.
（3） Elaine D. Cancalon, *op. cit.*, p. 127.
（4） Holdheim については、たとえば、
A system is something closed, it had a perfect objective coherence whitch leaves no room for subjective spontaneity. Gide's heroes are caught in systems that flatten their individual existences and strip them of all substance.
(Wolfgang Holdheim, *Theory and practice of the novel —— a study on André Gide*, Droz, Genève, 1968, p. 214.)

Goulet については、

Ce processus de reflets introduit un système du double : double qui peut être le même (Fleurissoire et Blafaphas) ou l'autre, l'adversaire (Anthime et Julius enfermés dans leurs systèmes de causalités physiques ou psychologiques).

(Alain Goulet, *Les Caves du Vatican d'André Gide*, Larousse, 1972, pp. 29-30.)

熱帯林

ジイドは、計画時点での『法王庁の抜け穴』の未完の冒頭部――未完ではあるがアラン・グーレによって注目され紹介されている一文――で、現実世界を、互いに枝葉を絡めあっている鬱蒼とした熱帯林のように思いなし、これを小説家として描き出すという企てについて、あるいはその企ての困難さについて語っている。

実人生において、私がとりわけ感心するもの、それは、その途方もない混乱ぶりである。それは、枝の錯綜した、あり余るほどの豊かさが日の光を遮っているような熱帯林に似ている。一歩進むたびに、その地域のあらゆる動物や植物にぶつかる。目にするものはといえば惨劇ばかりであり、それを引き起こすことによってしか歩むことはできないであろう。自ら体験するということはなかったにしても、少なくとも、この上なく恐るべき惨劇と擦れ違わなかった者は、誰一人としていないであろう。それでもやはり人間生活がぱっとしないと見える御仁がいるとすれば、それは、思い切って生きてみる勇気がないということ、見ることを知らないということだ。

私は、数年前から、書物というものに飽き飽きしており、見るということをなりわいとしている――それは、つねに最も弱い生き方だというわけではない――のだが、そんな私は、たしかに、私の目の前で、非常に奇妙で、新しい、捻じ曲がった、多くの枝をもった一続きの出来事がいくつも生れるのを見た。それで、その片鱗でも書き著すことをもって自分の義務となした今となって、私は、そういったものが、作りあげたい物語へとうまく形をなしてくれないのではないかとびくびくしている。述べなくてはならない出来事の数だけでも、私をぎょっとさせる。その一つ一つが、一冊の書物の題材となろうというものだ。もし、今時の小説家達が習慣にしているようにして、精神面での注釈をあれこれ付け加えながらそれを語るとしてだが。(1)

さて、ジイドが最初、『法王庁の抜け穴』で描き出そうとしたこの熱帯林の鬱蒼たる様だけをもって、これが複雑系である、というつもりはない。複雑であるということと、複雑系的であるということは、同じことではない。とはいえ、この熱帯林のイメージが、ジイドにおける複雑系的ヴィジョンと無縁ではないこともまた確かである。いずれにしても、複雑系的ヴィジョンは『贋金つかい』に入ってからの話となる。

未完となった冒頭部の宣言でこのような途轍もないことを企てたにもかかわらず、ジイドは、実際に書き上げた『法王庁の抜け穴』では、この熱帯林のイメージを逆説的にしか扱わなかった。逆説的にというのは、単純化して、という意味である。『抜け穴』第四章第七節で、作者は、「人生は、どう考えても、アメデにとって、あまりに複雑なものとなった」と書く。アメデ・フルリッソワールにとって人生がジャングルのような、危険な迷宮として見えはじめたのは、彼が詐欺団の術中に陥っていたからである、ということをすでに読者は知らされている。フルリッソワールが見てとっているのは、騙されている者の錯覚としての複雑さである。

ジイドは、『抜け穴』で、この世界の熱帯林的な複雑さを、細やかなタッチでもって一筆々々描くことはしなかった。ただ、その熱帯林を前にして当惑するものの単純さとの対比において、これを暗示することには成功したのだといえる。フルリッソワールのようであっては足をすくわれてしまうという作者の警告によって、人々を待ち伏せているジャングルの存在が間接的に描き出されている、といってもよい。

フルリッソワールの信じるものはといえば、簡単にいえば、言葉である。彼は、法王が幽閉されている、法王を救出しなければならない、といった詐欺師プロトスの言葉をそのまま信じてしまう。「言葉」という言葉は曖昧なので、ここでは「レシ」という語を用いることにしよう。「レシ」とは、小さなストーリーとでもいったらよいのであろうか、ミシェル・ビュトールによれば、(2)我々は、言葉をはなしはじめたときから死ぬまでレシに取り囲まれている。家庭で、学校で、また新聞や歴史書を読むことによって、我々は様々なレシを見聞きする。手紙やメモもレシである。頭のなかを駆け巡る様々な行動計画もレシの形でなされる。レシが実現されれば出来事となる。文学ジャンルとしての《レシ》(ジイドは『背徳者』や『狭き門』を《レシ》に分類した)は、その一部分にすぎないといえる。

レシは、コンテクストにしたがって、また場合々々によって、枝分かれをする。そのメカニズムをここで分析的に詳細に示すことはしないが、少なくとも、「私の目の前で、非常に奇妙で、新しい、捻じ曲がった、多くの枝をもった一続きの出来事がいくつも生れるのを見た」というとき、ジイドは、レシに満ちたこの世界を、そのように感じていたといえるだろう。

ところが、実際の『抜け穴』でなされているのは、レシの複雑化ではなく単純化である。たとえば、フルリッソワールは、詐欺師の口からでた「レシ」を、コンテクストから切り離し、それ自体へと還元し、丸呑みしてしまう。

フルリッソワールというお人好しを眺めながら薄笑いを浮かべるラフカディオもまた、レシの単純化を、別様に、フルリッソワールとは違って意識的に行っている。ラフカディオは、つねに、サイコロを持ち歩いている。「次の駅で降りる」か「次の駅で降りない」かのような、二つのレシのうちのどちらかの採択を、ラフカディオはサイコロで決めようとすることがある。つまり、彼は、レシの根拠を、それと関連した様々な別のレシから切り離し、サイコロの目の出方そのものに還元してしまおうとする。彼が、サイコロを振るのは、レシの硬直性と拘束性から解放されるためである。したがって、彼は、サイコロの指示に従うというレシに逆らうこと、つまり、「次の駅で降りない」というサイコロの指示を無視して、「次の駅で降りる」ことさえある。

ラフカディオがフルリッソワールを列車のデッキから突き落とす場面でも、サイコロそのものではないが、サイコロ的現象を利用している。十二を数えるうちに、車窓から灯が見えたら彼を突き落とす。反対に、灯が見えなかったら、フルリッソワールは助かるはずであった（『法王庁の抜け穴』第五章第一節）。

このサイコロ的現象の助けを借りて、ラフカディオは、「フルリッソワールを列車から突き落とす」というレシを、「貧困から金を奪う」だとか、「恨みから人を殺す」といったレシから分離させる。ラフカディオによれば、そして作中で作品を書くことを目論んでいる作家ジュリユスの考えでは、サイコロによって決定されたレシは、無動機の行為、あるいは無償の行為を実現させるはずであった。警察はてこずり、犯人はつかまらないであろう。ところが、ラフカディオは、思わぬ証拠を残してしまった。

ジイドは、最初、『抜け穴』で、数多くのレシが絡まりあった熱帯林のような複雑さを描きだそうと目論んだが、実際の作者がしたことは、レシを複雑に組み合わせることではなく、反対に、熱帯林の枝のように絡まりあったレシに鉈を入れて、これを、一旦、単体としてのレシに解体することであった。「人生は、どう考えても、アメデにとって、あまりに複雑なものとなった」というアメデ・フルリッソワールが突き進んでいったのは、人生というジャングルではなく、詐欺の被害者という、加害者の視線によって相対化され分離されたレシでしかなかった。ラフカディオはといえば、無動機の行為というものを信ずる者として、行為とその意図とを切り分けようとする。だが、最終的に、ラフカディオは欲することと行うこと、行うことと在ることは切り離されないということを学ぶ。複雑系的観点からすれば、ジイドは、一旦、レシのデカルト的還元をし、次にそれがうまくいかないことを示すことによって、還元主義批判を行っている、ということになるだろう。（↓〈ジイドと物理学——還

元主義批判〉)

ジイドが、『法王庁の抜け穴』でおこなっていることは、一言でいえば、レシにおける還元主義のパロディーである。レシを、そのコンテクストから切り離し、レシを単純化してしまうところから、このソチ人物達の近視眼的であったり独断的であったりする振舞いが生じてくる。とすれば、作者が、その作中人物達に向けたイロニーは、イロニックな手法でもって熱帯林の存在を暗示することしかできなかった自分自身への皮肉でもあったといえるかもしれない。いずれにしても、ジイドが、『法王庁の抜け穴』の未完の冒頭部で企てようとしたことが実現されるには、『贋金つかい』をまたなくてはならない。

(1) Alain Goulet, *Les Caves du Vatican d'André Gide*, Larousse, 1972, p. 57 より引用。

(2) Michel Butor, *Répertoire I*, Editions de Minuit, 1960, p. 7.

『田園交響楽』のエネルギー観

ところで、レシ『田園交響楽』(一九一九年)のなかに、ずっと前から論者の気になっていた、とはいえジイド評者達によって、そのエネルギー観について、一度も論評されたことがなかった一節がある。牧師は、ジェルトリュードがした、部屋から一歩もでたことがなかったという昔の話を、次のように書き留めている。

彼女の暗い世界は、そこから一歩もでたことのない、ちょうどあのたった一つしかない部屋の壁によって区切られていたのだった。〔…〕鳥たちの歌を聞いて彼女は、そのころは、それがまったくの光の作用なのだと、それはちょうど頬と手を撫ぜるのが感じられる熱と同じようなもので、もっともこれについてはっきり考えてみたわけではないが、お湯が火のそばで煮えたぎるのと同様、熱い空気が歌い始めるのはごくあたりまえだと思われたと、後になって私に語った。

(『田園交響楽』第一の手帳、二月二十七日)

鳥が光の作用として歌うというこの発想は、目の不自由な少女の、根拠のない、まったくの想像であるようにもみえる。『田園』の牧師は、保護者としての立場から、少女に、「こういったかわいい声は、拡散している自然の喜びを感じ、表現することが唯一の役目であるようにみえる生き物たちから発せられている」(同第一の手帳、二月二十七日)と教えてあげる。この考えは、目の不自由な少女を満足させ、喜ばせる。牧師はまた、蝶という生き物もいて、それは色彩によって喜びを表現するのだと付け加える。

暗い世界に生きてきたというジェルトリュードだけでなく、その保護者でもあり教師でもある、牧師という権威者の記述をとおしてのみ二人の会話を知る読者もまた、あの声は、光の作用ではなく、鳥という鳴くことをなりわいにしている生物からくるという説明の方をこそもっともだと思うようにと誘われていく。反対に、暗く狭い世界に生きてきた少女による、お湯がぐつぐついうように光で熱せられた空気が歌うという発想は、非現実的な、いかにも不器用な喩えであると思われるであろう。しかし、最終的には、鳥の声は、目の不自由なジェルトリュードの直観がとらえたように、光の作用、つまり太陽からくるエネルギーの作用の最終的結果としてあるものなのではないだろうか。

ここには、一種のエネルギー観がみられる。『田園交響楽』に着手したちょうど一九一八年二月にも、ジイドは『日記』に書く。

冬はもう終わったのだろうか。空気は暖かい。芽が希望でふくらんでいる。鳥達は欣喜雀躍としていて、私の窓辺に小さな肉片をついばみにやってきたコマドリは、私が近づいても、もうおじけづかない。

（『日記』一九一八年二月十三日）

ジイドは、この観察の間、それがついばむ食物をつうじて、鳥達が、太陽エネルギーの結果として活動しているのだと、その動作と声は、春も近い暖かい陽光の賜物としてあるのだと見ていた、といってよいであろう。「拡散している自然の喜び」を表現している鳥の声にジイドもまた喜びを感じていたであろうが、鳥は自然の喜びの表現を役目としているという牧師の安易なアントロポモルフィスムには、ジイドは反対したはずである。ジイドの考えでは、人間こそは自然を見習うべきもので、人間は自然の手本ではないのであるから。プレイヤード新版で追加された箇所ではあるが、一九一五年のジイドは、『日記』にこう書く。

もしあらゆるものが再び問題にされることになったとしても（そして実際あらゆるものが再び問題にされている）、私の精神は、植物や動物達を眺めることのうちに安らぎを見出すことであろう。ここからこそ出発し、新しい教訓を引き出さねばならぬ。

（『日記』一九一五年十月八日）

いや、当時のジイドの考えを代弁すれば、「喜び」という大自然のエネルギーそのものが鳥という生命へと組織化されていったというべきであろう。以下は、『新しき糧』（一九三六年刊）の冒頭近くに収録されている文である。だが、実はこれは最初、一九一九年――これは『田園交響楽』が書かれた年でもある――、ジイドが、あのヴァレリーが命名したシュールレアリスム雑誌『文学』の第一号に発表したものの再録となっている。

拡散した喜びが地球にみなぎっている、そして地球は喜びを太陽の呼びかけに応じてにじみ出させる。地球が大気を掻き乱し、そこでは構成要素がはや命をおびて、いまだ従順ながら、初期の窮屈さから逃れ出ている、といったふうに……。諸々の法則の錯綜から、うっとりするような複雑性が生じるのが見られる。すなわち、もろもろの季節。潮の満ち干。水蒸気の気散じと、滴りとなっての帰還。確かな日々の移り変わり。定期的に吹く風。すでに活気づいたすべてのものを調和のリズムが揺り動かす。あらゆるものは喜びを組織体となす準備を整えている、そしてそれはやがて命を帯び、ひょっこり木の葉の中に脈動し、名をもつようになり、分岐し、花においては香り、果実においては味、鳥においては意識と歌になる。このようにして、生命の回帰、形成、それから消滅は、日の光のなかへ蒸発しては再び驟雨の中にあつまる水の曲折を真似る。

（『新しき糧』第一の書の一）

ここで、ジイドは、地球を、一方では物理的に、大気と水の循環のリズムとしてとらえ、他方では生物学的に、生命という組織体が発生していったその見事なメカニズムの面からほめたたえる。そして、最後の部分で、作者は、こうして発生した個体としての生命の生成消滅のリズムを、蒸発しては雲となり、驟雨となって、地表に帰り、川となって谷をくだり、海にたどりついてはまた蒸発する「水の曲折」にたとえることによって、物理的論理と生物学的論理とを合体させる。

なるほど、ジイドが称揚するのは、ここでは、初期値鋭敏依存性の支配するあの不安定な複雑系的システムではなく、安定したリズムとなって調和する地球という世界である。だが、ここには、その調和は地球が大気を掻き乱すことによって構成されたもの、という複雑系的発想がこめられている。

ジイドは、「諸々の法則の錯綜」から「うっとりするような複雑性」が生じてくるという。これは、複雑系的観点からすれば、ある複数の要素、たとえばごく単純化してAとBという二つの要素を組み合わせることによって、単純な合計（A＋B）以上のものが生じてくる場合に相当するであろう。なぜなら、ジイドがここで考えているのは、「諸々の法則」の単なる並列ではなく、そこから生じてくる、思いがけない、「うっとりするような」複雑性――複雑系的な複雑性――であるからだ。ここには、「全体は部分の総和以上である」というホーリズムの考え方がみられる。ホーリズムについては、〈全体は部分の総和以上である〉の章で再度、取りあげることになる。

ジイドがここで考えているのは、全自然を貫いている「喜び」というエネルギーからどのようにして生命が生れてきたかという過程についてである。「あらゆるものは喜びを組織体となす準備を整えている」のだという。「組織体」(organisation)とは「生命体」のことであるといってよいだろう。「そしてそれはやがて命を帯び、ひょっこり木の葉の中に脈動し、名をもつように」なる。また、進化論の原理にしたがって、最初の生命は、「分岐」していくであろう。

物質は、それを規定していた最初のころの窮屈で厳密な物理的法則に従いつつも逆らって、「いまだ従順ながら、初期の窮屈さから逃れ出て」、「喜び」を表現する「組織体」、すなわち命となっていく。喜びが浸透していく様をこのようにたとえるいまの引用文の冒頭でのジイドの視線は、生命と物質とを見くらべる科学者のものである。『自己組織化と進化の論理——宇宙を貫く複雑系の法則』の著者スチュアート・カウフマンならば、ここに「自己組織化」の問題についての一つの仮説がのべられていると指摘するかもしれない。(→〈物質は人間にたいして従順か——「自律体」という生命サイクル〉)

『一粒の麦もし死なずば』の「神秘」

前章でのジェルトリュードの、あの奇妙な物理的イメージを、ジイドはどこから引きだしてきたのであろうか。ジイド評者達は、この場面に注目しない。プレイヤード版にも、また、クロード・マルタンによるエディション・クリティック版[1]にも、これについての注はない。「鳥たちの歌を聞いて彼女は、そのころは、それがまったくの光の作用なのだと、それはちょうど頬と手を撫ぜるのが感じられる熱と同じようなもので、もっともこれについてはっきり考えてみたわけではないが、お湯が火のそばで煮えたぎるのと同様、熱い空気が歌い始めるのはごくあたりまえだと思われたと、後になって私に語った」。鳥の声を、光の作用や熱の作用に比較するこの発想は、どこからきたのであろうか。何か出典のようなものがあればと、気にかかり続けていたが、今のところ見つからない。

ただ、一つ、ヒントがある。それが、本書のだいぶ前のところでふれた、『一粒の麦もし死なずば』に書かれている「化学ハーモニカ」の実験である（→〈化学少年ジイド——「化学ハーモニカ」の実験〉）。少年ジイドは、水素を燃やすことによって、それが発する光を見、歌を聞こうと期待したのであった。「ガスが出てくるはずの先の細い管は固定してあり、私は、そのガスに火をつけようとした。片手にはマッチを、反対の手にはガラスのホヤを持っていた。その胴体の中で、炎は、歌い始めることになっていた。だが、マッチを近づけるやいなや、炎は、フラスコのなかに入り込み、ガラスも、管も、栓をも遠くへ吹っ飛ばした」。ジイド自身は「ガラスのホヤ」と呼んでいるもの、これは、少年が参考にしたトルーストの化学書の図をみるかぎり、両端が空いている筒状のガラスの容器である。別の容器で発生させた水素を細いゴム管で導き、この筒状の容器のなかで燃やす。すると、連続的な音が出る。これが「化学ハーモニカ」である。炎の位置を上下させることによって、あるいは、ガラス管の太さを変えることによって、音の高さが変化する。

ジイドが「化学ハーモニカ」の実験のことを自伝『一粒の麦もし死なずば』を書くために回想した時点と、ジェルトリュードにこの物理的イメージを抱かせた時期は近いのであって、前章での『田園交響楽』は、『一粒の麦もし死なずば』の執筆過程に割り込むかたちで、この自伝の執筆時期に食い込んでいる。ジイドが、初めて『一粒の麦もし死なずば』の執筆計画をたてたのは、一八九七年秋のことであるが、実際に書きはじめるのは、一九一六年、すなわち、ジイドが、精神的危機に見舞われ、再び聖書に回帰した年にである。一九一七年五月には、少年愛という彼の性癖が、ふとしたことから妻マドレーヌに知られてしまう。一九一八年二月、『一粒の麦』は、『田園』執筆のため一旦中断されることになり、完成をみるのは、一九二一年のことである(2)。

以下では、「化学ハーモニカ」の実験が、ジイドの文学や思想と無縁なわけではないことを示したいのだが、手始めに、まず、『一粒の麦』の中で、この化学のエピソードだけが毛色の違ったものとして、孤立してあるのではない、ということについて述べよう。考察してみると、「化学ハーモニカ」のエピソードは、万華鏡のエピソード(『一粒の麦もし死なずば』第一部第一章)、およびビー玉のエピソード(同第一部第二章)と共通点がある。

ジイドは、『一粒の麦もし死なずば』の冒頭部近くで、彼が子供時代にした孤独な遊びの一つとして、万華鏡への熱中について語っている。ルビー、ガーネット、エメラルド、トパーズ、サファイア、その他の破片が繰り広げる華麗な映像が微妙に変化していく様を面白がって、彼は、そっと少しずつ少しずつ、万華鏡の筒を回転させていったものであった。しまいには、それにもあきたらなくなって、万華鏡を分解する。石の数をへらしたり、別のもの、ペン先やハエの羽や、マッチ棒の先、草の茎をいれて、また組み立てなおす。このような分解・組み立ての「実験」をも含めて、彼は、万華鏡遊びにずいぶん熱中したものであった。

もう一つは、南仏ユゼスの父の実家での、節穴にすっぽり入り込んでしまったビー玉への関心である。それは、父ポール・ジイドが子供のときに入れてしまったビー玉であった。それ以来、そのビー玉を、それがすっぽりと収まってしまっている節穴から取り出すことができたものは、誰一人としていなかった。指でさわることまではできるのだが、ビー玉は、つるつると、中で回転するだけである。少年ジイドは、そのビー玉を取り出す方法として、ユゼスへの帰省にあわせて、小指の爪をのばすことを考えた。そして、その爪を節穴に差し入れ、ついにその取り出しに成功した。しかし、手にとってみると、それは、ありふれた普通のビー玉以外の何物でもなかった。結局、自分がしたことが恥ずかしくなって、取り出したことを自慢するどころか、誰にも見られないうちにそれをまたもとの位置にもどした、というのである。

ジイド評者達は、このビー玉と万華鏡のエピソードの方については、好んでとりあげてきた。自伝『一粒の麦』で語られているジイドの子供時代のいくつかの遊びについて、ジイド評者達は、この少年の孤独と好奇心という観点から語ってきた。たとえば、ジイドの伝記を書いたもののうち、「化学ハーモニカ」について、ただ一人これを無視しなかった評者ジャン・ドレも、ビー玉と万華鏡のほうも忘れることなく、これらを、好奇心というコンテクストのもとにとりあげている。(3) また、この好奇心をもって、実験科学者のものとしているのは、おそらく、彼のみである。ドレは、直接これらの遊びについてではないが、自然への、とくに、昆虫や植物への関心というコンテクストにおいて、「ジイドの子供時代の遊びのうちに、彼に一貫したものの一つであった、ナチュラリストと実験科学者の好奇心が現れている」(4) としている。この指摘は、ジャン・ドレが、精神医学者として科学の一端を担うものであることと無縁ではないだろう。

この「化学ハーモニカ」のエピソードと、万華鏡のエピソード、およびビー玉のエピソードの共通点は、それらが醸し出す「神秘」にある、といえる。万華鏡は、筒と、鏡と、サファイアなどの鉱物からなるのだが、無機物からなるこれらの材料は、万華鏡として構成されるとき、美しい綾模様を、いわば、これまでにはなかったプラス・アルファを見せてくれる。ビー玉にしても、ガラスという無機的な物質でできているにすぎないとしても、それは、長いあいだ誰もとりだせない状態にとどまっていたことで、プラス・アルファを、つまり家庭の歴史というアウラを帯びるようになっていた。知恵と器用さでもってビー玉を取り出すことに成功したのに、誇るどころか、ジイドがその行為を恥じたところには、ビー玉を節穴から取り去ることによって、そのビー玉が今まで持っていたアウラをも奪い去ってしまったという、失望感と罪悪感が混じっていたはずである。

化学実験における、アウラとは、水素が燃えるときに発する炎と歌であるといえるだろう。無機的であるはずの物質がエネルギーを出し、そのエネルギーが、生命エネルギーさながらに光り輝き、歌をうたうというのであるから不思議である。こう考えれば、われわれは、少年ジイドのこの実験への期待感を、鏡や筒やビーズのような部品が作り出す綾模様への恍惚感と同列におくことができよう。

端的にいえば、鳥の声と物理作用とを重ね合わせるジェルトリュードのイメージは、この三つのエピソードが語っている、ジイドの少年時代の、物質とその神秘というテーマに連なるものである。とはいえ、世界は神秘に満ち満ちているという少年ジイドの印象は、以上で挙げたような物質がもつ神秘として孤立してあるものではなく、そのほかの神秘的体験と共存しているものであった。

自伝『一粒の麦もし死なずば』は、一九一六年の精神的危機以来、死が切迫しているといった不安の中で、その前に生涯の記を残しておきたいという思いから書かれたものである。思いつくままに書かれているようにみえて、いや、だからこそ、この自伝は、幼いころの彼を魅惑し、左右した出来事、――少年の心理学的地図において大陸をなす出来事のみから構成されているといえる。性的な「いたずら」の場面にはじまり、子供の頃にした遊び、彼の頭をくらくらさせた仮装、レスビアン達があげたうめき声、ラ・ロックの森の格調高いたたずまいなどがそれである。こういったことは、広い意味で、つまり、なんだかよく分らないけれど惹かれる、気にかかる体験という意味で、一種の神秘体験であったということができる。万華鏡を分解しては組み立てる遊びも、ビー玉を取り出す「実験」も、もちろんハーモニカの化学実験も、その一環としてある。

耳に聞こえないものを音として聞かせてくれる、そして、目に見えない物質を光としてみさせてくれる、これが「化学ハーモニカ」という実験の最大の魅力であったといえるだろう。少年ジイドが、化学（chimie）に、不可能を可能にする、一種の錬金術（alchimie）を見ていたといっても、その最大の関心事が「知る」ことにあったことを思えば、過言ではないだろう。化学実験の失敗後、知ることができないものを見せてくれる装置、それを、青年ジイドは、聖書に（処女作『アンドレ・ワルテルの手記』に至るまでのジイドがどれほど聖書の影響を受けたかは筆舌に尽くしがたい）、次には象徴主義文学に求めていく。しかし、「化学ハーモニカ」の実験をした時点において、すべては未分化であった。世界を知りたいという、未分化ではあったが強い願望によって、少年ジイドは、トルーストの化学書を紐解く。

物理学者や化学者ならば、最初から、「化学ハーモニカ」の音は空気の振動にすぎない、それは分かり切ったことだと、言うであろう。しかし、ここで肝心なのは、少年時代以来感じてきた世界の神秘という感覚を、ジイド自身は、何に帰するようになるか、という問題である。本章で挙げた例に即してのべれば、結局それはおおよそ次の三つに分類できるであろう。

一つは、万華鏡のエピソードが代表している、錯覚のヴェールとしての神秘、宗教的神秘にも通じており文学的芸術的創造の根底に横たわってもいる神秘である。小石にすぎないものを花とみさせる万華鏡の像は、ジイドにとっては、インド哲学でいう、マーヤーのヴェールであるといっても過言ではない。マーヤーという概念を、ジイドは、青年時代によんだショーペンハウアーの『意志と表象としての世界』から得ている。ジイドはおそらく、ショーペンハウアーの哲学書の次の部分を読んだものと思われる。

さて最後に、インドの古賢も、同じ考えをこのように語っている。「死すべき人間達の目を塞ぎながら、有るのだか無いのだか言えないような世界を彼等に見させるのは、マーヤーであり、幻覚のヴェールである。その世界は夢に、そして、旅人が、遠くから水を見つけたと思う砂の上の陽光に、あるいは、蛇と取り違える地面に打ち捨てられた縄に似ている」(これらの比喩は、ヴェーダやプラーナの多くの章句で繰り返し現れる(5))。

この万華鏡の像のような懐かしい、過去に味わった神秘を、ジイドは、やがて、虚妄として否認するようになる。

二つ目は、ビー玉のエピソードが暗示しているところの、権力に加担し、そしてまた加担させている構造そのものをを隠蔽してしまう政治的神秘あるいは欺瞞である。節穴におさまりかえっているビー玉への関心には、それを入れたという亡き父の威厳と、その父が生きた、かつての時代への敬意があるといえるだろう。煎じつめれば、ここにあるのは家庭、そして、所有された不動産としての建物への尊重である。アンガージュマン時代のジイドは、両方ともを否定するにいたる。

残るものとして、三つめは、ジェルトリュードの告白に暗示されているような、単純かつ複雑な物質そのものの神秘である。単純というのは、物質は生命のもっとも基本的な構成要素であるからであり、複雑であるというのは、物質はエネルギー循環——前章でのジイド自身ならば「喜び」というであろう——をつうじて生命を貫いているからである。（→〈物質主義と精神主義の融合〉）

強調しておきたいのであるが、この三番目の「神秘」によって、物質というものの形而上学的な賛美をしようというのではない。むしろ反対である。この最後の「神秘」によって言いたいのは、形而上学的なヴェールをはがしてしまったときに見えてくる謎、科学者がそれをもとめて探求を続けるところの謎、とはいえジイドのようなある種の文学者にも見えているところの謎、たとえば、ジェルトリュードにはこれを当然のこととしてのべさせたにせよ、鳥という生命の声と薬缶が沸騰する音とを同一視することによってジイドが暗示しているところの驚嘆、そして、生命でもあり物質でもある活動体の謎が大自然の事実としてあるという納得、論者にいわせれば、単純さと複雑さのからみあいであるそのようないわば複雑系的な感覚のことである。

このとき、「神秘」という語はもはや適当ではないかもしれない。確かに、ジイドが『一粒の麦もし死なずば』で描き出したのは、少年が魅せられた未分化な神秘ではあった。だが、この自伝執筆にいたるまでその後のジイドがおこなってきたことは、神秘の衣を、あるいは体験をつうじてあるいは実験することによって、マーヤーであれ欺瞞であれ錯覚であれ、一枚々々剥がすことであった。その結果、残ったのは、ごく自然な、あたりまえの、もはや不思議とは感じられない「神秘」である。もう一度ジェルトリュードの告白を引用しよう。「鳥たちの歌を聞いて彼女は、そのころは、それがまったくの光の作用なのだと、それはちょうど頬と手を撫ぜるのが感じられる熱と同じようなもので、もっともこれについてはっきり考えてみたわけではないが、お湯が火のそばで煮えたぎるのと同様、熱い空気が歌い始めるのはごくあたりまえだと思われたと、後になって私に語った」

ここでジイドが描き出した物理的イメージは、むきだしではあるが荒涼としてはいない。なぜなら、その物質は生命との間を循環しているからである。たしかに、その循環をつうじて、ジイドは、生命の基底としての物質を直視してもいる。神秘のヴェールを剥がしていったとき、ジイドの手元に残ったのは、「物質」であった。だが、いわゆる唯物論者がいうのとはまた違った意味での物質であり、ジイドは、その物質が、組織体——生命という衣を帯びていることにも注目する。「このようにして、生命の回帰、形成、それから消滅は、日の光のなかへ蒸発しては再び驟雨の中にあつまる水の曲折を真似る」（前節で引用）。大気循環のようなエネルギー循環が、自然の営みが、無機物だけではなく生物をも巻き込んでいる様は、圧巻であり、「神秘」的でさえある。だが、その「神秘」は、「見る者」と「見られる物」のあいだのヴェールに起因するのではなく、その営みそのもののなかにあるといえるだろう。

一言でいえば、ジイドは、ヴェールに覆われたものという意味での神秘からその否定へ、秘密の探求からこの世界は自明であるという境地へと移行してゆく。次章では、その過程について、「なぜ」から「どのように」への転換という観点からみていくことにしよう。

（1） Claude Martin (Éd.), *La Symphonie pastorale*, éd. critique, Lettres Modernes Minard, 1970, p. 36.
（2）『一粒の麦もし死なずば』の執筆過程については、プレイヤード新版の注を参照した。
（3） Jean Delay, *La Jeunesse d'André Gide*, t. 1, Gallimard, 1956, pp. 142-143 ; pp. 308-309.
（4） *Ibid.*, p. 144.
（5） Arthur Schopenhauer, *Le Monde comme volonté et comme représentation*, Quadrige / PUF, 2004, p. 31 から重訳。

「なぜ」から「どのように」へ

ジイドは、すこしずつ、「なぜ」という問いを「どのように」という問いで置き換えていくようになる。最初は、ためらいがちに、であった。ジイドは、『コリドン』に、次のように述べさせている。

実は、なぜ？は、どのように？よりも私の心を占めていない。だが、この二つの問いを区別するのはしばしば容易でないことがある。自然は始まりも終わりもないネットワーク、途切れることのない一連の鎖の環を形成しており、それをどちらの方向に捉えたらよいのかがわからない。そして、各々の環の存在理由が先行する環にあるのか、後続する環にあるのかを知ることほど、不確かなことはない。《自然》という書物全体は、これをよく理解するために、逆さに読まれるべきでないのかどうか——すなわち最後の頁が最初の頁の説明に、最後の環が最初の環の隠された動機になっていないのかどうかを知ることほど……。目的論者とは、書物を逆さまに読む人のことである。

（『コリドン』第二の対話、五）

結局、コリドンの考えでは、「なぜ」と問うことは、目的論者として、自然という「書物を逆さまに読む」ことである、ということになる。そして、「なぜ」と「どのように」という二つの自然認識方法をめぐる、一見したところシンクロニック（共時的）にみえるこのような議論は、《来るべき神》の思想と絡んでいくことでディアクロニック（通時的）な様相を帯びてくる。ジイドは、すでに引用した文であるが、《来るべき神》の思想のその一九一六年版のヴァージョンで、「そして、時間は神にとっては存在しないので、神が栄冠をかぶせるその進化が、後に続いているのか先行しているのか、これを呼び寄せて、あるいは後押しして決定するのか、神にとってはどうでもよいことである」と書く。しかし、神にとってはどうでもよいことの議論を、ジイドは『コリドン』の登場人物にさせている。世界という書物は、「なぜ」と問いながら逆さまに読まれるべきなのであろうか、「どのように」と問いながら順序どおりに読まれるべきなのであろうかという問いを、ジイドは投げかける。世界の事象は、目的へと「呼び寄せ」られていると読むべきものなのか、「どのように」と問うべきメカニズムによって「後押し」されていると見るべきものなのか、と。

この議論は、「私」が、コリドンを、《君が目的論者だとは思わなかったよ》と冷やかしたことにたいする、その反論として始まる。「私」が冷やかしたというのも、コリドンが、自然界においては雌よりも雄の数が多い理由として、下手な鉄砲も数うちゃ当たる式に、「自然というものは、自らの不器用さを知っていて、的をはずすのをおそれて、射撃の正確さを、量で補おうとする射手に喩えられるのではないか」としたからである。では、コリドンは、そしてジイド自身は、自然という書物を「なぜ」と問いながら逆さまに読む目的論者なのであろうか、それとも、自然をその進展の順番のとおりに読む非目的論者――すぐあとでみるようにこれは進化論者と言い換えることができる――なのであろうか。

コリドンの開陳にたいして、「私」は、「お願いだから、思弁はやめてくれないか」と叫ぶ。しかし、コリドンは続ける。

――君は、先行する環のほうを望むのかね。ある生物学者が、雄の過剰生産の原因は、食糧不足にあるとわれわれに答えたとして、君は、それで満足していられるかね。これをいうには、前もって、例えば次のようなことが証明されていなければならない。つまり、食糧の過剰によって雌の割合が優勢になる傾向がある（もっとも私はこのことがしかるべく確かめられているかどうかは知らない）。だが自然状態ではこのような食糧過剰は実現されることがない、あるいは少なくとも、長い間そうであることはない。というのも、この過剰ということを、そして、今の説にしたがって、食糧過剰が雌の過剰生産を引き起こすということを仮定するとしてみよう。すると、雌のうちのいくつかのものたちは受精しない危険がある（これはウォードの第一前提［注、いかなる雌も受精しない危険があってはならない］に反する）。あるいはまた、あらゆる雌が子をはらんだ場合、次の世代には、個体の過剰生産が食糧不足を引き起すことになろう。そして今度は、その食糧不足が雄の割合を優勢にすることになろう。そして、二世代にして、均衡は回復されることになるだろう。というのも、自然においては、そして何か大量死させる原因の介入がなければ、食糧がありすぎるということはけっしてなく、同じ秣棚には可能なかぎりそれを食べる多くの口がある――このような説明は君の気に入ったかね？

（『コリドン』第二の対話、五）

コリドンは、「雄の過剰生産の原因」を「食糧不足」に求める、すなわち「先行する環」に求める説を紹介し、仮に食糧過剰があったとしてもただちにそれが食糧不足へと転じてしまうメカニズムについて述べながらも、「食糧の過剰によって雌の割合が優勢になる傾向がある」というその前提そのものを疑っている。これを聞いて、「私」は、もう一方の環のほうにも興味をもつ。

――まあ、ともかく、後続する環のほうへいってみよう。

――鎖をもう一方の端からとらえてみよう。もし、性的本能が十分なものでないとしたら、そう、種の永続を保証するのに十分な正確さを持たないということが確認されたとしたら、雄の過剰は、必要な用心であると考えられる……

――むしろ、雄の数が十分でない種は、滅んでしまったと言ったらどうだ。

――それでもいいだろう。逆方向の道をとりながら、目的論者と進化論者が、この同じ点で出会う。性的本能が十分なものでないために、雄の過剰が種の存続に必要なのだ。

この「性的本能が十分なものでない」かどうかについては「私」は、証明が必要だと考える。いずれにしても、「逆方向の道をとりながら、目的論者と進化論者が、この同じ点で出会う」という、コリドンの発言は、すでに述べた、創造説論者――すなわち目的論者――と進化論者――すなわち自然の進展を自らの運動と考える非目的論者――を統合しようというジイド自身の、あのとてつもない企てと一致する。雄は種を永続させるために的を射るという目的論的発想は、それに成功しなかった種は現存していないという進化論的論理と、ここにおいて一致する。すべての生物は種の永続という目的に向かって進んでいるとしたとしても、その戦略が十分でない種は滅んでしまう。こう考えれば、本章の冒頭で引用した、「自然は始まりも終わりもないネットワーク、途切れることのない一連の鎖の環を形成しており、それをどちらの方向に捉えたらよいのかがわからない」というコリドンの疑問は、ジイド自身のためらいでもあったといえるだろう。そして、ダーウィニズムへの不満を創造説でもって補おうとした試みの延長線上で、ジイドは、ここで、目的論と進化論とをドッキングさせようとしたのであった！

また、冒頭部の「実は、なぜ？ は、どのように？ よりも私の心を占めていない」というコリドンの発言もジイド自身の言葉であろう。というのも、以後、ジイド自身、「なぜ」から「どのように」へと向かっていくからである。

いつのころからか、ジイドには、この世界は、あるがままにしか出来ていないのではないか、そこには秘密などないのではないかと思われるようになってくる。一九二四年九月九日の『日記』に、ジイドは、次のように書く。

あたかも、世界がわれわれにとってその鍵を見つけなければならない謎であるといったふうに！

この「あたかも」という反実仮想の表現によって、ジイドは、世界は解かなくてはならない「謎」であるという見方を否定している。謎にみえる世界の鍵を、「なぜ」と問いながら探し出そうとしても、残念ながら世界はそんなふうにはできていない、とジイドは考えている、といってもよいであろう。では、世界は、どんなふうにできているとジイドは考えるようになったのか。彼は、一九二九年五月十八日の『日記』に書く。

極めてつつましやかな花がその自然な答えになっていないような、どれだけの込み入った問題があるというのだろう。そして、その形と色と匂いの謎めいた関係が……。

つまり、『贋金つかい』を書き終えた、晩年といってよいジイドの考えによれば、この世界に現にあるもの、眼のまえにすでにくっきりと見えているものが答えである。一見、花は花であるといったトートロジーにも似た、

「自明」の論理によるこの明証の世界にあっては、宗教的な神秘や、ロマンチックな想像力の入り込む余地はない。ジイドはなおも、「その形と色と匂いの謎めいた関係」を問題としているようにもみえる。だが、ジイドはその謎めいた様を解明しようというのではない。反対に、つつましやかな花およびその形と色と匂いの謎めいた関係が、様々な込み入った問題の答えになっている、と言っているのである。

ここにおいて、ジイドは、問いと答えの関係を完全に逆転させたといってよい。あるいは、この世界は解かなくてはならない、あるいは嗅ぎだささなくてはならない謎に満ち溢れているという「秘密」の世界観から、この世界には知らなくてはならない秘密はない、すでに現われているものが答えであるという「自明」の世界観への移行を完全に果たしたといえる。同じ『日記』の今の引用文の、一行のスペースを置いたすぐ上で、彼は、次のように書いている。

> 私はなぜだろうかと自分に問う……、いや、私は何事についても少しも自問しない。世界全体は、私自身をはじめとして、どうみたって、問うことが必要でもなく、不適切でさえある質問にたいする答えに他ならない。というのは、質問というものは、事後になってしかやってくることがないからである。
>
> 理解するということ、それは、理解していることが、ちょうどまさしく答えとなるような問いを自分に課すということである。
>
> (『日記』一九二九年五月十八日)

この世界はすでにして答えであるのだが、それは「問うことが必要でもなく、不適切でさえある質問にたいする答え」であるにすぎない。問うことが、このように不要で、不適切でさえあるのは、それが事後になされる問い、答えから逆算された問いだからである。結局のところ、「理解するということ、それは、理解していることが、ちょうどまさしく答えとなるような問いを自分に課すということである」のであるから。

ここでは、問いと答えの関係の逆転がなされている。一見したところ逆説的にみえるこの逆転は、『贋金』執筆の苦闘へも反映されていく。『贋金つかいの日記』に、ジイドは次のように書く。

私のロマンが進展していくのは、ずいぶん奇妙なことだが、逆さまにである。つまり、私は、それ以前に起こった、ああいったことだとかこういったことだとかを言っておかねばならないことに気がつく。かくして章は、他の章のあとに来るのではなく、私が最初第一章であるはずだと思っていた章をたえず後ろへ押しやるといったふうに、付け加わる。

(『贋金つかいの日記』十月十一日)

つまり、最初、小説世界の出発点だと思っていた状態Aが、他の諸々の事件の帰結であり、答えであった、ということになる。ジイドは、小説家として、その最初は出発点だと思っていた状態Aの由来Bを「事後になって」作り出すことになる。だから、作家としてその状態Aを「理解するということ、それは、理解していることが、ちょうどまさしく答えとなるような問いを自分に課すということである」。

このようにして、秘密探求型の作家ジイドは、世界はあるがままにあるとする、世界がいわば「自明」であることを信ずる、迷いのない、いわば秘密顕在型とでもいうべき作家となっていく。この不安も迷いもない晩年の境地については「セレニテ」(心の平穏さ)の名のもとに再び取りあげることになる。(↓〈セレニテ(心の平穏さ)〉)

端的にいえば、レシ群の登場人物達の振る舞いについては、読者は「なぜ」と問うようにと仕向けられた。「なぜ」ミシェルは『背徳者』となったのか、「なぜ」アリサはジェロームを拒み続けたのか、「なぜ」ラカーズは見たこともない『イザベル』に恋するようになったのか、「なぜ」『田園交響楽』の牧師はジェルトリュードを無意識のうちに愛するようになったのかと、読者は、問うように誘われるし、そのように問うたとしても、これを誤読したことにはならないだろう。なぜなら、これらレシ群では、作中人物達が抱いている秘密とその探求という線を軸に、作品世界が整理されているからである。

これに対して、「秘密」から「自明」へ、あるいは「なぜ」から「どのように」への大転換を進行させながら書かれた最初の作品が『贋金つかい』である。このロマンの人物達については、「なぜ」と問うことは必ずしも有効ではない。なぜベルナールは、家出をしたのか。なるほど、それは、母の不倫の手紙を発見し自分が私生児であることを知ったためである、ということはできる。だがそれにしても、さらに、「なぜ」その母の手紙を発見したのかと問うことは、ジイド自身の言葉を借りれば「不適切でさえある質問」ということになろう。作者は、ベルナールがそれを「どのように」して見つけたかを書いているばかりである。

このロマンのなかに、「秘密」が存在しないということではない。だがその「秘密」は、ベルナールの母の不倫もそしてヴァンサンとローラの恋もだが、はじめから読者の目にさらされてしまっている。不倫もアヴァンチュールも、それが当事者にとっては隠すべき行為であるという意味においてしか秘密ではない。語り手は、彼自身知る限りにおいて、彼等の秘密のすべてをのっけから読者に明かしている。『贋金』の秘密は、『贋金』の登場人物達の間におかれた情報の壁でしかない。その不倫にせよそのアヴァンチュールにせよ、彼等の「秘密」は、読者が、そうと再認する、ありふれた不倫のパターンであり、アヴァンチュールのパターンであるにすぎず、ここには、最初のころのジイドの、あの《神秘的》な匂いが欠如している。

ジイドは厳格なモラリストであることから、（あるいはジイドの翻訳のあとがきをみてこれについて語る人たちの口癖を繰り返させていただければ厳格な清教徒教育の影響のもとに）その作家人生をスタートさせた。彼は、自他の言動について「なぜ」と問い続けてきた。だが、彼は、無限に「なぜ」を続けていくことができないことを知る。ジイドは、ソチ『鎖を離れたプロメテウス』では、「なぜ」という問いが有効でない突拍子もない世界を作り出した。また、もう一つのソチ『法王庁の抜け穴』では、「なぜ」の問いをはぐらかす詐術と無動機の世界を作り出した。もっとも、この問いが無効となる場合として、ジイドが用意したのは、日常とは違う、ソチというデフォルメされた一種の異次元であった。『贋金』にいたってはじめて、ジイドは、「なぜ」という問いが限界を示す、「どのように」の世界を描き出す。この意味で、さっそくにも『贋金』へと論を移したいのだが、まずそのまえに、複雑系的観点から、「なぜ」という問いを繰り返して、原因から原因へと遡るとき、偶然と必然の区別がつかなくなる、ある種の不条理にいたることについて述べよう。

ジイド自身が、次章でのようなことを実際に考えたと主張するつもりはない。だが、以下の章を挿入することによって、それ以降の章の理解が容易になるはずである。

偶然と必然のあいだに

我が国の哲学者である九鬼周造は、偶然とは、必然でないところのものであり、必然とは、偶然でないところのものであると考えた。かれは、その『偶然性の問題』の中で、「偶然性が必然性の否定である限り、偶然性の意味を把握するためにはまず必然性の意味を闡明することから出発しなければならない(1)」と書く。ところが、哲学者ではない一般の人たちは、偶然とは何か必然とは何かの厳密な定義をしないままにであるが、この世界は、偶然でもあり必然でもあるような、あるいは偶然でもなく必然でもないような出来事に満ちていることを、漠然とながら、感じている。

数理物理学者ダヴィッド・ルエールは、数学者アンリ・ポアンカレが一九〇八年に著した『科学と方法』から、「われわれの目をかすめるようなきわめて小さな原因が、無視できないほどの大きな効果を生むことがある。このとき、その効果は偶然に起こったと言われる」の文を引きながら、「ポアンカレには物理的世界を説明するうえで確率がどれほど役立つかがよくわかっていた。偶然が日々の生活の一部になっていることを知り抜いていたのである」とする。(2)最初は目にみえないほど小さかった原因が、なるべくして大きくなり、重大な結果をもたらすとき、われわれはここに、必然と同時に偶然を見出す。

ポアンカレは、その典型的な例として、逆さの状態でその頂点の上に鉛直に立てた円錐——もし完全に対称であるとすれば決して倒れるはずはないのだが結局はわずかな振動か空気のそよぎかなにかでいずれかの方向に倒れてしまう円錐を挙げている。ただ、ここでは、科学者だけではなく一般の人にとっても興味のある気象現象についての例を、長めではあるが、引いておこう。以下、長めに引用するのは、天気という同じ一つの現象が偶然と必然という、一見したところ相異なる二つの側面を有するものであることを見事に表現しているものであると同時に、これが、気象学者ローレンツが一九七二年におこなった記念碑的な口頭発表（→〈バタフライ効果〉）に先立つこと三分の二世紀、数学者ポアンカレが、気象という現象の複雑系的性格を逸早く見抜いていたことを示す興味深い文であるからである。

気象学者が或る程度まで正確に天気を予報するのに、かくも苦心するのは何故であろうか。降雨、暴風雨などが偶然起るが如くみえ、したがって多くの人々が天気の晴雨を祈願することをきわめて当然のことと思っているのは何故であろうか。しかも、これらの人々も日月蝕を祈り出そうとするのを見たならば、滑稽なりとしてわらうに相違ないのである。一般に大気の平衡が不安定な圏域に大きな攪乱が生ずることは吾々の知るところである。気象学者には、この平衡が不安定であること、何処かに旋風が生じようとしていることはよくわかるのであるが、ただ何処に生じようとしているか、彼等はこれを知ることができない。或る方向から十分の一度右か左かにそれれば、旋風の勃発する位置がかわって、したがって害を受けずに済んだはずの地方がその暴威に脅かされることになる。もし、その十分の一度を知っていたならば、旋風を前以て知ることができたであろうが、観測が充分緻密正確でないため、あたかもすべてが偶然によって生じたかのような観を呈するのである。吾々はここにも、観察者の感知しない微小な原因と、ときとして恐るべき天災ともなる重大な結果との間に、前と同様な対照をまた見出すのである。(3)

いや、少なくとも、サイコロ投げやコイン投げは偶然をもたらす、と読者は考えるかもしれない。ところが、サイコロ使いの名人にとっては、そうではないという伝説がある。数学者イーヴァル・エクランドによれば、西暦一〇二〇年、ノルウェーのオーラヴ・ハラルドソン王は、二つのサイコロを使いその目の合計の大きさで決める賭――ある小島の領有権をめぐる賭で、ともに六の目を出したために、その勝者となった。いや、もっと正確にいうならば、相手もまた二つのサイコロでともに六の目を出したのであった。そのためにおこなった再度の投擲でも、また、王も相手も、六の目ばかりを出した。ただ、王の場合、二回目の投擲でのサイコロのうちの一つが、なんと一の目と六の目の二つに割れて七点となったために、相手を一点上回ったのである。サイコロには細工がしてあったというイカサマ説は信じたくないとしながら、エクランドは、王には「奇跡を起こす力があった」という説に加え、次のような説を紹介する。

また別の者たちによれば、オーラヴ・ハラルドソン王は超人的なテクニックを持ち、思ったとおりの目が出るように、自在にサイコロをふることができたのだという。もっとも、この能力は生まれつきのものではなく、王が大きなサイコロから練習をはじめて、しだいにサイコロを小さくしてゆき、ついにサイコロを自在に操れるようになったようすが、昔の編年史家によって語られている。

（『偶然とは何か――北欧神話で読む現代数学理論全6章』二一〇）

大きなサイコロを使えば思い通りの目を出すことは容易であろう。サイコロが小さくなるにつれて、困難さは増していく。そして、ごく小さなサイコロを用いたとき、思い通りの目を出すという操作は不可能となる。つまり、ここに、必然でもなく偶然でもない、あるいは必然でもあり偶然でもあるような中間領域の一例を見ることができる。

だが、ここでいう「必然」とは何であるのか。力学的には、投擲した瞬間に、出るであろうサイコロの目は決まってしまっている、という考え方がある。これを、カール・ポパーは「見かけ上決定論的」であると呼んでいる。「見かけ上決定論的」とは、古典力学的の考え方からすればある特定の物理的理論が決定論的にみえても――つまり見かけ上は決定論的であっても――、このことをもって世界は決定論的にできていると結論する（この立場をポパーは多少のニュアンスとともに「科学的」決定論と呼んでいるがこれについては〈あとがき〉の注1を参照のこと）ことはできないという主張をふまえての命名である（四八）。ただし、複雑系の先駆的思想家であるにしても、ポパー自身は複雑系的という言葉を使っていない。「こうした呼び方［注、「見かけ上決定論的」という呼び方］をするのは、熱力学、統計力学、量子力学、遺伝理論といったほかの理論とはっきり対比させて、ニュートン、マクスウェル、アインシュタインの理論に見られるある特徴を描き出しておきたいからである」と彼自身はのべている（ポパー『開かれた宇宙』、四〇）。なお、古典力学的の考え方からすれば必然にみえるといったときの「古典力学」としては、サイコロ投げにかんしてはニュートン力学のことだけを考えてよいが、ポパーは、マクスウェルの電磁気学やアインシュタインの相対性理論もふくめて考えている。（「古典力学」の定義については→〈物理学から生物学へ〉）

サイコロの目の出方は、「見かけ上」という気味の悪い修飾を受けてはいるが、古典力学的には決定論的であり、手を離れた瞬間に決まっているはずである。少なくとも、それが「見かけ上決定論的」であるということの意味である。しかし、もし仮に、サイコロの動きを予測するために、たとえば、投擲時のサイコロの速度や角度、回転速度、サイコロの形状、着地地点付近のテーブルの形状などについて、現在の技術では不可能なほどの精度の測定が要求されるとすればどうであろうかこれは、もし、サイコロがコロコロと転がるときその一転がりごとに一桁多くの数値が必要になるとすれば、決してばかげた仮定ではない。

究極的に言って、サイコロの目の出方を、確率事象としてしか予想することができないという原因を、どこに求めたらよいのであろうか。数学者エクランドは、次のように書く。

〔…〕あらゆる情報は有限にならざるをえないのだから、たとえば有効数字を十二個より多くしても無意味だ、と考えることもできる（有効数字十二桁は、現在の測定技術で望むことができる精度の限界である）。この場合、情報は「判明」するのではなく、文字通り「創出」される。〔…〕一年後に重要になる気象条件のなかから今日の大気状態にない情報を抜き出すなど、きわめて難しいどころかそもそも不可能であり、第一無意味である。それより、時とともに情報が創り出されると考えたほうがよい。

どちらの見方をとるかによって、情報は判明するか、あるいは創出される。どちらにしても、遠い未来の時間発展を知るために最も重要な情報は、現時点では手に入らない。これをわたしたちの不備のせいにすれば、もとからあった情報が時をへて判明したということになり、逆に、物事の本質がそうなのだと考えれば、観測のたびにあらわれる小数点以下第十二桁の数字は、《無から》創り出されたということになる。（同一六三〜一六四）

つまり、「偶然」については、二つの見方があることになり、エクランドは次のように言う。「ひとつ目は、サイコロの目を思い通りに出せないのは人間の不備に帰する解釈。偶然はすべてを知り得ない人間が見てしまう幻想であると考える。これに対して二つ目は、偶然は本質的で、〔…〕自然そのものに根ざしているという解釈である」（一六四）

エクランド自身は、「時とともに情報が創り出されると考えたほうがよい」としているのだが、にもかかわらず、人間の限界を認め、前者の「人間の不備に帰する解釈」の立場をとっている（二一二）。時とともに創り出されるかにみえる情報を前もって知りえないのは、結局、人間の能力不足からくる、というわけである。

オーラヴ・ハラルドソン王は、鍛錬によって目の出方を操ることができるようになったのだから、サイコロの話は、偶然や必然というよりも、技術の問題ではないか、と考える読者がいるかもしれない。王が、通常のサイコロよりもさらに小さなものを使ったことによって、もし、思い通りの目を出せなくなったとすれば、それは、王の不器用さ、あるいは訓練不足を意味するものではないか、と。

なんなら、王のかわりに、精妙なることこの上ないサイコロ投げ機械を導入してもよい。とはいえ、着地までの距離をのばすなり、さらにもっと小さいキューブを用いたりすれば、究極的には、サイコロ投げは確率事象であることを免れえない。ポパーは、その説明のために、「同じ動きを正確に繰り返し、再現するように、きわめて精巧に組み立てられている」硬貨投げ機械を引き合いにだす（『開かれた宇宙――非決定論の擁護』一二五）。その機械によって毎回同じように投げながら、それでも、表と裏が半々に出るという事実をどのように説明するのか。この統計的結果は、「機械と硬貨の状態に隠れた微妙な差異――たとえば分子レベル、原子レベルの変化――のためであると言いたくなるかもしれない」（一二六）が、だが、こうなると「隠れた初期条件の系列」のランダム性を物理的に説明しなければならなくなり、結局、「見かけ上決定論的な理論を初期条件についての統計的な仮定に結びつけたとしても、得られるのは無限後退だけである」（一二八）と、ポパーは述べる。

サイコロの目の出方、コイン投げの表・裏の出方、出来るだけ真っすぐにそして逆さに立てた円錐が倒れる方向、ある観測時点からみた一年後の天気、ここには初期値鋭敏依存性が働いている。そして、初期値鋭敏依存性が関与している現象においては、我々の目にあきらかになったなにがしかの結果の、最初の小さな原因が何だったのか、わからないことがある。人間の測定能力の限界である十二桁という数値よりもさらに微小な原因を、どのようにして前もって知ることができるというのか。一つの蝶の一つの羽ばたきのような何兆何京もある有り触れた出来事のなかから、後に重大な結果を引き起こすであろう羽ばたきを、どのようにして前もって選び出すことができるというのか。われわれは、これを偶然と呼ぶ。しかし、そこから重大な結果が必然的に導き出されてきたのだとすれば、その偶然とはいったい何であるのか。

エクランドによれば、「偶然」とは、人間が、ある現象に注目し、その説明を求めるときに、そしてその説明がえられないときに発せられる言葉である、ということになるだろう。「出来事が気づかれずに過ぎてしまったとき、取るに足らないと判断されたとき、あるいは何らかの形で説明がついたときは、誰も偶然を持ち出したりはしない」(『偶然とは何か――北欧神話で読む現代数学理論全6章』二〇〇二)からである。つまり、エクランドの考えでは、偶然とは、人間的な、日常的な、あるいは文学的な語ではあっても、科学の用語ではない。「必然」のほうも、同様に、言語体系のなかではじめて価値をもつ、人間的な、そして九鬼周造のような哲学者がこの問題に一書をささげようとも、結局のところ、日常的な語の一つにすぎないのではないか。「偶然性が必然性の否定」であり「必然性が偶然性の否定」という九鬼の、潔癖な排中律ほど、この語の、形式的で抽象的な、言語的性格をあらわしているものはないだろう。

サイコロの投擲によってある特定の目がでるのは「偶然」か「必然」か、という以上の議論にうんざりした読者も多いことであろう。だが、時として「偶然」にみえる物理的現実は、複雑系的現象への入り口であると同時に、我々にとってはまず第一に人間的現実であり、結局、両者を結ぶ接点である。以下でみるように、『贋金つかい』では「偶然」の果たす役割は大きい。そしてその背景には、不気味な複雑系的世界が広がっている。

(1) 九鬼周造『偶然性の問題・文芸論』、燈影舎、二〇〇〇年、p. 9.

（2） ルエール『偶然とカオス』青木薫訳、岩波書店、一九九三年、p. 65.
（3） ポアンカレ『科学と方法』吉田洋一訳、岩波文庫、p. 74. ただし、原文と照らし合わせ、気象現象の特性を勘案しながら、筆者の判断で、「部分」と訳されていた« région »を「圏域」に変更した。

『贋金つかい』にみる「境界線事例」

いきなり、『贋金つかい』における「偶然」の問題について論ずることもできよう。だが、前章でみたように、「偶然」という用語は、あまりにも人間的な、日常的すぎる語でもあるので、ここでは、「境界線事例」ということからもう少し厳密に――少なくとももう少し詳細に考察してみよう。まず、例を挙げることから始めよう。

ロマン『贋金つかい』の登場人物アルマンは、友人オリヴィエの前で、ある海難事故について、こう述べる。「六人の遭難者がボートに乗っているところを救助された。二日以来、嵐でさ迷っていたのである。三人は死んでいた。二人は助かった。六人目は意識を失っていた。彼を生き返らせようと思った。彼の体は、限界点に達していたのだった」。もう一時間はやかったらなあという感想を述べたオリヴィエに対して、アルマンはこう続ける。「一時間だって。なんてこった。僕は極限の瞬間のことを計算しているのだよ。まだいける……まだいける。もうだめだ！　それは、尖った尾根で、僕の精神はその上を動き回っているんだ」（『贋金つかい』第三部第七章）

アルマンの話は、哲学者である一ノ瀬正樹がその著書『確率と曖昧性の哲学』の枕として述べている、次の「境界線事例」と同じ性質のものであろう。

一酸化炭素中毒になりかかったことがある。高校二年の冬、私はたまたま母親と二人で在宅し、練炭で部屋の暖を取っていた。すると、なにやら、部屋の風景がゆらゆらとしてきて、ぐるぐる回るような感じになった。そのとき、外出していた父親が帰宅し、あわててすべての窓を開け放った。そこまでは覚えている。

その後、ぷつっと記憶が飛び、次の瞬間には母と並んで寝床にいて、猛烈な頭痛と吐き気を感じた。それが数分、あるいは数秒続いて、なんとか常態に戻ったのである。おそらく、間一髪だったのだろう。

（『確率と曖昧性の哲学』一）

一ノ瀬は、このエピソードを「境界線事例」(borderline case) として述べている（以下一ノ瀬からの引用はすべて、前掲書二〇〜二三）。「境界線事例」とは、一ノ瀬自身の説明によれば、ある文の述語が、曖昧であり、《真とも偽とも言えない》ようなケースのことである。たとえば、今の場合、意識があったのか意識を失っていたのかが曖昧な時間があった。一ノ瀬はさらに、「境界線事例」は、「ソライティーズ・パラドックス」を生み出すと述べる。これは、《それぞれの隣接する文に現れる差異をきわめてわずかなものにする》とき《隣同士を区別・識別することができなく》なるという前提のもとに成り立つとされるパラドックスである。すなわち、死の三徴候［注、「死」の場合——これはアルマンも関心をもっているケースである——を挙げている。著者は、例として、呼吸停止、心拍停止、瞳孔散大・対光反射消失」が現れた瞬間を時刻 t として、「時刻 t には死んでいない（蘇生可能性がある）」からはじまり、0.001秒ずつの差をつけて、時刻 t + 0.001s には死んでいない、時刻 t + 0.002s には死んでいない、時刻 t + 0.003s には死んでいない……というような文を続けていくとする。しかし、この連鎖式を続けていくと「三徴候が現れて一年経ったとき、その人は死んでいない（蘇生可能性がある）」というような「明らかに事実に反した主張」が生ずることにもなる。これが「ソライティーズ・パラドックス」と呼ばれるものである。あるいは、これは、砂山の砂を一粒ぐらい除去してもやはりそれが砂山であることには変わりがないが最後の一粒になっても果してそれは砂山であるかという観点から、「砂山のパラドックス」ともいわれる。このパラドックスは、「単なる詭弁であって実際には発生しないものであると一見思われがちだが、倫理的な場面では、「ソライティーズ」が実際に発生してしまう」という。つまり、いつから人間（胎児）が「人格」になるかは曖昧で、「中絶が殺人になるかどうかという問題は「ソライティーズ」に巻き込まれざるをえない」と一ノ瀬は主張する。

もっとも、以上の「境界線事例」において、t＋0.001s, t＋0.002sと刻んでいく意味は、アルマンの場合と一ノ瀬が考えるのとでは違っている。一ノ瀬は、わずか0.001秒ならば、状態——例えば意識があるかないか——に変化はなく、したがって結果——死ぬか蘇生するか——への影響もないはずだと仮定する。この操作を延々と続けるならば、一時間、いや一年経っても状況は変わらないことになる。これが、「明らかに事実に反した主張」であることは一ノ瀬も認めているのだが、その関心は、むしろ、どっちつかずの曖昧な領域があることに向けられる。こうして、一ノ瀬は、《それぞれの隣接する文に現れる差異をきわめてわずかなものにする》とき《隣同士を区別・識別することができなく》なるという仮定のもとに、変化していく事態の連続性の性格を強調する。

これに対し、アルマンは、どちらに転ぶかの限界点、「尖った尾根」があるはずだと思う。けだし、分水嶺に落ちた水の分子は、わずか0.001mmの幅の差で、あるものは東の海へ、別のものは西の海へと向かうであろう。「存在と非存在のあいだのこの境界線、これをいたるところに引こうとやっきになっている」（『贋金つかい』第三部第七章）とアルマンはいう。彼の場合は、一ノ瀬とは反対に、少しずつ変化していく事態の非連続性を強調する。

アルマンは、『贋金』のなかで、「境界線事例」として、今挙げたものも含めて、四つの例を並べている（『贋金つかい』第三部第七章）。一つ目は、感電死の話である。ある作業員が、送電線にふれて死んだ。電圧はさほどではなかったが、体が汗で濡れていたために電気が通ったのである。もし、彼の体が湿っていなかったら、死ななかったであろう。では、乾いている体に一滴ずつ汗を加えていってみよう。まだ大丈夫。もう一滴くわえても大丈夫。だが、それを越えると死んでしまう限界としての一滴があるはずである。

二つ目が、今の海難事故の話であるので、繰り返すことはしない。

三つ目は、いわゆるパスカルの「鼻」である。アルマンは、オリヴィエの前で弁じ続ける。

パスカルは言った、《世界の表面は変わったであろう》と。だが、《もしクレオパトラの鼻がもっと短かったら》と考えるだけでは十分でないんだよ。僕はこだわるね。聞きたいもんだ。もっと短くといったって、どれだけ？　だって、鼻は、あとほんのちょっとなら短くたってよかったんじゃないかね？　グラデーション、グラデーション、それから突然の飛躍。

最後に、アルマンは、自らを、砂漠のアラビア人にたとえる。もう一滴の水、だが、その一滴がないために助からない旅人に。

上に挙げたような例——境界線事例——を、アルマンは、「不足論」という一文を書くために思いついたのだという。多くの現象は、連続的に変化しうるものだとしても、また、インプットは連続的でも、アウトプットは0か1、という現象も稀ではない。そして、アルマンは、例えていえば、1の状態に達することなくつねに0の不足状態に停留していることを嘆いている人物である。執筆計画中の文の「不足論」という題名には、彼のコンプレックスが見え隠れしている。「金もなく、力もなく、才気もなく、恋もない。ないない尽くしさ。僕はいつまでたっても、抜けきれないのさ」(『贋金つかい』第三部第七章)。だが、こう嘆くアルマンとは反対に、ベルナールやヴァンサンのような人物は、自ら望んだ覚えがないのに、彼らのかわりに誰かがボタンを押してくれているとでもいったように、1をインプットしてしまう。彼らが楽々と一線を乗り越えてしまうのに対して、いつだってその手前に留まっているという不満が、アルマンに、境界線事例のメカニズムを誰よりもよく見させている。

アルマンの「不足論」の発想は、その不満に支えられているとはいえ、彼が挙げた四つの例は多岐にわたる問題を提起するものである。一滴の水が足りないために命を落す例は、ごく単純に、人間の生物としての条件にかかわるものとみることができるだろう。触った送電線の電圧はさほど高くなかったのに体が湿っていたために感電死した例は、事故の原因の複合性の例となっている。助かった人もおり亡くなった人もあり、また僅かの時間の差で助かったかもしれない人がいるという海難事故の場合は、人間の運命の、本人には制御できない、間のわるさ・間のよさの例となっているといえるだろう。「パスカルの鼻」の例は、歴史の原因は思わぬ小さなところにあるという、複雑系科学者が好んで描く歴史観——これについては〈非周期性、あるいは出来損なったオムレツ〉で再びふれることになる——を垣間見させる。

ジイドは、このような発想をどこから得、これをアルマンに述べさせたのか。次章では、このことについて考察してみよう。

自然は飛躍せず？

アルマンは、作者ジイドと同様、「境界線事例」という学術用語を知るべくもなかった。とはいえ、彼らは同じことを、自然は飛躍するかどうか、すなわち自然は連続的に変化するものであるかどうかという問題として考察する。ジイドは、上の三つ目の例と四つ目の例の間で、アルマンに、この格言に対して、「《自然は飛躍せず》か。冗談じゃない」と反発させている。この世界に、「飛躍」はあるのかどうかが、アルマンおよび作者ジイドの関心であった。

この《自然は飛躍せず》は、古い諺とも、リンネもしくはライプニッツの言葉ともいわれる。自然が示す連続的な多様性こそは、リンネの分類学の根底にあるものである。ここで、フーコーの、

そしておそらくは、《タクシノミア・ウニウェルサリス》（普遍分類）の奥まってはいるが執拗な統一性がリンネのうちに、彼が自然あるいは社会のあらゆる領域に同じ分布と同じ秩序を見出そうと目論むとき、きわめて明晰に現われている。(1)

という言葉を思い出してみてもいいだろう。フーコーのいう十八世紀的分類体系である《タクシノミア》の背景には、二項的な対立・差異ではなく、リンネが想定したような《分布》の形にまでひろがる連続的な差異があるといってよいだろう。他方、自然の多様性と、それを貫く秩序、これをライプニッツは、モナドによって表現

しようとしたといえる。ところで、ライプニッツは、ニュートンとともに微積分法の確立者の一人とされている。ちなみに、関数 y の微分記号として、dy/dx を用いるのはライプニッツの流儀、y の上に点（・）を打つのがニュートンの流儀、ちなみにまたダッシュ（′）を打つのはラグランジュの方式である。[2] ここで関数が連続でなければ微分可能ではないことを思い出してみよう。[3] もしこの世界が微分されるべく作られているのだとすれば、それは、連続していなくてはならない。つまり、《自然は飛躍せず》がライプニッツに帰されることがあったとしても、これまた無理のない話である。

ところが、世紀の変わり目に、《自然は飛躍せず》の自然観がゆらぎはじめる。量子的な飛躍が示されたのは、一九〇〇年、プランク定数によってである。だが、ジイドがこのことに興味を示したという記録はない。

物理学を離れ、ジイドの造詣が深かった生物学の領域で言えば、《飛躍せず》の自然観に疑問が突きつけられたのは、ド・フリースによる、一九〇一年に提唱されはじめた「突然変異説」によってである。この「突然変異説」は、漸進的な進化を主張するダーウィニズムへの挑戦状であった。

しかし、話をまず、ダーウィンへと戻そう。というのも、ジイドは、この「諺」を、もしそれまで知らなかったとすれば、おそらく『種の起源』で知ったに違いないからである。少なくとも、二十代の半ば、『種の起源』を熱狂しながら読んだからには、その中でこの格言に出会ったはずである。

ダーウィンの考えでは、生物の種は、滑らかに少しずつ進化していく。微小な変化が積み重なって大きな変化となることにより、新しい種が誕生する、というのがその基本的な考え方であった。ダーウィンは『種の起源』で《自然は飛躍せず》を「古い諺」として何度も引用している（『種の起源（上）』三二七、三二八、三四五、三五四、四〇四。また、『種の起源（下）』三五八、三七五）。この「諺」は、『種の起源』の基本的姿勢を示すキーワードであるいっても過言ではないだろう。

ダーウィンには、この諺を援用するそれなりの理由があった。『種の起源』の著者は、自らの自然淘汰説を擁護するために、「創造説」にたいして反駁しなくてはならなかったのだが、そのために、「自然は飛躍せず」をもじって、「自然淘汰は飛躍せず」とする。ダーウィンが、自説を補強するために、好んでこの諺を援用している箇所を引用しよう。その主張とは、ある特定の器官にかんして、その移行が、諸々の種をつうじて、連続的になされているという事実にかんするものである。

多くの例では現在の器官がどのような移行段階を経て今に至ったかを推測するのがきわめて難しい。それでも、絶滅した種類や未知の種類に比べ、現生する種類や既知の種類の割合はきわめて少ないことを考えると、移行段階がわかっていない器官の少なさに、むしろ私は驚いている。この点については、「自然は飛躍せず」という自然史学の古い格言のとおりである。〔…〕

創造説では、生物は自然の中の適切な居場所にそれぞれ適合するように個別に創造されたと考える。ところが、多くの独立した生物の部位や器官のすべては、段階的な移行をなすように一列に並べることができる。これはなぜなのだろうか。自然はなぜ、構造から構造へと飛躍していないのだろう。自然淘汰の理論に基づけば、その理由を明快に理解できる。自然淘汰は、連続するわずかな変異を利用することでしか作用できないからだ。自然淘汰は飛躍せず、少しずつゆっくりと前進することしかできないのだ。

（『種の起源（上）』三二七〜三二八）

ある器官にかんして集めた、段階的な移行を示すような系列は、その器官の発展段階を示すものであり、諸々の種の、神による個々別々の創造という考え方でもってしては、このような系列の存在は説明できない、とダーウィンは考える。それよりも、「連続するわずかな変異を利用することで」自然淘汰がそれらを作りあげたと考えるほうがよいのではないか、というわけである。分類してみれば連続的な多様性を示すであろう自然というものの性質に基づいたこの「自然は飛躍せず」という原理は、創造説にたいする反駁の論理としては有効である。ところが、そのあと、これを否定しようと意気込むド・フリースの著書に触れたことで、ジイドのなかで、連続か断絶かという、進化論にたいする更なる興味と疑問が生じたといってよい。「自然は飛躍せず」であるのか、「自然は飛躍する」であるのか。ジイドは、後者に軍配をあげることになる。

ただし、自然は飛躍しないということの否定は、自然はすべて飛躍するということではなく、飛躍するものもあるという部分否定であろう。「《自然は飛躍せず》か。冗談じゃない」と、ジイドがアルマンに言わせた、その生物学的な真の意味は、飛躍ばかりからなる生物はありえないことからも明らかなように――そのような生物は死滅してしまうであろう――、すべてが飛躍するというのではなく、飛躍しないもののなかで飛躍するものも時にあるということ、見方をかえれば、飛躍するものも、飛躍しないものを基盤としているということである。

ド・フリースが「突然変異説」にたどりついたのは、様々な交配の実験や、観察を通じてであって、そのメカニズムまではわからなかった。だが、それが、生物を構成する分子内のミクロ現象であることが、次第にわかってくる。一九五三年、ワトソンとクリックによるＤＮＡの二重螺旋構造の発見によってこの事実が確認される以前、一九四四年に、理論物理学者シュレーディンガーは、遺伝子とは、何らかの分子から構成されるものであろうということを予想していた。

万が一、という言葉がある。『生命とは何か』のシュレーディンガーは、たとえばその程度の確率で、すなわち何万かのうち二とか、三とかの割合で突然変異が起こるというド・フリースの実験結果を知ったとき、それは、一つのエネルギー準位からもう一つ別のエネルギー準位への遷移によるものではないかと推測した。以下は、

〈ド・フリースの突然変異説〉の章での同書からの引用にそのまますぐ続く箇所である。

ところが、今から約四〇年前に、オランダ人ド・フリースは、完全に純粋種のものの子孫にさえも、小さいが「飛び離れた」変化をしたものがごく少数、たとえば何万に二つとか三つとかの割合で出現する、ということを発見しました。「飛び離れた」という言葉は変化がはなはだ大きいという意味ではなく、変化の起こっていないものとごく少数の変化の起こったものとの中間の形のものがまったくない、という意味で不連続性があることを意味します。ド・フリースは、それを突然変異と名づけました。不連続性ということが重要なことなのです。これは、物理学者に量子力学——隣り合った二つのエネルギー準位の中間のエネルギーは現われないこと——を連想させます。

（『生命とは何か』七一〜七二）

野生種はたいていの場合、混合種なので、まずそれを純粋種へと、分離し、還元しなければならない。しかし、その純粋種にさえ、「飛び離れた」変化をしたものがごく少数あらわれるという。なぜか。

シュレーディンガーの推論は、だいたい以下のようなものであった。つまり、親から子への遺伝物質は、第一に、安定していなければならない。第二に、それは、小さくなくてはならない。シュレーディンガーは、そこで、遺伝物質とは、分子——すなわちいくつかの原子の組み合わせからなる構成物——からなっているはずであると考えた。ところで、二つの安定状態をもつ分子の場合、ごく稀な、とはいえ一定の確率で、一つの状態からもう一つの状態へ「遷移」することがある。これが、突然変異のメカニズムであると、この物理学者は考えた。この場合、たとえていえば、次のようなことが起こっている。二つの谷をもつ地形（正確さを犠牲にしてごく分りやすくいえば三つの山にはさまれた二つの谷［AとB］からなる地形）を考えてほしい。いま谷Aにボールがころがっている。ボールは行ったり来たりしているのだが（このボールの運動は分子がつねに熱振動をおこしていることに対応する）、尾根を越えることはなくつねに谷底にもどってくる。これが、安定した分子の状態である。ところが、ごくごく希な確率でだが（この確立は飛びこえるべき山が高いほど極端に低くなる）、ボールが大きく動き、山を越えて隣の谷Bへ移ってしまうことがある。これがエネルギー状態の「遷移」である。こうなってしまうと、ボールは、今度は、Bの谷底を中心に動き回ることになる。これが、分子にとっての新たな安定状態である。今仮にAの谷底の標高を五百メートル、Bの谷底の標高を六百メートル（これが「二つのエネルギー準位」に相当する）、そしてその間にある尾根の高さを八百メートルとすると、ボールは、五百メートルかあるいは六百メートルの標高で安定するしかない。ボールは、その中間状態をとることはできない。そして、ボールは、一旦、八百メートルを越えるほどのエネルギーを帯びない限りは一つの状態からもう一つの状態へと移行することができない。

自然というものの中に見つかったこの不連続状態について、シュレーディンガー自身は次のように書く。

> 量子論による一大新事実は、その当時まで行われていた見解に従って連続性以外の如何なることもばかげたことと思われていた背景の中で、「自然という書物」の中に不連続性というものが発見されたことです。（同九七）

ジイドもまた、ナチュラリストとして、「自然という書物」を読み続けてきた。ところが、「《自然は飛躍せず》か。冗談じゃない」と反発するとき、ジイドは、「自然という書物」もまた、人間の書物と同様、不連続な言語で書かれているのかもしれない、という発想をえていたといえるだろう。

ジャック・デリダは、『グラマトロジーについて』で、「自然的文字言語は、直接的に声と息に結びつけられる」とした。(4) 我々は、そしてまたプラトンをはじめとする哲学者達もまた、「声」と「息」によって発せられる話し言葉を、我々の魂に直結するものとして、それを二次的に書き写したものにすぎないとされる書き言葉よりも重視してきた。自分が話すのを聞くときのこの話される言葉の現前性こそは、現前性の分析を軸に展開されてきた西洋哲学に根拠をあたえてきたとして、デリダは、その音声中心主義を、そして話される言葉の現前性に知らず知らずのうちに寄りかかってきたロゴス中心主義を批判する。

ジイドには、話し言葉と書き言葉を対立させるという発想はなかった。とはいえ、『贋金つかい』では、次章でみるように、自分が話すのを聞くときの、頭のなかに鳴り響く言葉の真実性への疑問が投げかけられているといえる。滑らかな「声」と「息」によってのように発せられる、魂の中から湧き出てきたかにみえる言葉、現に自分が話すのを聞いているその言葉――何々しようとか何々しろというその言葉は、本当に自分自身が発したものなのか。ときとして我々の頭のなかに、自分でも思ってもみなかった飛んでもない言葉が浮かんでくることがある。『贋金』の作者は、それは、次章でみるように、《悪魔》の仕業であると考える。

ジイドが《悪魔》を引き合いに出してくるということに、あるいは、驚いた読者もいるかもしれないが、ここで、少なくともいえることは、『贋金』のジイドは、言語の不完全性に気がついていたということである。その言語の不完全は、本章のコンテクストに結びつけるならば、その分節性、あるいは不連続性にあるといえるだろう。ここで、アルマンの言葉を言い換えて、「《言語は飛躍せず》か。冗談じゃない」としてもいいだろう。言語というシステムがそれを構成する諸々の単位からなるということは、それが分節されているということである。そして、言語システムが諸々の単位からなるものならば、発話というものは、諸単位からなる構成物であることになり、それが構成物であるならば、シュレーディンガーが遺伝子の構成要素として考えた分子のように、突然変異（組み合わせの思わぬ変更）を起こしうるものであることになる。発話というのが遺伝子の分子のような構成物であるならば、「転写ミス」――『生命とは何か』のシュレーディンガーはそこまで思い至る段階にはなかった――ということもあるであろう。いずれにしても、我々は、頭の中をふとよぎる言葉に耳を貸し、その言葉の命ずるままに振る舞うことによって飛んでもない結果を引き起こしてしまうことがある。我々の人生を大きく変えてしまうかもしれない瞬間――境界線事例――にこそ《悪魔》は姿を現わす。次章では、『贋金つかい』の陰の立役者であるこの異様な存在についてみていこう。

（1）Michel Foucault, *Les mots et les choses*, coll. « Bibliothèque des sciences humaines », Gallimard, 1966, pp. 90-91.
（2）高木貞治『解析概論　改訂第三版　軽装版』、岩波書店、一九八三年、p. 35.
（3）「連続性は微分可能性の必要条件である」。*Ibid.*, p. 39.
（4）Jacques Derrida, *De la grammatologie*, Minuit, 1967, p. 29.

『贋金つかい』の「悪魔」

ジイドのロマン『贋金つかい』には、冒頭から悪魔が登場することに我が読者はお気づきであろうか。悪魔は出没自在であり、たとえば、一頁目から、暑い中、バカロレアの勉強をしているベルナールの意識のなかに入り込む。「試験まであと三週間しかなかった。家族は彼を一人っきりにしてくれた。だが、悪魔はそうはいかなかった」(『贋金つかい』第一部第一章)

ジイドは、『贋金』の制作に際して、《主題を客観化する》(**objectiver le sujet**)(『贋金つかいの日記』一九一九年八月一日)ように努めたとしている。なるほど、その「客観性」とは、一風変わったものであり、作者自身によれば、「人物達を外部からとらえることに存する客観性[1]」なのではなく、作者からさえも自立している作中人物達が、勝手に行動し、話し、書く、そういった主体性が交錯しあうところに、生じてくるものである。それにしても、その客観世界で、こともあろうに、悪魔が活躍してよいものであろうか。なるほど、悪魔という存在は、後で述べるように、ジイドにとって、おそらく一九一〇年代中頃から、善とその欠如といった神との一幅対としてあるような存在ではなくそれ自身で存立しうるような強力なものとなっていく。それにしても、神という存在をそれが超自然的であるかぎりにおいて認めまいとしはじめているジイドが、『贋金』という客観世界で、悪魔について語ってよいものであろうか。これは、筆者にとって、長年の疑問であった。

そして、いま、ジイド的問題と複雑系という観点からその再点検をおこなってきた本書の観点からすれば、ここで重要なのは、ある種の神——ジイドの敵対者達の神——が少なくともジイドの目には超自然的であるのとは違って、『贋金』の悪魔は、少しも超自然的ではない、現実の存在である、ということである。俗に「魔がさした」という言い方があるが、我々の身近にいて、ふと何かをさせてしまうもの、何かを思いつかせてしまうもの、これが『贋金』の《悪魔》である、といってよい。

ところで今、悪魔という日本語で呼んできたものに対応するフランス語としては、『贋金』では、多くの場合《démon》が、時として《diable》が使われている。一口に「悪魔」といっても、様々な呼称があり、ジイドの作品全体をとおしていえば、diable, Satan, le Malin そして démon が用いられており、Lucifer は稀である。アラン・グーレは、ジイドが、これらの語にそれぞれ特別な意味を与えたとは思われないとする。(2) たしかに、ジイドは、同一の語の連続使用を避ける、あの文章作法から、同じ文のなかで、démon を diable と言い換えてみたり、diable を Satan といってみたりしている。(3)

この意味では、日本語で、総称のようにして、これを一言で「悪魔」と呼んでもかまわないだろう。ただ、それはつねに、蹴爪をもったあの従来型の悪魔であり続けたのであろうか、という疑問が浮かんでくる。『アンドレ・ジイドの作品における悪魔の取り分』の著者ジョージ・ストラウスは、ジイドの少年時代、青年時代、結婚生活、そのモラル、その病気、いたるところに悪魔をみいだした。(4) それは同じ一つの悪魔なのであろうか。以上でのべたような『贋金』に登場する奇妙な悪魔は、かつて青年ジイドを悪徳へとむかわせた、《悪》の権化あるいは誘惑としての悪魔の像、倫理的な善と悪の問題に帰属するそのような従来型の悪魔の概念だけでもってして理解できうるものなのであろうか。このような疑問を呈したうえで、本論にはいろう。

我々の悪魔は出没自在であり、たとえば、冒頭部から、暑い中、バカロレアの勉強をしているベルナールの意識のなかに入り込む。「試験まであと三週間しかなかった。家族は彼を一人っきりにしてくれた。だが、悪魔はそうはいかなかった」(第一部第一章)。もっともよいのは、大人しく勉強し続けることであっただろう。だが、余りに暑すぎた。『贋金』のもう一人の人物アルマンであったら、ここに境界線事例を見たことであろう（→〈『贋金つかい』にみる「境界線事例」〉）。暑いといったって、何度になったら勉強ができなくなるのかね、僕は、そのぎりぎりの温度が知りたいのだ、と。かくして、注意力の境界線を越え、試験勉強を中断したベルナールは、母の不倫の手紙を発見し、家出を決心することになる。だが、もし、気温がもう0.1度低かったら、彼は勉強を続けており、母の手紙を見つけ出すこともなく、したがって、家出をすることもなかったかもしれない。

例えばまた、ヴァンサンの場合を考えてみよう。彼は、サナトリウムで出会い、妊娠させてしまったローラを援助しなくてはならない立場にある。彼は今、母がやっとの思いで蓄えてきた五千フランを手にしている。それは、そっくりそのままローラに渡さなければならないお金である。ちょうどそのとき、作家パッサヴァンが、彼に賭場へゆく誘いをかける。五千フランでは足りないよ、という思いがその脳裏をよぎる。「いかなる悪魔の忠告に耳を貸してしまったというのだろう」（第一部第四章）、彼は、パッサヴァンに付いていき、結局、全部をすってしまう。

そもそも、二人の出会いと結びつきからして、悪魔がかかわっていたのかもしれない。余命幾ばくもないと宣告されたヴァンサンは、どうせ死ぬならと、これまた命果てるものと思っていた人妻ローラと関係を結んでしまった。二人の罪は、死とともに消え去るはずだった。だが、余命についての診断は、二人とも、誤診であり、彼らは生き残り、ローラの妊娠という事実だけが今、重くのしかかっている。

このように、ベルナールの場合にせよヴァンサンの場合にせよ、『贋金』の悪魔は、その作中人物の人生の曲り角において姿を現わす。だが、当の本人は、自分が人生の岐路にたっていることに気がつかない。『贋金』の悪魔は、この点で、作中人物達よりも慧眼であるのだが、その悪魔とても、全知であるわけではない。悪魔の勘が冴えるのは、人物達が、境界線上に立ち、その事例となろうとしているときである。そうでないときには、作者は、悪魔を必要とはしない。

クリティカルポイント（臨界点＝危機的な点）において姿をあらわすわけだから、悪魔は、彼等をやはり従来通り、誘惑しているだけではないかという反論があるかもしれない。だが、悪魔は、直接手をくだすのではなく、彼らが危険な一歩を踏み出すのを、ほくそえみながら、眺めるばかりである。ヴァンサンは、新たな恋人リリアン（レディー・グリフィス）の部屋へつうずる鍵を手にもったまま、セーヌのほとり、チュイルリーのあたりを少しあるきまわる。「それから、彼は、ゆっくりと、リリアンの住まいの方へと戻ってきた。悪魔が、面白がって、彼が音をたてないようにして小さな鍵を錠に滑り込ませるのを眺めている間に、彼のもとから去ることにしよう」（第一部第五章）

悪魔は、『贋金』の登場人物達をからかい、こうして彼等を船出させる。家出したベルナールは一回り大きくなって義父の家へと戻ってくることになるのだが、他方、ヴァンサンと、その新たな恋人であるレディー・グリフィスのカップルは、悪魔に導かれるようにしてアフリカの奥地へと向かい、読者の視界から消えてゆく。レディー・グリフィスがパッサヴァンに書いた最後の手紙には次のようにある。「私が彼を引っ張り回しているのだか、彼が私をそうしているのだかもうよくわからない。あるいは、むしろ、わたしたち二人をこんなふうに攻めたてるのは冒険の悪魔ではないのかしら」（第三部第十一章）。そう、彼女の言葉どおり、『贋金』の悪魔は、《冒険の悪魔》であるということができるだろう。

悪魔は、作中人物の中だけでなく、外にもいて、そのアヴァンチュールがうまくいくようにと小道具を用意する。たとえば、ベルナールは、たまたま手に入れたエドゥワールの荷物の預り証で、そのスーツケースを引き出そうとしたとき、係員から、十サンチームの料金を要求されるのだが、悪魔の介在で、チョッキのポケットから、しばらく忘れていた、十スー硬貨をとりだすことができた、とされる（第一部第十章）。ジイドと悪魔について学位論文を書くほどの研究をしながら、ストラウスには、『贋金』のこの場面での悪魔の振る舞いの真意がわからなかった。この評者には、文無しだったはずのベルナールが、今の場面で、空であると思っていたチョッキのポケットから十スー硬貨をとりだすことができたのは、悪魔の仕業であるとされる理由がわかっていない。たしかに、ふつうに考えれば、そんな馬鹿な話はない。その硬貨は、ベルナールが、かつて入れ、入れたことさえ忘れただけのものであって、荷物の預り所の係員にお金を要求されたとき、ないとは思いながらもポケットを探るふりをしていたときに、いまそれがたまたま出てきたものにすぎない。であるから、ストラウスがここに、「言葉のあや」(une façon de parler)(5)しか見出すことができなかったのも、当然であるといえる。

だが、われわれには、その理由がわかる。悪魔が用意したこの硬貨がなかったならば、『贋金』の世界はまったく別様に進行したことであろう。悪魔は打ち出の小槌をもっている。悪魔は、ないと思われたところに十スー硬貨を用意し、この青年を冒険へと送りだす。たしかに、ベルナールは、それでなくても冒険に乗り出す気になっている元気一杯の若者である。だが、もし、チョッキのポケットに小銭がなかったら、彼は出鼻をくじかれたことであろう。その、十スー硬貨は、彼を世界へと漕ぎ出させた魔法の小銭であった。この境界線事例的な危うさこそが、『贋金』の作者が描き出そうとした世界の特徴であり、ジイドはその特徴的な場面に悪魔を登場させる。

境界線事例にあっては、われわれ自身では制御できない、秒単位の時間、一ミリの幅、スー単位のはした金、気温の一度が、自他の運命を大きくかえてしまう。ベルナールがどれほど冒険好きでも、十分に暑くなかったら、秘密の手紙を発見しなかったことであろうし、理由がなかったら、家出をしなかったことであろう。また、ポケットの奥に十スー硬貨がひそんでいなかったならば、冒険を続行することができなかっであろう。自分自身では制御できない、あるいは気がつかない、この僅かな数量を支配しているもの、あるいは少なくともその現場に姿をあらわすもの、これが《悪魔》である。しかし、それにしても、『贋金つかい』にあっては、どうして境界線事例と悪魔は、こんなに密接な関係にあるのか。

以上のような境界線事例は、認知できないほどの僅かな数値が実は時間とともに大きな意味をもってくるという初期値鋭敏依存性の特殊な場合である。われわれの現実世界においても、目に見えないほど、あるいは気づかないほどのわずかな事柄――気づきえなかったのかもしれない気づこうとしなかったのかもしれないほどの小さな事柄が、やがて大きな作用をもつというケースはある。目に見えない、気づきにくい事柄が関係しているとはいえ、そのような現象は、何かある神秘的な作用によって引き起こされるというのではない。それでいて我々に重大な作用をおよぼすことになるこういった現象を何と呼んだらいいのであろうか。初期値鋭敏依存性という用語を知らなかったジイドは、この気づきにくいが実在し、ほとんど見えないがやがては見えるようになり悪さを働くようになる現象に、「悪魔」の名をあたえたのである。この便利な科学用語を知らないジイドは、ここに、悪魔を措定し、その詐術を見出す。

付録として、「悪魔の身元」という一文が、創作ノート『贋金つかいの日記』の最後にそえられている。この短文を書いた翌日、ジイドは創作日記にこう記す。なお、「悪魔非在についての論」とは「悪魔の身元」のことで、最初はそう呼ばれていた。

「悪魔非在についての論」。人がこれを否定すればするほど、それに現実味をあたえることになる。悪魔はわれわれの否定のなかで強固となる。

昨晩、このことにかんして、数ページの対話を書いた。これは、まさしく、本書全体の中心主題、すなわち、すべてがそのまわりを回る、見えざる点となりうるものである……

（『贋金つかいの日記』一九二一年一月二日）

この「悪魔の身元」の骨子は、悪魔は、これを信じないときほどよくのさばるというものである。ジイドはまた、『贋金』の語り手に、こういわせている。

ヴァンサンの実証的な教養が、超自然的なものを信じないよう、彼を引き止めていた。このために、悪魔は、優位に立つこととなった。悪魔は、正面からヴァンサンに立ち向かうのではなかった。悪魔は、ねじくれた、密かな仕方で彼を攻撃する。その巧さの一つは、われわれに敗北を勝利だと信じさせるところにある。

（『贋金つかい』第一部第十六章）

ここでいわれる悪魔は、超自然的でない存在として姿をあらわす。医者の卵として科学を信奉するヴァンサンが、悪魔にしてやられるのは、悪魔が「実証的な教養」に反しない存在だからである。この悪魔は、もはやあの、神と対をなす超自然的存在、堕天使としての裏返された神なのではない。ジイドが、悪魔のこのような逆説的な存在様態、およびその能動性について考えはじめるのは、ジャック・ラヴラとの、一九一四年の会話（『日記』一九一四年九月二十五日参照）の結果として、一九一六年ごろからであると思われる（『日記』の一九一六年の後に添えられた「断章」を参照のこと）。

ここで、その悪魔の手口をみてみよう。そのヒントをあたえてくれるのは、なんとその手口にひっかかってしまうヴァンサン自身である。『贋金』の悪魔とは、境界線的状況にあって、連続的状態と非連続的状態を同時に眺めることができる存在であるということができるであろう。たとえば、ヴァンサンが引き合いに出す「ウリアラン」のように。ジイドは、ヴァンサンをして、新たな恋人リリアンの前で、ウリアランとステノアランの話について得々として語らせている（第一部第十七章）。「ウリアラン」（euryhalin）とは、広塩性の、つまり、さまざまな塩分濃度の水に生息することのできる、という意味の形容詞であるが、『贋金』では、そのような生物という名詞の意味で使われている。他方、「ステノアラン」（sténohalin）は、狭塩性の、すなわち、外界の塩分濃度の変化に耐える能力が小さく、ほぼ一定の濃度の下でしか生存できない生物についていう形容詞であるが、今はそのような意味の名詞として使われている。ステノアランは、淡水が流れ込んでくるような海域では、弱り、死んでしまう。これにたいして、塩分濃度の変化に耐えられるウリアランは、平気であり、弱ったステノアランを餌食にするのだという。ジイド自身、彼のグループの人たちを、あいつはステノアランだ、こいつはウリアランだと分類して面白がったと、プティット・ダーム、すなわちジイドの娘の母方の祖母は記録している。(6)

ここにも、前々章での境界線事例の問題を見ることができる。塩分濃度は、連続的に変化しうる。ところがその連続性のなかに、ステノアランから見れば、生死を分ける境界線が、すなわち、魚の種類や個体によって濃度のレベルや感度は違うかもしれないが、そこを越えると死に、その手前だと生きていられるというボーダーラインがある。ウリアランはといえば、自らにとってボーダーラインはないことを、ステノアランにとってはボーダーラインがあることを知っている。その仕事はといえば、彼等が弱ったり、一線を越えたりするのを悠々と観察したり、これを餌食としたりすることである。このウリアランは、まさに、作中人物たちが境界線上で苦しんでいるときにこれをほくそえんで眺める、あの悪魔そのものである、ということができる。たとえば、新たな恋人リリアンの部屋へつうずる鍵を手にしたヴァンサンを面白そうにながめていた悪魔のように。

ジイドが、『贋金つかい』の執筆と並行させて、創作ノート『贋金つかいの日記』を書いたことはよく知られている。ところが、ジイドのプレイヤード新版には、さらに、「『贋金つかいの日記』の余白に」という頁が設けられている。これは、『贋金つかいの日記』のマニュスクリのうち、ジイドが採用しなかったものを集めたものである。その、一九二一年十二月七日の分として、次のような記述がみられる。「博物学には、活用する価値が大いにあるようだ。このロマンに、ナチュラリストを介入させる必要あり。〔…〕たとえば、ウリアランとステノアランへの分類」。ちなみに、ジイドが、『贋金』へ導入したいと考えたナチュラリストは、ヴァンサンによって実現された。

グーレは、『贋金』の人物達のほとんどに、悪魔がとりついているとしている。「悪魔が、どれほど個人の主観性の真ん中に入り込んでいるのかがわかる」(7)というわけである。なるほど、ジイドによって初期値鋭敏依存性にあたえられた名が「悪魔」であるのならば、われわれはその魔手からのがれることはできない。しかし、「個人の主観性の真ん中に」、でよいのであろうか。少なくともそれは、その真ん中に、ではなく、その端っこに、であろう。たしかに、グーレは、続けて、その悪魔は、ラカンのいう大文字の他者、象徴界、無意識であるといいかえている。もしそういいたいのなら、悪魔とは、無意識、つまり他者の言語であるといってもいいかもしれない。そして、ジイド自身、ラ・ペルーズ老人にこういわせている。

この世では、神はいつだって沈黙しているってことに、気がついたことはありますかな。しゃべってるのは、悪魔ばかりだよ。〔…〕福音書の冒頭を覚えていらっしゃるかな。《はじめに言葉ありき》〔注、ヨハネによる福音書〕。こう考えたりしたものだ、神の言葉、それは、森羅万象だってね。だが、悪魔がそれを、奪い取りやがった。今じゃ、悪魔の音が、神の声をかき消しておる。

（『贋金つかい』第三部第十八章）

たしかに、悪魔の言葉とは、「他者の言語」であるといってよいであろう。ただし、その他者の言語が、サイコロを振るようにして、ランダムにあたえられるときに、である。たとえていえば、頭の中でルーレットがぐるぐる回っているような状態のときに、である。『贋金』には、転轍機とでもいうべき出来事の装置が、いたるところにちりばめられている。そして、悪魔は、作中人物達への出入りが自由である以上、その転轍機を彼らの頭の中に持ち込むこともできるはずである。『贋金』の人物達は、どう出るか分らないような、サイコロ的現象、あるいは確率事象のような思考によって振り回される。この混乱を引き起こしているのが悪魔である。我々が、理解できないことにあたえる、人間的な呼称、これが「偶然」であるとするならば、『贋金』の登場人物達のなかでも、そのような「偶然」が起こっている、とみることができる。

なぜ、ヴァンサンは、危険な賭をしてしまったのか。作者はこれをことさらに「悪魔の忠告」と呼ぶ。もちろんこの「悪魔」もまた誘惑する者ではあるが、それは、餌食を人倫に反する悪の道へと差し向ける、あの強力な蹴爪をもった従来型の悪魔とは違う。『贋金』の「悪魔」は、悪の権化というより、「境界線事例」にしか姿をあらわさない転轍機のようなものである。ヴァンサンを賭場に向かわせたもの、これを無意識と呼びたければそう呼んでもよいが、だからといって、この呼称によって理解がさらに深まることはないであろう。少なくとも、それは、最初は分からなかったが、物語が進行するにつれて明らかになってくる、あのジイド文学的な無意識――たとえば『背徳者』の少年愛や『田園交響楽』の牧師の恋心――とは違った性質のものである。

ラ・ペルーズのいうように、『贋金』では、超自然的な「神」はもう言葉を発しない。超自然的な「神」と対をなすべき従来型の悪魔は、そのライバルを失うことによって、席を、我々のあの「冒険の悪魔」へと譲ってしまった。この新しい悪魔が、作者の目に、新しい小説技法として標榜する「客観性」を汚さないとみえたのは、それが超自然性を失ってしまっていたからである。なるほど、悪魔は従来のようになおも人物達を誘惑しようとしたりもするが、我々が悪魔の言い分を聞いてしまうのは、ごく自然な成り行きとしてである。ストラウスが、ベルナールに硬貨を握らせた悪魔の仕業に戸惑いながら、それは「言葉のあや」だとしてしまったのは、我々の悪魔のこのような非超自然的性格に気づかなかったからにほかならない。もはや超自然的でない『贋金』の悪魔とは、「神」の対抗者ではなく、神なき複雑系的世界のメカニズムを人格化したものであるといえる。垣間見た「複雑系的」世界を描きだすのに際して、科学の用語を知らないジイドは、これを「悪魔」という人格によって語ったのであった。

(1) André Gide, *Œuvres complètes*, XIII, *Feuillets*, p.439.
(2) Alain Goulet, *Fiction et vie sociale dans l'œuvre d'André Gide*, Association des amis d'André Gide, 1986, p. 534.
(3) たとえば、『贋金つかいの日記』に付録として添えられている「悪魔の身元」(identification du démon) という一文では、「悪魔」は標題では « démon » の名で呼ばれているが、文中ではそれが « diable » や « Satan » に置き換えられている。また、『贋金つかいの日記』(一九二一年一月二日)では、この一文は、「ディアーブル非在についての論」(Le traité de la non-existence du diable) の名で呼ばれている。
(4) George Strauss, *La Part du Diable dans l'œuvre d'André Gide*, « Archives André Gide » n°5, Lettres Modernes Minard, 1985.
(5) *Ibid.*, p. 17.
(6) Maria Van Rysselberghe, *Les Cahiers de la Petite Dame*, t.1 (1918-1929), « Cahiers André Gide 4 », Gallimard, 1973, p. 32.
(7) Alain Goulet, *Lire les « Faux-Monnayeurs » de Gide*, Dunod, 1994, p. 109.

全体は部分の総和以上である

ジイドには、その執筆の一段階において、ロマン『贋金つかい』のテーマが、「ぐったりとした塊り」ででもあるかのように感じられていたときがあった。もちろん、最終的に主題が定まらなければ作品化はなかったであろうが、注目すべきは、『贋金』が、最初はどろどろしており、例えていえば、攪拌された「奇妙な液状物質」が、「かたい粒々」と「乳漿」とに分離することによって固まっていったように思われた作品である、ということである。

ローマにちょっと滞在したあと、昨晩から、ここに戻ってきた。ローマでの滞在は、この仕事からおおいに気をそらせることになったが、それでも、そのあと、自分が何をやりたいのか前よりずっとはっきり分かったように思われる。このまえキュヴェルヴィルに滞在した間、十月、すでに最初の数章を組み立てた。ぐったりとした塊りが動き出そうとした時、残念ながら、私は中断しなければならなかった。この比喩は、あまり上等とはいえない。むしろ、攪乳器のイメージの方がいいだろう。そう、続けざま幾晩も私は主題を頭の中で攪拌したが、ほんのわずかの凝固物も得られなかった。それでも、ついにはやがて凝塊ができるだろうという確信を失うことはなかった。最初、そして長いあいだ固まろうとはしないが、あらゆる方向に動かされかき回されると、かたい粒々がついに凝集し乳漿から分離する、そういった奇妙な液状物質。今や私は、練り、捏ねるべき物質を握っている。経験によって、クリーム状のカオスをかき混ぜ揺すったおかげで奇跡が再来するのが見られるであろうと最初から知っていなかったら、勝負を投げ出さない者がいるだろうか。

（『贋金つかいの日記』一九二一年十一月二十五日）

ジイドは、この「奇妙な液状物質」を、すこしあとで、「クリーム状のカオス」と言い換えている。もちろん、この「カオス」とは、複雑系でいうカオスとは違い、たんに、どろどろした塊りという意味であるにすぎない。もっとも、以下でみていくように、筋の拡散ということを考えれば、まったく無縁であるというわけでもないだろう。

もちろん、一語々々線状に書き連ねていくしかない文学作品というものにあっては、カオスを固めなければ、それを書くことはできないのだが、最初のそのカオスの印象は、捏ねられ固まった結果としての複数の凝固物、すなわち複数の筋へと広がっていく物語と、爆発的増殖をした筋のために以後フォローされずに飛び散っていくことになる破片のようなものなどとして描かれることになる。

ジイドは『贋金つかいの日記』にこう書く。

人生はわれわれにあらゆる方面からドラマの糸口を豊富に提供してくれる。しかしこのドラマは、よく小説家がこれを繰り広げてゆくときのように、続行され、形をなしていくことはまれである。これこそは、私がこの作品で印象づけたいことであり、エドゥワールに言わせたいことだ。

（『贋金つかいの日記』一九二四年十一月一日）

ロマン『贋金』では、このようにして、筋は、枝分かれし広がっていく。反対にまた、あまりの拡散のために、形をなすこととなく立ち消えとなったり、忘れ去られてしまったりする流れも生じてくる。「ドラマの糸口」は数限りなくあってもそのすべてがドラマとなるわけではない。ドラマの離散集合は、通常、われわれが「人生」について持っている印象ではないか。実際、ジイドは、「どんなささいな動作も、数限りない動機を必要とする」（同、一九二一年十二月七日）と、あるいは、「われわれのどんなささいな身振りの源泉も、ナイル河の水源と同じほど、数多く、かつ奥まったところにある」（同、一九二四年五月二十七日）とも書く。数多くの動機が一つの身振りへと収束しては拡散してゆく。『贋金つかい』とはこのように、拡散していく関係と収束していく関係とが乱れ飛ぶ世界である。ジイドはこのロマンで読者に作品を《組み立て直す》（同、一九二〇年十一月二十一日）ことを要求したが、これは、読者それぞれがそれぞれの観察や推理によって作品中に関係を発見し、それを離合集散させるように願った、ということである[1]。

一例を挙げれば、アゾレス諸島へと消えてしまったかにみえたヴァンサンの消息は、思いもかけず、パッサヴァン宛てのレディー・グリフィスの手紙という形でエドゥワールに示される（第三部第十一章）。これにたいして、オリヴィエは、アルマンから、奇妙な男と一緒に住んでいるという内容の、その兄アレクサンドルから受け取った手紙をみせられても、それをみせたアルマン同様、それが、消息の途絶えた兄ヴァンサンのことだとは気づかない（第三部第十六章）。

また、『贋金』においては、作中人物達の思い込みや勘違いの可能性が排除されてはいない。情報というものが作中人物達によって歪められて提供されるものだとすれば、ほかにも、彼等によって語られたり気づかれたり集められたりした情報には事実とは違ったもの、事実を伝えていないものがありうることがつねに暗示されていることになる。このようにして、読者は疑心暗鬼の状態に置かれ、描かれない部分の大きさを感ずることになる。ジイドは、読者をこのような半信半疑の状態に置くことによって、描かれない部分を、すなわち「カオス」の存在を暗示する。

そのような食い違いの一例として、作中人物自身が、自らの勘違いに気づいた幸いな場合を挙げておこう。ラシェルが、不如意のため、恥をしのんで借金の申し込みをしてきたとき、エドゥワールは、彼女に、泣いているしぐさをみてとったが、よくみると涙は流していないのである。エドゥワールはこれをただただ意外に思うことしかできなかったが（第三部第二章）、その後、彼は、ラシェルが、眼病のために医者から泣くことを禁じられていたことを知る（第三部第十六章）。もしこのような「修正」がなければ、エドゥワールも読者も、ラシェルについて誤った像を持ち続けたかもしれない。

さらに、ロマン『贋金つかい』の作者は、その世界を広げるべく、ヴァンサンに、「とんでもない総計を得るには、往々にして、一つ一つとってみればごく普通の、ごく自然な多くの小さな事実を加え合わせるだけで十分だ」（第一部第四章）と言わせている。このようにして、『贋金』は、思いもよらない方向へと発展していくメカニズムを得る。もっとも、ヴァンサンのいうその「とんでもない総計」とは、結局、愛人ローラを妊娠させてしまったことにすぎなかったのであるが。

たとえばまた、少年ボリスの死の場合がそうである。もし、その天使ともいうべきブローニャが病死したことを知らなかったら、ボリスは自暴自棄にはならなかったであろう（第三部第十七章）。もし、ラ・ペルーズ老人が、自殺しようとしてピストルに実弾をこめなかったらこの事故はおきなかったことであろう（第三部第三章）。そもそも、老人が、エドゥワールにいわれるがままに彼にピストルを預けておいたとしたら（第三部第三章）、この話はありえなかった。もしまた、ボリスが、少年たちのボスであるゲリダニゾルにかほども憎まれなかったとしたら、ボリスは追い詰められなかったかもしれない（第三部第十七章）。もしゲリダニゾル以外の一人でもピストルに実弾が入ってることを知っていたら、ボリスが引き金をひくのを引き止めたはずである（第三部第十八章）。だが、そのすべてが悪いほうへと重なり合ってしまった。

さて、ジャン・クリスチャン・スマッツは、その『ホーリズムと進化』のなかで、部分と全体の関係について、今のジイドに似た考え方をのべている。

部分の総和以上のものである全体は内的な何ものかであり、構造と機能が内的性質をもち、何か特別な内的関係や、内的な特性と本質をもち、それが、総和以上のものを作り出している。

（『ホーリズムと進化』一〇四）

このようなホーリズムの考え方を主張したスマッツとジイドとの間には、相通ずるものがある。ただし、スマッツは、生命や人格のような「全体」を説明するために、その全体が「部分の総和以上のものである」ことを力説するのにたいし、ジイドの場合は、個々の行為や事実から出発して、それが思わぬ「全体」を、「部分の総和以上のもの」を生み出すことがあるという観点の違いはあるのだが。

なお、興味深いことに、スマッツ（1870-1950）とジイド（1869-1951）は同時代の人であり、『贋金つかい』と『ホーリズムと進化』はほぼ同時期の著作である。『ホーリズムと進化』の刊行年は一九二六年、その序文がかかれたのが二十五年である。『贋金』の擱筆は二十五年で、単行本として出たのは二十六年である。とはいえ、おそらく、相互の影響関係はないものと思われる。

ところで、着眼点はほぼ同じであるものの、スマッツとジイドは、部分と全体の関係を、反対方向に読んでいる。スマッツは、まず、「全体」を見て、それが単なる部分の寄せ集めではないことに感嘆し、そして各部分の寄せ集めには欠けている、その知られざる何かをひっくるめて、これを「全体」と呼ぶ。『贋金』のジイドは、複数の要素の寄せ集めから、悪魔の仕業とでも言いたくなるような、事故とかハプニングのようなことが飛び出してくることに着目する。

全体は全体であり、部分の総和以上のものであるといったところで、部分の総和が全体へと高まるときに欠けているものが何であるかを言うことができなければ、このような考察は、形式論理に終わってしまう。『ホロン革命』のアーサー・ケストラーは、次のように書く。

還元主義は、その適用範囲をかぎれば、それがきわめて有効な手段であることを立証した。しかしそのアンチテーゼである《ホーリズム》(全包括論)はまったく進展をみなかった。「全体は部分の総和以上である」という表現でホーリズムを定義することもできるだろう。これは一九二〇年代にジャン・スマッツがその著『ホーリズムと進化』のなかで初めて使った表現で、しばらくは大いに人気を博したが、ホーリズムが学究的な科学を捉えるまでにはいたらなかった。それは「時代思潮」に逆行していたためでもあるし、実験的アプローチというより哲学的アプローチをとるホーリズムが研究室での実験に適さなかったためでもある。

だが還元主義もホーリズムも、それを唯一の指針とするなら袋小路に陥いる。「バラはバラだからバラだ」というのはホーリズム的言いまわしだが、バラの化学成分がバラについて何も述べていないのと同様、この文もバラについて何も述べていない。そこで還元主義とホーリズムを超え、両者の有効な面を併せもつ第三の方法が必要になる。

(『ホロン革命』五四〜五五)

この「第三の方法」として、ケストラーは、「ホロン」なる概念を提案する。本題からは外れることになるので、ホロンには触れないでおこう。本論の著者としては、この「第三の方法」としてとるべきなのは、複雑系の方法であると考えている。

ところで、一旦ここで確認しておきたいのは、ジイドもまたスマッツと同様、還元主義を批判する立場にあったということである。本書の〈ジイドと物理学——還元主義批判〉の章では、ジイドが、一九三〇年四月八日の『日記』で、還元主義の祖であるデカルト批判を行っているとした。もう一度、引用しよう。「構成物にいたるためには単純なものから出発しなければならないという考え、そして、演繹によって構成することができるという考え。精神によって作り出された構成物は自然の複雑さに追いつくであろうという、具体的なものが抽象的なものから派生しうるという、誤った信念……」。構成物を出来るだけ小さな構成要素に分け、そして構成要素同士の間に働く一般的な関係を見出し、こんどはその一般的な関係によって、個々の構成物の特徴を明らかにしようとする考え——すなわち還元主義——を、ジイドは、ここで見事に断罪している。

さて、話は戻るのだが、メラニー・ミッチェルは、複雑系の特徴である「初期値鋭敏依存性」について紹介したあと、「どのようにしてカオス系では初期の不確実さが大規模に拡大するのだろうか？」（『ガイドツアー　複雑系の世界』四九）という問いをなげかけ、この問いを解くカギになる性質をもつものとして「非線形性」について取りあげる。なお、すでに〈カオス〉の章でのべたように、カオス系とは、複雑系の一つの場合であると考えることができる。

ミッチェルは、「線形」と「非線形」について、「ロジスティック写像」を例に、ある種の方程式がカオスに至ることがあることを例証する。この科学者としてはできるだけ平易に書いたつもりなのであろうが、本書では、その数学的記述をそのまま用いることはできない。そこで、本章での部分と全体の問題がどうして複雑系の問題でもあるのかを、以下で、さらに噛み砕いてのべてみたい。

ある島に、ウサギが百匹いたとする。ウサギは毎年、四倍のスピードで増える繁殖能力をもっているとする。すると、次の年には四百匹、さらにその翌年には千六百匹、その翌々年には……。いや、これ以上書く必要はないであろう。このようにある一定のリズムで順調に変化していく式を、「線形」であるという。もしお望みならば、この増加のさまを、目盛のとり方を工夫してだが、直線のグラフで表現することもできよう。

ところで、ウサギは、永遠に、四倍そしてまた四倍というリズムで増え続けることができるであろうか。島の面積は限られており、食糧となる草も限られている。ウサギが増加するスピードは、だんだん鈍っていくであろうし、それどころか、食糧不足が発生すれば、大量死のため、ウサギは大激減することになる。大激減したあと、それがまた増えていっては、また激減することになるであろう。こうなると、毎年のウサギの数は、滑らかな線ではなく、もはやギザギザした不規則な線でしか表現できなくなる。この状態が、数学的には「カオス」と呼ばれるものに対応する。この「カオス」は、初期値鋭敏依存性を示す。ここでいう初期値は、一番最初に島にいたウサギの数に対応する。仮に、その数をわずか一匹だけ増やし、最初にウサギは百一匹いたとする。すると、次の年には四百四匹、さらにその翌年には千六百一六匹となる。最初のうちは、百匹の場合と百一匹の場合の違いはわずかであるのだが、ウサギの数が爆発と激減を繰り返すあたりになると、その違いは甚大なものとなる。われわれは、しまいに、その違いを、コンピューターによる膨大な計算でもしないかぎり、とらえられなくなってしまう。

さて、この「線形」と「非線形」を比較したばあい、たとえてのべれば、「線形」とは、一足す二が三になることを可能にするシステムであり、「非線形」は、一足す二が三になることを可能にしないシステムである、ということができる。ミッチェルは、次のようにのべる。

線形システムとは、個々の部分に分割したり、分割した個々の部分を集めたりすることによって理解が可能なシステムをいう。私と、私の二人の息子が一緒に料理をするとき、ジェイクがカップ二杯の小麦粉を入れ、ニッキーがカップ一杯の砂糖を入れるといった具合に、二人が交代しながら鍋に材料を入れることがよくある。結果は？　カップ三杯分の小麦粉と砂糖の混合だ。つまり全体は部分の総和に等しい。

非線形システムとは、全体が部分の総和と異なるシステムをいう。ジェイクがカップ二杯の重曹を入れ、ニッキーがカップ一杯の酢を加える。するとそれは爆発する（疑うなら家に帰って試されたい）。結果は？　重曹と酢と二酸化炭素の混ざった、カップ三杯分以上の発泡性の物質である。（同四九）

ウサギの例の場合、足し算ではなく掛け算ではないか、と疑問におもわれる読者もおられるのではないだろうか。そのような読者のために一言しておけば、掛け算の場合は、四掛ける一六が六四になることを可能にするシステムが「線形」、四掛ける一六が六四になることを可能にしないシステムが「非線形」であると考えればよい(2)。つまり、ジイドが、ヴァンサンに言わせた、「とんでもない総計を得るには、往々にして、一つ一つとってみればごく普通の、ごく自然な多くの小さな事実を加え合わせるだけで十分だ」というようなことが起こるのは、世界が非線形システムであるときである。

たしかに、ジイドは、「非線形」という語を知るべくもなかった。しかし、この点からすれば、『贋金』の作者が、このような感想を、ヴァンサンというナチュラリストの口をつうじて述べさせたことは意義深い。つまり、複合的な出来事を、まず第一に、「一つ一つとってみればごく普通の、ごく自然な多くの小さな事実」に分解し、これを最小の単位として確認し、出来事の意味を、その諸々の最小単位に還元しようというのは、科学者の態度である。だからこそ、ヴァンサンは、次に、そこから出来する「とんでもない総計」に驚く。ヴァンサンとジイドは、ここに悪魔が介在しているのではないかと疑う。

科学的な教養は、われわれを、理路整然と考えるようにと叩き込む。一足す二は三、四掛ける一六は六四というふうに、科学的な教養は、世界を、いわば線形的な建築物のようにみなすよう、われわれを誘う。ヴァンサンもまた、ナチュラリストの一人として、超自然的なものを信じようとはしない。しかし、ここでしようというのは、科学対宗教の話ではない。ここで問題なのは、世界がいわば非線形的なひねくれた構造をとりうるものだということである。ヴァンサンとジイドなら、世界がひねくれているのは悪魔のせいだと言うであろう。我々ならば、それは、世界が複雑系だから、とするであろう。

悪魔の狙いは、ヴァンサンに、神のような超自然的存在を信じさせることにあるのではなかった。ヴァンサンは、もとより、超自然的存在を信じない。彼が誤るのは、むしろ、実証的な知識への過信によってである。宗教者ならばここで、それみたことか、地上にあるものをしか見ず、超自然的存在を信じないからだと、勝ち誇るであろう。だが、『贋金』のジイドが用意したものは、従来型の科学者からも徹底した宗教者からも見えにくい、その中間領域、すなわち、前章でのべたような、諸要素の重ねあわせから不可解なことが生じてくる世界――複雑系的世界――であった。なるほど、ジイドは、複雑系の科学なるものを知らなかった。だが少なくとも、彼は、時としてとんでもない出来事が生じうるという現実を、超自然的存在に頼ることなく、「全体は部分の総和以上である」という原理によって説明しようとする。

もし、「全体は部分の総和以上である」ならば、現在の総和である未来は、つねに現在より豊かであるだろう。とすれば、ベルクソン的にいえば、歴史は『創造的進化』をしていく。

〔…〕この実在は、おそらく、創造的である。つまり、その実在が膨張し、自らを乗り越えるというような効果を生み出すであろう。〔…〕未来はこのとき現在を膨張させるものとして現われる。未来は、したがって、表示された目的の形では現在のなかに含まれてはいなかったのである。(3)

ベルクソンの歴史観においては、このように、未来は創造的である。だが、このことは、実現された現在に比べて、過去が貧しかったことを意味しはしないであろう。未来へと創造的に受け継がれていく過去がある一方で、立ち消えて、未来へは引き継がれない過去もある。すでに引用した文だが、ジイドも書く。「人生はわれわれにあらゆる方面からドラマの糸口を豊富に提供してくれる。しかしこのドラマは、よく小説家がこれを繰り広げてゆくときのように、続行され、形をなしていくことはまれである。これこそは、私がこの作品で印象づけたいことであり、エドゥワールに言わせたいことだ」と。このような、ドラマの爆発と、その破片の拡散と消失の構図に基づいた『贋金』の世界は、出来事の——次章での論を予告すれば「観念」の、と付け加えることもできる——進化論的な爆発的増加と消失による繁栄・絶滅の様を思わせる。生物学者ルイ・ジュバンは、ジイドが参考にしたことがわかっている『海洋の生命』(一九一二年)の冒頭で、次のように書く。

現在の海に住んでいる数多くの生物は、長い系統をなす祖先達の子孫にほかならないのであり、その祖先のもっとも古いものは、時の闇のなかに失われ、ごくわずかな痕跡を残すこともなく、消えてしまった。その後継者たちは、数多くの変容をこうむり、現在おびているその形態は、移行状態にあるにすぎない。現在の形態は、過去および未来の変身について不完全な憶測をすることしか許さない。(4)

前章で紹介した、ヴァンサンによる「ウリアランとステノアランへの分類」の話の出典は、実は、ジュバンのこの『海洋の生命』である。[5] ジイドが、ロマンの執筆に際して、ジュバンのこの生物史観を意識していた可能性は十分に考えられる。ルイ・ジュバンというナチュラリスト――ヴァンサンのような素人ではないところの本格的ナチュラリスト――の生物史観と、『贋金つかい』におけるジイドの世界観が重なるのは偶然ではないかもしれない。その影響を受けたとまでは断言できないにしても、そこから海洋生物学的事例をエピソードとして借りてきているからには、ジイドは、『海洋の生命』の生物史観に、少なくとも、共鳴していたに違いない。

ジュバンがいうには、多くの海洋生物は「時の闇」へと失われてしまった。だが、その闇は、神秘的なものではない。ジュバンは、序文に相当するその第一章で、次のように書いている。

> 我々は、あまりにメタフィジックな思弁の領域に属するものは、これをすべて排除する。それは、少なくとも部分的には検証可能であるような事実から導き出される演繹的推理のより確かな領域から、できるだけ離れないようにするためである。[6]

そう、ジュバンは、「メタフィジックな思弁の領域に属するものは、これをすべて排除する」のだという。だからといって、海洋の世界に謎が残っていないということではない。とはいえまた、その深海の謎を、メタフィジックな神秘と再び結びつけてはならない。ジイドもまた、『贋金つかい』の作者として、ルイ・ジュバンのこの形而上学批判に同意したことであろう。

（1） 複数の筋の絡み合い、ドラマが離散集合していく複雑系的な世界を、われわれが、結局、一本の糸のようなストーリーへと単純化してしまいがちな傾向について、複雑系科学者ダンカン・ワッツは、次のようにのべている。

過去に目を向けるとき、われわれは起こったことしか見ない、つまり起こったかもしれないが起こらなかったことには目が行き届かない。そのため常識に基づく説明は、実際は単に出来事が連続しているだけなのに、因果関係があるかのように誤解する。これと同じで、未来を考えるときも、われわれは未来が出来事の連なる一本の糸をなしていて、またそれが明らかになっていないだけであるかのようについ想像しがちである。現実には、そのような糸など存在しない。むしろ未来は可能性の糸の束のようなもので、それぞれについてたぐり寄せられる確率があり、われわれはいろいろな糸の確率を見積もることくらいしかできない。しかし、未来のどこかの時点でこうした確率のすべてが一本の糸に収斂するのを知っているので、重要になってくる一本の糸におのずと注目したがる。

（『偶然の科学』一九八）

ワッツにとっての関心は、出来事は「一本の糸」のように進行するものでないという、複雑系科学者にとっては自明の論理を、多くの人たちが歪めてしまう、そのメカニズムの説明にある。この点で、「人生はわれわれにあらゆる方面からドラマの糸口を豊富に提供してくれる。しかしこのドラマは、よく小説家がこれを繰り広げてゆくときのように、続行され、形をなしていくことはまれである」というジイドの、従来の小説家への批判およびそれを乗り越えようという試みと、ダンカン・ワッツの関心は重なるものである。

ジイドもまた、「未来は可能性の糸の束のようなもの」であることに賛同することであろう。また、今の引用の最後の文は、どうして立ち消えになる糸もあるのかの説明となっている。

（2）「非線形」という数学的概念は、吉田善章よれば、「非・線形」というふうに《「否定形」で与えられている》もので、《「非線形という数学的構造」というとき、あらかじめ規定された構造があって理論の枠組みを支配するという意味ではなく、無限に展開する線形との差異を問題にしている》のだという。彼はその著書の「まえがきで」このことを「リンゴ1個が70円とするとき、5個でいくらか？」という卑近な例を用いながら分かりやすく説明している。「子供はこれを《比例関係》にしたがって計算して350円と答えるように教わる。しかし、このリンゴを5万個買うといくらかという問題に対して、350万円という答えは算数としては正しくても、現実の経済において正しいとはいえない」。すなわち、「線形」からのずれが「非線形」ということになるだろう。吉田善章『非線形とは何か——複雑系への挑戦』、岩波書店、二〇〇八年、p. vi.

（3）Henri Bergson, *op. cit.*, pp. 52-53.

（4）Louis Joubin, *La Vie dans les Océans*, Ernest Flammarion, 1912, p. 1.

（5）*Ibid.*, pp. 34-35.

（6）*Ibid.*, p. 3.

「観念」の闘争

観念とジイドの付き合いは、作家としての全生涯にわたるといってもいいくらい長い。ジイドにとって、人間は――彼自身をも含めて、諸々の観念のすみかであるようにみえている。たとえば、一八九一年、もうすぐ二十二歳になろうというとき、ジイドは、次のように書く。

私のうちにはもはやドラマはない。攪拌された諸々の観念があるだけだ。もはや自分についてここに書く必要がない。

（『日記』一八九一年十月八日）

観念はじっとしていない。すでに〈物語の生長〉の章で述べたように、そのなかでも、ある選ばれた「観念」は、最初は小さくても、それを抱いた人間のなかで、雪だるま式にふくらんでいくであろう。生長していくものは、いま、「観念」であるといったが、それは、「行動方針」、「モラル」、「物語」、書くべき作品の「テーマ」、あるいはそれを抱く人物自身であるといってもよい。そういった観念は、彼を、「もはや自分についてここに書く必要がない」というふうに一時的に空白化するかと思えばまた、次のように、分極して、彼を苦しめる。同じく若いころのジイドは、次のようにも書く。

私はいつもほとんど同時に各々の観念についての二つの面を見、感情は私にあってはつねに分極化している。

（『日記』一八九二年五月十二日）

このあと、ジイドは、一つの真実の、相対する二つの面を見る人間と、一つの側面しか見ない精神との比較を行うのだが、ここでは、青年ジイドの生々しい葛藤には入り込まないでおくことにしよう。

それよりも、「観念」は、ジイドにとって、創作の原理でもあったことに注目しよう。「芸術作品とは、誇張された一つの観念のことである」「文とは、観念が膨れあがったものである」（ともに「文学とモラル」）。「（私にあっては）想像力が観念に先行することは稀である」（『日記』の一八九三年と一八九四年の間に置かれた「断章」）。ジイドは、最初のころから、こういった諸々の「観念」が、伝播性のものであること、すなわち影響をあたえうるものであることに気づいていた。というのは、一方では、観念を関係に比しながら、他方で、「どんな関係のなかにも、影響の可能性が横たわっている」（『日記』一八九四年十月十三日）としているからである。観念を関係に比するということであるが、これについては、彼は、同じく『日記』の一八九六年の分のあとに置かれた「文学とモラル」のなかで述べている。以下に、少し長めに引用しておこう。

いや、《真理》という語さえも、打ち捨てよう。この語は、何らかの《観念》の横暴の正当性をたやすく信じさせてしまうかもしれない。いや、《真理》ではなく、《観念》と言おう。そして、知覚されるどんな関係をも、《観念》と呼ぶことにしよう。もしこう言いたければ、隠喩的に、実効的関係が人間の頭脳に生じさせる屈折、と言ってもよい。《観念》の数は、関係の数と同じく無限であるか、あるいは、ほぼそれに近い。

このように、ジイドは、観念というものが、「現実の関係が人間の頭脳に生じさせる屈折」のようなものとしてしか見ていないようにみえても、それが、「影響の可能性」をもつものであることに最初から注目していた。ジイドにとって、影響が、大きな意味をもつものであることはここで繰り返すまでもない。

とはいえ、諸々の観念は観念同士で生存闘争するものだ、という考え方は、初期のジイドにはまだみられない。「人類というものをば、諸々の観念を地上に演出したものとみることを学ぶがよい」(「文学とモラル」)とまではいうものの、それらの観念が、人類同様に相争っているとまでは、彼は言っていない。たしかに、「私はいつもほとんど同時に各々の観念についての二つの面を見、感情は私にあってはつねに分極化している」というような二項対立的な闘争は、若いジイドにもみられるのだが、このような対立をのぞけば、若いジイドが、とりわけ関心をもつのは、むしろ、観念と、観念ならざるものとの関係であるといってよい。

ところが、ジイドは、最終的に、諸々の観念は相争うと言うにいたる。彼は、『贋金』に登場する作家エドゥワールに、家出少年ベルナールと、次のような会話をさせている。

「観念……、実のところ、人間以上に観念が私の興味を引くのです。何よりも興味を引くのです。人間と同じように、観念は生き、戦い、死に瀕します。もちろん、ちょうどそよぐ葦によってはじめて風に気づくように、観念を、われわれは人間をとおしてしか知りえないということができます。それでも、風のほうが葦よりも重要なんです」

「風は、葦とは関係なく存在します」と、ベルナールは思い切って言ってみた。

その口出しが、エドゥワールをはずませた。彼は、とっくに、それを待ち構えていたのだった。

「そう、なるほど観念が人間をとおしてしか存在しないことはわかっている。だが、これはずいぶん悲壮なことなのだが、観念は人間を犠牲にして生きているのだ」

（第二部第三章）

なお、日本語では表現しにくいのだが、この引用文の「観念」は複数形で与えられているものであり、字数が増えることを恐れないならば、「諸々の観念」と訳すべきものであることを付け加えておきたい。諸々の観念は相争うという意見は、たしかに、作中の作家エドゥワールが表明したものではあるが、これが、ジイド自身の考えでもあることは、次の文と合わせ読むことで容易に確認できる。

観念の歴史を書いてみたとしたら面白いだろう。観念はまた死ぬことだってある。そう、それはよい主題となるだろう、観念の誕生、生存そして死というのは。ただし、それを書く十分な時間を当てにしてよいというのならばだが……。

（『日記』一九四二年四月十日）

ジイドがこの観念の闘争の時空として考えていたのは、最初は葛藤する人間の生涯であったとしても、その時空は、最終的には、諸々の人間の集合体を通時的にみた、歴史へと拡大されていく（ただし後でまたのべるようにこの最終的な時空は最初の小さな時空を必ずしも排除してしまうものではない）。なるほど、「芸術作品とは、誇張された観念のことである」だとか、「（私にあっては）想像力が観念に先行することは稀である」「私はいつもほとんど同時に各々の観念についての二つの面を見、感情は私にあってはつねに分極化している」のような言い方をするとき、ジイドは、その闘争の場として、創作すべき作品と向き合った作家——自分のなかに分裂を感じる個人をしか考えていないようにもみえる。だが、観念が、会話となり、作品となり、伝播されるとき、「観念の歴史」は個人のスケールを越えた時間と空間の広がりをもつにいたる。

ジイドは、早くから、「人類というものをば、諸々の観念を地上に演出したものとみることを学ぶがよい」と述べている。ここでは、まだ闘争のニュアンスは明確でなく、歴史意識も希薄であるとはいえ、観念の空間的展開はうたわれている。書いたら面白いだろうがその余裕はないとされたこの「観念の歴史」にしても、実は、一九〇〇年におこなった講演『文学における影響について』で、ジイドは、すでに、そのアウトラインをのべている。

往々にして、偉大な観念は、それを言い表すのに、それをまるごと膨らませるのに、ただ一人の偉人だけでは十分でない。偉人一人では、そうするのに足りない。何人もの人がそのために尽力しなければならない。この元の観念を引き継ぎ、それを繰り返して言い、それを屈折させ、こうしてその有終の美を飾らなければならない。〔…〕

最後に、一連の偉大な精神が、偉大な観念を高めるのに専心したとしても、その観念をくたびれさせ、それを巻添えにし、それを壊すのに専心する他の人達が必要である、と言おう。私がいうのは、激しく反対する手合いのことではない。いや、こういった者たちは、普通、彼らが戦っている観念に力を貸すものであり、その反感によってこれを強くする。そうではなく、私が言っているのは、これに仕えていると思っている人達、観念がそのなかでとうとう精根つき果てる不幸な末裔のことである。——そして、人類というものは、観念の恐るべき消費をするものであるし、また消費しなければならないので、観念がまだそのなかにもっている気前よさを使い果たしてしまうことによって、そして観念をば、それがそう見えていた《真実》という外観から再び《観念》に戻すことによって、とうとう観念からそれがもっているあらゆる樹液を奪い取ってしまう人達に感謝しなければならない。というのも、彼らは、続いてやって来る人達に、新たな観念——順番でまた《真実》と見えるような観念——を探し求めるように強いるからである。

ジイドが、ここで考えているのは、あきらかに、観念の、人間から人間へと伝播するときの盛衰の歴史である。そして、著者の知るかぎり、ここで初めて、観念は戦うという発想が明確にのべられている。ただし、観念が滅ぶのは敵に攻撃されることによってというよりも、その親衛隊によってである。すなわち、観念はマンネリによって、真実性という最初のみずみずしい樹液を失ってしまう。一九〇〇年といえば、『背徳者』の執筆に専念していた年でもあり、ジイドは、ローマ帝国の盛衰にかんして、ミシェルにも、「樹液」という言葉を使わせながら、同じことをのべさせている。（↓〈『背徳者』にみる進化論的発想〉）

以上みてきたような、ジイドの「観念の歴史」への見通しは、それでも、観念が、一人々々の人間のなかでドラマを演じることを排除しない。ある一人の偉人に支配された時代においても、その末裔において観念が、弱り、滅んでいくのは、その最後の世代における個々人のなかにおいてである。要するに、観念は、ジイドがエドゥワールに言わせたように、「人間をとおしてしか存在しない」わけだから、そのドラマは、その感染を受けた個人の問題であると同時に、その感染を広めようとしたり食いとめようとしたりする人間集団の問題でもある。一言でいえば、ジイドがここで考えているのは、観念の個人史であると同時に、歴史的・文化史的闘争である。

以上、ジイドの最終的な観念観をまとめれば、エドゥワールに述べさせたように、次のようになる。要点は、三つである。一、観念は生き、戦い、死に瀕する。二、観念は人間をとおしてしか存在しない。三、観念は人間を犠牲にして生きている。実は、すべて、これは、進化生物学者リチャード・ドーキンスが考えるところの、「遺伝子」についてもいえることである。

『利己的な遺伝子』と「観念」――あるいはミーム理論

進化生物学者リチャード・ドーキンスは、『利己的な遺伝子』の概念を打ち出したことでよく知られる。そのドーキンスならば、ジイドが『贋金つかい』に登場させた小説家エドゥワールの言葉をもじって、こう言うかもしれない。

遺伝子……、実のところ、生物以上に遺伝子が私の興味を引くのです。何よりも興味を引くのです。生物と同じように、遺伝子は生き、戦い、死に瀕します。もちろん、ちょうどそよぐ葦によってはじめて風に気づくように、遺伝子を、われわれは生物をとおしてしか知りえないということができます。それでも、風のほうが葦よりも重要なんです。〔…〕そう、なるほど遺伝子が生物をとおしてしか存在しないことはわかっている。だが、これはずいぶん悲壮なことなのだが、遺伝子は生物を犠牲にして生きているのだ。

エドゥワールの科白の「観念」を「遺伝子」に、「人間」を「生物」に置き換えただけであるが、以上は、まさに『利己的な遺伝子』の主張を見事に要約したもののように見える。ただし、ドーキンス自身は、「生物」という語は用いないで、「動物」「植物」そして「人間」をも含めて、以下の理由で、これを「生存機械」と呼んでいる。「生存機械」とは、耳慣れない表現だが、ドーキンスはこう述べる。「これまで、人間について特別に多言を費してはこなかった。しかし、わざと人間を除外していたわけではない。私が、「生存機械」という言葉を使ってきた理由も、「動物」といったのでは植物が除外されてしまうし、それどころか一部の人々の頭の中では人間さえも除外されてしまうからであった」(『利己的な遺伝子』三〇一)。

ドーキンスのいう、『利己的な遺伝子』の主張は、一言で言えば、「遺伝子中心の進化観」(同七七)のことである。個体が生き延びようが、個体が蔵している遺伝子が生き延びようが、結局は同じことのようにみえるのだが、遺伝子を中心に考えたほうが生物の進化の様がよくわかる、というのである。

筆者はここで、ドーキンスの「遺伝子」論と、エドゥワールの「観念」論の比較検討をつうじて、その類似を根拠に、一方の論理を他方へ当てはめようというのではない。類似とは類似以上のものではないからである。とはいえ、影響関係のない二人の思考が、同じようなパターンを示していることの前提となる理由について考えてみることはゆるされるだろう。

ここで指摘したいのは、二人ともに、遺伝子とか観念そのもの以上にそれが示すメカニズムに着目しているということである。つまり、遺伝子も観念も、生きたり、戦ったり、死に瀕したりというプロセスをたどるのであり、二人にとって面白いのは、むしろ、そのプロセスそのものである。そして、そのメカニズムとは、ドーキンスの場合、進化論である。ジイドの場合も、その根底には進化論がある。一九四二年、ジイドは次のように書く。

我々のなかに諸々の観念が形成され発展していくのは、我々の意志とはかかわりなくである。観念にとっての一種の struggle for life(生存闘争)、最適者生存が打ちたてられ、ある観念どもはへとへとに疲れて滅んでしまう。最も生い茂る観念、それは抽象ではなく生命でもって身を養う観念である。それはまた、一番定式化されにくい観念でもある。

（『日記』一九四二年四月十日）

ここでも、語られているのは、前章のテーマであった観念の闘争についてである。ジイドがここでダーウィンを意識していることは、ことさらに英語のまま struggle for life（生存闘争）と書いていることからも明らかである。このことは、「最適者生存」の語を用いていることからも裏打ちされる。

ところで、いま、「遺伝子も〔…〕、生きたり、戦ったり、死に瀕したりというプロセスをたどるのであり、〔…〕面白いのは、むしろ、そのプロセスそのものである」と述べたが、遺伝子よりも、それがたどるプロセスのほうが面白いとは、どういうことなのか。実は、「遺伝子」というものの定義については、遺伝学者のあいだでも意見の一致をみていないという（『ガイドツアー　複雑系の世界』一六三）。たしかに、遺伝子とは染色体のなかの何らかの物質ではある。とはいえ、染色体物質のどの部分をもって遺伝子と呼んだらいいのであろうか。

ドーキンスのいう「遺伝子」とは、ＤＮＡのある特定の一部といった実体そのものではなく、観察されたり想定されたりするプロセスに応えてくれる部分をもって、そう呼ぶのだという。つまり、その定義は、あらかじめ彼が説明したいとおもっているプロセスやメカニズムを示すのに都合のいいようになされている。このことについて、ドーキンス自身は、次のようにのべている。

この本の題名につかった遺伝子ということばは、単一のシストロンをさすのではなくて、もっと微妙ななにかをさしている。私の定義は万人向きではないかもしれないが、遺伝子について万人の賛意を得られる定義はない。たとえあったとしても、神聖で犯しがたい定義というものはない。あることばをはっきりと疑いの余地なく定義するのであれば、自分の目的にあわせて好きなように定義できる。私がつかいたいと思うのは、G・C・ウィリアムズの定義である。彼によれば、遺伝子は、自然淘汰の単位として役立つだけの長い世代にわたって続きうる染色体物質の一部と定義される。

（『利己的な遺伝子』五四）

引用文中の「シストロン」という用語であるが、ドーキンス自身の説明によれば、これは、染色体上の、開始メッセージと終始メッセージによって決定される単位のことで、このシストロンをもって遺伝子とする向きもあるとのことである（同五三）。しかし、彼が採用したのは、「自然淘汰の単位として役立つだけの長い世代にわたって続きうる染色体物質の一部」という遺伝子の定義であり、彼はこれを「遺伝単位」とも呼んでいる（同五四）。自然淘汰について語っていきたいときに、その自然淘汰の単位として働くはずのものを「遺伝子」と定義しているのであるから、その定義のなかには、展開していきたい論理がすでに組み込まれていることになる。ドーキンス自身、この定義の循環性に気づいてはいるが、これをあえて使っている。

科学者ドーキンスとは違って、ジイドは、日常語の一つとして、「観念」というものの定義に思いを馳せることはしなかったが、その分、彼の観念という観念は、揺らぎを示す。「観念」とは「行動方針」であり「モラル」であり、書くべき作品の「着想」であるというその内包の、ジイド独得の広がりとその柔軟さに注目したい。観念という観念は、定義がなされなかった分、横滑りしていき、変質していく。「観念の歴史」を書こうというのは、ジイドにとって、そのプロセスが面白いからである。

それにしても、観念を遺伝子に比するのは、木に竹を接ぐようなものだと思われるかもしれない。いやいやどうして、ジイドが、その進化論的発想でもって、観念の様態を遺伝子の振る舞いへと一歩近づけたとすれば、ドーキンスの方は、遺伝子の方を観念へと近づける。それが、彼が提唱した「ミーム理論」である。

ミームについての論は、『利己的な遺伝子』のまるまる一つの章をしめており、その第十一章は、「ミーム――新登場の自己複製子――」と題されている。ドーキンスは、自らのコピーを作るその性質をもって、遺伝子に、「自己複製子」(レプリケーター)の名称をあたえた。彼は、次に、遺伝子が生物学上の自己複製子であるとすれば、文化事象にもコピーされ伝播され増殖していく単位があるはずだと考えた。その章の冒頭近くで、ドーキンスは書く。

人間をめぐる特異性は、「文化」という一つの言葉にほぼ要約できる。〔…〕基本的には保守的でありながら、ある種の進化を生じうる点で、文化的伝達は遺伝的伝達と類似している。〔…〕言語は、非遺伝的な手段によって「進化」するように思われ、しかも、その速度は、遺伝的進化より格段に速いのである。〔…〕セアカホオダレムクドリのさえずりは、明らかに非遺伝的な方法で進化している。さらに、鳥類やサルの仲間にはこの他にも文化的進化の例が知られている。しかし、これらはいずれも風変わりでおもしろい特殊例にすぎないのだ。文化的進化の威力を本当にみせつけているのは人間という種なのである。言語は、その多くの側面の一つにすぎない。衣服や食物の様式、儀式・習慣、芸術・建築、技術・工芸、これらすべては、歴史を通じてあたかもきわめて速度の速い遺伝的進化のような様式で進化するが、もちろん実際には遺伝的進化などとはまったく関係がない。しかし、遺伝的進化と同様、文化的な変化も進歩的でありうる。(同三〇一~三〇三)。

この文化的進化の伝達の際の単位を、ドーキンスは「ミーム」と命名する。生物は、親から子へと、遺伝子によって、自分の性質を伝えるのだが、人間の文化においては、それだけでは十分ではなく、ミームという新しいタイプの「自己複製子」が活躍するようになってくるのだという。「ミーム」(meme)という語は、英語の「遺伝子」を意味する語geneとフランス語の「同じ」を意味する語mêmeをあわせた造語であるという。

ドーキンスは、ミームの例として、流行歌、「オールド・ラング・サイン」(これをわれわれは「蛍の光」として歌っている)のような歌、やたらにかかとのとがったハイヒールのような婦人靴の流行、学説、たとえばダーウィンの理論そのもの、そして、「神という観念」(the idea of God)や「地獄の劫火という観念」(the idea of hell fire)を挙げている。

ドーキンスもまた、観念の栄枯盛衰についてのべていることは注目にあたいする。すなわち、観念という「自己複製子」は、自らを増殖させようとするであろう。数を増やしたその自己複製子は、淘汰のメカニズムにさらされることになる。生物の闘争は、栄養源が限られていることから不可避である。ミームが闘争をするのも、その維持にはコストがかかるからであると、ドーキンスは考える。コンピューターの使用において、演算時間や記憶容量に応じて、費用がかかることから、彼は、ミームが入り込むスペースの設置にコストの発生をみている。そのスペースとは、たとえば、「ラジオ、テレビの放送時間、掲示板のスペース、新聞記事の長さ、そして図書館の棚のスペース」などである。結局、彼は、「あるミームがある人間の脳の注目を独占しているとすれば、「ライバル」のミームが犠牲になっているに違いない」(三二五)と考えるにいたる。

観念を維持するためにはコストがかかるという発想は、ジイドには希薄である。とはいえ、人間に巣食いながら闘争し淘汰されていく観念の歴史を、ジイドもまた、進化論の拡張版、すなわちその人間版として構想したということができるだろう。そこで、前章でのべたジイドの観念についての理論をミーム理論めかして書けばこうなる。

一、ミームは生き、戦い、死に瀕する。

二、ミームは人間をとおしてしか存在しない。
三、ミームは人間を犠牲にして生きている。

なお、「観念（ミーム）は人間を犠牲にして生きている」という三番目の項が分りにくいかもしれない。ジイドは、「『パリュード』新版及び『地の糧』予告のための後書き」（一八九六年だが署名は一八九五年夏）で、次のように書く。「《観念》とは、生の要素か？　いや、熱の——生の外観の。観念は、むさぼり食らい、われわれから養分を取る。われわれがここにいるのは、観念を生きさせるためにすぎない」。とはいえ、人間は一方的に観念の犠牲になっているわけではないだろう。他方で、観念は、人間にとって不可欠なものである。「そして、人類とは、観念の恐るべき消費をするものだし、また消費しなければならない」（前章での引用）ものなのであるから、ここにはおそらく、ギブアンドテイクの微妙な関係がある。

観念＝ミームは人間をとおしてしか存在しないのであるから、ここには循環がある。観念は人間のためにあるのか、人間こそは観念を生きさせるために存在しているのか。遺伝子は生物の各個体のためにあるのか、生物こそは、遺伝子を生きさせるためにあるのかというのは、原理的には、偽りの問いである。

ドーキンスも、彼の議論の循環性については、十分に理解していた。ただ、彼は、最終的に、ここでは詳細はのべないが、「遺伝子の長い腕」（『利己的な遺伝子』第十三章の章題でもある）を根拠にして、生存機械が遺伝子の乗り物にすぎないことを、すなわち、遺伝子は生存機械を犠牲にして生きていることをもって結論とする。この結論は、「観念は人間を犠牲にして生きている」というジイドの結論とも一致する。

両者の循環性にもかかわらず、観念を人間の上位においたのは、ジイドの場合、一人の人間の言動をつうじて観念を観察するよりも、観念の振る舞いをつうじて人間の生態を観察したほうが、観念と人間の様態のより広域的でより通時的な説明ができると判断するにいたったためではないかと思われる。「観念の歴史を書いてみたとしたら面白いだろう」（『日記』一九四二年四月十日）としたのも、そのためであろう。ドーキンスの理論の場合も、その「遺伝子の長い腕」は、詳細はのべないが、遺伝子の振る舞いを、生物の外部環境にまで拡張するものとなっている。

ジイドと進化論という観点からすれば、以上のべたことで十分である。ただ、一言つけくわえておきたいことがある。それは、以上の議論は、遺伝子の基本的な振る舞いについてのべたものであって、遺伝子は、実際には、多くの場合、単独ではなく、「独立した利己的な単位の集まり」（一三六）として組織され、淘汰にかけらていくものであるということである。この様について、ドーキンスは、次のようにのべる。

遺伝子は、それ単独で「すぐれたもの」としてではなく、遺伝子プール内の他の遺伝子内の他の遺伝子を背景にして働くさいにすぐれたものとして淘汰に残る。すぐれた遺伝子は他の遺伝子と両立し、補足しあって、何世代にもわたって体を共有していくものでなければならない。植物をすりつぶす歯の遺伝子は、草食動物の遺伝子プール内ではすぐれた遺伝子だが、肉食動物の遺伝子プール内では悪い遺伝子なのである。両立しうる一組の遺伝子は、《一つの単位として》まとめて淘汰にかけられるものと考えることができる。（一三六）

つまり、肉食動物として攻撃するのか、草食動物として逃げ回るのかなどの「戦略」の観点からして、相性のいい遺伝子同士、相性の悪い遺伝子同士がある。これを、たとえば、タカ派とハト派が共存する集団のなかで、安定的な状態はどれかということについての考察、すなわちＥＳＳ（evolutionarily stable strategy, 進化的に安定な戦略）とみれば、ＥＳＳこそは、遺伝子をセットとして淘汰していく原動力であるということができる。最終的に、ドーキンスは、ミームの振る舞いについても、ミームのセットとして考えることを提案する。

第五章では、進化的に安定な遺伝子セットというさらに複雑な概念を持ち出した。たとえば肉食動物の遺伝子プールでは、互いに適合した、歯、つめ、消化管、そして感覚器官が進化し、一方草食動物の遺伝子プールでは、上記とは異なった諸特性が安定したセットを形成している。ミーム・プールでもこれらに似たことが起るだろうか。たとえば、神のミームが他の特定のミームと結びついて、この結びつきが当のミームたちそれぞれの生存を促進するようなことがあるだろうか。もしかすると、独特の建築、儀式、律法、音楽、芸術、そして文字として書かれた伝統を伴った教会組織などは、互助的なミームの相互適応的安定セットの一例かもしれない。（三二五）

ミームはセットとして振る舞うという以上の考えはここでは疑問形のかたちで提出されてはいるが、その疑問形は修辞的なものでしかないだろう。というのも、ドーキンスは、引用は省略するが、続けて、その詳細な例をいくつか挙げているからである。ジイドもまた同様の発想をえていたことは、今はおこなわないが、たとえば『法王庁の抜け穴』の分析から明らかにすることができる、ということだけをここでのべておきたい。

二つのモンテーニュ論

フランス文学史には、モラリストの系譜というものがあり、アンドレ・ジイドは、その系譜につながる二十世紀の作家である（→〈モラルと物理学〉）。この系譜の始祖というべき存在が、十六世紀ユマニスムの総決算ともいうべきモンテーニュであり、その『随想録』は、生涯、ジイドの愛読書であり続けた。このモラリストの始祖について、二十世紀のモラリストが考察した、興味深い二つの論評がある。すなわち、一九二八年の『モンテーニュ』と、一九二九年の『モンテーニュに従えば』である。以下、この二つの評論をあわせて、モンテーニュ論と呼ぶことにしよう。

ジイドは、一九二八、九年には、社会問題、政治問題に目を向け始めていた。それが、共産主義的、イデオロギー的色彩を帯びていく三十年代の前夜に、あるいは曲り角に位置するのが、モンテーニュ論の時期である。一見したところ、モンテーニュ論は、一人の思想家の省察について語った自我論にもみえるが、以下にみるような物質観を通じて、一九三〇年代の自己批判を予告するものとなっている。

ジイドはここで、モンテーニュをダシにして、むしろ、自分自身について語っている。ジイドは、プティット・ダーム（ジイドの娘の祖母）に、「私は、当然、彼を利用することが、彼を通して話し、彼について話すことができるんだ。これはとても具合がいい」としている。(1) ユマニスムの流れを汲むモンテーニュについて、モラリストの末裔であるジイドが、自分の思想について語った随筆であるから、師モンテーニュについての論は人間論になるべきだったかもしれない。だが、ジイドはそのなかで、二度にわたって「マテリアリスト」、すなわち「物質主義者」あるいは「物質主義的」という語を用いている。この語は、語源的に「マチエール」（物質）を含んでいるので、「唯物論者（的）」ではなく、こう訳しておこう。

たしかに、ジイドのモンテーニュ論の主要テーマは、この十六世紀のモラリストとその自我との関係である。ジイドによると、またジイドが引用するところのモンテーニュによると、この思想家は、自分自身への好奇心にあふれており、かつまた、自分自身をとらえることはむずかしいとみており、それを理路整然としてではなく、気紛れに語る。というのも、モンテーニュにとって、人間とは、一貫した自我をもつどころか、果てしなく多様な矛盾の存在であり、無限に雑多な、複雑な様相を呈するものだからである。つまり、ジイドは、個人主義者としての、そして《特殊主義者》としてのモンテーニュの面を強調しており、この点ジイドは、このユマニストを自分自身に引きつけ、自己肯定をするかのようにして、賞賛しているといえる。

大概において、ジイドは、モンテーニュに同調しているのだが、ときとして異をとなえることもある。ジイドの『モンテーニュに従えば』は、いきなり、モンテーニュからの次の引用で始まるが、この場合がそうである。[2]

道を行くのとまったく同じように、私は、ぐらぐらした滑りやすい側をすすんで避け、泥だらけのぬかるんだ、とはいえ、さらに低いところへ落ちることのない、人が繁く通う道に飛びつき、そしてここに安全を求める。

（『随想録』第二巻第十七章）

この安全策がジイドには気に入らない。ジイドの考えるところでは、これ以上落ちる心配のない、最も低いところなどない。そして、モンテーニュが達することができると信じているという「凝灰岩」（六八四）よりは、キリスト教徒が神について抱いている観念のほうがまだしも確かであると述べる。この、足を乗せるべき岩盤をなす凝灰岩ということから、ジイドは、物質について論ずるにいたる。ジイドは書く。

物質主義者の確信は、物質そのものが、彼の研究のもとに、屈し、分解されてしまったら、一体どうなってしまうのだ。

——物質は、諸々の法則に席をゆずるだけだ、と物質主義者は答えることだろう。

もちろんそうだ、これこそはわれわれが探し求めているものだ、だが、神話がことごとく我々の邪魔をする、そして法則を覆い隠し、その探求をすることから我々をそらしてしまう。（六八五）

ジイドが物質の世界に無関心ではないということ、その一端を垣間見ているということは確かである。そしてまた、安心して足を置くことができる凝灰岩はないという主張と考えあわせれば、磐石な物質などはなく、それは、「屈し、分解されて」しまうことがある、ということになる。とはいえ、ジイドは、物理学者をはじめとする物質主義者を軽蔑しながら、キリスト教徒のような精神主義者をその上に置いている、というのでもない。というのも、ジイドは、物質主義者が追究している「諸々の法則」を、「これこそはわれわれが探し求めているものだ」と、一旦、認めているからである。もっとも、それらの法則の探求は、ロラン・バルト的「神話」によって妨げられている。しかしもし、物質的法則の探求が完成したら？　ジイドは、そのことについて直接には書いていない。だが、ジイドの考えは明らかである。「諸々の法則」が究められたとしても、「凝灰岩」を否認するジイドにとって、物質は、人間が信をおくことができる磐石なものとはなりえないであろう。

物質に最終的な信頼をおかないにしても、ジイドは、科学には限界があるとして物質を卑しめる、あの宗教者の態度をとっているのではない。だからといって、物質に依拠するようにといっているわけでもない。足の置き場所として泥ではなく岩盤を選ぼうとするモンテーニュをジイドは批判する。すなわち、キリスト教徒がその神を信じることのほうがまだしも確かである、とされている。では、ジイドは宗教者の姿勢を肯定しているのだろうか。もし信奉されるその宗教が、ロラン・バルト的意味での「神話」としての宗教――すなわち根拠はないが流布している言説としての宗教――であるならば、ジイドはこれを認めないことであろう。「神話がことごとく我々の邪魔をする、そして法則を覆い隠し、その探求をすることから我々をそらしてしまう」わけであるから。

モンテーニュは、凝灰岩の例では非難される一方で、他の例では、この世界の物質的現実を無視しないものとして称揚される。ジイドは、『随想録』から、モンテーニュのいう「孔雀の脚」の譬え（とはいえジイドはこれをモンテーニュ自身によるものというより民間で流布していた言い方ではないかとしている）をひいている。モンテーニュは、賢者をも愚者にみえさせてしまう、動物性という人間の性質についてのべながら、「それは、孔雀の脚であって、その誇りをくじく」（『随想録』第三部第五章）としているのだが、ジイドは、この「孔雀の脚」の譬えほど、パスカルが証明・弁護しようとする人間の悲惨さ、その不完全さ、その欠陥から縁遠いものはないとしながら、孔雀の美も塵あくたに帰するというパスカル的論理でもってしては、もはやわれわれから、ごくわずかなものの価値をも、われわれの羽根の価値をも失わせたりすることはできない、とする。そしてジイドは結論する。

まったく反対に、次のことほど私には素晴しいと思えることはない。極めて洗練された色や形も、われわれのまえに姿をあらわすためには、かくも卑しい《基盤》の助けをかりる必要があるということほど。自分の出発点を、土台を隠すというのは見栄っ張りのすることであって、このようなことは、孔雀のようなところが少しもないモンテーニュは決して、あるいはほとんどしなかった。彼はまた、もしバラの木だったとして、その花を咲かせる堆肥のことを否認することもないであろう。（六九八）

バラの花のような、美しい花をさかせる稀有な品種とは、ジイドにとっては、堆肥だけではなく、多くの保護と手入れが必要な弱い品種であり（→〈キュヴェルヴィルでの人為淘汰の実験〉）、いわば、ブルジョワ文化の象徴であり、モンテーニュ論では、それをそうとは知らずに享受してきたことへの自己批判がなされているといえる。

この堆肥は、マルクス経済学でいうところの下部構造を思わせる。とはいえ、ジイドが、バラを咲かせる堆肥が象徴しているところの物質世界を磐石な土台のようには感じていないことは、ぬかるむ道路の下に、これ以上落ちることのありえない凝灰岩を想定しているとして行った、モンテーニュへの批判からわかる。

ジイドは、その物質観という点から、モンテーニュを持ち上げたり、貶したりする。次の評言ほど、ジイドの微妙な立ち位置をあらわしているものはない。

彼は、私が感じているほど物質主義者ではなく、シニックでもエピキュリアンでもなく、個人主義者であり、あえていうなら、特殊主義者なのであり、本物でありさえすればあらゆるもののなかに教訓を求めようとする。（六七四）

すなわち、ジイドは《孔雀の脚》を堂々と人にみせる者として、モンテーニュを物質主義者の仲間であると思う。しかし、その脚が踏みしめる大地を信じすぎる点で、モンテーニュは、物質主義者としては失格である、と思う。物質主義者という語には享楽的な実利主義者というニュアンスもある。だが、「私が感じているほど物質主義者ではない」という言い方によって、ジイドは、モンテーニュに、正真正銘の物質主義者であってほしいという願望を表明している。この願望は、《孔雀の脚》を見据えながらも、かつまた物質へのいわば形而上的な信仰に頼ることもない者でありたいという、ジイド自身の決意をあらわしているといえるだろう。

（1） Maria Van Rysselberghe, *Les Cahiers de la Petite Dame*, t.1 (1918-1929), « Cahiers Andre Gide 4 », Gallimard, 1973, p. 383.

（2） André Gide, *Essais critiques*, édition présentée, établie et annotée par Pierre Masson, Bibl. de la Pléiade, Gallimard, 1999, p. 684. ただし、本章では以下、『モンテーニュ』ならびに『モンテーニュに従えば』の引用箇所については、このプレイヤード版の頁を（六八四）のように割注で示す。また、モンテーニュ『随想録』からの引用については、これも割注とし、「第何巻第何章」の形式で示す。

セレニテ（心の平穏さ）

ジイドは、〈「なぜ」から「どのように」へ〉の章でのべたように、いわば秘密探求型の作家であることをやめ、世界はあるがままにあるとする、世界が「自明」であることを信ずる、迷いのない、秘密顕在型とでもいうべき作家となっていく。「なぜ」と問うのは、世界に「秘密」があると思うからである。「秘密」があるようにみえるのは、欲望のために人々がそれを隠すからであり、あるいは、そこに隠された欲望があると勘ぐるからである。ジイドは、このような隠された欲望――秘密――への興味を失ってしまう。欲望というものは、公言し、実行し、実現したらよい。こうして、ジイドから不安が去っていく。

この、晩年の、もはや不安がないというその境地について論ずる際、ジイド自らも使っているように、多くの場合、《セレニテ》（sérénité）の語が用いられる。他方、言うまでもなく、ジイドは《不安》であることから出発した作家である。つまり、ジイドは、いずれかの時点で、《不安》の作家から《セレニテ》の作家へと移行したことになる。その時期は、〈「なぜ」から「どのように」へ〉の章でのべたような、「秘密」から「自明」への移行と重なるはずであり、ここで、改めて詳しく論ずることはしない。

ただ、《セレニテ》という語を中心に見てみれば、ジイドが好んで、もう不安でないことを言明するようになるのは、一九二八、九年のあたりからである。ジイドは、『日記』の一九二八年の分のあとにおかれた「断章」に、次のように書いている。

彼等は長い間、彼等が私の不安と呼んだものを非難したものだった。それから、その不安が私のものではなくて私が描き出した人達の不安であるということを、そして、私自身が不安であることをやめてはじめて彼等を不安なものとして描くことができたのだということを理解しはじめたとき、彼等は、私が、落ち着きを、そしてまさしく私をして制作することを可能にしたあのセレニテを見出したことを非難した。それは、不安というものが、彼等が錨を下ろした港以外のところでも終わりうることを、彼等はすこしも思ってみなかったし、少しも認めなかった、ということである。

このパッセージは、いきなり「彼等は」ではじまる、文字通りの「断章」であり、「彼等」が誰を指すのかをわれわれは推測することしかできない。しかし、ここに見なくてはならないのは、おそらく、ジイドへのカトリック陣営からの非難であろう。たしかに、ジイドは《不安》の作家であるといわれてきた。《不安》なのは、信仰がないからである、ということになろう。不安な人は、改宗すべきである、ということにもなろう。だが、ジイドは、不安であることの大切さを盾にして、改宗を拒んできた。だが、不安でなくなったとき、ジイドは、今度は、不安でないことを非難されるようになる。だが、ジイドは、不安というものは終わりうるものだと結論する。

ただし、「私自身が不安であることをやめてはじめて彼等を不安なものとして描くことができた」という論理までを真に受けることはできないだろう。たしかに、作中人物達の不安と作家自身の不安は別物でありうる。とはいえ、アンドレ・ワルテルにはじまる不安な人物を描き出したときから、もし、ジイドがすでにセレニテの状態にあったとすれば、彼は全時期にわたって、セレニテの状態にあったことになってしまうであろう。これは、「不安であることをやめて」だとか「不安というものが〔…〕終わりうること」という表現と矛盾することになる。

いずれにしても、この文は、一九二八年の時点で、すでに《セレニテ》の語が論争のキーワードとなっていたことを示すものである。

プティット・ダームは、翌年、一九二九年三月三日に、ガブリエル・マルセルの論文『霊性の欠如』をめぐってジイドとフランソワ・モーリヤックの間でなされた会話を記録している。それによれば、モーリヤックにとっては、不安とは気質の問題である。彼はボルドー訛で、「私は不安な人間です。それに、結局のところ、不安でないことなんか出来ないんです」と言う。これにたいするジイドの反応を、プティット・ダームは次のように描いている。「ジイドは抗議をする。ジイドがとりわけ認めることができないのは、セレニテに至っていると断言しているのに、マルセルがそれを脱霊化であるとして非難していることなのである」。ジイドの魂の平安を信じられないというモーリヤックのセリフは省略するが、これにたいし、プティット・ダームは「ジイドは不安であることを否認する」とコメントしている(1)。

以上、ジイドとモーリヤックの対話から確認できることは、ジイドについて自他がいうところの《セレニテ》とは、宗教上の魂の不安も含めた、不安がない状態であるということが言えるだろう。《脱霊化》――これはガブリエル・マルセルの非難の言葉である――を遂げながらもなおかつセレニテの状態でありうる、これがジイドの主張である。

セレニテの基底にあるのは、〈「なぜ」から「どのように」へ〉の章でのべた、世界はあるようにあるといった明証性である。現に眼のまえにくっきりと見えているもの、それがすでにして、何かある問いにたいする解答となっている。あの美しい言葉をもう一度、引用しよう。

極めてつつましやかな花がその自然な答えになっていないような、どれだけの込み入った問題があるというのだろう。そして、その形と色と匂いの謎めいた関係が……。

（『日記』一九二九年五月十八日）

なるほど、花の「形と色と匂いの不思議な関係」は謎めいているようにみえるかもしれないが、その不思議さは、宗教的な、形而上的な神秘とは無縁なものでありうる。なるほど「極めてつつましやかな花」のたたずまいが不思議にみえるとしても、それは秘密を隠しているからではなく、秘密を答えとして余すところなく顕しているからである。結局のところ、世界に秘密はない。世界はあるがままにあり、それ以上でもそれ以下でもないというこの明証の感覚こそは、ジイドの晩年の《セレニテ》であるといってよい。

深い秘密や漠とした神秘性に頼ることのないこの姿勢は、感情の高ぶりによる妄想も想像力の飛翔による期待も封じ込めてしまった、冷徹ともいえるほどに厳しいレアリスムであり、その究極のレアリスムを安んじて受け入れるということ、これこそが《セレニテ》の境地であるといってよいだろう。一見したところ、この《セレニテ》は、老人の枯れた境地、諦観、そして花は花だという日本的なトートロジーの世界観にも通ずるようにみえる。しかし、そうでないことは、ジイドのセレニテが、調和や統一性とは違った面も見せていることから分かるだろう。すなわち、花が解答であるというとき、ジイドが考えていたのは、「出来事それじたい以外から答えを期待する訳には行かないといった」問題であり、二度と繰り返されることのない出来事の問題であった。このもう一つの面については、次章で取りあげなおす。

このセレニテの心境は、ジイドの老境として、そして、不幸なことだが、躊躇いや戸惑いや不安がなくなった作家に小説が書けるかという、ジイド文学の限界の問題として語られる。確かに、セレニテを云々するようになるころから、ジイドは、肉体の老いと疲労を頻繁に感ずるようになり、『日記』でしきりに体力の衰えを嘆くにいたる。そしてまた、『贋金つかい』以降、ジイドが、これといった傑作――少なくともそれ以上の傑作を残さなかったこともまた確かである。つまり、セレニテの状態は、創作力の低下をともないながら、老いと重なり、政治参加の時期と、ほぼ同時にやってくる。様々な要因が重なってしまったために、書けないというジイドの晩年の状態についての、自他による解釈の混乱が生じたのだと思われる。

晩年のジイドについて、想像力の減退、心身の衰え、政治の問題と芸術の問題の相性の悪さということが言われたりもする。これは、彼自身、再三嘆いたことでもある。彼個人のうちには書くべきテーマがもうなくなってしまったために書けなくなったという自他による解釈が浮上しもする。晩年のジイドにおける筆の衰えは、たしかに、ソビエトへの接近と離脱、政治と文学、肉体の疲弊といった観点から語ってしまうことができるような面ももっている。

とはいえ、書けなくなってしまった理由を、政治への接近だとか、心身の衰えだとか、書くべき個人的問題の消失といった個々の問題に帰してしまうことによって、われわれは、作家ジイドにおける大転換――秘密潜在型から秘密顕在型へ、秘密の世界から自明の世界へ――という、大きな問題を見逃してしまうことになる。人間の秘密を書くことを身上としてきた作家が、秘密を軸に書くことに興味を覚えなくなったということ、これは作家にとって、百八十度の方向転換、パラダイムの転換にも相当するような大事件である。

だが、ジイド自身、ロマン『贋金』で得たものをその後、十分に継承し、展開させていくことはできなかった。パラダイムの転換をしたものの、それに対応する傑作を、彼は、『贋金』以降、書くことができなかったし、これに対応する手法も確立することができなかった。このことも、晩年のジイドの問題を見えにくくしている。

後でのべるように（→〈『ジュヌヴィエーヴ』の失敗〉）、三部作の第三作目『ジュヌヴィエーヴ』を、ジイドは大作に、第二のロマンに仕立て上げようとした節がある。だが、ジイドはその第三部を放棄し、最初の第一部・

第二部だけを『未完の告白』として刊行した。

晩年のジイドに、衰えがないといってしまえば、嘘になるかもしれない。しかし、老年のジイドに見えたもの、そしてこれを描き出そうとした作家としての企ては、彼にとってあまりにも新しく、また大きいものであった。「複雑系」のような考え方でもってここに補助線を引いてやるとき、新しいジイド像を描き出すことができるのではないか、と思われる。「秘密」もなく「鍵」もなく「教訓」もない世界、あるものはあるがままにしかないのだが、だからといってスタティックなのではなく、歴史そのもののように進展していく、しかも、次章でのべるように二度と繰り返すことなく進展していく世界、とはいえ、ジイドに未来についての希望をいだかせ、何が飛び出してくるかとわくわくさせる世界、これを何と呼んだらいいのであろうか。「秘密」がないからといって無味乾燥なわけでもなく、明証の世界といってもすこしも単純でなく、二度と繰り返すことがないからといって曖昧なわけでもない。何が飛び出してくるかわからないからといってまったく非因果的なわけでもない。非因果的でないからといって決定的なわけでもない。「教訓」がないからといって不条理なわけでもない。本書で呼びたい、ジイドの複雑系的境地とはこのようなものである。

このような、複雑系的世界を前にしたジイドの境地が《セレニテ》である。セレニテとは、不安も迷いもない状態であるにしても、安らかな老境なのではなく、『贋金』に始まったパラダイムの転換に相当するものであり、ジイドにとっての最終的な安住の境地というより、出発すべき新しい境地であったということを述べておきたい。ジイドのセレニテとは、形而上学的な神秘のはぎとられた剥き出しの明証の世界と向き合いながらも、これを泰然自若として受け入れようという強い意志をともなった心境であり、穏やかであるばかりの老境とは違ったものである。

(1) Maria Van Rysselberghe, *Les Cahiers de la Petite Dame*, t.1 (1918-1929), « Cahiers André Gide 4 », Gallimard, 1973, p. 406.

非周期性、あるいは出来損なったオムレツ

ジイドは、一九三三年の『日記』に、複雑系の観点からすれば非常に重要な次の文を書いている。

そう、二週間前から、私は、出来事それじたい以外から答えを期待する訳には行かないといった、そういう問題を、あらゆる方向にかき回している——ところが、出来事というものは、相変わらずそしてそれがどんな事件であれ、誰もかもをいっそう深くその出来事自らの方向へと追い込んでゆくであろう。というのも、いつ以来、歴史的体験が役に立ったためしがあるだろうか。そして、誰にとって？　制御できない、そしてやり直すことのできない《体験》など何の意味があろう。その構成要素がわれわれの確かな知識の届かないところにある、そして、オムレツが出来損なったとき、それがコンロのせいなのか、フライパン、バター、あるいは卵のせいなのか知るにいたらないような体験など。

（『日記』一九三三年九月二日）

一九三三年は、ヒトラー政権の誕生、ベルリンの国会議事堂放火事件とそれによるディミトロフの逮捕、ベルリンのオペラ広場でのジイド自身の著書を含む二万五千冊の本の焚書など、彼自身の目にも歴史が狂ったように見えた年であるということができるだろう。注目したいのは、異常な歴史を前にしたジイドの反応であり、これを、出来損ないの料理がときとしてそうであるような、原因をつきとめることのできない失敗ととらえている、

ということである。つまり、それは「出来事それじたい以外から答えを期待する訳には行かないといった、そういう問題」をなしている。

ジイドは、『贋金つかい』で、「どんなささいな動作も、数限りない動機を必要とする」(『贋金つかいの日記』一九二一年十二月七日)様を描き出そうとした。ジイドが、歴史的事象をもって、原因をつきとめることのできない体験ととらえるとき、彼は、この『贋金』の発想の裏返しをおこなっているといえる。『贋金』では、複数の動機の重なり合いによって生ずる、いわば《予期せぬ結合の魔》[1]の効果が描かれた。そして、逆に、その作中人物達が翻弄された原因を問うとしたら？ そこには、複雑系的数学者イーヴァル・エクランドが次の引用文で述べているような「どんなに小さな出来事も思いがけなく大きな結果を引き起こすことがある」ような現象、すなわち、物理用語をもちいるならば「初期値鋭敏依存性」の効果が生じていることがわかるだろう。原因と結果の線(というよりは網)の錯綜と、この初期値鋭敏依存性によって、容易に原因をつきとめることのできない失敗というものが生じうる。

ジイドが、思い描いた歴史像は、この複雑系科学者が定式化した次のような世界像と酷似している。

世界は互いに無関係な因果列には分解できない。出来事が起こった順にひと繋がりに並び、それぞれの出来事が後の出来事の原因で前の出来事の結果になっているような、そんな単純な因果の鎖に世界を分解することはできない。出来事はそれぞれが木の幹のようなもので、網の目状の根を過去に深く張りめぐらし、生い茂った枝葉を未来に高く伸ばしている。どの出来事も原因がたった一つということはない。どんなに特異な出来事でも、過去を深く掘り下げるほどそれに先行した出来事が増えていく。またどの出来事も結果が一本の糸になることはない。遠い未来を見上げるほど、一つの出来事が投げた網は広がっていく。ブレーズ・

パスカルはいった。クレオパトラの鼻がもっと低かったら、この世のようすはすっかり違っていただろう、と。〔…〕

『数学は最善世界の夢を見るか？——最小作用の原理から最適化理論へ』一三七）

引用の冒頭部分、「世界は互いに無関係な因果列には分解できない」がわかりにくかった読者もいるかもしれない。物理学は、世界を「互いに無関係な因果列」に分解してきた。たとえば、実験室での振り子の動きは、独立しているものとして、他の因果関係から切り離すことができる。ただ、後でふれるように、エクランドは、因果関係はまじりあうことがあると言っているのである。（さらに言えば、実験室におけるように理想的な状態は希で、実際には、たとえば、〈カオス〉の章で取りあげたように、単純にみえる「時計の振り子の揺れ」にさえ、それを乱す様々な力が加わっている）

ところで、「どんなに小さな出来事も思いがけなく大きな結果を引き起こすことがある」というような初期値鋭敏依存性の働いている世界——かつまた「互いに無関係な因果列には分解できない」世界にあっては、歴史は二度と繰り返されることはないであろう。もし、同じ歴史が繰り返されると仮定するならば、初期値鋭敏依存性が働いていないことになるであろう。ジイドが、「歴史的体験が役に立ったためしがあるだろうか」と嘆くのも、それが二度と繰り返されることのないものと考えたからである。「出来事それじたい以外から答えを期待する訳には行かない」問題に直面していると感じたのも、ジイドが、歴史は初期値鋭敏依存性を示すものであると看做したからである。「制御できない、そしてやり直すことのできない《体験》」があると感じたのもそのためである。

この世界の《非周期性》という観点おいて、数学者エクランドおよび晩年のジイドの歴史観は、エドワード・ローレンツの気象についての考察と重なる。気象学者ローレンツは書く。気象ということにかんして地球規模の実験ができないとなったら、ではどうしたらよいか。第一に、「気象学者が類似物と呼んでいるもの――以前に観測されたものと非常によく似た気象パターン――が現われるのを待つ方法」が考えられるが、これはうまくいかないという。「というのは、大気がコンパクトな〔注、簡単に言えば「周期的な」〕システムである――つまり類似物がいずれは現れるにちがいない――ようにみえても、地球規模での格好の類似物が、地球的な気象状況が記録されるようになって以来数十年にわたって見つかっていないのだ」。ではどうなるのか。「残るは、すっかり定着しているのも無理はないのだが、気象の変化が周期的ではないという見解である」。とはいえ、ローレンツは、慎重な科学者として、気象の非周期性を断言まではしない。「地球規模での格好の類似物がまだ発見されていない以上、いつかそれが現れたとき後に続く気象が前回と同じように変化していく可能性を、確信をもって除外するわけにはいかない。すなわち、大気は本当は周期的にふるまっていて、その周期が気象の記録の残っている期間より長いのかもしれないのである」(『カオスのエッセンス』八二〜八三。「コンパクト」の定義については同書一五)。ただし、地球の隅から隅まで まったく同じ気象が現われるのを見るには、おそらく、地球の年齢の何万倍も何億倍をも待たなくてはならないのではないだろうか。

だからといって、ローレンツは、観察可能なオーダーで、気象に周期的な要素がないといっているのではない。「気象の変化にも、もちろん周期的な成分がある。最もはっきりしているのは、季節の移り変わりや時の経過によって、一年や一日の中で起こる温度の上下である」(同八二)。ジイド自身についても、年間をとおしての、一日を通じての気象の緩やかな周期性は、そして月単位の潮の流れは、地球の自転や公転、月の公転の作用に、要するに、重力の働きに帰される、地球表面に生ずる緩やかな規則性については陶然としてしまう。(2)(→〈『田園交響楽』のエネルギー観〉)

エクランドは、因果関係についての物理的理論を可積分系と非可積分系とに分類する。周期的な、理想化された振り子の動きは可積分系に属する。初期値鋭敏依存性を示す、そして非周期性をもたらす動きは、非可積分系に属する。この可積分系的現象と非可積分系的現象は実際には混じり合っているのだと、エクランドは言う。先の引用文にすぐ続けて、彼は次のように書く。「可積分系」ということの説明にも耳を傾けよう。

そういうわけで、長きにわたる歴史を互いに無関係な因果列にきれいに分解することはできない。どんなに小さな出来事も思いがけなく大きな結果を引き起こすことがある。

このことは可積分系の理論と著しい対照をなしている。可積分系は、互いに干渉しあわない独立な部分系に分解できる（じつはそれがこの理論の主な結果である）。これらの部分系はきわめて単純で、それぞれがガリレオの振子のようにふるまう。したがって可積分系とは、いってみれば互いに無関係に揺れている振子の集まりにすぎない。この場合は、因果列の考えがぴたりと当てはまる。一つの振子がそれぞれ一本の因果列にあたる。今、かりにわたしが一つの振子の動きを乱したとしよう。その影響は他の振子にはおよばず、その振子だけにおよぶ。だからわたしは、今後その振子の位置と速度に起こる異変はすべて元の乱れが引き起こしたと判断でき、その判断は正しい。逆に、系全体の異変はすべて各部分系の異変に分解され、どの異変もそれぞれの部分系が過去に受けた乱れに発している。これらの因果列は決して干渉しあわない。つまりどの振子も他の振子とは無関係である。可積分系に偶然の入り込む余地はない。さらに、今日の乱れが小さければ未来の乱れも小さいので、もし未来に大きな異変を望むならば、今日、大きな乱れを起こさなければならない。もし世界が可積分系だとしたら、クレオパトラの鼻がちょっと高かったくらいでこれほど大きな結果がもたらされるはずはないのだ。

『数学は最善世界の夢を見るか？——最小作用の原理から最適化理論へ』一二三八）

古典物理学がかかわってきたのは、この可積分系の因果列に関してだけであった。この方面については、ジイドは、見向きもしなかった。ジイドが、時として、論理的でないといわれるのは、この可積分系の論理を尊重しないということからくるといってよいだろう。とはいえ、エクランドは、さらに続けて、次のように書く。

現実は、可積分系（原因と結果が順序よく並び、原因の規模に見合った結果が出る）と、非可積分系（どの出来事もそれ以外のすべてと関係があり、どんなに小さな出来事も考慮に入れなければならない）の中間にある。（同一三八）

ジイドが、事態の混乱を、失敗の原因が突き止められないオムレツにたとえるとき、考えていたのは、この非可積分系が示すような因果列であった。オムレツ失敗の原因が、食材、器具など、料理関係のことにだけに留まっているのならば、事態は分りやすい。だがもし、室温、湿度、空中の細菌やゴミ、天井のダニなど、意外な因子がからんでいるのだとしたら？　非可積分系にあっては、ジイド自身の言葉にしたがえば、その構成要素は「われわれの確かな知識の届かないところにある」ようにみえても仕方がない。

ジイドは、デカルト的理解を可能にする可積分系の世界には背を向けてきた。彼が、科学音痴である、非論理的であると見なされがちであったのは、そのためである。ジイドは、今の言葉を使えば、むしろ非可積分系の非周期性に——あるいはジイド文学的用語を使えば意外性に——興味を示してきた。つまり、ジイドのほうが、非可積分系の考察を含む複雑系的思考に近いということだ。これにたいし、科学というものをデカルト的明証性に限定し、ジイドは科学的でないという者は、世界の複雑系的理解からはるかに遠いところにある。

最後に、「セレニテ」の心境を通過したジイドが、われわれの知識の不確実さの背後に、神秘を、超自然的な存在を措定することはもはや決してないということは、強調しておく必要があるだろう。このことをよく示しているのが、「出来事それじたい以外から答えを期待する訳には行かないといった、そういう問題」という表現である。不可解な振る舞いをするようにみえるのは、出来事それじたいである――複雑系的事象がそうであるように。

（1） Paul Valéry, « Propos sur le progrès », *Œuvres II*, Bibl. de la Pléiade, Gallimard, 1960, p. 1023.

（2） 『進化の存在証明』（五六四〜五七一）のドーキンスは、ダーウィンの『種の起源』の結論部分（第十四章の最後の部分）の「地球が不変の重力法則に従って周回しつづけているあいだに」というフレーズに単なる比喩以上のものを見出している。すなわち、地球上にあらわれるリズムは、太陽と地球と月の重力効果の結果としてある、というわけである。

書けないジイド

アンドレ・ジイドは、一九四九年一月三十日、亡くなるほぼ二年前の『日記』に、「私は『一般の利益』、次いで『ジュヌヴィエーヴ』（私はそのほとんど全部を破り捨てた）をしくじるのに、『贋金』を成功させるのと同じくらいの時間をかけた」と書く。ジイドの五幕劇『ロベールあるいは一般の利益』については、題名すらきいたことのない読者も多いことであろう。これは、一言でいえば、ブルジョア階級と労働者階級の軋轢をテーマとした《傾向的》な作品である。

三部作『女の学校』『ロベール』『ジュヌヴィエーヴ』は、互いに響きあっている佳品ではある。だが、ジイドは、『ジュヌヴィエーヴ』を終わらせるのに苦労し、不出来であることに不満をいだきながらも、けりをつけるために、これを二章で打ち切り「または未完の告白」の副題のもと、世に送りだしてしまった。

ジイドは、若いころのようにはもう書けなくなってしまった。やはりそれは、年齢からくる衰えのせいであろうか。『日記』をみるかぎり、ジイドが、肉体の衰えを感じ、老いを意識するのは、一九二七年、すなわち五十七、八のころからである。

ジイドが書けなくしまったのは、老いの衰えのせいであろうか、創造力の減退のせいであろうか、あるいは、慣れない政治問題に首をつっこんだせいであろうか。落ち込んだ日などには、そういったことの理由すべてが、ジイドにのしかかる。彼は、トルストイにかこつけて、次のように告白する。

芸術家であることのトルストイの断念は、彼の創造する力の衰退によっても説明される。もしなにか新たな『アンナ・カレーニナ』のようなものを心に秘めていたならば、彼はさほどドゥホボール教徒達に関心を抱かなかったことだろうし、芸術のことをあしざまにいうこともなかったであろうと思われる。だが、彼は、自分の文学的人生が終わってしまったと感じていた。彼の思考は、もはや、詩的な満ち潮で膨らんではいなかった。すでに『復活』は、はっきりした衰退の跡を残していた。彼が、凋落した作品を他にのこさなかったからといって、惜しむものがあるだろうか。

社会問題が今日私の思考を占めているというのは、それもまた、創造の魔神が退却したからである。この問題は、これまでの問題が席を譲っていなければ、場所を占めることはできなかったのである。どうして自分を買いかぶる必要があろう。（私の目にトルストイのうちにあると思われたものを）私のうちに確認するのを拒む必要が。すなわち、否定しがたい衰弱を。

（『日記』一九三二年七月十九日）

その五年後の『日記』には、次のように書く。

私は、前より目が見えにくくなり、目はすぐに疲れてしまう。耳もまた聞こえにくくなってきた。こんなふうに、この世が、われわれから次第々々に遠ざかっていくのは、おそらく、悪いことではないのではないかと思う。さもなければ、そこから離れるのはあまりにもつらいだろうから。

（『日記』一九三七年七月二十八日）

書けなくなった理由として、ジイド自身が、肉体の衰えを、そして《創造の魔人》が去ってしまったことを、またこれに関連して社会問題に首をつっこんでしまったことを挙げている以上、われわれは、これに反対することはできないであろうが、ただ、それだけであろうかと問うことはできるであろう。

トルストイについて、ジイドは、「もしなにか新たな『アンナ・カレーニナ』のようなものを心に秘めていたならば」云々と書いている。ジイド自身は、なにか新たな『贋金つかい』のようなものを胸底に秘めていなかったのであろうか。いや、新たな大作を書く計画はあった。だが、ジイドは、それを実現することができなかった。その大作とは、未完に終わった『ジュヌヴィエーヴ』のことである。

『ジュヌヴィエーヴ』の失敗

結局は「未完の告白」に終わってしまったが、『ジュヌヴィエーヴ』は最初、大作になる予定であった。一九三〇年三月九日、ジイドはプティット・ダームに、「フェミニズムの大作」を書くという抱負を述べている。(1) たしかに、ジュヌヴィエーヴは、級友のサラ・ケレルの誘いにのって、同じく級友のジゼル・パルマンチエとともに、IF（Indépendance Féminine, 女性独立）の会を結成する。だが、『ジュヌヴィエーヴ』は「大作」になることなく、主要登場人物が語り手にもなるというジイド得意の「レシ」の形式に始終することになった。この手だれの小説家は、第二章に、いかにもコンパクトな気の利いた、レシに相応しい結末をあたえ、この話を無理やりに終わらせてしまった。

その巧みな手法とは次のようなものである。ジュヌヴィエーヴは、恋愛と妊娠・出産・子育てを切り離すという独自のフェミニズムの立場から、家庭教師としてたまたま手近にいたマルシャン医師に、子供をつくってほしいという。驚いた医師は、妻への愛を理由にそれを断る。もっとも、作者は、意味深に、二人は子供をのぞんでもそれがかなわない夫婦であったという前提をのべておくことを忘れない。

さて、第二章の終わりの部分で、母エヴリーヌと娘ジュヌヴィエーヴが再会——これが最後の再会となることになる——をする。母は娘に、実は、マルシャン医師が好きだったのだ、という。娘は娘で、彼に子供をつくってほしいと言ったことを告白する。こうして、医師が断ったのは、マルシャン夫人への愛ゆえだけではなかったのではないかと憶測する余地が作られることになる。ジュヌヴィエーヴは、そのあと、母とマルシャン夫妻のあいだに紡がれた秘密の精妙な大人の心理の糸を、自分の「利己的な決心」によって切り裂いてしまったことを反省し、母にわびようとおもう。だが、母は亡くなり、ジュヌヴィエーヴは、その思いを伝えようにも伝えることができなくなってしまう。この巧みな結末によって、『ジュヌヴィエーヴ』は一挙に深みを帯びることになる。だが、この作品は、「フェミニズムの大作」を書くという最初の意図に悖ることになってしまった。

もし、最初の目論みが実現されるにいたらなかったことをもって失敗というのならば、『ジュヌヴィエーヴ』は、二重の意味で失敗をしたことになる。第一には、フェミニズム小説としての失敗である。IFの路線を突っ走ろうとしていたジュヌヴィエーヴが、自分の行為を若気の至りであると反省することで、そのフェミニストとしての性格は、アンドレ・ビエも指摘するように(2)、曖昧になってしまった。

同じくビエは、『ジュヌヴィエーヴ』を、「心理洞察家でモラリストのアンドレ・ジイドが特に好みの形式を見出している古典的流儀の、線的で繊細な、小ロマン、小さな物語である」としている(3)。この作品の成功は、コンパクトな「レシ」、すなわち主人公が――今の場合ジュヌヴィエーヴが――自分の身の上を語るという、ジイドにとっては手馴れた手法に負っているのであって、裏返せば、その成功こそは、この未完におわった告白が、大作にはなりそこなったという点での失敗を意味する。ジイドは、一九三六年五月十七日の『日記』で、「それに、第二章は、我慢できる一種の結末をなすといったふうにおわっている、少なくとも美的には。もっとも、私が目論んだものにまったく反してであるが」と書いている。

また『ジュヌヴィエーヴ』が、参加の文学、社会小説、さらにはコミュニズム小説としても失敗したということは、刊行された第一部と第二部（ジイド自身は『日記』でもこれを「章」と呼んでいるが作品自体では「部」となっている）だけからでは分りにくいかもしれないが、この点、破棄された第三部を参考にしてみよう(4)。

ジュヌヴィエーヴはその後、公表されなかった第三部において、自称するところのエンゲルスの翻訳家となり、なかなかのハンサムではあるがその言動に胡散臭いところのあるブルジョワ芸術家ヴァルテールと、他方、気骨はあるが顔が醜いとされる労働者シルヴァンの間を行き来することになる。シルヴァンが、嘘っぱちの喧伝をするブルジョワ新聞の活字をひろうことに我慢がならず、やめてしまったことをきっかけに、ジュヌヴィエーヴとシルヴァンとさらに彼の妹のシドニーとの三人の共同生活がはじまる。やがて、シドニーは亡くなり、二人と、一人の娘との家庭生活が始まろうとする。その娘は、ジュヌヴィエーヴとヴァルテールの間にできた子供であるが、シルヴァンは養女にすることに同意する。こうして、恋愛と子育てを切り離すという、マルタン医師の前で宣言した、フェミニストとしてのジュヌヴィエーヴの生き方は、かたちをかえて実現されかかったかにみえる。だが、ここのところで、第三部は途切れてしまう。

ジイドは、労働者への共感を、ラフカディオの女性版ともいうべき元気いっぱいのジュヌヴィエーヴに託そうとした。彼女は、エンゲルスの翻訳をし、労働者達に共感し、そのうちの一人シルヴァンと暮らすことになる。家庭を飛び出しその外で生きようとしたジュヌヴィエーヴという女性の行動をつうじて、ジイドは、三部作『女の学校』『ロベール』『ジュヌヴィエーヴ』がかたちづくっている家庭小説の枠を打ち破り、社会小説、さらには政治小説、参加の小説、コミュニズム小説へと踏み込もうとしたのだった。だとすれば、『ジュヌヴィエーヴ』の第三部を破棄するにいたったということ、結局、第二部の続きを書けなかったということは、この未完の告白の、社会小説・政治小説としての、参加の小説・コミュニズム小説としての失敗を意味する。アンドリュー・オリヴァーは、次のように述べている。

観念小説、参加の小説、問題小説は死んでしまった。つまり、芸術が人生に復讐し、個人の価値が社会理論に勝利し、美学がイデオロギーにたいして決定的な勝利をおさめた。(5)

この観念小説とは、イデオロギー小説という意味であろう。だが、『ジュヌヴィエーヴ』の失敗とはいっても、それは、何を書けなかったことによる失敗なのであろうか。ジイドがここで書きたかったもの、そして書けなかったもの、それは、オリヴァーのいう「芸術」「個人の価値」「美学」の対極にある「人生」「社会理論」「イデオロギー」だったのであろうか。いやかりに、『ジュヌヴィエーヴ』が、後者に基づいた「参加の小説」となりえたとしても、ジイドはやはり不満だったのではないだろうか。

実際、『ジュヌヴィエーヴ』の破棄された第三部は、内容的にはすでに「参加の小説」であり「社会小説」となっている。ジュヌヴィエーヴは、ヴァルテールなるブルジョワ芸術家とのあいだに儲けた娘を、一労働者との共同生活をつうじて、プロレタリアートの子供として育てていくはずである。ジイドがここで筆を投げたのは、それが「参加の小説」たりえなかったからではなく、反対に、むきだしの「参加の小説」になってしまったからである。

つまり、こういうことになるだろう。『ジュヌヴィエーヴ』の放棄は、それが参加の小説、政治小説になりえなかったという点で、失敗を意味する。しかし、もし、この作品が典型的な参加の小説、政治小説になりおおせたならば、これまた、ジイドの目に、失敗とうつったことであろう。

ジイドは、『ジュヌヴィエーヴ』を執筆していたころ、再三にわたって、「小説」(roman)を書くことへの疑問について述べている。ジイドは、この作品を必ずしも、いわゆる「小説」にするとは考えていなかったようであり、プティット・ダームに、『ジュヌヴィエーヴ』は小説であるか、「そうでもありそうでもない」と述べている。(6) これに小説でない体裁をあたえるためであろう、ジイドは、「書き方は故意に平凡にした」という。(7) また、次章で引用することになるが、ジイドは、ジュヌヴィエーヴにも、文学が好きでない、といわせている。

ジイドが、ジイド自身の名前で書いた文としては、一九三二年の『日記』に、次のようにある。

私は、執筆を再開するのに、『ジュヌヴィエーヴ』を麻痺状態から引き出すのに、ずいぶん骨折っている……私のうちにはもういかなる創造する力もなくなっているのか。あるいは自分のフィクションにもう熱中できないということなのか。それは、もはや私の関心をそそらない。私の心は、たえずそこから離れてしまう。他人の小説もまたそれ以上に私をひきつけるというわけではない。モーリヤックの小説でさえ、私はその五十頁を読むことができなかった……。どうしてなおも小説など書くことができようか。われわれのまわりで古い世界が崩壊し、何かわからぬ馴染みのないものが生み出されているときに。私はそれを期待し、希望し、注意深く見守っている。

（『日記』一九三二年六月六日）

われわれは、この文を、社会問題にたいする当時のジイドの関心を抜きにしては読むことができないであろうが、しかし、彼が『ジュヌヴィエーヴ』に熱中できない理由を、そこにのみ求めることは出来ないだろう。「他人の小説」もまた面白くなくなってしまったのである以上、変ったのは、ジイドの目である。もちろん、ジイドの小説観が変ったことの理由の一つに、社会問題への関心ということを挙げることはできる。しかし、だからといって、『ジュヌヴィエーヴ』の失敗の理由を、ジイドがそれを、社会小説・政治小説にしようとし、し切れなかったことにのみ帰することはできないであろう。ジイドの小説観そのものが変ったのであるからには。

とはいえ、ジイドはその新しい小説観にのっとって、新しい小説を書くにはいたらなかった。つまり、晩年のジイドは、眼高手低の状態にあったのであり、このことが、書けないことの一つの原因、すなわち彼の筆を滞らせたり、また何度も書き直してはそれを破棄したことの一つの原因であった。また、その結果でもあった。第二の『贋金』を夢見ながら、それを書けなかったジイドを、《創造の魔人》に見捨てられた老作家とみることもできようが、彼が、これまでにはない小説観を持つに至っていたということもまた確かである。その小説観は、これまでの彼自身の文学を否定するという点では、いっそう厳しく高いものである。ただし文学史的観点から、書けない晩年のジイドよりも、稔り多かった壮年のジイドのほうが評価されたとしても、これはまた別問題である。

（1） Maria Van Rysselberghe, *Les Cahiers de la Petite Dame*, t.2 (1929-1937), « Cahiers André Gide 5 », Gallimard, 1974, p. 85.

（2） André Billy, « Les Livres de la semaine : nouveaux livres de M. André Gide », *L'Œuvre*, 29 novembre 1936, p. 7, repris dans *Bulletin des Amis d'André Gide*, n° 37, janvier 1978, p. 67.

（3） *Ibid.*, p. 67.

（4） 『ジュヌヴィエーヴ』の刊行されなかった第三部を、われわれは、プレイヤード新版で読むことができる。

（5） Andrew Oliver, « Gide et le roman engagé —— *Geneviève* ou la revanche de l'écriture », *André Gide 10*, Lettres Modernes Minard, p. 129.

（6） Maria Van Rysselberghe, *Les Cahiers de la Petite Dame*, t.2 (1929-1937), « Cahiers André Gide 5 », Gallimard, 1974, p. 109.

（7） Lettre à Dorothy Bussy datée du 28 mars 1930, *Correspondance*, t. 2, « Cahiers André Gide 10 », Gallimard, 1981, p. 264.

夢見た作品

では、眼高手低の書けないジイドが書こうとした作品があったとすれば、それはどういうものであったのか。書かれていない以上、われわれは、これを読むことはできない。たしかに、ジイドは、『ジュヌヴィエーヴ』をもって失敗作であるとするような、新しい小説観をもつに至ったといえる。だが、それは、「どうしてなおも小説など書くことができようか」の場合も、昔馴染みの手法への嫌悪の場合も、否定形でもって、その理想とするところを暗に語っているだけである。結局のところ、晩年の作家ジイドが書こうとし、書けなかったものとは、もしそれがあるとしてだが、どういう作品であったのか。

一九三五年十月二十日、『ルヴュ・ド・パリ』誌のチエボーから催促もあったことから、『ジュヌヴィエーヴ』の最初の二章を、もう続きはないという未完の作品として発表してしまったらどうかという考えを、プティット・ダームらに話したちょうどその日のことである。ジイドは、こう話す。

　私にとって何がむちゃくちゃ面白いか、わかるかね、このことをずっと前から考えていたんだが。それは、ある一人の外国の作家を何から何まででっちあげてみるのはどうか、ということなんだ。伝記、作品集、あらゆるもの、それを注付きの翻訳という形でしめすのさ、またこれを批評さえし、そこにみられる影響関係を指摘してみたりするのさ。(1)

ある作品の生成過程を、その作品そのものの中に盛りこむという作中作の技法、あるいは作品の中にその作品を書く人が登場する象嵌法といってもよいが――この方法は『アンドレ・ワルテルの手記』『パリュード』『贋金つかい』で用いられている――は、ジイドの十八番であった。しかし、晩年のジイドがいまここで考えているのは、かつての手法のように、ある人が作品を書こうとしたときに、書くというその創作行為がそれを書いた人にはねかえってきて何らかの影響を及ぼすという、作品と作家のあいだの相互作用なのではないだろう。そうではなく、これは、ある作家が、あるいはその作品が、どのような社会的、歴史的、文化的、地理的、政治的背景から生じてくるのかという途轍もない企てである。ここに見られるのは、作家というものが、あるいは文学というものが、どのようにして、非文学的な背景から出てきうるのかという、一言で言えば、文学はどのようにして発生するのかという、根源的にして、ほとんど不可能な問いである。

なぜ、それが《外国の作家》であるのか。それは、その作家が属しているのが遠くの未知の国でなければならないからである。ジイドは、その架空の国の、地理も、歴史も、文化も作り出そうというのである。これはすでに〈コスモゴニー〉でのべたことだが、実は、ジイドは、同様の発想を、若い頃にも抱いている。つまり、彼は、『一粒の麦もし死なずば』に、「ある一国民の、ある一国家の架空の歴史を、戦争や革命や政体の変化や典型的事件でもって書くことを計画した」(『一粒の麦もし死なずば』第二部第一章)と書く。この計画は、縮小された形ではあるが、『鎖を離れたプロメテウス』で実現されたとみることもできるかもしれない。すなわち、このソチに挿入された「ティティルの話」は、一つの種子が生長して大木になり、そのまわりに町が出来るという物語であった。(→〈ナメクジの増殖〉)

架空の国を創りだそうというその意図が意味するところのものは、若いころと晩年では、まったく同じなわけではない。『鎖を離れたプロメテウス』で、ティティルの村という、初歩的なかたちではあるが、集合体としてのシステムをつくりだした若いジイドの意図は、この架空の村のシステムの馬鹿らしさでもって、現実の集合体の価値を相対化することにあった。

だが晩年のジイドは、彼のモラルと他人のモラルではなく、モラルとモラルならざるものを、彼の文学と他人の文学ではなく、文学と文学ならざるものを対置する。モラルならざるものから、モラルが、どのようにして生じうるのか、そのモラル発生の条件というものに、晩年のジイドは興味を示す。

たしかに、モラル発生ということについては、これまでものべてきた。たとえば『鎖を離れたプロメテウス』のジイドもまた、モラル発生への関心をもち、「モラル」が、あるいは「観念」がどのように生長するのかを描き出した。ただし、そこには「種子」があり「きっかけ」があった。ただ、発生について考察するとはいっても、ロシアのマトリョーシカ人形式に、あるいはまたホムンクルスの中のそのまた中にあるホムンクルスのように無限退行をした種子が、生長し定着していくメカニズムが問題なのであった。だからこそジイドにおいては、初期値鋭敏依存性と、それがはらむ（日常的意味での）偶然性が問題なのであった。たしかに、ジイドは、それまでも、モラルとモラルならざるものを並置しえたが、それは、モラルを、モラルと見えないほどの芥子粒へと縮小することによってであった。

ところが、アンガージュマン時代のジイドは、モラルと、いわば下部構造としての物質的条件とを並置しようとする。一九三三年十一月二日、ジイドは、プティット・ダームに、「フィクションはもう私の関心を引かない」と、また、「まったく、ジュヌヴィエーヴという人物をとりあげなおすことにどんな必要があるというのだい？」と述べるが、その後、今度は、L夫人から聞いたという、タヒチのハンセン病の村のことを話す。

L夫人が私にタヒチについて、ハンセン病のあのコロニーについて話したとき、私はただただある一つの現実に心ひかれるのを感じたのだよ。考えてもごらん！　一つの村がそっくり孤立して、あらゆるものから切り離されて、そこで新しい風俗習慣とモラルが生まれるんだ。(2)

かつて不幸な病であったハンセン病によって孤立させられた村にこそ、ジイドが興味をしめしたのはなぜであろうか。それは、孤立したコロニーこそは、「新しい風俗習慣とモラル」を、外部の影響を受けることなく、自然発生させる、厳密で純粋な条件を構成していたからである。その条件を構成する、基本的かつ不可欠な要件として、ジイドは、衣食住のような物質的条件を考えていたに違いない。なぜならば、当然のことながら、孤立したその住民達は、厳しい環境のもとで、ちょうど初期の人類のように、彼らのあいだだけで工夫しながら食べ、まとい、住んでいかなくてはならないからである。そのようにして生まれる「風俗習慣とモラル」は物質的条件のうえに、それを下部構造として、構成されていることであろう。このような条件下で生れる習慣、ルールは、抜き差しならない必要からうまれたものであり、模倣や惰性によってまだ汚されていない嘘偽りのないものであるはずである。

社会文化人類学者アンドレ・ルロワ＝グーランは書く。

オーストラリア、エスキモー、フエゴ島社会の全体像は、それぞれの原住民の、わずかな数の夫婦とその子供たちからなる基本集団のなかに示されている。というのは、孤立した集団が生存するには、物質文化のすべてを所有することが欠かせないからである。

（『身ぶりと言葉』二五六）

ルロワ＝グーランは、上部構造と下部構造についてのそれまでの社会学者の研究が、婚礼や祭祀といった儀式の研究に偏っていたことを批判する。彼の関心は、第一に、衣食住のような物質と日常的な物質文化との関係にある（同二四九）。

なるほど、ジイドは、このタヒチの村の話をもって、彼の作品のテーマとしたいとまでは言ってはいないが、「新しい風俗習慣とモラルが生まれる」というそのテーマは、両親の家庭との絆を断って、孤立しながら、フェミニズムに沿った独自の生き方と考え方をしようというジュヌヴィエーヴの行動様式の誕生と相通ずるものをもっている。もちろん、『ジュヌヴィエーヴ』の失敗は、それがまたあらたな一つの「フィクション」に成り下がってしまったという点にあるのだが。

ジイドのこれまでの作中人物達は、ミシェルにせよ、アリサにせよ、既成の「風俗習慣とモラル」のなかでもがいていた。既成の価値観に批判的であったにしても、ジイドの文学は、その価値観を構成する用語のうえに築かれていた。少なくとも、その文学は、彼の作中人物達が、肯定するにせよ否定するにせよ、弄ぶにせよ弄ばれるにせよ用いてきた高度に抽象的な諸々の観念——神や、愛や、真実など——を発生させた条件に思いをはせるものではなかった。晩年のジイドは、今度は、これまでの彼の文学を暗黙のうちに成立させてきたその基本的、物質的条件を描き出そうと企てる。

彼は、『ジュヌヴィエーヴ』の序文に相当する部分、すなわち、主人公であり語り手であるジュヌヴィエーヴが、著名な作家であるジイドに宛てて書いたという体裁の一九三一年八月付けの手紙（もちろんこれはジイド自身の創作になるものである）で、その作中人物の口を借りて、次のような自己批判を行っている。

あまり文学好きではないもので、正直申しあげて、私はあなたの作品をさほど読んでおりません。とはいっても、私にとって興味ある問題にあなたが無関心でいらっしゃると確信できる程度には読んでおります。少なくとも、あなたのご著書に、そういった形跡はみあたらないのです。あなたは、そこで扱われている主題を、注意に値しない《偶発事》とご自身みなしていらっしゃるように思われます事柄から、出来るかぎり遠ざけようとしております。それにたいして、あなたは私の手記に、素っ気なくのべられた、実際的レベルの問題しか見出さないことでしょう。あなたの精神は絶対的なものの中を滑空しています。が、私のほうは、相対的なもののなかでもがいています。

ジュヌヴィエーヴによれば（すなわち過去の自分自身を批判するジイド自身によれば）、彼女自身は、文学がさほど好きでなく、その関心はジイドが偶発事として軽蔑してきたもの、実際的レベルの問題に向けられている。このような文学への趣味、また「絶対的なものの中を滑空」する精神などの相対化は、政治の季節にあったジイドの自己批判としても読むことができる。たとえばまた、一九三二年の『日記』の最後に添えられた「断章補遺」でも、ジイドは、次のように書いている。

それ［＝あの古い世界］を忌まわしいものとして示すのは、馬鹿げたことである。反対に、それは非常に心地よいものだった。そう、若干の人達にとってはだが。それは、たんに居ごこちよい椅子や、飲み物や、歌や、香りや、閑暇をあたえてくれただけではなく、さらに、芸術作品の開花を助長したのだが、われわれの文明はそこに自らの姿が映しだされているのを見て喜びをおぼえたものだった。それは等しく私のもろもろの作品を可能にしたところのものである。だが、それは、巧緻にすぎると、偶発事から逃げすぎていると評価されることであろうし、私が望んでいる新しい社会にあっては、多くの読者を集めることはできないであろう。

しかし、ジュヌヴィエーヴの「手紙」にも、この「断章」にもみられる《偶発事》とはなんであろうか。

（1） Maria Van Rysselberghe, *Les Cahiers de la Petite Dame*, t.2 (1929-1937), « Cahiers André Gide 5 », Gallimard, 1974, pp. 483-484.

（2） *Ibid.*, p. 350.

偶発事

弱冠二十一歳のジイドは、『日記』に書く。

心に留めておかなくてはならないのは偉人のモラルであり、それを彼らの偶発的な行いから解き放たなくてはならない。模倣しなくてはならないのは、小さな行いではない。

（『日記』一八九一年六月十日）

若いジイドにとっては、モラルや美や真実といった人生のエッセンスだけが大切だった。これにたいして、その生起が偶然にまかされているようにみえること、転じて、重要でないこと、本質的でないこと――偶発事は、つまらないものとして、軽蔑され無視されることになる。肝心なのは、文学的、詩的そして哲学的言語によって指し示される純粋な本質であり、こうして、対象の偶発的差異は、小さなもの、無価値なものとして無視されることになる。若いジイドのこのような本質主義的傾向は、マラルメの象徴主義の影響をこうむることにより、一時、極端なまでにおしすすめられることになる。

一九三五年三月一日付けの、「ジャン・シュランベルジェへ」の公開された手紙で、ジイドは次のように反省する。

マラルメの影響のもとに、我々は大挙して、なんのことだかよく理解しないままに、そして自然主義への反発を一杯にたぎらせて、《絶対》以外の何ものをも認めまいとした。我々は、この頃、時間と《偶発事》のそとに芸術作品を思い描いていた。社会問題にかんして我々に見られたのは、無知だとか盲目だとかというより、軽蔑だった。それは、勘違いから生じた軽蔑だった。(1)

ジイドの思想の成長は、観念から事実へ、理想から現実へ、個人の夢から社会の問題へ、すなわち、本質から偶発事へと向かう動きによって語ることができる。この動きは、今の最後の引用の場合でのように、ジイド自身もそのような言い方をすることがあるが、往々にしてその政治参加と重ね合わせられる。前章の最後の二つの引用文にみられる「偶発事」という語の使い方の場合もそうである。

しかし、それだけであろうか。なるほど、「社会問題にかんして我々に見られたのは、無知だとか盲目だとかというより、軽蔑だった。それは、勘違いから生じた軽蔑だった」と、ジイド自身も反省をしている。とはいえ、偶発事に興味をもつようになってからも、ジイドは、社会問題——政治の季節におけるいわゆる社会問題に、すぐさま首をつっこんだわけではなかった。

ジイドの《偶発事》を、経済的条件、そして経済的という意味での物質的条件——これを彼は大ブルジョワの息子として最初は無視し軽蔑していた——に限った意味にとらえることには無理がある。それは、もっと広い意味で、物質が代表しているところの世界の性質——人間の目には偶然性を示すようにもみえる世界の性質に依存している。たとえば、『法王庁の抜け穴』で、ラフカディオがフルリッソワールを列車から突き落とすことにするかどうかは、十二を数えるうちに車窓から火がみえるかどうかという、人間には前もってわからない物質的配置に、あるいはラフカディオがいつも持ち歩いているあのサイコロ的な物質という偶然発生装置にかかっている。

また、『贋金つかい』の登場人物達の身辺には、悪魔という偶然発生装置がいるということは、すでにみたとおりである。（→〈『贋金つかい』の「悪魔」〉）

ジイドが自己批判をしている、彼の文学の最たるもの――レシ群についてさえ、同様の変化が内部でおこっている。最初、「我々は、この頃、時間と《偶発事》のそとに芸術作品を思い描いていた」のだとはいえ、作家ジイドは、時間のそとにある芸術作品という理想が、理想でしかないものとして崩壊していったところから始まる、といってよいだろう。少なくともテーマの面からは、そうである。『背徳者』も『狭き門』も『田園交響楽』も、彼のレシのテーマは、主人公が信じていた世界像の、時間による変質である。ブキッシュな人間精神を危険に陥れるものは、ジイドの場合、時間という変化の作用である。とはいえ、われわれが、レシの時間経過のうち偶発事の作用をほとんど見ないのは、語りのテクニックによってそれが排除されているからにほかならない。

ただし、ブランショのように、そのようにして書かれた作品は、その完璧性によって時間の外にある、と見ることができないわけではない。ブランショは書く。「象徴主義の出身である彼は、完全という観念、完成した形式と美しい文体という美徳への信仰を捨てない。作家としての彼の存在は、調和がとれた真実な芸術の理想と一致していたいという欲求によって支配されている(2)」

ジイドの《偶発事》には、以上のような幅広いニュアンスがある。前章で引用した二つの文に見られるこの語も、そのようなニュアンスに悖るものではない。すなわち、ジイドの出発点である絶対的な調和した非時間的な世界と相容れることのない、そしてこれを危険におとしいれ、これを引きずりおろすものすべてが《偶発事》である。ジイドは、偶然発生装置としての「物質」的要素に、生活条件としての「物質」的要素を、偶発事として重ねあわせていったのである。

たしかに、一九三〇年代、ジイド自身、《偶発事》を、前章で引用した二つの文でのように、厳しい経済条件・

生活条件——彼自身をふくめた古きよき時代の大ブルジョワ達がみようとはしなかった条件と好んで結びつけようとする。だからといって、彼のいう《偶発事》を、社会問題・政治問題・経済問題のみに還元することはできない。アンガージュマン時代にあってさえも、ジイドは、その歴史観について、「コンロのせいなのか、フライパン、バター、あるいは卵のせいなのか」わからないような、オムレツの失敗のたとえでもって語っていたことをここで思い出してみてもよいだろう（→〈非周期性、あるいは出来損なったオムレツ〉）。

　たまたま起こったり、また起こらなかったりもする、ごく些細なつまらない出来事——つまり偶発事が、それでも、ときとして重大な意味をもつことがあるのは、広い意味での「物質」がもつ、初期値鋭敏依存性によってである。読者のなかには、些細なことが大きな意味をもつのはあたり前ではないか、昔から、フランスにも「小さな原因が大きな結果をまねく」（À petite cause grands effets）という諺が、日本にも「千里の堤も蟻の穴から」という言い方があるではないか、と不満に思う向きもあるかもしれない。そう、この日常的な感覚を、数式化・厳密化したところに、複雑系という学問がある、だから、その数式の意味を言語化すれば、常識でもって理解可能なところとのものと重なることになる。しかしまた、ジイドは、この初期値鋭敏依存性を、ときとして、進化論的発想と重ね合わせる。両者を合わせ考えるとき、われわれは、日常的感覚をこえた、新たな知見へと向かう。

（1） André Gide, *Littérature engagée*, Gallimard, 1950, p. 79.
（2） Maurice Blanchot, *La Part du feu*, Gallimard, 1949, p. 211.

『新しき糧』の紆余曲折

ジイドは、一九三五年、六十代の半ばにして、『新しき糧』を刊行する。『新しき糧』は、文庫化などで普及しているジイドの作品のなかでは、おそらく、もっとも読まれない、そして好まれない作品ではないだろうか。フォリオ版でもそうであるが、『新しき糧』は、多く『地の糧』（一八九七）の続きもののようにして添えられている、いや単に並べられているようにみえるだけに、どうしても、その二番煎じのように見えてしまう。プレイヤード旧版でも、『新しき糧』は、ほぼ刊行年の順という原則をやぶって『地の糧』のすぐ後に置かれているため、その冴えない続きといった、誤った印象をあたえかねないものとなっている。少なくとも筆者自身、最初は、これを、そのようなものとして読んだのであった。

執筆過程の点からしても、『新しき糧』は、次のような事情をかかえている。若々しい迸るような紛うことなき一つの情熱によって貫かれている『地の糧』とはちがって、『新しき糧』は、一九年間にわたって書かれた既発表の断片を再び用いたものであり（ただしいかにも『地の糧』風の四つの詩にかんしてはさらに早く一九一一年の執筆である）、その配列を工夫しながら、最後に、コミュニズムへの共感という編纂時の立場に沿う文を書き加え、締めくくった作品である。

この『新しき糧』を書く表明がなされるのは一九一六年、刊行は一九年後である。その間、計画の変更がなされる。すなわち、『新しき糧』はまず、「若き作家への助言」(1)風のものとして構想されるが、その最終的関心はコミュニズムに向けられる。その「第一の書」から「第三の書」までは、ほぼ、様々な時期に書かれ発表された断片を若干の訂正加筆とともに編んだものである。一九三五年十月初め、『新しき糧』の原稿を読んだプティット・ダームは、第一、第二、第三の書までは、以前、ほとんどすべて読んだことがあるとしながら、そのまとめ方に感心している。また、第四の書で突然、コミュニズムのただなかに至るとする。(2)「第四の書」だけは書き下ろされたものである。つまり、編集時のジイドの主張は、ほぼ第四で述べられており、第一から第三までは、その時点の立場から取捨選択され編集されたもの、と解釈できる。ジイドの作品は多く、緊密な内部構造をもっているが、『新しき糧』の場合、様々な時期の文をそのまま含んでいるという事情をかかえている。(3)

多くのジイド評者達が、この作品に不統一を見ている。(4)たとえば、ピエール・マッソンは、次のように書く。

うわべは、この作品は、ジイドの他の著作の大部分と同じくらいゆっくりとした、手間のかかる懐胎期間にゆだねられたようにみえる。〔…〕だが、実は、それは、約二十年の間、はっきりとした方向なくして吹き出した、様々な多数のほとばしりである。つぎに、そのほとばしりは集められ、一本の、そして唯一の目的へと向かわんとする大河を構成する。(5)

その向かわんとする目的とは、コミュニズムである。だが、うらうらとした陽の光をほめたたえるその抒情がコミュニズムと両立するであろうか。コミュニズムの賛美が、祈りにも似た自然賛歌と響きあうであろうか。大河へと向けられたその編集には、やはり無理があったといえるだろう。

不統一としかいいようのない、その『新しき糧』の諸テーマとは何であろうか。これを筆者の観点からまとめると、未来への期待、過去との決別、瞬間、起源、神への祈り、光と影、観念の後退、神と人間、神の人間化、幸福、喜び、死、死の予感、病気、遺言的性格、義務、自己放棄、所有の否定、モラルの放棄、自然、物質、コミュニズム、そして、本書で主張してきたところの《来るべき神》の思想と複雑系のテーマ・進化論のテーマである。

一九三五年十一月、『新しき糧』の刊行直後に、ルネ・ラルーはそのテーマを、もっと少なく、①喜びのほめたたえ、②形而上学的確信の批判、③過去への視線、④人類の進歩、の四つに分類している。[6] 最後の「人類の進歩」について、ジイド自身は、『新しき糧』の第四の書の一でこう書いている。

この進歩という考えは、他のあらゆる考えと結び付きながら、あるいはそれらを自らに従わせながら、私の精神のうちに居座った。

もしそうだとすれば、「進歩」こそは、『新しき糧』を編集したさいの、これを統一すべき方針であったということができるのではないか。ただ、こう断言するためには、ルネ・ラルーが、四つのうち最後に挙げた「人類の進歩」という『新しき糧』のテーマが、最初の三つのテーマのいずれもと結び付いている、「あるいはそれらを自らに従わせ」ていることを、少なくともこれと深く結びついていることを検証しなければならないだろう。しかしその前に、ジイドの考えている「進歩」が、どういうものであるのか、確認しておかなくてはならない。『新しき糧』の第四の書の冒頭近くで、ジイドは書く。

人間というものは、ずうっと今ある姿であったというのではなく、それは、徐々に獲得されていったものなのだということ、これこそは、神話に反して、もう異論の余地のないことだと私には思われる。我々の視線は、限られた数世紀にしかとどくことがないので、過去のうちに相変らず自らと同じような人間を認めたり、ファラオの時代以来少しも変わっていないことに感嘆したりするかもしれない。だが、それが、《先史時代の深淵》をのぞき込むとなると、もはやそうはいかない。もし、人間がずうっと現在ある姿のままでいたのではないのだとしたら、人間がいつまでも現在の姿にとどまっているなどと、どうして考えられようか。人間とは、成るものなのである。

注目したいのは、ここでジイドが考えている進歩とは、科学の進歩といった「限られた数世紀」の話でもなく、産業の進歩といったわずか一世紀ほどの話でもないということである。彼は、《先史時代の深淵》をのぞき込む。ここで人間の変化は、一世紀どころか、一千年、いや一万年、一億年のスパンで考えられている。技術、産業、学問の発達、様々な思潮、そういった短い期間ではなく、人間そのものの変化が考えられている。引用の順序は逆になってしまったが、その一つ前のパラグラフで、ジイドは書く。

だが、人間が、ずうっと今ある姿であったというのではないことは確かである。このことが、人間はいつまでも今ある姿ではあるまいという希望を、ただちにあたえる。

私もまた、そう、フロベールとともに、《進歩》の偶像の前で微笑したり、あざ笑ったりしたかもしれない。それというのも、進歩は、我々の目の前に、お話しにならぬ崇拝物として差し出されたのであるから。商業と工業の進歩、それに芸術の。なんたる馬鹿げたこと。学問の進歩。確かに。だが、私にとって重要なもの、それは人間そのものの進歩だ。

そして、コミュニスト達への共感を、『新しき糧』のジイドは、人類の進歩という文脈で正当化しようとする。

すなわち、人間が変わり、そして世界が変わる、というわけである。さらに、数パラグラフ後で、ジイドは「同志」に呼びかける。

変えるべきなのは、世界だけではない。それは、人間である。どこから現れ出るというのか、この新しい人間は。外側からではない。同志よ、それを君自身のなかに見つけ出すことを知れ。そして、鉱石から滓のない純粋な金属を取り出すように、これを君自身に求めたまえ、この待ち望まれた人間を。

要するに、「人類の進歩」といっても、ジイドが考えていたのは、人類の科学の、産業の、学問の、芸術の進歩ではなく、人間そのものの進歩であった。つまり、この人間そのものの進歩という意味での「人類の進歩」という考え方は、本書でいう《来るべき神》の思想の一環としてあるといえる。〈《来るべき神》の思想〉についてはすでに述べたが、その要点を繰り返しておこう。

一、神は、世界を創ったとき、それがどうなっていくのか見通してはいなかった。
二、中間段階では、神と共に歩むことで、人間こそが、自らと神と世界を創りだしていく。
三、人類は、神自身にさえわからない目標を《神》と定めてゴールへと突き進んでいく。

さて、『新しき糧』のジイドは、この進歩をいっそう加速させようとする。このことを言うまえに、まず、『新しき糧』には、地質学的時間から瞬間にいたるまで、様々なスパンの時間が混在していることを述べよう。第一に、一世紀来の技術、産業、学問の発達と対照させて、《先史時代の深淵》のことを引き合いにだすとき、ジイドが考えているのは、一万年単位、一億年単位の地質学的時間である。《来るべき神》のスパンは、おそらく一千年単位であろう。また、「同士」と呼びかけるときには、百年あるいは十年単位の世代間の単位。また、第三の書の三で、『狭き門』のアリサの、「どれほど幸福であろうとも、私は、進歩のない状態を願うことはできない。〔…〕私は《進歩的》でない喜びは軽蔑する」(「アリサの日記」の、七月十六日の分のあとに引き裂かれたページあるという注釈に続く部分)を引用するときの、人の一生のスパン。そして最後に、瞬間である。陽の光に照らされてあることの幸福な瞬間、この瞬間への賛歌において、『新しき糧』は『地の糧』へと通じている。瞬間とくればまた永遠。第一の書の一の終わりに近い部分で、ジイドは書く。

私は今や理解した、神は、通り過ぎるすべてのものに絶えることなくおわし、事物ではなく愛のなかに存在しているのだと。そして私は今や瞬間のなかに静かな永遠を味わうことを覚えた。

ルネ・ラルーのいう①の「喜びのほめたたえ」は、これら様々なスパンの時間の混同、あるいは重ね合わせのうえに成立している。

時間のスパンの伸び縮みは、ジイドのモラルの核をなしている。ある行為を、瞬時に実現するか、天上へ持ち込むか、すでに実現されていると思うか、それとも永遠にあきらめるか。こういったところに、ジイドのモラルの問題があった。このスパンの伸び縮みの自在さによって、作中作の技法、あるいは象嵌法が可能となった。同一のテーマのこの伸び縮みがなければ、ある作品のなかに、それと同一のテーマの作品を嵌め込むことはできない、ということを考えれば、作中作の技法の問題、モラルの問題、そして時間のスパンの問題のあいだの密接な関連は、容易に理解されるだろう。

しかし、『新しき糧』の場合には、さらに、極端にいえば、永遠の目標が瞬時にして実現されねばならぬといった、進歩への希望、進歩達成への義務感が加わることになる。こうなると、「喜びのほめたたえ」には、次のような逆転が生ずることになる。若い頃のジイドが『地の糧』の賛歌を書いたのは、心の底から喜びが湧き出てきたためであった。だが、『新しき糧』のジイドにとっては、喜びの状態にあることは義務となる。第一の書の四で、ジイドは次のように書く。

私は自分のうちに、幸福であるという果たすべき義務を感ずる。

こうなると幸福という感情は、湧き出てくる自然さをうしない、要請となる。なるほど、様々なテキストの寄せ集めからなる『新しき糧』のなかには、喜びでもって書かれた一節もあるであろう。だが、最終的にジイドはこれをもって幸福の証明書とする。

ジョージ・ペインターは、『新しき糧』について、「人生の中でただ一度、ジイドは、信じたいところのものを信じるという罪を犯した」(7)と述べている。期待感の高まりから、ジイドは、コミュニズムの力によって、人類は進歩すべきだし、進歩しているし、これからも進歩していくだろうということを信じてしまった。コミュニズムへの改宗熱がさめたとき、その期待は、ジイド自身の目にも、「わざとらしさ」と見えてくる。一九四三年三月三十一日の『日記』に彼は書く。「これは、私の作品の中で、最もちぐはぐで、最もよくないものだ。私は、ここに、決意とわざとらしさを感じる」。

しかし、問題はコミュニズムだけであろうか。ジイドは、カトリック陣営の人たちの非難に対して、人間というものが、天上に頼らなくても、地上の糧だけで幸福になれるということを、自ら証明してみせなければならなかった。一九二八年の『日記』のあとにおかれた「断章」をもう一度、引用しよう。

彼等は長い間、彼等が私の不安と呼んだものを非難したものだった。それから、〔…〕彼等は、私が、落ち着きを、そしてまさしく私をして制作することを可能にしたあのセレニテを見出したことを非難した。それは、不安というものが、彼等が錨を下ろした港以外のところでも終わりうることを、彼等はすこしも思ってみなかったし、少しも認めなかった、ということだ。

こういった彼等にたいする、最大の反証は、彼自身が、「彼等が錨を下ろした港以外のところでも」幸福であることを身をもって示すことであった。遺書ともいうべき『テセウス』（一九四六年）のジイドは、この主人公にその最終章でこういわせる。

私はこの地上の子なのです。そして、人間というものは、どうあろうと、あなた［注、オイディプス］がお考えのように欠陥だらけであろうと、手持ちのカードで勝負しなければならないと思うのです。

天上の論理に頼ることなく「手持ちのカード」だけで勝負せよとは、コミュニズムへの情熱が去ったあとも残った、ジイドの信念であり、人類にたいする最後のメッセージであった。[8] したがって、ジイドにとって、「手持ちのカード」だけで十分幸福であることは、自ら実践すべき義務となる。『新しき糧』のジイドにあっては、こうして、ルネ・ラルーがそのテーマとして二番目に挙げた「形而上学的確信の批判」も、一番目の「喜びのほめたたえ」とともに、「人類の進歩」との関係においてある、ということができる。ちなみに、『新しき糧』の第四の書の一から、最も尖鋭であるとおもわれる「形而上学的確信の批判」の一文を引いておく。

同志よ、何物も信じるな。証拠なしには何物も受け入れるな。〔…〕知ろうとする欲求は懐疑から生れるものだ。信ずることをやめよ、学びたまえ。証拠がないときにかぎって、押しつけようとする。そんなふうにして信じこまされてはいけない。押しつけられるままになってはいけない。

まだ、三番目にあげられた「過去への視線」が残っている。「人類の進歩」を謳ったジイドが、「過去への視線」をテーマにするというのは奇妙に思われる。ラルーは、おそらく、『新しき糧』のあちこちに見られる「出会い」という小見出しのもとに述べられたいくつかのエピソードのことを考えているのであろう。

この「出会い」では、作者ジイドが旅先で、街頭で出あったちょっとした事件、出来事、また気づいたことなどが書かれている。ルネ・ラルーは、これをもって「過去への視線」としたものであろう。たとえば、フローレンスでは、橋から身投げをした哀れな少女の話（第一の書の四）。スイスのヴァレでは、治る見込みのない病人を見舞った話（第三の書の一）。たしかに、こういったエピソードを書き留めるのは、過去をふりかえることではある。

だが、こういった様々な不幸も「人類の進化」によってやがて乗り越えられるであろう。身投げの話のすぐ後にあるように、少なくともジイド自身、「他人からの剥奪によって得られる富、私はこれを望まない。もし、私の衣服によって他人が裸にならなくてはならないのなら、私は裸で行く」とし、その第一歩を踏みだす。

要するに、『新しき糧』は、全体が「人類の進化」というテーマで編集され、貫かれている作品であるということができるし、少なくとも、そう解釈することが可能である。だが、その統一は、ジイド自身、後になって気づくような《決意とわざとらしさ》（一九四三年三月三十一日の『日記』）によってなされたものである。
いや、ここには、もう一つ、次章でのべるような大きな問題点がある。

（1）*Conseils à un jeune écrivain*（「若き作家への助言」）は、ジイドの生前には刊行されなかった。一九五六年七月一日の『エヌ・エル・エフ』に、*Conseils au jeune écrivain* のタイトルで掲載された。

（2）Maria Van Rysselberghe, *Les Cahiers de la Petite Dame*, t. 3 (1937-1945), « Cahiers André Gide 6 », Gallimard, 1975, p. 476.

（3）『新しき糧』の生成過程については、主として、新・旧プレイヤード版の注を参考にした。

（4）たとえば、Jean-Jacques Thierry, *André Gide*, Hachette, 1986, p. 164; Alan Sheridan, *André Gide — A life in the present* —, Harvard University Press, 1999, p. 484 ; Yvonne Davet, « Notice » : André Gide, *Romans, récits et Soties, Œuvres lyriques*, Bibl. de la Pléiade, t. 3, Gallimard, 1975, p. 1499.

（5）Pierre Masson, « Notices et Notes » de : André Gide, *Romans et récits — Œuvres lyriques et dramatiques II*, Bibl. de la Pléiade, Gallimard, 2009, p. 1319.

（6）René Lalou, « Le Livre de la semaine », *Les Nouvelles littéraires*, 9 septembre 1935, repris dans : Pierre Masson, « Note sur le texte » : André Gide, *Romans et récits — Œuvres lyriques et dramatiques II*, Bibl. de la Pléiade, Gallimard, 2009, p. 1328.

（7）George Painter, *op. cit.*, p. 113.

（8）なお「手持ちのカードで勝負する」(faire jeu des cartes qu'il a) という『テセウス』での表現は、わずかばかりのヴァリエーションを伴って、『日記』の一九四七年の分のあとにおかれた「秋の断想」にもみられる。すなわち、Jouer avec les cartes qu'on a.

「進化」と「進歩」の混同

炯眼なる読者は、前章の議論で、「進化」と「進歩」が混同されていたということに気づいていたかもしれない。そのとおりである。だが、混同しているのは、ジイド自身である。『新しき糧』で、ジイドは、「進歩」（プログレ）という語に人類の未来の幸福を託す一方で、他方では、人間は単に変化していくはずだと述べている。たとえば、「もし、人間がずうっと現在ある姿のままでいたのではないのだとしたら、人間がいつまでも現在の姿にとどまっているなどと、どうして考えられようか」（第四の書の一）の部分がそうである。ここで言われているのは、人類は変化してきたという事実であり、変化していくであろうという予測であるが、それはしかし、ジイドにあって「希望」にかかわる。「だが、人間が、ずうっと今ある姿であったというのではないことは確かである。このことが、人間はいつまでも今ある姿ではあるまいという希望を、ただちにあたえる」（第四の書の一）。

ジイドほどの者が、「進化」と「進歩」とを、これほども容易く混同してしまってよいものであろうか。なるほど、英語の「エヴォリューション」は、「エヴォリュシオン」というフランス語も同様であるが、「進化」と「進歩」の両方の意味をもちうる曖昧な語である。この「エヴォリューション」には、「進歩」のニュアンスが付きまとうからこそ、ダーウィンはこの語を避けた。この語をはやらせたのは、「強い者が勝つ」という思想にもとづく「社会ダーウィニズム」の立場を展開したスペンサーである。(1)

いや、混同といってしまえば混同であるが、ここには、進化論にたいする——進化については証明しても進歩については語らない進化論にたいする、ジイドのアンビヴァレンスを見るべきであろう。このアンビヴァレンスは、非目的論的であると同時に目的論的であるあの《来るべき神》の思想のなかにすでにみられるものである。すなわち、この思想は、神と人間の共進化を措定しているという点では「進化」論的である。ただ、この図式においては、人類には、ゴールの神へと突き進んでいくという点において、「進歩」が期待されている。ただ、その目標がなんであるかは、誰にも、神にさえもわからない。この点で、《来るべき神》の思想は確かに非目的論的なのであるが、ゴールを目指すという形式面においては、目的論的である。ジイドは、プロセスを無化する点で目的論的決定論にも、目的を無化する点で進化論的プロセスにも与することができないでいる。

進化論にたいするジイドのアンビヴァレンスについては、これまでも、いくつかの観点から述べてきた。〈中間からのスタート〉の章では、進化論では生命の歴史の中間段階しか語られていないことに、ジイドが不満をもっていたことについてふれた。この不満は、ジイドが、〈ダーウィニズムと創造説〉をドッキングさせようとしたことに端的にあらわれている。世界がどのようにして始まったかにについての、彼の強い関心については〈コスモゴニー〉の章でのべた。こうして、ジイドは、進化論に、その「始まり」を問うという、現代の生物学でも不可能な要求をつきつけたのである。

進化論にたいするジイドの第二の不満は、それが、〈キュヴェルヴィルでの人為淘汰の実験〉の章でのべたように、数の論理であるという点に向けられている。キュヴェルヴィルの庭で人為淘汰の実験をするジイドは、逞しいがありふれた雑草への嫌悪感を隠さない。この点で彼は、反ダーウィンのニーチェと立場を共にしていた。つまり、ジイドは、自然淘汰、ときには人為淘汰によって種は変化していくという進化論のメカニズムは認めるものの（だからこそ彼はその実験をする）、進化の結果には口出しをする。進化論の非目的論的性格は十分に理解しているものの、ジイドは、それが数の論理を行使しながら、勝利をおさめていくというメカニズムにたいしては、不満をもっている。

この数の論理への不満は、思想というものは定式化されなければ――すなわち硬化しなければ広まりにくいものであるという、伝播の論理と関係している。ジイドの考えでは、優れた思想は、容易には定式化しがたいものである。定式化しがたいものはまた容易には伝えがたいものである。それは、簡略化され硬化したとき、すなわち定式化されたとき、模倣可能になり、広まっていく。ところが、ジイドの最終的な願いは、その定式化しがたいものが広まるということである。〈『利己的な遺伝子』と「観念」――あるいはミーム理論〉の章でも問題にした、一九四二年四月十日の『日記』の一文を、もう一度、引用しよう。

我々のなかに諸々の観念が形成され発展していくのは、我々の意志とはかかわりなくである。観念にとっての一種の struggle for life（生存闘争）、最適者生存が打ちたてられ、ある観念どもはへとへとに疲れて滅んでしまう。最も生い茂る観念、それは抽象ではなく生命でもって身を養う観念である。それはまた、一番定式化されにくい観念でもある。

ジイドの最終的な願いは、この「一番定式化されにくい観念」がまた「最も生い茂る観念」でもある、ということである。だが、ミーム理論からすれば、一番定式化されにくいミームは、自己複製子（レプリケーター）として不適格であるがゆえに、最も広まりにくいミームであろう。「抽象ではなく生命でもって身を養う」とはいえ、その「一番定式化されにくい観念」にこそ広まってほしいとする、この逆説的願望に、われわれは、ジイドの進化論にたいするアンビヴァレンスの、端的な現われを認めることができる。

ただ、それだけであろうか。晩年のジイドは、人間をも動植物をも含めた、自然という進化論的世界・複雑系的世界の奥底に、物質の冷たさを見てとるようになる、あるいは、そこには神にも人間にも介入するべき役がないのではないかと疑うようになる。非目的論的性格も持った構図であるとはいえ《来るべき神》の思想では、人間と神は、二人三脚を組みながら、とにもかくにも大きな役割を果たす位置にいる。だが、もし、主役が、それ固有の法則に従う物質であり、その物質の動きに、神も人間も手出しができないのであるとしたら……。

ジイドのこのような気がかりに言及するにあたって、まず、その前提として、次章で、ジイドは、物質固有の法則をどうとらえているのか、みてみよう。

(1) スペンサーにおける「エヴォリューション」という語の使い方、またそれが受け入れられていった背景については、スティーヴン・ジェイ・グールド『ダーウィン以来——進化論への招待——』(五二~五三)を参照のこと。
また、「最適者生存」および「自然選択」をめぐる、スペンサーとダーウィンの間の用語合戦とでもいうべきものについては、清宮倫子『進化論の文学——ハーディとダーウィン』、南雲堂、二〇〇七年、pp. 31-36.

物質固有の論理

すでに〈ジイドと物理学——還元主義批判〉の章で述べたように、ジイドは、還元主義的な科学にたいしては好意的ではなかった。とはいえ、そのことは、それ自体の論理でもって存在し運動する物質——ピュシス——に、ジイドがまったく無関心であったということを意味するわけではない。再引用になるが、ジイドは、すでに『地の糧』の第三の書で次のように書いている。

すべてを包み込む物理法則。列車が闇を突進する。朝にはそれは露にぬれている。

繰り返しになるが、ジイドは、物理学でいう「物理法則」に関心があるわけではない。だが、『地の糧』の作者は、列車が物質のかたまりであること、それが物質固有の論理に貫かれていることを認識している。さもなければ、「すべてを包み込む物理法則」とは書かなかったことであろう。

たしかに、列車の運動エネルギーだけではなく、「朝にはそれは露にぬれている」という結露現象もまた、物理学の領域に属する。だが、「露」には「抒情」というコノテーションがあり、列車の猛々しいエネルギーは、露という抒情におおわれることで謳われることが可能になった。つまり、物質にたいする作家ジイドの関心は、最初、汎神論的な神への賛美というかたちをとる。そして、その賛美そのものが、物質をオブラートのように包み込み、物理法則の直視を妨げる。

その後、ジイドは、既述のように、『田園交響楽』のころには光の作用についての〈→〈『田園交響楽』のエネルギー観〉、→〈『一粒の麦もし死なずば』の「神秘」〉〉、また二つの『モンテーニュ論』では精神の基盤をなすものとしての物質についての考察をおこなっている。しかし、ジイドが、峻厳で例外をゆるさない「すべてを包み込む物理法則」に貫かれた物質のことを真正面から考えるようになるのは、二つの神——物質の世界をつかさどるいわば物理学的な神と精神の世界をつかさどるカトリックの神——の対決の問題をとおしてであろう。

ジイドは、一九四一年、ある女性にあてた手紙（われわれはその写しを『日記』の一九四二年の分のあとに添えられた「断章」で読むことができる）で、こう書く。

カトリック信者が、自然の支配者としての神と、摂理としての神（あるいはたんにキリストという人間のうちに体現された神）のあいだに据えようとした混同こそは、私には、あなたと私の誤解の原因であろうと思われるのです。この二つの世界、物質の世界と精神の世界は、絶え間ない対立関係にあります。私は、二つの神を信じることはできません。われわれの肉体が依存しており、その法則が変更不可能である物質世界のうちに、私は、神を崇めうるようにするいかなる属性をも（ただただ恐るべきものにするだけです）認めることができません。

ここで、注目したいのは、ジイドが「その法則が変更不可能である物質世界」をつかさどる神とその法則——本書のコンテクストからいえばこれは物理法則といってよいであろう——を、とにもかくにも認めているということである。この物質世界固有の法則の承認は、精神世界をつかさどるカトリック的な摂理の神への反駁をするための根拠として挙げられている。

それでは、ジイドは、無神論者なのであろうか。いや、彼は「自然の支配者としての神」を信じつづける者ではある。『新しき糧』の第二の書の冒頭近くには、次のようにある。

神を信じないというのは、思うよりもはるかにずっと難しいものだ。自然をけっして本当に見たことがない、ということでもなければね。物質のごくささいな揺れ動き……。でも、どうして物質が自ら動くことがあろうか、だって？　何に向かって動くというのかい、だって？　こう言われたところで、私はやはり、あなたがたの信条からも、無神論からも身を引き離す。物質が、精神にたいして、浸透性をもつものであり、すなおであり、元気はつらつと応じるものであるということ。精神は、物質と、一体化しているといったところまで利害をともにしているということ、こういったことを前にしての自分の驚きを、私は、宗教と呼ぶことに同意しよう。この地上のあらゆるものが私を驚嘆させる。私の茫然自失を崇拝と呼ぶことも認めよう。それがどうしたというのか。私には、そういったことすべてのなかに、あなたがたのいう神を見出すことができないだけではない。いたるところ、私は、あなた方の神がそこには有りえないこと、いないということがわかるし、そう気づきもする。

神自身まったく変更できないようなすべてのもの、これを私は神と呼ぶ覚悟ができている。

フランス語の条件法で書かれている「どうして物質が自ら動くことがあろうか」の反語的表現は、「何に向かって動くというのかい」の部分もふくめて、ジイド自身の考えではなく、彼の考えにたいしてカトリック側からなされるであろう質問——というよりは反論を、彼自身、予想し、前もって提示したものであろう。神がいなければ、物体一つにしたって動くはずはないではないかというこの予想される反語的な質問にたいして、ジイドは、だからといって「あなたがたの信条」にも、「無神論」にも与しないという。その理由として、ジイドは、「精神は、物質と、一体化しているといったところまで利害をともにしている」ということへの、彼自身の驚嘆を挙げている。この点について、以下でのべよう。

物質主義と精神主義の融合

ジイドは、一九三七年の分の『日記』の後におかれた「断章」の二（一九三七年夏とある）で、次のように書く。

仮にもし、《物質主義》のかわりに、それが《合理主義》のことだと認めたとしたら、物質主義と精神主義のあいだの対立はさほど激しくはなかっただろう。その時から、相互理解はもはや不可能ではなくなる。私はといえば、この二つの精神状態の一方は、まさに他方に欠けているすべてのものを有していると、心から感じている。私は非理性的な精神性には我慢できないし、どんな精神性をも寄せつけない物質主義には関心がない。だが、みなは、強情である。物質主義者は、精神そのものでもってしか精神を否定できないことを認めない。そして、精神主義者は、考えるためには物質そのものが必要であることを受け入れようとはしない。

端的にいえば、ジイドはここで、精神主義と物質主義の融合、あるいは折衷を試みようとしている。しかしまずは、「精神主義」と「物質主義」という用語について一言しておきたい。「精神主義」は「エスプリ」（精神）の派生語である「スピリチュアリスム」（この語は「唯心論」とされることが多い）を、こう訳したものであるが、文字通りの「精神」主義という意味をこえて、ジイドが用いているフランス語、「スピリチュアリスム」には、「精霊」（エスプリにはこの意味もある）の絶対性と永続性を信じ、宗教的な霊魂の世界を信じるというニュアンスもある。ここでいう「精神主義」とは、このニュアンスを含めての「スピリチュアリスム」である。

他方、「物質主義」は、「マテリアリスム」をこう訳したものである。「マテリアリスム」は「唯物論」と訳されることも多いが、本書では「物質」（マチエール）が、一つのキーワードでもあるので、これを「物質主義」としておく。

前章で述べたように、晩年のジイドは、「その法則が変更不可能である物質世界」あるいは「神自身まったく変更できない」ものの存在をはっきりと認めている。すなわち、ジイドは、そのような存在における物質固有の論理を認めている、といってもよいだろう。しかし、神の掟にも耳をかすことなく、人間の呼び声にも応ずることなく、ただ黙々と定められた固有の論理にしたがって自らの軌跡を描いていくばかりの物質と、人間精神は、どのようにして交感できるというのだろうか。

たしかに、前章で引用したように、「物質が、精神にたいして、浸透性をもつものであり、すなおであり、元気はつらつと応じるものであるということ。精神は、物質と、一体化しているといったところまで利害をともにしているということ」にジイドは驚嘆する。だが、両者は、どのようにして一体化しているのか。

ジイドは、地上の物質の動きを見て、驚嘆するという（そのことはその冷たさに胸を締めつけられることと矛盾しない→〈最後の最後に――結論にかえて――〉）。前章での一節を再引用しよう。

神を信じないというのは、思うよりもはるかにずっと難しいものだ。自然をけっして本当に見たことがない、ということでもなければね。物質のごくささいな揺れ動き……。〔…〕精神は、物質と、一体化しているといったところまで利害をともにしているということ、こういったことを前にしての自分の驚きを、私は、宗教と呼ぶことに同意しよう。この地上のあらゆるものが私を驚嘆させる。

われわれは、「物質のごくささいな揺れ動き」にも神を見るからといって、ここに、『地の糧』におけるような、自然を散策する者の瞬間の喜びとして語られる汎神論的な自然賛美だけを見るにとどまってはいけないだろう。ちなみに、『地の糧』は、「ナタナエル、到る所にのみ神を見出そうと願いたまえ」の一句で始まっている。『地の糧』にはなく、『新しき糧』には見られるジイドの自然観として、われわれは、生物と物質との循環のイメージの強調、ということを挙げることができる。『新しき糧』は、表題からしても、『地の糧』の続編であるようにみえる。だが、ジイドは、若いころの汎神論的主張を繰り返しているだけではない。『新しき糧』の自然賛美はいっそう精緻になっている。以下は、『新しき糧』とはいっても、一九一九年に書かれた文であるが、これを再引用しよう。

拡散した喜びが地球にみなぎっている、そして地球は喜びを太陽の呼びかけに応じてにじみ出させる。地球が大気を掻き乱し、そこでは構成要素がはや命をおびて、いまだ従順ながら、初期の窮屈さから逃れ出ている、といったふうに……。諸々の法則の錯綜から、うっとりするような複雑性が生じるのが見られる。すなわち、もろもろの季節。潮の満ち干。水蒸気の気散じと、滴りとなっての帰還。確かな日々の移り変わり。定期的に吹く風。すでに活気づいたすべてのものを調和のリズムが揺り動かす。あらゆるものは喜びを組織体となす準備を整えている、そしてそれはやがて命を帯び、ひょっこり木の葉の中に脈動し、名をもつようになり、分岐し、花においては香り、果実においては味、鳥においては意識と歌になる。このようにして、生命の回帰、形成、それから消滅は、日の光のなかへ蒸発しては再び驟雨の中にあつまる水の曲折を真似る。

ここで、ジイドは、『地の糧』と同じような汎神論的な神の賛美をしているともいえる。ただ、それだけではない。ここには、万物を貫く時間とリズムという新しい要素が入り込んでいる。「すなわち、もろもろの季節。潮の満ち干。水蒸気の気散じと、滴りとなっての帰還。確かな日々の移り変わり。定期的に吹く風。すでに活気づいたすべてのものを調和のリズムが揺り動かす」。続く文が語っているように、このリズムをつうじて、物質と生命とが交流しあう。精神と物質が、「一体化しているといったところまで利害をともにしている」のは、このようにしてである。

このような主張をつうじてジイドが考えているのは、命あるものの意識のなかで物質が印象として体験されたあの印象主義的な一回限りの出会いではなく、地上の物質と生命がともにしたがう反復的なサイクルをつうじての「調和」（調和の語に鉤括弧をつけた意味は次章でわかるであろう）である。地上の物質的サイクル――これはドーキンスによれば地球の自転と公転にそして煎じ詰めれば重力の作用に帰される(1)――と生物群のサイクルとの交流そのものが、同じく時間のなかで、地質学的な時間のなかで、ゆっくりと、進化論的に築かれてきた。『新しき糧』で謳われるのは、『地の糧』の瞬間の汎神論を発展させた、いわば進化論的汎神論である。精神主義と物質主義とを対峙させまいとするジイドの配慮のうちには、さきほどの物質主義と精神主義を折衷させようという理屈をこえて、このような進化論的汎神論への信頼がある。ここには、そのような理屈をこしらえあげる意識そのものが、ある時点で誕生し、進化論的に築かれてきたものであるというジイド一流の見方が入り込んでいる可能性がある。（→次章参照）

ここで、本書の序文で注目した、複雑系的経済学者ブライアン・アーサーが、一九七九年十一月五日に記したノートのことを、思い出してみよう。アーサーは、このメモで、「十九世紀の物理学〈均衡、安定、決定論的ダイナミックス〉」に対応する旧経済学にたいして、新経済学を、「生物学に基本をおく〈構造、パターン、自己組織化、生命サイクル〉」に対応するものとしている。『新しき糧』の文でジイドがかたっているのは、まさにこの「構造、パターン、自己組織化、生命サイクル」である。ここで、「自己組織化」という語に戸惑う読者もいるかもしれない。この用語への言及も含めて、次章の問題に移ろう。

（1）〈非周期性、あるいは出来損なったオムレツ〉の注2を参照のこと。

物質は人間にたいして従順か――「自律体」という生命サイクル

さて、読者はここで、次のような疑問を抱いてはいないだろうか。すなわち、固有の法則に従っている物質というもの、そしてまた、人間の生命サイクルのうち取り込まれてもいる物質というものは、人間にたいして従順なのであろうか、反抗的でもあるのではないか、と。そして、ジイドが、一方では、物質固有の法則を例外なく認めているのに、他方では、物質を含めた世界の偶発性をその思想の根拠にしているのは、矛盾ではないかと。ジイド自身、「物質が、精神にたいして、浸透性をもつものであり、すなおであり、元気はつらつと応じるものであるということ」をいいながら、そして生命と物質の循環性を示しながら、他方では、「その法則が変更不可能である物質世界」について語るのは、変ではないか、と。また、ジイドが、一方では、歴史の一回性について強調しながら、他方では、大気と生命が描き出しているサイクルの「調和」を謳うのは、おかしいのではないか、結局、ジイドは、よく言われるように矛盾の人間、あるいは、平気で矛盾をおかす人間なのではないか、と。

しかし、以上の、一見したところ矛盾したジイドの物質観を、統一的に眺めうる地点がある。一言でいえば、それは、システムのなかにいる自律体の構図である。この構図を筆者に示してくれたのは、理論生物学者スチュアート・カウフマンである。カウフマンが提示した思考実験の装置を以下に再現しよう。

その前にまず、カウフマンのいう「自律体」(Autonomous Agents) とは何かを、簡単にでも説明しておかなくてはならない。手っ取りばやく言ってしまえば、自律体とは、細菌をはじめとする生命体のことである。それなら、なぜ最初から生命体といってしまわないのか。それは、カウフマンの基本的な関心として、混沌とした化学物質のスープから、どのようにして生命がひょっこり現われ出るようになったのかという、自己組織化の問題があるからである。『カウフマン、生命と宇宙を語る――複雑系からみた進化の仕組み』の「意味論と物理学」と題された第五章で、カウフマンは、「自律体」のことを、「原子と同じ程度の物理的現実をなしている」のに、「冬の予感に促されて翼を広げ、ゆっくりと、だがしっかりと翔び立ったシラサギのように、自分のために宇宙を操作することのできる」（一八九）存在であるとし、これを、「仕事サイクルを実行する自己触媒システム」と定義する（一九〇）。ただし、われわれはこれを、ごく簡単に生命体ととらえてよいだろう。

ここに、ある「初期の細菌」がいるとする。「初期の細菌」という表現を使っているのは、カウフマン自身であるが、それが「初期の」生命でなければならない理由については、あとでもう一度ふれよう。その細菌は、いま、大好物のグルコース――要するにその細菌にとっての栄養源である甘い葡萄糖――を食べに行こうとしているところである。グルコースという化学物質は、細菌にたいして記号として働き、グルコースがあると、細菌はこれを「おいしい」という意味にうけとり、グルコース濃度の高いほうへと、つまり、グルコースがたくさんあるほうへと泳いでいき、これを食する。カウフマンは、細菌に、グルコースを「おいしい」と感ずる意識があるとまでは言っていない。「グルコースの勾配濃度を泳いでいくあの細菌が「意識」をもっている必要はない」（一九〇）。とはいえ、カウフマンは、その細菌には、グルコースを感知したら、グルコース濃度の高いほうへと向かっていき、それを食する「技能」があるという。そして、細菌がグルコースという化学物質を「おいしい」とするその意味は、それに向かって泳いでいきそれを食べるという技能と関連しているという。反対にもし、グルコースを「まずい」という意味にとる細菌がいたとしたら、その細菌は、死滅し、子孫をのこすことができないであろう。その細菌は、自律体としての自分自身を存続させるために、グルコースをおいしいと感じ、これを食する。しかし、待てよここにはトートロジーが入り込んではいないだろうかと、カウフマンは自問する。

自分のために行動するという意味での「目的」という概念は、石や椅子よりも藻類についてのほうが使いやすいように思われる。もちろん、私が意味論を自律体にあてはめていることは、ある意味ではトートロジー（同語反復）と言える。まず私は、グルコース濃度勾配をさかのぼって泳いでいく細菌は、環境の中で自分のために行動していると指摘し、自律体を自分のために行動できる物理システムと定義し、その上で、自分のために行動できる物理システムとはどのようなものかという問いを立てたのだった。そして〔…〕自律体は、物質やエネルギーなどからなる組織体であって、自分のために行動できるという意味で、それに目的という概念をあてはめることが可能だということを説明していく。これは独立した演繹にはほど遠い。私の定義は循環的なのだ。（一九七）

自分の定義が循環的であることを、カウフマンは、必ずしも、否定的な意味で使っているのではない。科学においては、循環的でしかも有用な定義があることを、彼は、続けてのべるのだが、それはここでは省略しよう。カウフマンは、簡単に言えば、生きるために食べるという細菌のふるまいと、食べるから生きるという細菌の状態のあいだには、トートトロジーがあることを自ら指摘しているといえる(1)。

同様のトートロジーは、「おいしい」という意味と、それを食べるという技能のあいだにも生じている。細菌にとって、特定の物質が「おいしい」ということの意味は、それに向かって泳ぎそれを食すべきであるという記号——自らがもっている技能を発揮させるための信号としてある。あるいは、反対に、そしてトートロジックに、それに向かって泳ぎそれを食すべきである物質を「おいしい」と感じているともいえる。

もっと高度な生命体である人間についてなら、モリエールにならって、「生きるために食べるのでなくてはいけない、食べるために生きるのではなくてね」と言わなくてはならなかったことであろう。だが、この「初期の細菌」については、生きなければ食べられず、食べなければ「自律体」であることさえできないわけだから、「食べること」と「自律体であること」のトートロジーは、モリエールが揶揄するような循環論法であるのではなく、その存在の基礎そのものとなっている、といわなければならないだろう。「初期の細菌」にとっては、「生きること」「食べること」「体内に取り込むべきものをおいしいとする感覚あるいは意識」「おいしいものを体内に取り込むこと」、こういった一見したところトートロジックにみえる事柄は、それが生命体であることの原因ならびに結果として一挙に生じている、といわなくてはならないだろう。つまり、「自律体」についてのトートロジックな定義が、無理なく成立するためには、主体は、「初期の細菌」でなくてはならなかったのである。

すでに〈トートロジーというパラドックス〉の章で述べたように、内在していた思想の卵を可愛がるにしても、外からやってきたもののうち受け入れ可能なものを拒むことなく育てるにしても、「トートロジー」の問題が生じてくる。なぜなら、ジイドの考えによれば、すでに一度引用したように、「すべて循環論法とは、気質の肯定である」（『鎖を離れたプロメテウス』「プロメテウスの拘留」五）からである。つまり、我々の主義でもよい、信条でも理想でも期待でもよい、行動方針になりうるような広い意味での《モラル》は、実は、それを選んだ人の気質と循環している。我々の気質と我々のモラルは、トートロジックな関係を保ちながら共進化していく。「気質の肯定」なのであるならば、どんな主義や理想も、絶対的に正しいということはないものとして、その根拠を失ってしまう。そしてその主義主張が、表明され、〈ロックイン〉されてしまうと、今度はその主義主張がわれわれを、操り、縛り、われわれから他の可能性を奪い取ってしまう。

ジイドが、モラルの発生の問題に関心をいだくようになるのは、こうしてであった。『鎖を離れたプロメテウス』の問題意識は、人間というものはどうしてロックインされてしまうのか、そして、ロックインというメカニズムからどのようにしたら逃れることができるのかというところにあったということもできるであろう。

その登場人物であるダモクレスとコクレスの場合、「気質」という語は適当ではないかもしれない。彼らには、最初、そのような気質や性格さえなかったからである。ダモクレスは言う。「私はまったく普通の生活を送っていて、最もありふれた人間に似ること、この言回しをもって義務となしていました」と（「私的モラリテについてのうわさ」二）。コクレスもまた、最初、その筆跡からして、無性格な人間であったと推測される。ダモクレスは、もらった封筒の筆跡、すなわちコクレスの筆跡について次のようにのべる。「後になって筆跡鑑定人達を介してしらべてもらいましたが、その筆跡には、特徴がまったくないということで、何の手がかりにもなりませんでした」（「私的モラリテについてのうわさ」三）。ところが、ゼウスが引き起こしたあの事件以来、彼らは何者かになる。ダモクレスは言う。「以前は、私は平凡でしたが、自由でした。今や私はその紙幣の言うとおりになっている。この出来事が私を決定しました。私は、何ということのない人間（quelconque）でしたが、今や何かしらの人間（quelqu'un）なのです」（「私的モラリテについてのうわさ」三）。

こうして、彼等は、あの事件によって、生き方、あるいはモラルを、さらには性格ないし気質を、それどころか人間という存在、また人間として存在しているという意識そのものを、一挙にあたえられた、ということができる。そして、「意味」をも。コクレスにとっては「びんた」の意味が、そしてダモクレスにとっては「紙幣」の意味が。このほととんど同時に生じた、彼らのモラルと、その性格、彼らの存在そのもの、あるいは存在しているという意識、「びんた」や「紙幣」が彼らにあたえた意味、彼らがそれらにあたえた意味、これらはトートロジックに循環している。このトートロジーが作動するためには、彼らは、「初期の細菌」のような存在、いわば単細胞でなければならなかった。ジイドが、ソチの登場人物達を、ダモクレスやコクレスのように、極端に単純化したのは、各自の気質とトートロジックでしかない、各自のモラルや各自の主義主張の根拠性と無根拠性とを探るための、有効な実験としてであった。

さて、話を、「初期の細菌」に戻そう。一見したところ、グルコースという化学物質は、自律体が必要としているこのトートロジックなサイクルのなかに、いとも従順にとりこまれてしまっているようにみえる。しかし、それだけであろうか。カウフマンは、次のようにも書く。

シンプルな自律体――たとえば、初期の細菌――のもつ、おいしい・まずいの意味が、その自律体が世界で生きていく場合（あるいは、生き残れない場合）身につけた技能となんらかの形で関連しているとしよう。ある出来事の意味とは、ある状況下でその出来事（あるいは信号）によって必然的に起こると予想される一連の結果の一部分ということになる。（一九七）

ここで、注目したいのは、最後の、カウフマンの慎重な言い方、すなわち、「ある出来事の意味とは、ある状況下でその出来事（あるいは信号）によって必然的に起こると予想される一連の結果の一部分ということになる」の箇所である。カウフマンが、このようなもってまわった言い方をするのは、ここで、ハプニングが起こるかもしれない場合も考えてのことである。グルコースという信号との遭遇は、細菌に、「おいしい」という意味を提示し、その濃度勾配にそって泳がせ、それを食するように促すが、このようにして餌にありつくというストーリーは、あくまで予想にすぎないのであって、失敗するかもしれない。この余地を残すために、カウフマンは慎重な言い方をする。自然という実際のシステムにあっては、濃いグルコースの手前に障害物があったり、それが他の細菌に横取りされたりするなど、「必然的に起こると予想される一連の結果」は、一部分しか実現されないかもしれない。カウフマンは、続けて書く。

「釘がなかったおかげで、馬蹄を失った、馬蹄がなかったおかげで、馬を失った。馬がいなかったおかげで、騎手を失った……」というのはベンジャミン・フランクリン作とされる童謡である。釘についての意味とは、ある共進化するシステムの中の自律体における、その出来事（あるいは信号）によって必然的に起こると予想される結果の一部分ということになる。（一九七）

ベンジャミン・フランクリンに帰せられるこの「童謡」（これはフォークロアの訳であり同じこの諺にかんして「古い民謡」と訳されることもある）は、この世界の初期値鋭敏依存性の一例となっており、複雑系科学者達が好んで引用するところのものである。なお、「騎手を失った……」のあとは、「騎手を失ったおかげで、国を失った」と続く。（フランクリンの諺については〈初期値鋭敏依存性〉）

この引用文の最初の部分で、フランクリンを援用しながら、カウフマンがしているのは、初期値鋭敏依存性の話である。続いてなされるのは、その初期値鋭敏依存性を有するシステムの中での「自律体」の振る舞いについてである。共進化しているからには、その自律体は、システム環境と、循環的な交流をおこなっているはずである。カウフマンは、初期値鋭敏依存性の話と「シンプルな自律体」の話とを、「意味」の考察を通じて、重ね合わせようとする。この重ね合わせを通じて、カウフマンは、共進化してきたシステムにあっては、そのシステム内での出来事（あるいは信号）の意味は、同じくそのシステムの中にある自律体にとって、トートロジックであると同時にトートロジックでない、ということを言おうとしている、と筆者には思われる。これが、一つまえのパラグラフに引き続いて再び繰り返された「必然的に起こると予想される結果の一部分」という表現の意味である。

すなわち、こういうことである。釘は馬蹄を固定する部品であり、釘と馬蹄は共進化してきたはずである。馬蹄を固定するのに最適な釘と、釘によって最も安定的にフィットする馬蹄の形は共進化してきたはずである。この共進化によって、釘は馬蹄を固定する部品であり、馬蹄は釘によって固定される部品であるという意味が、トートロジックに規定される。あるいはもう一例を挙げれば、戦国時代にあっては、国は騎士達を必要としているし、騎士達もまたトートロジックに、国を必要としている。したがって、釘が一本抜けたために、馬蹄を失い、馬を失い、騎士を失い、国を失うということは、そのような「国」（システム）がありうることを排除できないという意味では、「風が吹けば桶屋が儲かる」と同じレベルで成立しうる（→〈「風が吹けば桶屋が儲かる」は本当か〉）。だが、あるシステムにおける共進化というプロセスの積み重ねとしてあるトートロジックな意味は、そのシステムの一時点でのある具体的な状態にかんしても真であるとは限らない。すなわち、釘は馬蹄を固定する部品であるにしても、釘が一本ぐらい抜けただけでは馬蹄は外れないこともあろう。国は騎士によって守られているにしても、騎士が一人倒れても国は滅びないかもしれない。このような蓋然性を、カウフマンは、「釘についての意味とは、ある共進化するシステムの中の自律体における、その出来事（あるいは信号）によって必然的に起こると予想される結果の一部分ということになる」と表現したのであった。

ここにおいて、フランクリンの諺におけるような初期値鋭敏依存性についての考察と、自己組織化を終えたばかりの自律体が示すトートロジーについての考察は重なることになる。ここで、初期値鋭敏依存性もトートロジーも、共にフィードバックによって生ずる、ということを考えてみてもよいだろう。初期値鋭敏依存性とは、ポジティヴ・フィードバック（正のフィードバック）のことであると言い換えることができる。つまり、あるプロセスの小さな原因が、より大きな結果をうみ、増大した結果がさらにまたあらたな原因となって、その原因が、もう一度その同じプロセスを、時にはまた別なプロセスをたどることでさらに大きな結果をうむ。このことによって、最初の小さな原因は、最後に、非常に大きな結果をうむことになるであろう。これが、初期値鋭敏依存性のメカニズムである。これにたいして、初期の自律体が示すトートロジーは、安定したフィードバック、あるいはホメオスタシスであるといってよいだろう。だが、『鎖を離れたプロメテウス』のような作品を書きえたこと、これは、すべてのフィードバックが、トートロジックに安定しているものではないことに、ジイドが気づいていたことの証しである。

たしかに、物質が、たとえば今のグルコースのような化学物質もふくめて、安定した物質固有の法則にしたがうものであることをジイドが認めていることは、前々章でのべたとおりである。例外を認めない法則に従う物質に、ジイドがまた偶発性をも認めていることに、読者は、いまや驚かないであろう。

物質は例外なく、厳密な法則に従った動きをするものであることを、仮に、認めよう。だが、そのことは、物質が、つねに安定した動きをするものであることを意味しない。晩年のジイドにとって、歴史は、物質的事象をもふくめて、二度と繰り返されることのない一回限りのものであることはすでにみてきたとおりである。そしてまた、ジイドの目には、人間という自律体とトートロジックな関係にあるために、人間にとって従順にみえる物質世界は、時として、大自然そのもののように調和しているようにみえる。とはいっても、そのことは、物質が、人間の知らないあるいは気づかない過程をとおって、悪魔のように、時として人間を、ジイド自身を驚かすことを妨げない。人間と物質が、ほとんど、トートロジックな契約を結んでいるという現状も、晩年のジイドをして、物質がそれ固有の冷徹な法則に縛られているものであることを忘れさせない。だからといって、その物質に貫かれている人間が、自律体であることをやめてしまわなければならないわけではない。このようにして、ジイドの目には、人類には、物質世界にたいする次章でのべるような使命を帯びているようにみえてくる。

（1）「有機構成」の循環性あるいは円環性――これは、H・R・マトゥラーナ、F・J・ヴァレラの研究にとっての根本的テーマである。「だが私たちは「円環的な有機構成」という表現に不満で、生命の有機構成の中心的特徴である自律性を、それだけで言い表わせる語がないかと考えていた」(『オートポイエーシス——生命システムとはなにか』二四)。その語が、彼等の著書の表題ともなった「オートポイエーシス」である。

熱力学第二法則、あるいはエントロピー増大の法則

ジイド評者達は、これまでジイドとエントロピーというテーマを扱ったことがなかった。(1) したがってまず、そもそも、ジイドがはたして熱力学第二法則、あるいはこれと同じ法則の別な表現と考えてよいが、エントロピー増大の法則（「原理」とも言われる）について語っているのかどうかというところから話をはじめなければならないだろう。実は、エントロピーとか、熱力学第二法則という言葉そのものは使っていないが、語っているのである。なにはともあれ、その部分を提示しよう。一九四二年の『日記』のあとにおかれた「断章」の四二年三月の日付が打たれた箇所で、ジイドは書く。

そう、自らの重量によって引きずりおろされる水滴が、再び水蒸気となって空へ昇り、雨となってまた落ちてくるということを私は知っている。だが、岩は浸食され、砂利は、小川によって大河へと押し流される。それから、大河は、海へ注ぐ。だが、花崗岩は崩壊し、そういったものすべては、この必然的な傾斜を再び上っていくことはない。ひときわ高く聳え立つ山脈も、谷へ、平野へと崩れてゆき、その残骸は堆積し、たいらとなる。すべては、次第々々に高くないところから、次第々々に浅いところへ落ちるようになっていく。この必然的な均一化は、我々の眼前で、休みなく細心に成し遂げられている。同じように、物質世界全体は均等になり、そのエネルギーを弱めていく。まだ若かったころ、この考えが私に付きまといはじめたが、それが今や、科学的にのべられていることがわかっている、つまり、それは、馬鹿げてはいなかったわけだ。

私はこの考えに釣り合いを持たせるために、科学には収まりきらない、このような別の考えを対置したい。その考えとは、物質のこの均一化は、精神のいや増す高低起伏の作用を《対応者》とするというものだ。

この文が、表題に掲げた〈熱力学第二法則、あるいはエントロピーの増大の法則〉を念頭において書かれたものであることは、その法則の何たるかを知っているものにとっては明らかであろう。この法則を一言でいえば、ある条件下でだが、世界は不可逆的に均一化していくというものであり、ジイドのいまの文で語られているのは、まさに、その世界の平坦化である。たんに、山が低くなり海が浅くなるでけではなく、「物質世界全体は均等になり」、活力を失っていく。

エントロピーの増大の法則とはそのようなものだと一旦、理解してもらうとして、では、エントロピーそのものは何であるのか。このことは、本書の理解のために、必ずしも必要ではないが、なにはともあれ、『岩波理化学辞典』（第五版、岩波書店、二〇〇六年）から引用すると、エントロピーSの定義として、「絶対温度Tでの準静的温度変化で微小熱量Qを吸収したときの系のエントロピーの増加 dS は dS＝dQ/T で与えられるから、これを積分して任意の状態におけるその値を定めることができる」とある。熱伝導にさいしては温度のむらができるため厳密にTを定めることは困難だが、温度のむらができないほどゆっくり熱が伝わっていくものと考えよ――これが「準静的温度変化」の意味である。ここで、われわれは、エントロピーの変化を概念的にとらえるだけで十分で、その計算をする必要はない。ここで、同じく『岩波理化学辞典』の「熱力学第二法則」の項から引用しよう。

巨視的な動的現象が一般に不可逆変化であることを主張する法則。互いに同等な種々の表現がある。クラウジウスは《熱が高温度の物体から低温度の物体に他の何らの変化をも残さずに移動する過程は不可逆である》（クラウジウスの原理）といい、トムソン（ケルヴィン卿）は《仕事が熱に変わる現象はそれ以外に何の変化もないならば不可逆である》（トムソンの原理）と述べた。〔…〕これらの主張は互いに同等であり、数学的にはエントロピー関数の存在と、断熱変化ではエントロピーが決して減少しないという形に定式化される。エントロピーの概念を用いれば、熱力学第二法則の内容はまた、《孤立系のエントロピーは不可逆変化によってつねに増大する》（エントロピー増大の原理）とも表現される。

ここで、表題に掲げた〈熱力学第二法則〉と〈エントロピー増大の法則〉とが「互いに同等な〔…〕表現」であることが述べられている。

われわれとしては、ここに、四度出てくる「不可逆」の語に注目し、最後の部分の「熱力学第二法則」の表現、すなわち《孤立系のエントロピーは不可逆変化によってつねに増大する》という「エントロピー増大の原理」（「法則」とも言われる）を概念的に理解しておくだけで十分である。

一例をあげると、中仕切りによって分けられた水槽があり、左側には熱い湯が、右側に冷たい水が入っているとする。両者は、中仕切りによって遮られているため交わることはない。次に、中仕切りを取り去ると、熱い湯と冷たい水はまじりあって、全体としては、中間の温度の均一な生ぬるい水になるであろう。一旦、均一になってしまったものを、手間をかけることなしに、再び熱い部分と冷たい部分にもどすことはできない、というのが、「熱力学第二法則」あるいは「エントロピー増大の法則」の一例である。ただし、これは、その装置が「孤立系」であるという条件――すなわち、その装置（今の場合は水槽）が外部とのエネルギーのやりとりをしないという条件のもとでの話である。

たしかに、水槽の真ん中に再び中仕切りを入れ、左側を温め、右側は冷やせば、状態はもとに戻る。だがこの場合は、手間をかけたことになる。物理的にいえば、この場合、装置は「開放系」であるということになる。「開放系」とは、外部とのエネルギーをやりとりがなされている装置のことである。

要するに、「熱力学第二法則」あるいは「エントロピー増大の法則」とは、熱い湯と冷たい水とをまぜれば生ぬるい水となり、なんらかの手間をかけなければ、それをもとに戻すことはできないという、不可逆性を表現した原理である。

ところで、最初、水槽のなかでは、左側には高い熱エネルギーをもった水が、右側には低い熱エネルギーをもった水があるという「秩序」があった。次に、中仕切りをとることによって、「秩序」は崩れ、乱雑さが増大していく。エントロピーは、この乱雑さの指標である。すなわち、水がまじりあい、熱交換をし合い、もうそれ以上の変化をやめてしまった均一状態はまた、乱雑さが最大になった状態、すなわち、この装置におけるエントロピーの極大の状態である、ということになる(2)。

熱い物質と冷たい物質に分かれている、温度差をもった装置は「仕事」をすることができる。たとえば、熱い空気と冷たい空気のあいだには風が起こる。熱い水と冷たい水のあいだには流れが生じる。だが、均一化し、エントロピーが極大に達してしまったシステム内ではもう「仕事」がなされることはない。比喩的にいうならば、それは、動きのない死の世界であるといえる。

われわれが住んでいるこの宇宙を孤立系とみなせば、すなわち、他の宇宙（それがあるとしてだが）とのエネルギーのやりとりをしない閉じた系とみなせば、最終的にそのエントロピーは極大に向かい、宇宙は、最大限の無組織・無秩序状態にいたるであろう。そうすれば、宇宙は、熱力学的意味での「仕事」をすることができなくなり、「熱的死」（mort thermique, 熱死と訳されることもある）にいたるはずである。

ここで、複雑系的思想家エドガール・モランの表現を借りよう。

クラウジウスは第二法則の射程を宇宙全体にまで一般化することをためらわなかった。宇宙は、有限のエネルギーを持った《全体》として見るならば、閉じた巨大システムと考えられるからである。したがって、彼の公式によれば、《宇宙のエントロピーは最大値へと向かう》、すなわち、不可避な「熱的死」へと向かうのであって、このことは、ボルツマンによって開かれた見通しによれば、組織崩壊と無秩序へ向かうことを意味することになろう。(3)

ここで、この章の始めのあたりで引用した文で、ジイドが「この必然的な均一化は、我々の眼前で、休みなく細心に成し遂げられている。同じように、物質世界全体は均等になり、そのエネルギーを弱めていく。まだ若かったころ、この考えが私に付きまといはじめたが、それが今や、科学的にのべられていることがわかっている、つまり、それは、馬鹿げてはいなかったわけだ」とのべていたことを思い出してみよう。ジイドが、ここで念頭に置いているのが、熱力学第二法則でありエントロピー増大の原理であることとは、「科学的にのべられていることがわかっている」の部分からも、明らかである。科学といっても生物学にしか関心がないとおもわれがちなジイドが、熱力学第二法則にまで言及していること自体が驚きであり、特記するに値する。知る限り、ジイド評者達は、これまで、エントロピー増大だとか熱力学第二法則ということをテーマとして取りあげたことはなかったし、今の文を引用したことさえなかった。

ジイドが、熱力学第二法則についての知識をどこから仕入れたのか、筆者は、残念ながらまだ把握していない。

ヴァレリーは、『カイエ』の到る所で、エントロピーについて、そして熱力学第二法則にもとづくいわゆる熱的死についてのべている。この恐るべき友人からの影響は考えられるのだが、ただジイドがこの文を書いた時点では、『カイエ』はまだ刊行されていない。

以上でのべた、エントロピー増大の法則、熱力学第二法則、そして熱的死などについては、そしてとりわけ、地球は活力を失いやがて停止状態にいたるというショッキングなストーリーについては、当時すでに、科学の普及書等によって流布していたのではないかと思われる。たとえば、プルーストも、その『失われた時を求めて』の作中人物である作家ベルゴットの死を、冷えゆく地球にたとえている。

彼はこんなふうにして次第々々に冷えていったのだが、その体は、いつか少しずつ熱が、次いで生命が引いていくときの、地球というこの大きい方の惑星の最後の日々に先だつ光景を思わせる小さな惑星のようなものであった。そのとき蘇生は終わっているだろう。というのも、人類の作品がどれほど先の未来の世代まで輝きわたろうとも、やはり、人類が存在しなければ話にならないからである。人類が死に絶えたあと動物のいくつかの種が、忍び寄る寒気にまだ耐えていたとしても、それにベルゴットの栄光がその時まで続いていると仮定してだが、栄光は急遽、永久に消えてしまうことだろう。(4)

さて、ジイドが明らかにエントロピーについて述べたものとわかる文としては先ほどのものしかないので、これを、一行々々詳しくみていこう。

そう、自らの重量によって引きずりおろされる水滴が、再び水蒸気となって空へ昇り、雨となってまた落ちてくるということを私は知っている。

ジイドは、このような大気循環の様を、すでに一九一九年にものべている（→〈『田園交響楽』のエネルギー観〉、→〈物質主義と精神主義の融合〉）。一九一九年の文では、大気循環をひきおこすエネルギー源としての日光が、その抒情を形成するのに大きな役割を果たしていた。ここでも、ジイドは、水蒸気を上昇させては雨として降らせる大気循環の原動力として、直接書いてはいないが、日の光を意識していないはずはない。すなわち、地球の外部から降り注ぐ陽光が、地球表面の大気循環と生命循環のエネルギー源となっている。このように、地球は、太陽エネルギーが降り注ぐ開放系であるのだが、その開放系では、《孤立系のエントロピーは不可逆変化によってつねに増大する》という熱力学第二法則は適用されないという点に、ジイドが気づいていたかどうかは不明である。

だが、岩は浸食され、砂利は、小川によって大河へと押し流される。それから、大河は、海へ注ぐ。だが、花崗岩は崩壊し、そういったものすべては、この必然的な傾斜を再び上っていくことはない。ひときわ高く聳え立つ山脈も、谷へ、平野へと崩れてゆき、その残骸は堆積し、たいらとなる。

ここで、ジイドは、地球表面の現象を、不可逆な劣化と捉えている。劣化というのも、山や岩、花崗岩は崩壊し、その形を失ってしまうからである。物理的にいうならば、高い山は、その位置エネルギーを失って、「仕事」をする活力をなくしてしまう。この、取り返しのつかない劣化、この不可逆性こそは、物理法則のなかでも熱力学第二法則だけがもつ特徴である。たとえば、メラニー・ミッチェルのわかりやすい表現を引用しよう。「興味深いことに、過去と未来を区別する基本物理法則は、この熱力学第二法則のみであり、その他すべての法則は時間の経過のなかで可逆的だ」（『ガイドツアー　複雑系の世界』七八）。ただし、地殻は孤立系なのではなくて、実際には、地球内部のエネルギーのためにプレートが動き、プレートとプレートのぶつかりあいによって再び高い山ができるはずである。

すべては、次第々々に高くないところから、次第々々に浅いところへ落ちるようになっていく。この必然的な均一化は、我々の眼前で、休みなく細心に成し遂げられている。同じように、物質世界全体は均等になり、そのエネルギーを弱めていく。

ここでは、落下の高低差が次第に小さくなっていく様が描かれているのだが、結局、こうして、ジイドは、反応が均衡状態に近づけば、その反応速度も次第に穏やかになっていくという点までを含めて、均一化までの過程を予想している。つまり、「この必然的な均一化は、我々の眼前で、休みなく細心に成し遂げられている」というわけである。

ただし、「同じように、物質世界全体は均等になり、そのエネルギーを弱めていく」の一文には、熱力学上、ちょっとした誤りがある。ジイドの誤りを指摘すること自体が目的ではないので、ごくかいつまんで説明すれば、熱力学第一法則は、熱エネルギーと、他方、仕事をする力学的エネルギーをあわせたエネルギーは保存されることを保証している。平衡状態では、仕事に使うことができるエネルギーはなくなるが、熱エネルギーそのものが消えてなくなるわけではない。ジイドが、「エネルギー」の語で考えていたのは「力学的エネルギー」のことであって、要するに、この一文で言いたかったことは、その巧みな筆致によって十分に表現されているように、地球の表面が不可逆的に活力を失っていくということである。

もし以上についての知識があったとしたら、ジイドは、「同じように、物質世界全体は均等になり、そのエネルギーを低級化させていく」と書いたことであろう。ここで、「エネルギーの低級化」(dégradation de l'énergie)とは、力学的エネルギーの熱エネルギーへの散逸を意味する。

続く文、「まだ若かったころ、この考えが私に付きまといはじめたが、それが今や、科学的にのべられていることがわかっている、つまり、それは、馬鹿げてはいなかったわけだ」については、晩年のジイドについてのみ考えている本章では取りあげない。これについては、次章で、〈劣化の進化論と進歩の進化論〉の観点から論じたい。

さて、最後の文をもう一度、引用しよう。

私はこの考えに釣り合いを持たせるために、科学には収まりきらない、このような別の考えを対置したい。その考えとは、物質のこの均一化は、精神のいや増す高低起伏の作用を《対応者》とするというものだ。

なるほど、エントロピー増大の法則によれば、物質は均一化へ向かうものである。だとすれば、人間精神の存在意義は、その均一化へと向かう動きに逆らうことにあるのではないか、そして、物質の均一化の《対応者》として、精神はいや増す高低起伏の作用を発揮していかなくてはならないのではないか――これが、ジイドの考えである。ただし、彼は、この考えを、「科学には収まりきらない」ものであるとしている。

ジイドの考えは、本当に「科学には収まりきらない」ものなのであろうか。

たしかに、宇宙が閉じた系であるとすれば、熱力学第二法則により、すべては最終的に、均一化、あるいは無秩序へと向かう。だが、動植物、とりわけ人類の活動を見るかぎり、むしろ反対に、生命は、無秩序にうちかって秩序を建設してきたようにみえる。このことを、科学はどう説明するのであろうか。根本的には、熱力学第二法則を認めながらも、複雑系科学者メラニー・ミッチェルは、以下のようにのべる。なお、最初の四行は、ミッチェル自身がシェイクスピアから引用したものである。

おおどうして夏の甘い呼吸が
あの吹きすさぶ破壊の季節に対抗できようか。
「時」の破壊に対しては不落の岩壁も
鉄の城門でもそれほど頑強ではないのだから。(5)

これは最大エントロピーに向かう容赦のない行進を示唆する、陰うつなメッセージだ。だが自然は、たった一つの例外をもたらした。生命である。誰が考えても、生物系は複雑だ。それは秩序と無秩序の中間地帯のどこかに位置している。直感的にいえば、長い生命の歴史を通じて、生物系ははるかに複雑になったのであり、無秩序になってエントロピーを増大させたわけではない。

(『ガイドツアー　複雑系の世界』一二四)

ミッチェルも、「だが自然は、たった一つの例外をもたらした。生命である」と書いている。ただここで早とちりをしてはいけないのであって、ミッチェルは、熱力学第二法則にたいする例外を認めているわけではない。生命が例外であるようにみえるのは「直感的にいえば」であって、その直感によれば、たしかに、生命は、エントロピー増大に逆らう活動をしているようにもみえる。だが、彼女は、続けて、「今や私たちは、エントロピーを減少させるためには仕事がなされなければならないと知っている」とする。ジイドは、「直感的に」、人間をもって、熱力学第二法則にたいする例外的存在ではないかと期待したのである。開放系である生命体には、局所的な現象として、熱力学第二法則は適用されない。生命は、孤立系ではなく、外部からエネルギーを摂取している開放系であり、取り入れたエネルギーによってエントロピーを減少させている。であるから、秩序を建設するという人間の活動も、熱力学第二法則に違反しているわけではない。ただ、宇宙全体としては、やはり、エントロピーは増大にむかっている。

宇宙全体のエントロピー増大という行進は止まらないにしても、局所的には、エントロピー減少へと向かう系が形成されうると、ドーキンスは述べる。

宇宙のほとんどすべてのエネルギーは、仕事ができる形からできない形へと着実に劣化していく。そこには、水準の低下、混乱があり、ついに最終的には、宇宙全体が一様で、何事も起こらない（文字通りの）「熱死」に落ち着く。しかし、全体としての宇宙が不可避の熱死に向かって急降下しているあいだに、少量のエネルギーが小さな局所的な系を反対方向に動かす余地はなくはない。海から蒸発した水は大気中に上昇して雲となり、のちに雲はその水分を山頂に落とし、水は河川となって山を走りくだり、水車や水力発電所を動かすことができる。水を持ち上げる（したがって、発電所のタービンを動かす）エネルギーは太陽からやってくる。これは熱力学第二法則の侵犯ではない。なぜなら、エネルギーがたえず、太陽から供給されているからである。太陽エネルギーは緑色の葉でも似たようなこと、化学反応に局所的に「坂を上らせ」て、糖、デンプン、セルロース、および植物組織をつくらせる。最終的に植物は枯死するか、あるいは動物にまず食べられる。捉えられた太陽エネルギーは、無数のエネルギーカスケードを通じて、あるいは、最終的には細菌や菌類が植物、あるいはさらに動物をも分解するところまでに至る、長くて複雑な食物連鎖を通じて、滴り落ちていく機会がある。あるいはその一部は、最初は泥炭として、やがては石炭として、地中に身を潜めるかもしれない。しかし、究極的な熱死に向かう普遍的な趨勢をけっして逆戻りさせることはできない。食物連鎖のあらゆる環で、すべての細胞の内部でおこるあらゆる滴下カスケードを通じて、エネルギーの一部は無益に失われてゆく。なぜなら永久機関は……いいだろう。そのことはもう十分に繰り返した。

（『進化の存在証明』五六九～五七〇）

人間をして、物質の均一化への行進に逆行するような振る舞いをさせうる原動力、それは太陽エネルギーであった。『新しき糧』で光を褒めうたい、大気循環が織りなす調和した秩序を描き出すとき、ジイドは、生命までを貫くそのエネルギーの循環のことを考えていたといえる。もちろん、大気循環は、雨をふらし、高くそびえる山や岩を侵食しもする。しかし、ここには、晩年のジイドの、物質の均一化作用のなすがままにはさせておかない、人類の進歩への期待がこめられていたということができる。このことについては、次章で、もう一度、確認しよう。

（1） ディヴィッド・スティールは、その論文のなかで、「エントロピー」についてわずかにふれており、次のように書く。《エントロピー――この作家はこの語を用いず、むしろ「疲弊」の語を好んだけれども――によるその［注、人間エネルギーの］不活発さへの退廃》。ただし、「エントロピー」を「疲弊」の同義語ととっていることからもわかるように、スティールは、この物理用語の意味を理解しそこねている。David Steel, « gravitation, relativité, théorie des quanta et le bigbang — le cas des *Caves du Vatican* », *Bulletin des Amis d'André Gide*, n° 183-184, juillet-octobre 2014, p. 130.

（2） 蛇足ながら、生ぬるく均一になった状態こそは「秩序」ではないかと思うかもしれない読者のために、一言しておきたい。お湯と水とにわかれているほうが秩序度が高いことを理解するためには、分子のレベルで考えてみればよい。お湯の分子は赤いビー玉、水の分子は青いビー玉で、水槽の中仕切りの左側には赤いビー玉が千個あり、右側には青いビー玉が千個あるとしよう。これは、赤と青の秩序をなしている。次に、中仕切りを取り去りかき回すと、赤いビー玉と青いビー玉は交じり合う。この混交状態は、マクロ的には――つまり人の目には――紫という均一な秩序状態に見えるかもしれない。しかし、ミクロ的には――つまり分子レベルでは――、赤と青がどうしようもなく交じり合った無秩序状態である。

(3) Edgar Morin, *La méthode 1 — La Nature de la Nature*, Seuil, 1977, p. 36.

(4) Marcel Proust, *À la recherche du temps perdu*, t. 3, Gallimard, 1988, p. 689.

(5) 原注によれば、シェイクスピアのソネット六五。

劣化の進化論と進歩の進化論

さて、本章では、前章で一行々々分析した「断章」の一節のうち、唯一つ取りあげなかった一行について考察するとともに、若いころから晩年にいたるまでのジイドの科学的・物質的世界観について、進化論という観点からのまとめを行いたい。さて、その一行を、もう一度ここに引用しよう。

まだ若かったころ、この考えが私に付きまといはじめたが、それが今や、科学的にのべられていることがわかっている、つまり、それは、馬鹿げてはいなかったわけだ。

さて、ジイドは、若いころから「この考え」すなわち「物質世界全体は均等になり、そのエネルギーを弱めていく」という考えにつきまとわれていたという。とはいえ、ジイド自身のこのような証言にもかかわらず、われわれは、探してみても、若いジイドのうちに、物質は均一化しやがて熱的死にいたるという世界観を見つけることは、おそらく、できないであろう。

いずれにしても、「それが今や、科学的にのべられていることがわかっている、つまり、それは、馬鹿げてはいなかったわけだ」というのだから、晩年のジイドがいう、若いころのその考えとは、科学的タームによって述べられたものではない、ということになる。そこで、もう少し基準を緩めて探してみると、次のような一文が浮かんでくる。これは、『日記』の一八九六年の分のあとにそえられた「文学とモラル」と題された断章からの引用である。

理論。事物は永久に不均衡状態にある。ここから、その流動が生ずる。平衡、それは、完全なる《健康》である。テーヌ氏が、幸いなるまぐれと呼ぶところのものである。それは、われわれが今のべた理由で、物理的には実現不可能である。だが、芸術作品においてのみ実現可能である。

作品とは、時間の外の平衡、人工的健康である。

以下この文を、「理論」で始まる文と呼ぼう。なお、この文はこれだけで独立しており、「われわれが今のべた理由」とは、他所にあるのではなく、「事物は永久に不均衡状態にある」の部分を指している。さて、これを、熱力学第二法則に言及している晩年の文と比べてみると、共通している部分と、そうでない部分がある。共通していないのは、若い時のジイドがみた事物は、永久に動き続けるという点である。「事物は永久に不均衡状態にある。ここから、その流動が生ずる」。このため、「均衡」は、「物理的には実現不可能である」というわけである。共通しているのは、不均衡状態にあるからこそ、事物は均衡状態を目指して動くという原理である。晩年のジイドにとって、至るべきその均衡状態とは、今みたように、いわゆる熱的死である。若いジイドにとっては、均衡状態とは、時間と空間を越えたところで花咲く、芸術作品のことである。たしかに、これとは反対に不均衡状態にある事物もまた、均衡状態を目指して動き続けている。だがそれは、「幸いなるまぐれ」によってしか達することができない、希な状態でしかない。

しかし、以上をもってしては、物質世界の動きがやがて緩慢になり、停滞してしまうという、晩年における熱力学第二法則のイメージを、若いころからもっていたという言明を納得することはできないであろう。最初は活発であった世界が、ほおっておけば、やがては停滞していくというジイドの世界観は、物質観というより、偉人の影響はそのエピゴーネン達によって広められるとともに、最後にはまさにその亜流の人達によって食い尽くされてしまうという、彼一流の歴史観に通ずるものである。以下の文で、ジイドは《観念》というミームの動きを、社会的現象ととらえており、ここに、思想運動というものが、その自らのメカニズムによって衰退していく過程を描き出している。以下は、〈「観念」の闘争〉でも引用した、講演『文学における影響について』(一九〇〇年)からの一文である。

往々にして、偉大な観念は、それを言い表すのに、それをまるごと膨らませるのに、ただ一人の偉人だけでは十分でない。偉人一人では、そうするのに足りない。何人もの人がそのために尽力しなければならない。この元の観念を引き継ぎ、それを繰り返して言い、それを屈折させ、こうしてその有終の美を飾らなければならない。〔…〕

最後に、一連の偉大な精神が、偉大な観念を高めるのに専心したとしても、その観念をくたびれさせ、それを巻添えにし、それを壊すのに専心する他の人達が必要である、と言おう。私がいうのは、激しく反対する手合いのことではない。いや、こういった者たちは、普通、彼らが戦っている観念に力を貸すものであり、その反感によってこれを強くする。そうではなく、私が言っているのは、これに仕えていると思っている人達、観念がそのなかでとうとう精根つき果てる不幸な末裔のことである。——そして、人類というものは、観念の恐るべき消費をするものであるし、また消費しなければならないので、観念がまだそのなかにもっている気前よさを使い果たしてしまうことによって、そして観念をば、それがそう見えていた《真実》という外観から再び《観念》に戻すことによって、とうとう観念からそれがもっているあらゆる樹液を奪い取ってしまう人達に感謝しなければならない。というのも、彼らは、続いてやって来る人達に、新たな観念——順番でまた《真実》と見えるような観念——を探し求めるように強いるからである。

この講演がなされた一九〇〇年といえば、ジイドが『背徳者』（一九〇二年）の執筆のために多くの時間を注ぎ込んだ時期である。以上の歴史観は、〈『背徳者』にみる進化論的発想〉でのべた、その主人公である考古学者ミシェルの、ローマ帝国衰退についての主張に通ずる。すなわち、一国の文化とは、まず潑剌とした命から生れるものなのであるが、やがて、それは硬化し形骸化し、それを生み出したところの最初の生き生きとした精神、すなわち「命」を殺してしまうにいたる。ミシェルの考えによれば、人間の歴史とは、このような衰退の歴史であり、だからこそ彼は、起源の生命を取り戻すべく反抗するにいたる。ここに、ジイドの文明批判、モラル批判の原点がある。

さらに、〈キュヴェルヴィルでの人為淘汰の実験〉で、われわれは、ジイドが、その実験をした庭での雑草の繁茂を嘆くのを見た。美しい花を咲かせても、ほおっておけば、やがて、すべては雑草に取ってかわられるであろう。良い花を咲かせるには、人間がたえず手をかけてやらなくてはならない。これが、園芸家としてのジイドの考えであった。〈中間からのスタート〉しかしないという不満に加えて、ここにこそ、ジイドが心からダーウィニズムに与することができない理由があったのであった。一九一〇年六月十五日の『日記』の一文をもう一度、引用しよう。

毎年、庭に戻ってくるたびに、同じ失望を味わう。つまり、稀有な種と変種の消失である。有り触れた凡庸なやつの勝利だ。《類まれなケースの排除……平凡な類型の、そしてそれよりも劣った類型さえの避けられぬ支配》と、《反ダーウィン》のニーチェは言ったものだ。

要するに、この反ダーウィンの考え方によれば、自然淘汰のメカニズムは、《類まれなケース》の消滅によって均一化をもたらすものである。基本的には非目的論的なダーウィニズムには賛成するものではあったとしても、ジイドは、それが以上のような逆方向の進化論、すなわち熱力学第二法則が告げているような均一化へ向かう進化論であることを恐れてもいる。要するに「まだ若かったころ、この考えが私に付きまといはじめたが、それが今や、科学的にのべられていることがわかっている、つまり、それは、馬鹿げてはいなかったわけだ」というときの、ジイドの考えとは、人類の均一化のことだったのである。このようなジイド的理解における、多様化ではなく均一化へと向かう進化論を、われわれは、《劣化の進化論》と呼んでよいだろう。

とはいえ、『新しき糧』のころ、ジイドは、〈「進化」と「進歩」の混同〉をしながら、進歩の進化論に期待をかけてもいることは、すでに述べた。前章で取りあげた「断章」の一節では、この二つの進化論が重なり合っている。一つは、熱力学第二法則という、宇宙全体を均一化へと向かわせる逆進化論であり、もうひとつは、その均一化を食いとめ、世界に高低差をもたらそうとする、人間の介入による《進歩の進化論》とでも呼ぶべきものである。

ジイドの考えによれば、熱力学第二法則と進化論は、相反するようにもみえる。だが、科学の教えるところによれば、熱力学第二法則は外部からエネルギーを受け取らない孤立系において成り立つものであり、進化論は外部からエネルギー――地球の表面にかんして言えば主として太陽エネルギー――の供給をうける開放系において実現するものであって、両者は矛盾しない。

ジイドは、おそらく、開放系と孤立系という区別を知らなかったであろう。彼が知っているのは、人間には、情熱が押しよせるときと、情熱が後退するときがあるということである。「メランコリーとは、静まった情熱のことである」（『地の糧』第一の書の一）。また、人生には、上り坂と下り坂があるという見方がジイドにはある。「自分の傾向をたどるのは、いいことだ、それが上り坂であるかぎり」（『贋金つかい』第三部第十四章）。元気一杯の、いわばエネルギーに満ちあふれた人は、上り坂をのぼることによって、いわば人類の高低差を増加させるのに寄与することになるであろう。反対に、情熱の去った萎れた人は、坂をくだることによって高低差をちぢめ、人類の均一化を押しすすめる結果となるであろう。

ジイド独特の進化論、すなわち、〈ダーウィニズムと創造説〉をドッキングさせたような進化論には、世界の誕生の時点までもが、神話的発想によってだが、織り込まれている。この〈コスモゴニー〉はまた、生命と意識の誕生を含みこむものである。発生のメカニズムは、〈物質は人間にたいして従順か〉の章でのべたような生命誕生時の、そして単純な細胞の生命維持段階での、いわば生きるために食べ食べるために生きるといったようなトートロジックな性格を有している。

最初、「シンプルな自律体」のように素朴であった人類は、環境との共進化、神との共進化によって、その意識を進化させてきた。だが、初期値鋭敏依存性のはたらく複雑系的世界にあっては、人間には、トートロジックな自らの意識を時として乗り越えなければならないといった瞬間がある。これは、未来を向き、冒険を事とするジイドが、重々理解してきたことであり、おこなってきたことである。

とはいえ、ジイドが、人間の意識の美しさに驚嘆するのは、それが物質とのトートロジックな循環を、いまのべたのとは別な意味で——無償の行いをするという意味で、乗り越える瞬間である。

一九四七年の『日記』のあとに添えられた『秋の断想』では、人類がいない時点から、それが誕生し、無償の行為をなしうるにいたるまでの、壮大なコスモゴニー、あるいはコスモロジーが語られている。

何も、そして誰もいないということは充分ありうる。何もないと気づく、そしてそのことを当然だと思う誰一人としていないということが。

だが、何かがあるということ、それがなんであろうと、これは奇妙なことだ。これについての私の驚きはやむことがないだろう。

何かであり、無ではないということ。この何かが作られるには、何であれこのあるものがカオスから引き出されるには、幾世紀も幾世紀もの年月が必要だった。ほんのちょっとした生命が得られるにはさらに幾世紀もが。また、この生命が意識にいたるためには、さらにまた長い年月が。この歩み、この話は、その始まりからして、私にはもう分らなくなった。しかし何よりも理解を絶するのは、無私無欲という感情である。これを前にして、私は、驚き、感嘆する。人は、おそらく誤って、動物の、母性的な、つがい間の、あるいは利他的な献身を前にして、うっとりするが、ついには、それを説明し、その価値を減ずるにいたる。つまり、その中には、取り分けて無私無欲と呼ぶしかないようなものは何もない。すべては、自らにあたえられた傾斜と快楽を下っていく。このことは認めよう。だがそれも、この感情を、昇華され、しかも無償ということができるようになって、人間のうちに、再び見出すときに、ますます褒めたたえるためなのである。他人にたいする、一つの抽象的な義務にたいする、一つの観念にたいするほんのささやかな献身、自己犠牲を前にしても、私はひざまずく。ここにまで至らねばならぬのだとしたら、この世の残余のすべて、人間達の途方もない悲惨さすべても、酷すぎるというわけではない。

たしかに、個人主義者ジイドは、人類の進歩に期待をかける。それは、人類が建築しうる偉業への前もっての賛歌であるというより、環境へとトートロジックに適応しようとしてきたことから出発した人間というものには最終的に何がなしうるのかという問いへの答えとしての、人間にはほとんど不可能なといっていいほどの《無償の行為》への期待である。

もし、〈偶然と必然のあいだに〉で取りあげたような九鬼周造のように、偶然とは、必然でないところのものであり、必然とは、偶然でないところのものであるとして、両者を截然と区別してしまえば、必然だけの世界においてはモラルは不要であるはずだし、偶然だけの世界にあってはモラルは役立たずであるだろう。実際には、偶然と必然とは、我が国には糾える縄の如しという表現もあるように、複雑系的に絡み合っており、この錯綜によってこそ、人間世界にあって、モラルの問題が可能となる。モラルの問題が成立しうるこいうこと、このことは、最低限、必然と偶然は、九鬼周造がいうようには、截然と分けられないことを含意する。

モラルの問題が成立しうる世界と、それが成立しない世界にあっては、「利己的」ということの意味は逆転する。「無償」ということの意味も逆さまになる。ジイドは、『鎖を離れたプロメテウス』の登場人物の一人であるボーイに、次のようにいわせている。ジイドは、両方の世界を同時に提出することで、読者を故意に混乱させているといえる。

> 無償の行為！〔…〕私は長いこと、これこそは人間を動物から区別するものだと考えてきました、無償の行為ってやつがね。私は人間のことを、無償の行為が出来る動物って呼んだものです。後になってつぎに私は反対のことを考えましたよ。それは、無償で振る舞うことのできない唯一の存在ではないかとね。
>
> （『鎖を離れたプロメテウス』「私的モラリテについてのうわさ」一）

無償ということの二つの意味がなんであるのか、もはや、本書の読者にたいしては、説明不要であろう。ここで、前提としてあるのは、ジイドが、モラルの問題が成立しうる人間世界と、それが成立しない世界――進化論的世界――の両方を同時に眺めているということである。人間のモラル世界の蓋然性を指摘し批判するためには、ジイドは、進化論的世界のうえに立つ必要があった。進化論的世界は、動植物の観察とその理解に基づくものであるが、ジイドは、これを、《来るべき神》の思想にみられるように、人間とその歴史の理解のために適用する。とはいえ、進化論観点への不満もあったことは、見てきたとおりである。さらに、本章でみてきたような《進歩の進化論》を《劣化の進化論》から区別するというジイドの最終的な姿勢には、生物学的進化論にはない、人類への期待がこめられているといえる。

とはいえ、以上をもって、ジイドの思想を「ヒューマニズム」の枠の中にとじこめてしまってよいものであろうか。

最後の最後に――結論にかえて――

アンドレ・ジイドは、一九五一年二月十九日に亡くなった。サルトルは、さっそく『レ・タン・モデルヌ』三月号に、「生きているジイド」と題して、その追悼文を書く。

勇気と慎重さ。このいいあんばいに調合された混合が、その作品の内的緊張を説明する。ジイドの芸術は、危険と規則のあいだの妥協を築き上げようとする。彼のうちにあっては、プロテスタントの掟と、同性愛者の非順応主義、大ブルジョワの思い上がった個人主義と社会的拘束へのピューリタン的関心、ある種の素っ気なさ、伝達することの困難さとキリスト教起源のヒューマニズム、激しくもまた無垢たらんとする官能性が均衡を保っている。そこでは、規則の遵守が、自発性と結びつく。

（『シチュアシオン』第四巻）

実に見事なものである。わずかの期間のうちに、おそらくは即座に書いた文のなかで、ジイド的テーマをこれほども明快に列挙しえたのであるから、さすがサルトル！というしかない。サルトルのジイド描写は、実に的確なものなのであるが、それと同時にまた、筆者は、この見事なジイド像に不満を感じないではいられない。

この種の人間ジイドといった像は、『地の糧』だの『背徳者』だの『法王庁の抜け穴』だのといった、ジイドの主要作品をもとにつくられたジイドの姿であるからである。読者は、それでいいではないか、書いた作品からその像が作りあげられたのだとしたら、これは、ジイドは作家なのだから、それこそ本望というものではないか、と。

では、これといった作品を残さなかった時期の作家は論ずるに足らないのであろうか。書かない作家は何ものでもないのであろうか。そうかもしれない。だが、晩年の思想家ジイドは、複雑系的思想家として、作家であることそのものを越えてしまったのではないだろうか。

サルトルのジイド評を見てみるに、この実存主義者は、ジイド的問題を、すべて、ジイドと他者、ジイドとジイド自身、ジイドと社会、要するに息苦しいほどの人と人との関係に還元してしまっている。サルトル風のこの手の見解は、わかりやすいだけに、現在も、少なくとも文庫本の後書きレベルでの解釈としては主流をなしており、それだけに、我が国でも、文学愛好者、ジイド愛好者のあいだで流布しているように思われる。

ジイドにおいて、モラル上の軋轢の問題は、思った以上に早く終焉の兆しをみせている。すぐに終わってしまったとは言わないにしても、少なくとも、それを終わらせる方向性をジイドは、意外なほど早く見定めている。このことは、ジイド自身が述べていることである。彼は、一八九四年の『日記』に書く。

法律とモラルは、本来、教育的なものであり、そしてまさにこのことによって仮のものである。当を得たどんな教育も、これを、なしで済まそうとする。どんな教育も、それ自身を否定ようとする。法律とモラルは子供状態のためのものであって、教育とは解放なのである。

（『日記』一八九四年十月一三日）

だが、極めて高い完成度をもつものだけに、その傑作が、ジイドはいつまでも不安で悩みつづけているという錯覚を、読者に――そしてサルトルにも――あたえ続けているようである。彼らは、ジイドが、〈セレニテ〉（心の平穏さ）に、すなわち、人間は地上の糧だけで勝負すべきであり形而上学的存在に頼らないでも幸福でありうるという境地に達しえたということを知ろうとしない。この〈セレニテ〉のジイドにとっては、社会的拘束も肉欲の問題も、神の覇権の問題も、もはや大した関心事ではないということを彼らは理解しようとしない。

彼らはなおも反駁してくるに違いない。ジイドの価値は、徹底して人間であり、ヒューマニストであったところにあったのだ、と。そうでなくなったから、ジイドは書けなくなったのだ、と。ジイド自身『地の糧』で、「能うるかぎりの人間性を引き受けること」といったではないか、と。確かにそうではある。

人が自信をもって絶対にしないといえること、それは、理解することができないことだけである。理解するということ、それは、自分がそれをなしうるということを意識することである。能うるかぎりの人間性を引き受けること。

（『地の糧』第一の書の一）

ただし、これは、何でも引き受けようという若いころの元気なジイドの話である。若いころのジイドが、理解できないことまでしてしまっていることは、『一粒の麦もし死なずば』を一読すれば明らかである。

ジイドは、やがて、人間には「人間性」という言葉ではとらえられない面があることに気づく。サイコロ的現象を利用するラフカディオという人物の創造は、人間を人間性としてのみとらえようとしている人達への挑戦としてある。悪魔に翻弄されるようにして、人間は偶然にもてあそばれることがある。最終的に、ジイドは、世界には人間のことなど一顧だにしない論理――この冷たい論理をわれわれは物質の方へと振り向ける――もまた存在していることを厳粛に受け止めるようになる。
要するに、ジイドは、「出来事それじたい以外から答えを期待する訳には行かないといった、そういう問題」があることを自覚するようになる。こういった、答えがわからない問題を、ジイドは、再び、サルトルがしたように、自我と他者という二元論的思考へと、窮屈な人間関係の枠へと押し戻すようなことはしなかった。なぜなら、ジイドには、人間世界と物質世界の両方を含む世界、すなわち大自然が見えていたからである。人間的なものと人間的ならざるものは、大自然のなかで、同じ一つの存在物の二つの側面でしかないのに、時として相争いもする。ジイドは、晩年にいたって、『鎖を離れたプロメテウス』のテーマを、すなわち、人間的原理の代表者であるプロメテウスと、宇宙の原理の代表者であるゼウスのあいだの争いのテーマを、「物質」という言葉を用いながら明確化する。

人類の絶えざる悲劇は、プロメテウスとゼウスとの間で、精神と物質との間で、愛と暴力との間で、キリストと天の無関心との間で演じられる悲劇である。その、新しい幕がいま進行している。それは、われわれにとって、参加しない観察者であることができないし、あってはならない悲劇である。これは、ゼウスにたいして勝利をおさめるには、《ライオンの力と蛇の狡知》を要する悲劇である。
（『日記』の一九四二年の分のあとにおかれた「断章」）

本書の流れを追っていない人達であったら、ここで、ジイドは、プロメテウスと精神とそしてキリストの側にのみ立っていると、すなわち、ゼウスの宇宙にたいする人類の勝利を願っていると解釈するかもしれない。だが、人類の繁栄が、ゼウス的宇宙との共進化のうえに築かれてきたことをジイドが理解していることを思えば、事態はさほど単純ではない。ジイドの理解からは、後者の項、すなわち、物質、自然の暴力、天の無関心もまた抜け落ちてはいない。人類の勝利と同じくらいに、いやそれ以上に大切なことは、世界を正しくはっきりと偽りなくとらえるということであり、それを受け入れるということである。

避けがたいものと、修正可能なものとがある。

(『日記』の一九四七年の分のあとにおかれた「秋の断想」)

だが、その受容の姿勢は、〈セレニテ〉でものべたように、日本的ないわゆる「諦観」とは違っている。ジイドは、修正可能なものを蔑ろにしない。とはいえ、ジイドは、避けがたいものまでを、心地よい形而上学によって、修正しようというのでもない。

晩年のジイドから、世界の非人間的な——残酷なという意味で非人間的なというのではなくその「暴力」や「無関心」をも含めて人間的要素の欠如したという意味で非人間的な——側面が視界からきえることはなかった。世界の人間的でない面を認めるというのは、ジイドのような柔らかい心にとってはつらいことではある。だが、摂理の神の無関心という無慈悲を、そしてまた反対にゼウス的宇宙における物質の暴力的な介入を認めることで、ジイドは、人間と人間の問題というサルトル的地獄から解放されもした。初期値鋭敏依存性と進化論的非目的性に支配された複雑系的世界にあっては、モラル的思考は無効であると気づくことによって、ジイドはモラルの問題から最終的に解放されたのであった。そのかわり、ジイドは、世界の非人間性という灰色の心象風景を目にすることになる。その極みとして、彼はその冷たく透きとおった心象風景に、悲痛な喜びを覚えさえすることがあった。一九四一年九月二十七日の月夜の晩のことである。

一九四一年九月、ジイドは、アンドレ・モロワの息子ジェラールと、南仏グラース——この香水の町から数キロのところにジイドゆかりの別荘があった——で、ときどきチェスをしたものだった。チェスとは、《来るべき神》の見方からすれば、無秩序からはじまって最後の審判へといたるという点で、意味深長なゲームである。ゲームの始まりの整然と並べられたコマの配置は、人間の手が加えられていないという点では、ちょうどまだ石が置かれていない碁盤と同様に、秩序というよりはカオスである。そのカオスに、対局者が、人間としての意図を刻んでいく。差し手は、相手の差し手と共進化しながら、チェスボードというシステムのなかで、様々な、時には対局者自身にとっても思いもよらないような意味を帯びていく。だが、最終的に、勝ちか負けかという審判が下り、ゲームは終わる。ジイドがチェスというゲームを好んだのは、あるいは、それが、彼が抱いていた《来るべき神》の構図に似ていたからではないかと思われる。

さて、一九四一年九月二十七日も、ジイドはジェラールとチェスをした。この帰り道での印象を、余命十年のジイドは、『日記』に次のように書く。

時として、突然、あらゆるものが人を驚かし、奇怪にみえてくるときがある。自分自身の、見ているものの現実が信じられなくなる。今夜、ジェラール・モロワとチェスを一勝負したあと、私はグラースのパーク・パレスを立ち去って、グランド・ホテルに向かおうとしていた。半月が雲一つない空に浮かんでいた。夜の超自然的な静寂をみだす、物音一つ、そよとの風とてなかった。そして突然、空の美しさ、まどろんだ自然の不動のセレニテ、私の存在そのもの、そして地面に落ちている私の小さな影、そういったものすべてが、渾然一体となって、答えのない、そして私の魂を苦悩と悲嘆で締めつける、果てしない問いへと溶け込んでいくように思われた。ああ、私は、崇拝と愛とで、と書くこともできたであろう。というのも、この苦悩にはいかなる現実的な悲しみも伴わず、また、この悲嘆は、私の物狂おしいほどの感謝を誰に向かって述べたらいいのか分からないところからきていたのだから。

ジイドのこのときの「苦悩と悲嘆」は、彼が、「見ているものの現実が信じられなくなる」ほどのもう一つ別の世界へ連れて行かれてしまったことからくるといってよいであろう。そしてそのもう一つ別の世界とは、昼の明るい太陽ではなく、夜の冷たく弱い月の光によってのみ照らされた物質の世界である。ジイドは、半月としているが、一九四一年九月二十七日のグラースの月は、天文シミュレーションソフトウェアによれば、月齢六日で、半月よりは心持ち細かったはずである。月の光に照らされたその風景は、（ジイドが幾分誤解していたところの）熱力学第二法則にしたがって高低差をうしない冷えていく地球の末期的な姿を彷彿とさせたはずである。この光景の「物音一つ、そよとの風」とてないという峻厳さは、この冷たい物質の世界が、神さえ曲げることのできない厳格な法則にしたがっているところからくるといってよいだろう。

とはいえ、そこに、「崇拝と愛」のようなもの、「物狂おしいほどの感謝」が湧きおこってくる。これは、人間世界を横目でしかみない、物質の支配者ゼウスへの賛歌であるといってよいだろう。月に照らされたその物質の世界がなければ、自分もまた存在しないだろうという感謝を、この恐ろしい支配者にしなければならないということが、ジイドの胸を悲嘆で苦しめる。

半月という「雲一つない空に浮かんでいた」小さな光源からくるひかりは、弱いながらも、くっきりとした影をつくったであろう。「地面に落ちている私の小さな影」も、奇妙なほどに明確な輪郭を描いていたことであろう。月に照らされたくっきりとした世界は、反対に、ジイドに、「答えのない、そして私の魂を苦悩と悲嘆で締めつける、果てしない問い」をもたらす。〈「なぜ」から「どのように」へ〉で述べたように、一九二九年、ジイドは、

「極めてつつましやかな花がその自然な答えになっていないような、どれだけの込み入った問題があるというのだろう」とした。ジイドは、明瞭な輪郭をもった月光の世界にたいして「なぜ」と問うのではない。彼はいまや、明瞭なものが、無秩序と、無限の組み合わせによって不可解なものと、背中合わせになっていることを知っている。最終的なジイドにとっては、複雑系的視点と同じく、秩序と無秩序、論理と非論理（あるいは論理と非論理的とさえみえる多様性・複雑性）とは同じ一つのものである。月にくっきりと照らされた世界を眺めながら、ジイドは思う。この「答え」は、いかなる問いの答えとなっているのだろうかと。

もちろん、この月下での心象風景は夜のものでしかない。昼には、また、ジイドは、誰かと会い、誰かとチェスをするであろう。とはいえ、彼が、「誰に向かって述べたらいいのか分からない」ような複雑系的世界の深淵を覗き込んでしまったことは確かである。

あとがき

最後に、敢えて言っておかなくてはならないことがある。ほぼ四十五年ほどまえ、私は理学部物理学科の学生であったということ、このことは、言っておこうと思う。それは、私が、物理用語にかんして、運動エネルギーだとか、質点だとか、熱力学第二法則についてのべるとき、さらには、学そのものにかんして、物理学とはだとか、ニュートン力学とはだとか言うとき、読者のなかには、生半可な知識を振りまわすものじゃないと、不快に思われた方がいるかも知れないからである。

これは、実際にあったことである。ミッチェル・ワールドロップ著『複雑系』に触発されて、初めてジイドと複雑系といったテーマで学会発表をしたときのことである。発表のあと、学会参加者の一人が、そっと私に、「このような発表をするには、その前にまず物理を勉強しておかなくてはならないよ」と、忠告してくれたものであった。そのとき私は、かつて物理を学んだことを明かさなかった。学部段階での知識など何ほどのものでもないという、よくいえば自戒、わるくいえば自嘲のようなものが働いていたのかもしれない。

いずれにしても、そのあと転向したことからもわかるように、私は優秀な物理学生ではなかったと自認する。私が履修した科目は、力学、物理数学、電磁気学、統計熱力学、量子力学、光学・分光学、相対論、流体力学、弾性体力学、物性論である。ある科目などは、出来が悪くて、答案の隅にPoincuréと書いた。これは、数学者Poincaré《ポアンカレ》をもじった、「«point»くれ」の意味の、洒落であった。その洒落が通じたのであろうか、無事、単位をいただいた。

正確に言えば、四十六年前、私は理学部の学生となり、入学後、四年間、実質二年半ほど物理学を勉強した。その後の人生の長さを思えば、私が物理を学んだ期間など取るに足りないものである。

あるとき、理学部の学生でありながら、私は、ある大きな書店のフランス語・フランス文学のコーナーのまえに立っていた。すると、会社員風の男の人が、「仏文科の学生さんですか」と声をかけてきた。私は、そうではないが仏文科に転向しようとしている、と説明した。Jさんというその会社員は、フランス語の勉強をしているところであり、仏文科の学生と知り合いになりたかったのである。彼は、それでもいいやというような身振りをして、しばらくのあいだ私とつきあってくれるようになった。

Jさんは、大学のあるその町へ会社の出張できた機会に、その書店のフランス語コーナーに立ち寄ったのだった。会社の仕事がおわる六時ごろ、私は、指定されたホテルを訪ねた。ホテルの夕食をご馳走してくれたあと、彼は、宿泊しているルームへと私を連れて行った。そして、現在勉強中というフランス語の教材と、当時ハイテクであった携帯用の小型のカセットテープレコーダーを見せてくれた。Jさんは、出張先のホテルでフランス語の会話のカセットテープを繰り返し聞くのだ、といった。一回聞くごとに「一」の字を書きくわえるとのことで、テープは、表も裏も「正」の字で一杯だった。Jさんは、「君は、物理から仏文に転向するそうだが、変わったあともけっして物理を捨ててはいけないよ。必ず役にたつはずだから」といった。Jさんとは、三、四回会ったきりだが、その言葉だけは、気になって、今でも覚えている。

とはいえ、私は、卒業後、物理の本――数式主体の専門的な物理の本を紐解いたことは一度もなかった。ただし、今回の本を執筆するにあたって、かつての教科書『物理学（上）』（福田義一、廣川書店）を取り出してきて、「エントロピー」の定義の確認はおこなった。

よく、物理から仏文というのは百八十度の転換ですね、それはまたどうして、と聞かれることがあった。こういった質問に私は、正面から答えたことはなく、もともとどっちも好きだったんですよとか、理系のほうが受験がしやすくてねとか、相手がいかにも納得しそうなことを言うにとどまった。私にとっては物理から仏文というのは、せいぜい九十度程度の転換でしかない感じだったが、その感じを、私自身うまく表現できる自信はなかったし伝わるはずもないと思っていたからである。私は物理がいやになったわけではなかった。ただ、仏文をやらないのは、一生の悔いになるような気がしたために、転向したのである。

いや、物理学を疎ましく思うにいたった点が、ただ一つあった。それは、古典物理学が私にあたえた、世界は必然的に出来ているというイメージである。統計熱力学やそれに関連した熱力学の分野をのぞけば、古典物理学においては、初期条件（計算式にいれる数値などのデータ）が定まっていれば、系（計算の対象となっている物理システム）は、未来永劫にわたって決定され、それは変更不可能となってしまう。

世界は、人間をも含めて、時計のような機械であるという幼稚なイメージを、私は、心から信じたわけではなかった。とはいえ、毎日、ニュートン力学をはじめとする古典物理学、その応用・拡大をしていることがマインドコントロールのように働いて、そのような機械論的構図を思い描いてみたことがあったのもまた事実である。いずれにしても、このような機械的なイメージは、私にとって、気持ちのいいものではなかった。

物理学の法則の必然性と世界の決定性について、大学の図書館で、友人と議論をしたことを今でも覚えている。彼がどんな主張をしたか、私がどんな立場をとったかは忘れてしまった。その白熱した議論は、思わぬ結果となった。図書館員がやってきて、「議論をするのはよいが、図書館の外でやっていただけないか」と、われわれは追い出された。

今になって思うに、私は、当時、カール・ポパーのいう、物理理論の「見かけ上決定論的」（*prima facie* *determinitic*）な性格（古典物理学理論がもつああすればこうなるといった必然的性格）と、他方、「科学的」決定論（‘scientific’ determinism）（世界はどんな精度においても計算できるような予測可能性をもっているという立場）[1]とを混同していたのであった。慎重な手続きを踏んでいるがために必ずしもわかりやすいとはいえないカール・ポパーの主張を、ごく大胆にまとめてしまえば、ニュートン力学のような理論の「見かけ上決定論的」な性格と、世界は決定論的に出来ていてる（データさえそろえばいくらでも予測可能である）という考えは、似て非なるものであって、両者のあいだには大きな溝があるということになろう。ポパー自身は次のように書く。

一見すると、「科学的」決定論の定義は、〔…〕見かけ上決定論的な理論の定義とたいへんによく似ているので、「科学的」決定論が真であることは、ニュートン力学のような見かけ上決定論的な理論が真なることから直接導かれるだろうと思われるかもしれない。疑いもなくそうした印象があるからこそ、カントやラプラスだけではなく、ニュートン力学が真であるとかたく信じていたそのほかの偉大な思想家たちが、これほどまでも多く、「科学的」決定論のような説を受け容れざるをえないと考えたのである。アインシュタインもまた、こうした推論が妥当であると信じていたし、彼の論敵、つまり、量子論の公式解釈（「コペンハーゲン」解釈）の擁護者たちもそう信じていた。しかし、この推論は妥当でない。

（『開かれた宇宙——非決定論の擁護』四八）

駆け出しの物理学生だった私が、この両者を混同したとしても無理はないであろう。この「見かけ上決定論的」な理論と「科学的」決定論とが別物であることを端的に示しているのが、初期値鋭敏依存性にもとづいた複雑系の理論であり事例である。ポアンカレは、すでに一九〇八年、『科学と方法』でその重要性を指摘していた（→〈偶然と必然のあいだに〉）。

また、稲垣耕作自身によれば、「じつは一九六〇年代後半の京大には、複雑さに関連したテーマに興味をもつ人たちがいて、すでに熱気に満ちていたと思います。もちろん当時、複雑系などという言葉は存在しませんでした」という(『複雑系を超えて――カオス発見』一一六)。

物理学生であった当時、私は、「複雑系」という用語が言われているのを聞いたことも、書かれているのを読んだこともなかったし、名指されないにしてもそのような分野があるということを考えてもみなかった。ましてや、これを研究しようという動向があることに気づこうはずもなかった。ただ、物理の授業で、教授が、いわゆる「三体問題」について力をいれて解説したことがあったことは覚えている。ただ、私は、それが複雑系の問題につながる大きな意味をもつ例題であることには考え及ばなかった。

だからというわけでもないが、私は、フランス文学の方へと向かっていった。そして、研究対象として選んだのが、アンドレ・ジイドという、どろどろとした、不安に満ちた、矛盾だらけの(といわれる)作家であった。この意味では、私は、やはりアンドレ・ジイドを選ぶことによって、物理学からにげたのかもしれない。ところが、である。フランス文学の道を真っすぐにすすみ続けたつもりであるのに、ジイドと複雑系というテーマをつうじて、私は、再び物理学的領域へと回帰することになってしまった。やはり、宇宙空間は曲がっているのだろうか(冗談!)。

複雑系との出会いについては、「序文」に書いたとおりである。物理学から離れて何十年もたったある日、私は、理系的思考と文系的思考とを包みこむ複雑系という思想に遭遇した。私は、物理時代の自分に欠けていたものを理解した。それは、古典物理学が体系としてあたえるあの寸分狂わない世界(そのような感覚は多くの量子力学研究者によっても共有されていたことは先ほどのポパーの一文からもわかる)と、他方、決定論的な科学的宿命観は、別物であるという認識である。ポパーの表現をもちいて言い直せば、「見かけ上決定論的」な理論と「科学的」決定論はまったく違ったものである、そういう認識が欠けていた。両者が同じものであることを、私の感覚は、そして感情は、強く否定した。後年、それに、科学的根拠をあたえてくれたのが、複雑系の考え方である。最初、複雑系の書物を、本業のフランス文学とは関係のない知識として、すなわち、物理学を中途半端で投げ出した者の個人的な趣味として読んでいるのだと思っていた。ところが、「序文」でも書いたように、ブライアン・アーサーのいう、「新経済学」の特徴が、ジイドの特徴に多くの点で重なるということに驚かされた。こうして、「複雑系」という観点から、ジイドを読み直すことが可能なのではないかと思うようになった。

私は、この新しい観点から、全生涯にわたるジイドの『日記』を、プレイヤード新版で、隅から隅まで読みなおした。そのあと、ジイドの主要な作品を、一つずつ、複雑系の観点から再読していった。ただし、ジイドの研究書については、網羅的に調べなおすことはしなかった。複雑系という視点が、これまでのジイド研究になかったことを確信していたからである。

その結果、考え、求め、見出したことについては、本論に書いたとおりであり、ここに繰り返すことはしない。ただ一つ、付け加えたいことがある。

この「あとがき」では、著者が、修業時代に物理学をまなんだことについてのべてきた。それは、実は、本書の発想と根本的なつながりがある。

調べれば調べるほど、考えれば考えるほど、私は、複雑系の考え方とジイドのそれとの深い類似に驚かされていった。そして、この素晴しい類似はどこからくるのだろうと思った。ふと思い当たったのは、青年のころ、ジイドもまた一種の心の「ニュートン力学」をまなんだのではないか、ということである。私が最初に思い浮かべたのは、次のような、顔面蒼白の厳格な青年ジイドである。

ある一人の人間の生涯とは、その像である。今際のきわに、われわれの姿は、過去のうちにうつしだされるであろう、そして、われわれの行為という鏡のうえにかがみこんで、われわれの魂は《自分が何であるか》を知るであろう。われわれの全生涯は、我々自身の、消し難い肖像を描き出すのに用いられる。恐ろしいこと、それは、人はそのことが分かっていない、ということである。人は、自分を立派にしようとは思わない。人は、自分について話すとなると、そのことを思ってみる。みんなは、自分におもねる。だが、われわれの恐るべき肖像画は、あとになって、われわれにおもねることはないであろう。人は自分の生涯について語り、自分自身に嘘をつく。だが、われわれの生涯は嘘をつかないであろう。それは、われわれの魂について語り、魂は、その普段の姿勢で神の前に進み出ることになろう。

（『日記』一八九二年一月三日）

空間を突き進む物体のように、われわれの魂は、一生涯にわたって軌跡を描きつづけるのだという。しかも、その軌道は、「消し難い肖像を描き出す」。なるほど、その軌道は、噴射によって修正可能ではあり、宿命的ではない。だが、修正すればしたで、何時何分に何秒間、修正のための噴射をしたとか逆噴射をしたとかが、すべて神の記憶のノートに消し難い金文字で記録されてしまう。要するに、この二十二歳の青年がみた人間像にあっては、神の目には、心の状態がすべて透けてみえている。もしそれが、自分でも理解できないほどに混乱していたとしたら、その混乱状態そのままに記録されてしまう。自分はこうしたからああだとか、ああしたからこうだという、行為と肖像画との心理的な必然的関係が、本人は理解していなくても見抜かれており、神の目の前では、嘘をつこうとも、目をふさごうとも、最終的に、ごまかしがきかない。

このような息苦しい、心理的因果関係——心のニュートン力学——の世界に住むのはつらいことかもしれない。

ジイドは、やがて、「瞬間」の美学によって、これを断ち切ろうとする。あるいは、「自己放棄」によって、心理的因果関係を忘れ去ってしまう、あるいは遠ざけてしまおうとする。ジイドのことをよく知っている読者であったら、そのひとは、こういったことをいうためには、なにも「複雑系」を出してこなくてもいいではないか、と言うことであろう。たしかにそうである。ジイドが、自己解放したことを言うためには、複雑系を出さなくても十分である。問題は、そのあとである。

ジイドは、たしかに、反抗し、心のニュートン力学から解放された。だが、その力学そのものまで忘れてしまったのではなかった。その証拠に、ジイドは、そのレシにも、ソチにも、ロマンにも、若いころに習い覚えた「力学」を使っている。ちょうど、複雑系的力学が、その否定の上にではなく、ニュートン力学という土台の上に存立しているように。Jさんは、物理を捨ててはいけないよと私に忠告してくれた。だが物理とは捨てようにも決して消し去ることのできない体感のようなものであり、身をもって覚えた方法のようなものであるがゆえに捨てられないもの、一種、九九のようなものであり、ジイドの心にも、ニュートン力学のようなものが刻み込まれてしまっていたのである。『地の糧』の解放は、高揚感がもたらした仮のものでしかなかったのであって、ジイドの、還元主義的な力学からの真の解放は、本書でのべたような複雑系的思考を覚えていくことによって、少しずつなされていく。

他方、ジイドが、すでに、「発生」への——制度、文化、モラル、人類の意識、生命の「発生」への関心を抱いていたことは、本論でのべたとおりである。はやくも、一八九一年、ジイドは『ナルシス論』で、仮構されたものではあるが、世界の「起源」を書きあらわしている。ここから、進化論への関心までは遠くない。

ジイドが、熱狂しながら、ダーウィンの『種の起源』を読むのが、一八九三年十二月から翌一八九四年二月にかけてである。ただし、『種の起源』に書かれていない唯一のものがあるとすれば、それは「種の起源」である(↓

〈中間からのスタート〉)。ジイドはこのことをいつごろ知ったのであろうか。いずれにしても、彼はそのことを不満におもうようになり、ダーウィニズムと創造説をドッキングさせるという途轍もないことを企てることになる。ジイドの《来るべき神》の思想は、このような企ての一環としてある。

注目すべきは、アンビヴァレンスをともなったこの進化論受容と、他方、必然と偶然、あるいは物理学でいうところの初期値鋭敏依存性を中心としたその複雑系的と呼ぶべき思想が、ジイドにあって、別々にあるのではなく、互いに通じあい、一体となっていくということである。ジイドは、進化論的発想と複雑系的発想を結びつけることによって、生物世界を、そして人間世界を高度なシステムとしてとらえる視角をうる。

ジイドの最終的な複雑系的世界観は、歴史を可積分の系列と非可積分の系列の絡みあいとしてとらえようとするイーヴァル・エクランドの考え(→〈非周期性、あるいは出来損なったオムレツ〉)、因果関係の離散集合の様を描きだすダンカン・ワッツの発想(→〈全体は部分の総和以上である〉の注1)に不思議なほど似ている。そしてまた、理論生物学者スチュアート・カウフマンの考えにも。カウフマンは、

生物圏には、ニュートンだけでなく、シェークスピアも必要なのだ。C・P・スノーが「二つの文化」と名づけた、人文学と自然科学は、思いがけなく、しかし運命的に出会うのかもしれない。

(『カウフマン、生命と宇宙を語る』五二)

としながら、生物の進化を「生物圏の物語」と表現した。このような、カウフマンの生物圏物語説は、現にある歴史は、ありえた歴史のほんの一部にすぎないというジイド的発想(この発想については〈ディヴィッド・H・ウォーカー〉が強調している)を裏返しにしたものである。カウフマンはまた、別の個所でこう書く。

宇宙全体、あるいは生物圏の非エルゴード性〔注、結果が時間的経路によって違ってくる性質〕は、別の観点からおもしろい。もし、開拓することのできた可能性全体の空間が、実際に起こったことの総体よりも大きかった、それもずっと大きかったとしたら、歴史という概念について考えなければならなくなる。過去四八億年の間に起こりえたことに比べて生物圏の実際の存在が非常に小さく、また自律体は変異を遺伝することによって偶然起こったことを冷凍保存し、次の世代へと増殖してくることができるとしたら、生物圏は、歴史に深く依存しているということになる。（同二六〇〜二六一）

このような先端的な科学者達の考えとジイドの最終的な思想が酷似していることについて再び強調するのは、ジイドという作家は、とてつもなく多くのことを考えた、「複雑な」（「複雑な」という語を敢えて日常的な普通の意味に使うときには鉤括弧をつけなければならないであろう）、油断のならない思想家であることを読者に理解してもらいたいからである。本書がその一助となればと願うばかりである。

だからといって、ジイドが、現代科学者としての優れた素質をもっていたとか、先見の明をもっていた、などということを言うつもりはない。繰り返しになるが（→〈偶発事〉）、複雑系的世界観は複雑系科学者だけのものではない。複雑系学が誕生する以前から、複雑系的世界は存在しており、注意深く観察するものにはそれが見えていた。これこそは、複雑系的思想家エドガール・モランの主張するところである。

複雑性の問題は、科学の新しい発展に基づいて今日にいたって提起されたと思ってはならない。複雑性を、通常それがないと思われているところ、たとえば、日常生活のようなところに見なくてはいけない。

こういった複雑性は、十九世紀および二十世紀初めの小説によって、察知され、描きだされた。科学が、まさにこの時代に、個人的で特異なものを排除し、一般的法則、単純で閉じたアイデンティティをしか留めおかなかった時に、科学がその世界像から時間そのものをも締め出した時に、(2)小説は(フランスのバルザック、イギリスのディケンズ)、反対に、われわれに、特異な存在を、そのコンテクストにおいてその時代のなかで描いて見せる。(3)

つまり、バルザックとディケンズは、このころの還元主義的な科学が切り捨てたものを、小説家としての才能によって見抜いていた、というわけである。エドガール・モランは、複雑なのは、社会ばかりではなく、《人間世界のそれぞれの原子》でもあるという保留つきで、同様の作家として、ドストエフスキー、スタンダール、トルストイ、プルーストを挙げている。

筆者にいわせれば、とりわけ複雑系的な作家は、マルセル・プルーストである。そして、ジョルジュ・バタイユである。レダ・バンキラーヌは、カオスの縁の説明にかんして、ポール・ヴァレリーの《秩序と無秩序のあいだには甘美な瞬間がみなぎっている》の一句を引いている。ヴァレリーもまた、複雑系的思想家としての研究に値する。(4)

エドガール・モランが指摘するように、「十九世紀および二十世紀初め」、とりわけ十九世紀後半および二十世紀初め、ヨーロッパには、複雑系的思想を生み出す精神風土があったように思われる。それは、還元主義的な科学というものへの反発と、科学という方法への関心という、当時の文人達の、引き裂かれた状況の総合からくるものではないかと思われる。

本書の筆を置いた今、筆者のまえには、《文学と複雑系》という広大な領域が開けている。ただし、これは、期日に迫られない、老後の楽しみということになるだろう。

最後になるが、一年ほどまえ、私は、メラニー・ミッチェル著『ガイドツアー　複雑系の世界』の最終章である第十九章の最後に、つまり、『ガイドツアー』の締めくくりに（四九七～四九八）、アンドレ・ジイドの『贋金つかい』から、次の一句が引用されているのに気づいた。予期していなかっただけに、私は、喜びの戦慄のようなものを覚えた。

まず最初に、そして長い間、どんな陸地も見えなくなることを覚悟しなければ、新大陸の発見はありえない。

（『贋金つかい』第三部第十四章）(5)

複雑系という学は、いまは、少なくとも科学者のあいだでは広く市民権を得ているであろうが、かってはそうではなかった。ワールドロップの『複雑系』は、目印となる海岸線から遠く離れた大洋のただなかを、理解されることなく、長い間さまよいつづけた、サンタフェ研究所ゆかりの複雑系科学者達の、文字通りの冒険談となっている。メラニー・ミッチェルは、複雑系というツアーのガイドとして、新しい世界に旅立とうとしている読者達に、この困難な航海のことを言いたかったのであろう。そして、**Bon voyage**（よい旅を）と鼓舞してくれているのであろう。

だが私には、メラニー・ミッチェルというコンピューター科学者から、アンドレ・ジイドこそは、複雑系的作家ですよ、と、親切にも指摘されたような気がした。私のほうから言わなければならないところを、逆に、ミッチェルのほうから言われたような気がして、嬉しかった。文学系の評者達が、複雑系だなんてと敬遠しているあいだに、複雑系科学者のほうから、アンドレ・ジイドは、マルセル・プルーストは、と論じ始める時代がくるのかもしれない。

最後に、いろいろお世話いただいた駿河台出版社の井田洋二氏ならびに上野名保子氏の御尽力にたいして、心から御礼を申し上げる次第である。

二〇一六年初夏

津川廣行

(1) ポパーのこの、「科学的」決定論という概念は、分りにくいかもしれない。ポパー自身はこれを『開かれた宇宙』で次のように定義している。

わたくしの中心問題は、本書で「科学的」決定論と呼ぶ説を支持する議論が妥当なのかどうかを検討することである。この「科学的」決定論とは、言い直すと、この世界の構造は、過去の出来事について十分に正確な記述がすべての自然法則と一緒に与えられれば、どのような出来事も望みどおりの精度で合理的に予測できるようになっているという説である。(二)

いまや「科学的」決定論は、つぎのように定義できる。

「科学的」決定論とは、未来の任意に与えられた瞬間における任意の閉じた物理系の状態は、初期条件を理論と結合させて計算結果を導き出せば、任意に指定された精度で系の内側からでさえも予測することができるし、そのさい初期条件に要求される精度は、予測課題が与えられれば（算出可能性の原理にしたがって）いつでも計算できるとする説である。（四六）

端的に言ってしまえば、「科学的」決定論とは、この世界は、決定論的にできているという見方である、といえよう。ただし、ポパーは、世界が決定論的であるというからには、それを「科学的」に証明する手続きを要する、と考えているようである。その手続きは、「過去の出来事について十分に正確な記述がすべての自然法則と一緒に与えられれば、どのような出来事も望みどおりの精度で合理的に予測できる」だとか、「未来の任意に与えられた瞬間における任意の閉じた物理系の状態は、初期条件を理論と結合させて計算結果を導き出せば、任意に指定された精度で系の内側からでさえも予測することができる」の文で示されている。

つまり、「科学的」決定論とは、この世界は、「科学的」な方法でもって決定論であることが証明できる、といったふうにできているとする立場である、ということができよう。

（2）「科学がその世界像から時間そのものをも締め出した」とは、古典物理学においては、熱力学第二法則にかかわる事象を別とすれば、現象を記述する式は、すべて可逆であることと対応している。時間の最大の特徴は、その不可逆性にあるのに、古典物理学は、この大切な特性を無視してしまった。このことをもって、モランは、「時間そのものをも締め出した」としている。〈熱力学第二法則、あるいはエントロピー増大の法則〉でも引用した、メラニー・ミッチェルの次の一文を参照のこと。「興味深いことに、過去と未来を区別する基本物理法則は、この熱力学第二法則のみであり、その他すべての法則は時間の経過のなかで可逆的だ」（『ガイドツアー　複雑系の世界』七八）。

（3）Edgar Morin, *Introduction à la pensée complexe*, Seuil, coll. « essais », 2005, p. 77.

（4）Réda Benkirane, *La Complexité, vertiges et promesses —— 18 histoires de sciences*, Le Pommier, 2006, p. 11. なお、Paul Valéry からの引用は、Paul Valéry, « Préface Aux *Lettres persanes* », *Œuvres I*, Bibl. de la Pléiade, Gallimard, 1957, p. 512.

（5）引用は、*Les Faux-monnayeurs* から直接、訳した。

Montaigne (Michel de), *Essais, Œuvres complètes*, Bibliothèque de la Pléiade, 1962. モンテーニュ『随想録』《全訳縮刷版》関根秀雄訳、白水社、1995年.
Proust (Marcel), *À la recherche du temps perdu*, t. 3, Gallimard, 1988.
Sartre (Jean-Paul), *Situation IV*, Gallimard, 1964.
Schopenhauer (Arthur), *Le Monde comme volonté et comme représentation*, traduit en français par A. Burdeau, Quadrige / PUF, 2004.
高木貞治『解析概論　改訂第三版　軽装版』、岩波書店、1983年.
Troost (Louis Joseph), *Précis de chimie*, G. Masson, 1894.
Troost (Louis Joseph), *Traité élémentaire de chimie*, G. Masson, 1881.
Valéry (Paul), *Œuvres I*, Bibl. de la Pléiade, Gallimard, 1957.
Valéry (Paul), *Œuvres II*, Bibl. de la Pléiade, Gallimard, 1960.

for Indeterminism, Routledge, 1982.
・Rostand (Jean), *L'État présent du transformisme*, Stock, Delamain et Boutelleau, 1931.
・Ruelle (David), *Hasard et chaos*, Odole Jacob, 1991. ルエール『偶然とカオス』青木薫訳、岩波書店、1993年.
・シュレーディンガー（エルヴィン）『生命とは何か――物理的にみた生細胞――』岡小天・鎮目恭夫訳、岩波文庫、2008年.
・清宮倫子『進化論の文学――ハーディとダーウィン』南雲堂、2007年.
・塩沢由典『複雑系経済学入門』生産性出版、1997年.
・スマッツ（ジャン・クリスチャン）『ホーリズムと進化』石川光男・片岡洋二・高橋史朗訳、玉川大学出版部、2005年.
・上田睆亮・西村和雄・稲垣耕作『複雑系を超えて――カオス発見』、筑摩書房、1999年.
・ワールドロップ（ミッチェル）『複雑系』田中三彦・遠山峻征訳、新潮社、1996年. Waldrop (M. Mitchell), *Complexity——The emerging science at the edge of order and chaos*, Penguin Books, 1994 (First published in the USA by Simon & Schuster, 1992)
・ワッツ（ダンカン）『偶然の科学』青木創訳、ハヤカワ文庫、2014年.
・吉田善章『非線形とは何か――複雑系への挑戦』、岩波書店、2008年.

V．その他の著書

Blanchot (Maurice), *La Part du feu*, Gallimard, 1949, p. 211.
Butor (Michel), *Répertoire I*, Éditions de Minuit, 1960.
Foucault (Michel), *Les mots et les choses*, coll. « Bibliothèque des sciences humaines », Gallimard, 1966.
Franklin (Benjamin), *The Way to Wealth — special edition —*, new modern edition updated and revised by Jack Vincent, The Helpful Info Publishing Co., Inc., 2010.
フランクリン（ベンジャミン）『若き商人への手紙』ハイブロー武蔵訳、総合法令出版株式会社、2004年.
Greimas (Algirdas Julien), *Sémantique structurale —— recherche de méthode*, Larousse, 1966.
Joubin (Louis), *La Vie dans les Océans*, Ernest Flammarion, 1912.
ルロワ＝グーラン（アンドレ）『身ぶりと言葉』荒木亨訳、ちくま学芸文庫、2012年.

大貫昌子訳、新潮文庫、1991年．Gleick (James), *La Théorie du chaos —— Vers une nouvelle science*, traduit de l'anglais par Christian Jeanmougin, Flammarion, coll. « Champs », 2008.
・グールド（スティーヴン・ジェイ）『ダーウィン以来——進化論への招待——』、早川書房、1995年．Gould (Stephen Jay), *Ever since Darwin*, W. W. Norton & Company, 1977.
・一ノ瀬正樹『確率と曖昧性の哲学』、岩波書店、2011年．
・金子邦彦『生命とは何か——複雑系生命論序説』、東京大学出版会、2003年．
・カウフマン（スチュアート）『自己組織化と進化の論理——宇宙を貫く複雑系の法則』米沢富美子監訳、日本経済新聞社、1999年．Kauffman (Stuart). *At Home in the Universe —— The Search for the Laws of Self-Organization and Complexity*, Oxford University Press, 1995.
・カウフマン（スチュアート）『カウフマン、生命と宇宙を語る——複雑系からみた進化の仕組み』河野至恩訳、日本経済新聞社、2002年．Kauffman (Stuart). *Investigations*, Oxford University Press, 2000.
・ケストラー（アーサー）『ホロン革命』田中三彦・吉岡佳子訳、工作舎、1983年．
・九鬼周造『偶然性の問題・文芸論』、燈影舎、2000年．
・蔵本由紀『新しい科学——非線形科学の可能性』岩波書店、2003年．
・ローレンツ（エドワード）『カオスのエッセンス』杉山勝・杉山智子訳、共立出版株式会社、1997年．Lorenz (Edward N.), *The Essence of Chaos*, University of Washington press, Seattle, 1995.
・マルサス（トマス・ロバート）『人口論』永井義雄訳、中公文庫、1973年．
・マトゥラーナ、ヴァレラ『オートポイエーシス——生命システムとはなにか』河本英夫訳、国文社、1991年．
・ミッチェル（メラニー）『ガイドツアー　複雑系の世界　——サンタフェ研究所講義ノートから』高橋洋訳、紀伊国屋書店、2011年．Mitchell (Melanie), *Complexity —— A Guided Tour ——*, Oxford University Press, 2009.
・Morin (Edgar), *Introduction à la pensée complexe*, Seuil, coll. « Essais », 2005.
・Morin (Edgar), *La méthode 1. La Nature de la Nature*, Seuil, 1977.
・Poincaré (Henri), *Science et Méthode*, Flammarion, 1908. ポアンカレ『科学と方法』吉田洋一訳、岩波文庫、1953年（2008年）.
・ポパー（カール）『開かれた宇宙——非決定論の擁護』小河原誠・蔭山泰之訳、岩波書店、1999年．Popper (Karl), *The Open Universe —— An Argument*

· Bergson (Henri), *L'Évolution créatrice*, Quadrige / PUF, 1941(2009). ベルクソン（アンリ）『創造的進化』合田正人・松井久訳、ちくま学芸文庫、2010年.
· ダーウィン（チャールズ）『種の起源（上）』渡辺政隆訳、光文社文庫、2009年．ダーウィン（チャールズ）『種の起源（下）』渡辺政隆訳、光文社文庫、2009年．Darwin (Charles), *The Origin of Species*, with an introduction by Julian Huxley, 150th anniversary edition, Signet Classics, 2003. Darwin (Charles), *L'Origine des espèces*, traduction d'Edmond Barbier revue par Daniel Becquemont, Flammarion, 1992.
· ダーウィン（チャールズ）『人間の進化と性淘汰 Ⅰ』長谷川眞理子訳、文一総合出版、1999年．ダーウィン（チャールズ）ダーウィン『人間の進化と性淘汰 Ⅱ』長谷川眞理子訳、文一総合出版、2000年．Darwin (Charles), *The Descent of Man, and Selection in Relation to Sex*, Penguin Books, sans date.
· ダーウィン（チャールズ）『ビーグル号航海記（上）』島地威雄訳、岩波文庫、1959年（2010年）．ダーウィン（チャールズ）『ビーグル号航海記（中）』島地威雄訳、岩波文庫、1960年（2010年）．ダーウィン（チャールズ）『ビーグル号航海記（下）』島地威雄訳、岩波文庫、1961年（2010年）．Darwin (Charles), *The Voyage of the Beagle*, Wordsworth Editions, 1997. Darwin (Charles), *Voyage d'un naturaliste autour du monde fait à bord du navire le Beagle de 1831 à 1836*, traduit de l'anglais par Edmond Barbier, La Découverte / Poche, 2003.
· Darwin (Charles), *A Monograph on the Sub-Class Cirripedia: The Lepadidæ ; Or, Pedunculated Cirripedes*, London, for the Ray Society, 1851.
· ドーキンス（リチャード）『利己的な遺伝子』日高敏隆他訳、紀伊国屋書店、1991年．Dawkins (Richard), *The Selfish Gene*, Oxford University Press, 30th anniversary edition, 2006.
· ドーキンス（リチャード）『進化の存在証明』垂水雄二訳、早川書房、2009年.
· デネット（ダニエル・C）『ダーウィンの危険な思想——生命の意味と進化』山口泰司監訳、青土社、2001年.
· ド・フリース（フーゴー）『生物突變説』横田千元訳、白揚社、1925年（大正 14 年）．De Vries (Hugo), *Species and Varieties, Their Origin by Mutation*, Tredition Classics.
· ジョージェスク - レーゲン（N）『エントロピー法則と経済過程』高橋正立他訳、みすず書房、1993年.
· グリック（ジェイムズ）『カオス——新しい科学をつくる』上田睆亮監修・

Moutote (Daniel), *Les Images végétales dans l'œuvre d'André Gide*, Presses Universitaires de France, 1970.
Nadeau (Maurice), « Introduction » à : André Gide, *Romans, récits et Soties, œuvres lyriques*, Bibl. de la Pléiade, t. 3, Gallimard, 1975, pp. IX-XI.
Oliver (Andrew), « Gide et le roman engagé —— *Geneviève* ou la revanche de l'écriture », *André Gide 10*, Lettres Modernes Minard, pp. 117-135.
Painter (George), *André Gide — A Critical Biography*, London, Weidenfeld and Nicolson, 1968.
Sheridan (Alan), *André Gide — A life in the present—*, Harvard University Press, 1999.
Steel (David), « gravitation, relativité, théorie des quanta et le bigbang —— le cas des *Caves du Vatican* », *Bulletin des Amis d'André Gide*, n° 183-184, juillet-octobre 2014, pp. 115-139.
Strauss (George), *La Part du Diable dans l'œuvre d'André Gide*, « Archives André Gide » n° 5, Lettres Modernes Minard, 1985.
Thierry (Jean-Jacques), *André Gide*, Hachette, 1986.
津川廣行『ジイドをめぐる「物語」論』、駿河台出版社、1994年.
Van Rysselberghe (Maria), *Les Cahiers de la Petite Dame*, t.1 (1918-1929), « Cahiers André Gide 4 », Gallimard, 1973.
Van Rysselberghe (Maria), *Les Cahiers de la Petite Dame*, t.2 (1929-1937), « Cahiers André Gide 5 », Gallimard, 1974.
Van Rysselberghe (Maria), *Les Cahiers de la Petite Dame*, t.3 (1937-1945), « Cahiers André Gide 6 », Gallimard, 1975.
Walker (David H.), « Gide, Darwin et les théories évolutionnistes », *Bulletin des Amis d'André Gide*, n° 89, janvier 1991, pp. 63-75.
Walker (David H.), *André Gide*, St. Martin's Press, New York, 1990.

Ⅳ. 複雑系・進化論関係（引用・言及したもののみ）

・アーサー（ブライアン）『収益逓増と経路依存——複雑系の経済学——』有賀裕二訳、2003年.
・ジリアン・ビア『ダーウィンの衝撃』富山太佳夫他訳、工作舎、1989年.
Beer (Gillian), *Darwin's Plots —— Evolutionary Narrative in Darwin, George Eliot and Nineteenth-Century Fiction*, Cambridge University Press, 1983(2009).
・Benkirane (Réda), *La Complexité, vertiges et promesses —— 18 histoires de sciences,* Le Pommier, 2006.

Modernes Minard, 1984.

Davet (Yvonne), « Notice » de : André Gide, *Romans, récits et Soties, Œuvres lyriques*, Bibl. de la Pléiade, t. 3, Gallimard, 1975.

Delay (Jean), *La Jeunesse d'André Gide*, t. 1, Gallimard, 1956.

Delay (Jean), *La Jeunesse d'André Gide*, t. 2, Gallimard, 1957.

Fillaudeau (Bertrand), *L'Univers ludique d'André Gide — les Soties*, José Corti, 1985.

Fortin (Nathalie), « L'éloge du vivant chez André Gide », *Bulletin des Amis d'André Gide*, n° 167, juillet 2010, pp. 333-354.

Goulet (Alain), *Les Caves du Vatican d'André Gide*, Larousse, 1972.

Goulet (Alain), « *Le Prométhée mal enchaîné* : une étape vers le roman », *Bulletin des Amis d'André Gide*, n° 49, Janvier 1981, pp. 45-52.

Goulet (Alain), *Fiction et vie sociale dans l'œuvre d'André Gide*, Association des amis d'André Gide, 1986.

Goulet (Alain), *Lire les « Faux-Monnayeurs » de Gide*, Dunod, 1994.

Holdheim (Wolfgang), *Theory and practice of the novel —— a study on André Gide*, Droz, Genève, 1968.

Lalou (René), « Le Livre de la semaine », *Les Nouvelles littéraires*, 9 septembre 1935, repris dans : Pierre Masson, « Note sur le texte »: André Gide, *Romans et récits — Œuvres lyriques et dramatiques II*, Bibl. de la Pléiade, Gallimard, 2009, p. 1328.

Lestringant (Frank), *André Gide l'inquiéteur*, t. 1, Flammarion, 2011.

Lestringant (Frank), *André Gide l'inquiéteur*, t. 2, Flammarion, 2012.

Maillet (Henri), *L'Immoraliste d'André Gide*, coll. « Lire aujourd'hui », Hachette, 1972.

Martin (Claude), *Gide*, coll. « Écrivain de toujours », Seuil, 1963.

Martin (Claude), *La Maturité d'André Gide — De Paludes à L'Immoraliste (1895-1902)*, Klincksieck, 1972.

Martin (Claude), *André Gide ou la vocation du bonheur*, t. 1, 1869-1911, Fayard, 1998.

Martin (Claude) (Ed.), *La Symphonie pastorale*, éd. critique, Lettres Modernes Minard, 1970.

Masson (Pierre), « Notices et Notes » de : André Gide, *Romans et récits — Œuvres lyriques et dramatiques I*, Bibl. de la Pléiade, Gallimard, 2009, pp. 1229-1512.

参考文献

Ⅰ. André Gide の著書（引用したもののみ。なお本文では、著者による翻訳で提示）

Romans et récits — Œuvres lyriques et dramatiques I, Bibl. de la Pléiade, Gallimard, 2009.

Romans et récits — Œuvres lyriques et dramatiques II, Bibl. de la Pléiade, Gallimard, 2009.

Souvenirs et voyages, Bibl. de la Pléiade, Gallimard, 2001.

Essais critiques, édition présentée, établie et annotée par Pierre Masson, Bibl. de la Pléiade, Gallimard, 1999.

Journal — 1887-1925, Bibl. de la Pléiade, Gallimard, 1996.

Journal — 1926-1950, Bibl. de la Pléiade, Gallimard, 1997.

Romans, récits et Soties, Œuvres lyriques, Bibl. de la Pléiade, t. 3, Gallimard, 1975.

Œuvres complètes, 15 vol., Édition augmentée de textes inédits, établie par L. Martin-Chauffier, N.R.F., 1932-1939.

Littérature engagée, Gallimard, 1950.

Ⅱ. 書簡（引用したもののみ。なお本文では、著者による翻訳で提示）

Bussy (Dorothy) et Gide (André), *Correspondance 2*, (janvier 1925-novembre 1936), « Cahiers André Gide 10 », Gallimard, 1981.

Gide (André), *Correspondance avec sa mère 1880-1895*, Gallimard, 1988.

Ghéon (Henri) et Gide (André), *Correspondance t.1 1897-1903* , Gallimard, 1976.

Valéry (Paul) et Gide (André), *Correspondance 1890-1942*, Gallimard, 1955.

Ⅲ. André Gide にかんする研究書。André Gide についての作品。（引用・言及したもののみ）

Billy (André), « Les Livres de la semaine : nouveaux livres de M. André Gide », *L'Œuvre*, 29 novembre 1936, repris dans *Bulletin des Amis d'André Gidé*, n° 37, janvier 1978, pp. 64-67.

Boisdeffre (Pierre de), *Vie d'André Gide 1869-1951 —— essai de biographie critique*, t. 1, Hachette, 1970.

Brée (Germaine), *André Gide — l'insaisissable Protée*, Les Belles Lettres, 1970.

Cancalon (Elaine D.), « La structure du système dans *Les Caves du Vatican* —— approches sémique, fonctionnelle et formelle », *Andre Gide 7*, Lettres

津川廣行（つがわ　ひろゆき）
1951年　青森市に生れる
現在　大阪市立大学文学研究科教授
著書　『ジイドをめぐる「物語」論』1994年（駿河台出版社）
『象徴主義以後——ジイド、ヴァレリー、プルースト』2006年（駿河台出版社）

ジイド、進化論、複雑系

津川廣行　著

平成二八年十月二〇日　初版印刷
平成二八年十月二五日　初版発行

発行所　株式会社　駿河台出版社
発行人　井田洋二

〒101-0062　東京都千代田区神田駿河台三丁目七番地
電話〇三(三二九一)一六七六(代)　振替東京九―五六六六九

製版　株式会社フォレスト
製本　関山製本社

3721
ISBN 978-4-411-02242-4　C3098